上：４歳のジャン=リュック（右）と、10歳の兄ロベール（左）。
　　おもちゃの宇宙船をもらって、珍しくご機嫌な顔のロベールが写る貴重な一枚。
下：ピカード（左）とジャック・クラッシャー（右）。
　　クラッシャーが〈U.S.S スターゲイザー〉の副長に昇進して間もない頃。

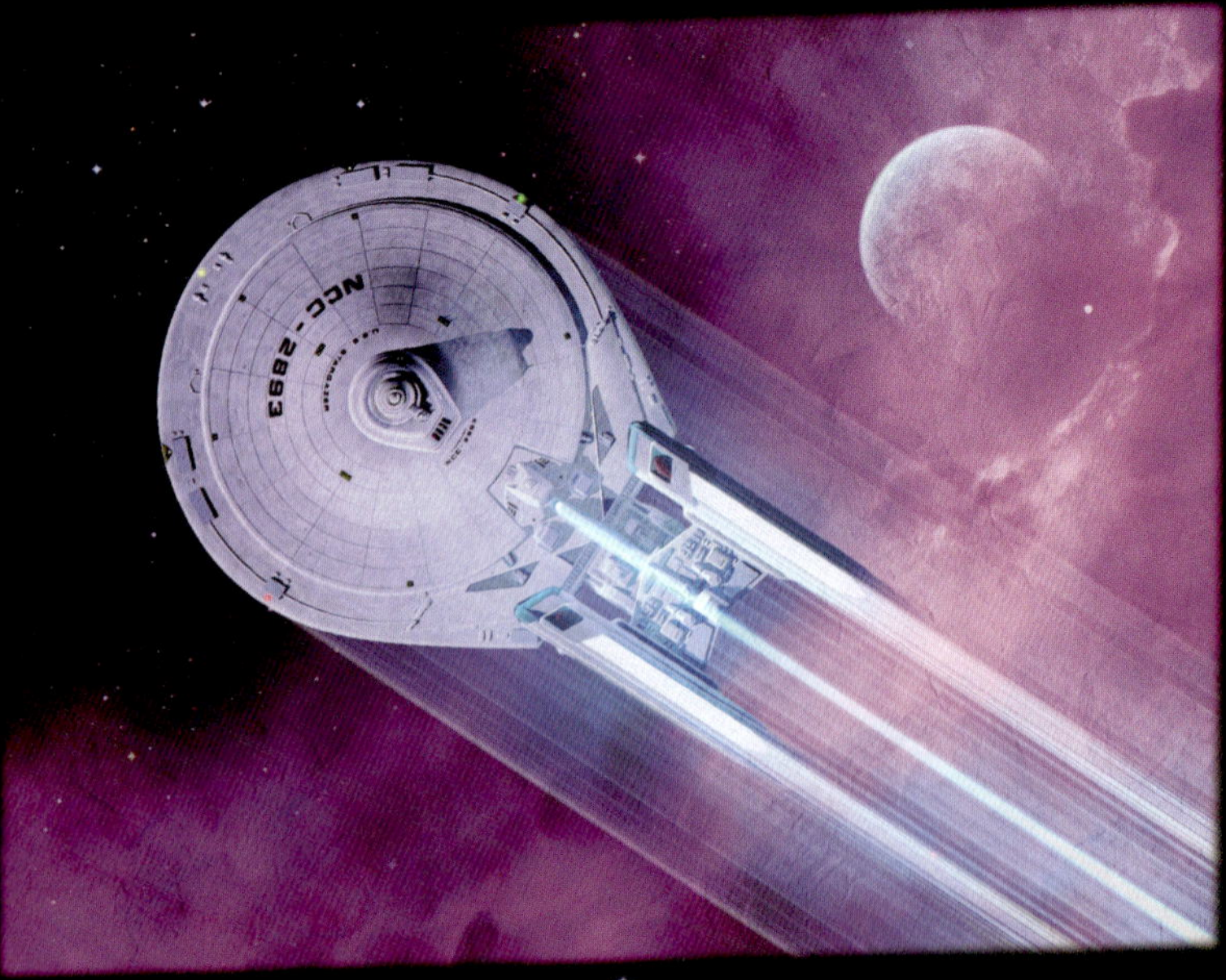

上：〈U.S.S スターゲイザー〉。ピカードが 20 年間艦長をつとめた。
下：〈U.S.S エンタープライズ NCC-1701-D〉のコマンド・クルー。
左上から時計回りに：　ウォーフ、ジョーディ・ラ=フォージ、ウィリアム・ライカー、
ピカード、ディアナ・トロイ、ビバリー・クラッシャー、データ。

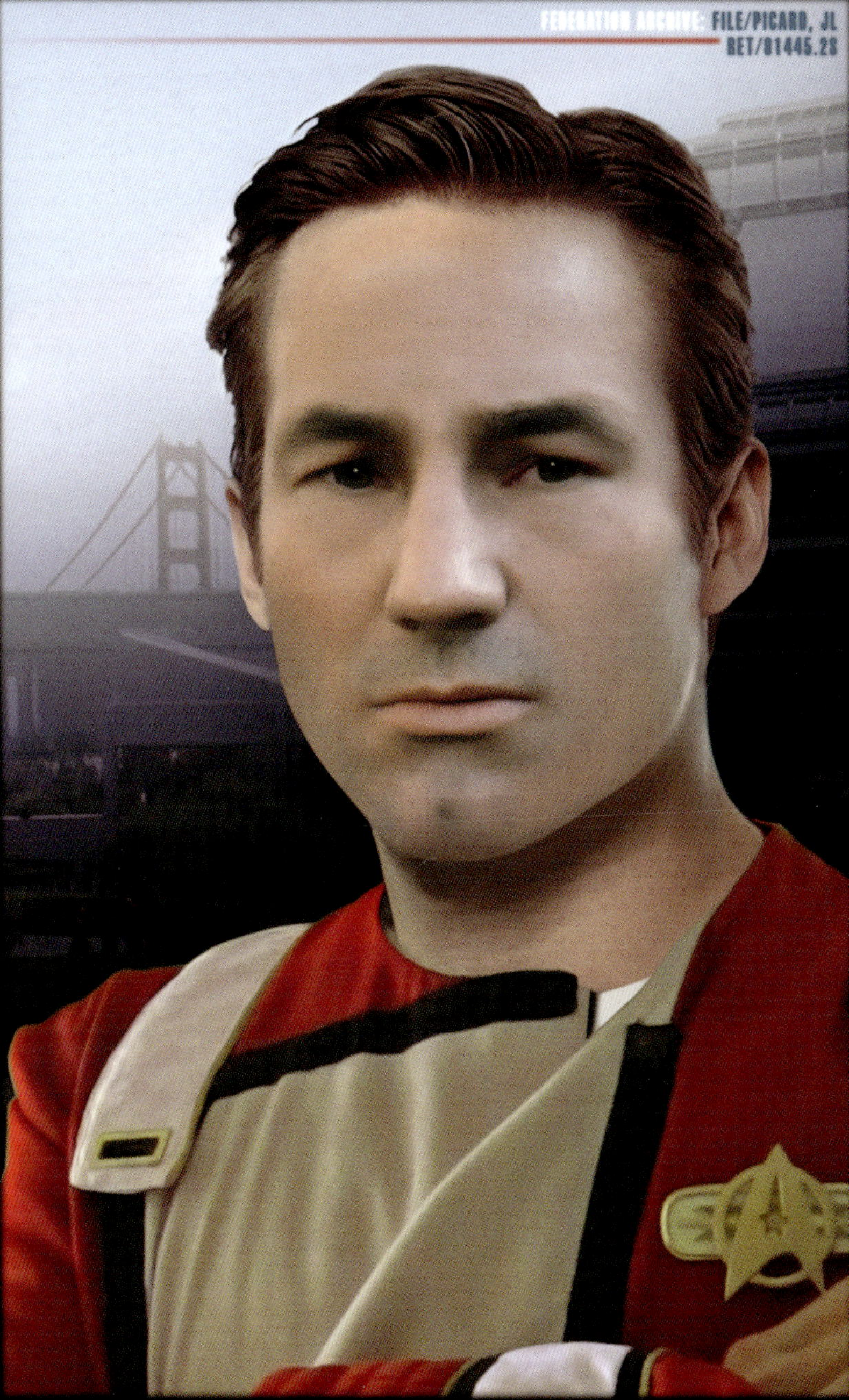

宇宙艦隊アカデミー卒業式当日のピカード

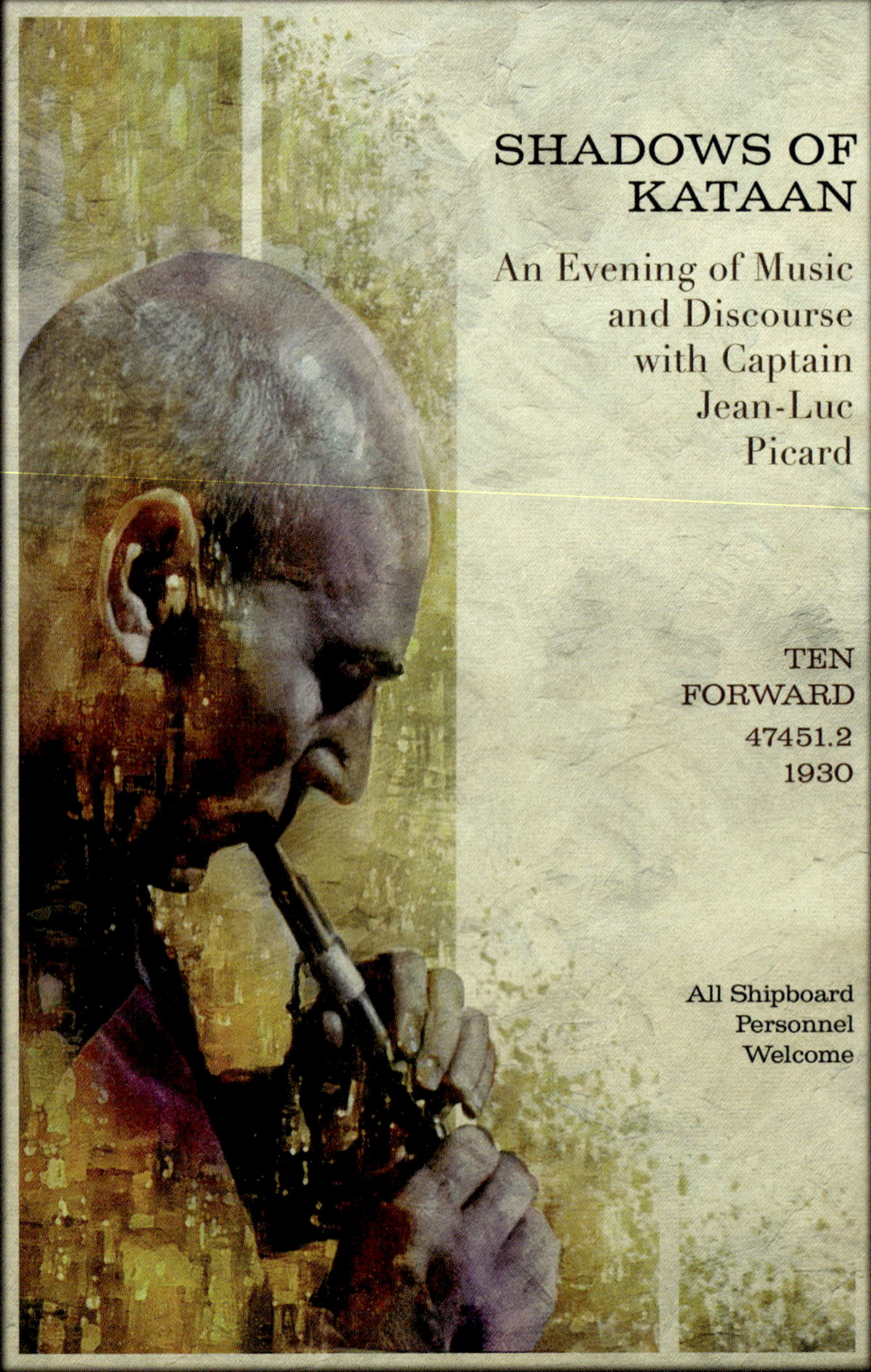
SHADOWS OF KATAAN
An Evening of Music and Discourse with Captain Jean-Luc Picard
TEN FORWARD
47451.2
1930
All Shipboard Personnel Welcome

FEDERATION ARCHIVE: FILE/PICARD, JL
RET/66182.4L

惑星カターンでの経験を語るピカードの講演に向け、データ中佐が作成した未使用のポスター。

データは通路に掲げることを提案したが、ピカードは許可を与えなかった。

この写真は、カリフォルニア州立大バークレー校に寄贈されたサミュエル・クレメンズの個人書簡の束から、1962 年に発見された。ピカードは 400 年以上にわたり、歴史家たちの間で謎の存在だった。写真には、ピカードの書きつけがある。「偉大な人物がかつてこういった。『真実は小説よりも奇なり。だがそれは、小説が可能性の範囲を逸脱できないからだ。真実は違う』 可能性に感謝！　J・L・P」クレメンズ自身の言葉を引用し、ピカードは謎をかけた。彼がクレメンズに出会ったのは 1893 年、この一節が収められた旅行記『赤道に沿って』（トウェイン名義）が出版される 4 年前だ。

Captain Beverly Crusher, M.D.
Starfleet
and
Captain Jean-Luc Picard
Starfleet (Retired)

Request the pleasure & honor
of your company at their wedding

Saturday, October 8, 2383
Picard Family Vineyard
LaBarre, France

Seven o'clock in the evening
Reception to follow

The betrothed respectfully request no gifts

ビバリー・クラッシャー医学博士
宇宙艦隊大佐
と
ジャン＝リュック・ピカード
宇宙艦隊大佐（退役）

両名の結婚式披露宴にぜひご臨席いただきたく
ご案内申し上げます
小宴の詳細は次のとおりです。

2383年10月8日・土曜日
フランス、ラバール
ピカード家ワイン農場　にて
夜7時より

ご祝儀などはお気遣いなきよう。

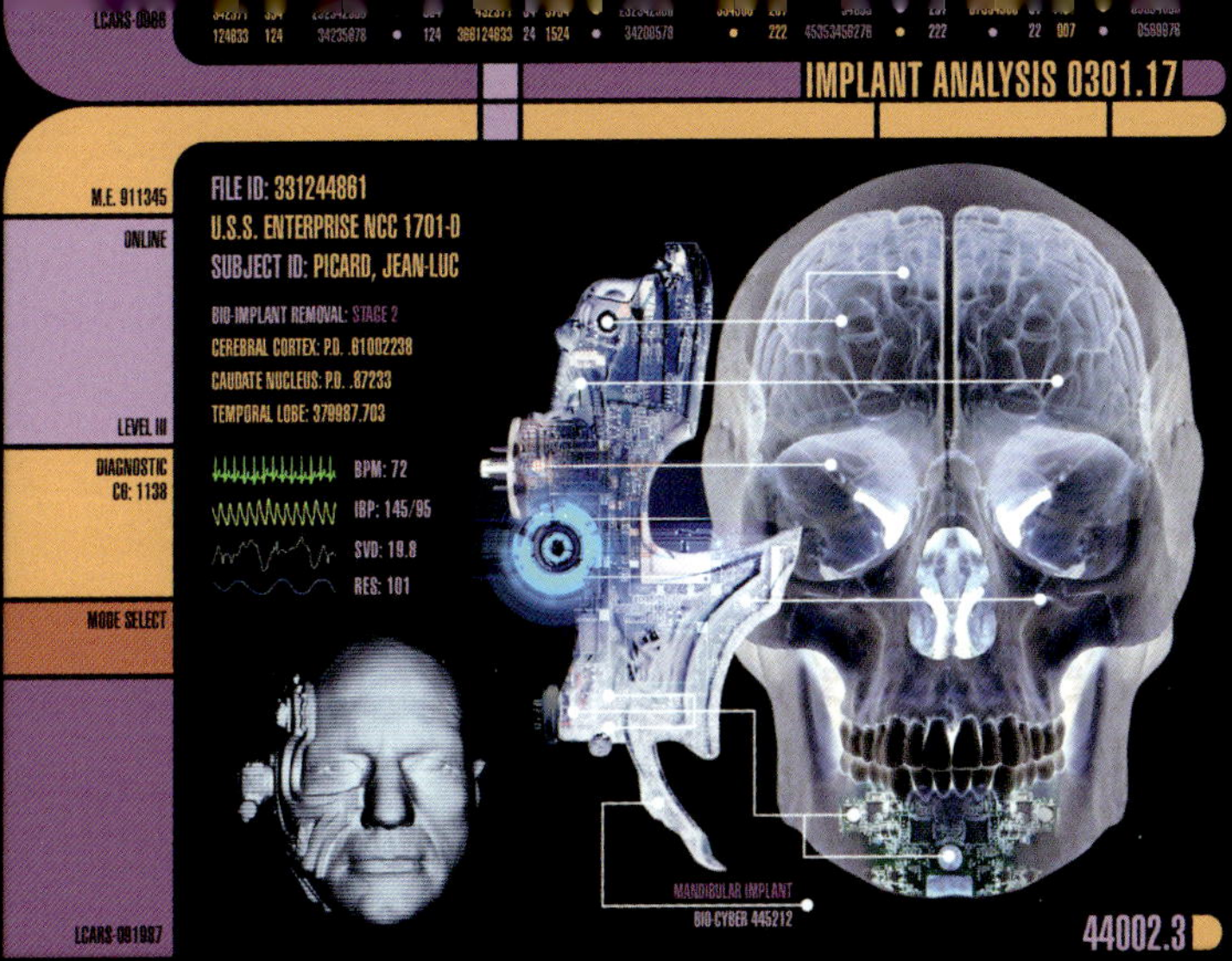

上：ボーグに同化された際、ビバリー・クラッシャーがかけたピカードの頭部スキャン。
下：宇宙艦隊情報部が入手した通信映像の一部。
ガル・マドレッド、ガル・レメック、ガル・デュカットのカーデシア人三名が、
ピカードについて議論している。この直後、マドレッドに捕らえられたピカードは拷問を受けた。

著者近影。自宅地下の画廊に架けられた自画像を背に。

自叙伝
ジャン=リュック・ピカード

THE AUTOBIOGRAPHY OF
JEAN-LUC PICARD

THE STORY OF ONE OF STARFLEET'S MOST INSPIRATIONAL CAPTAINS

EDITED BY DAVID A. GOODMAN

デイヴィッド・A・グッドマン［編］
有澤真庭［訳］
岸川 靖［監修］

TAKESHOBO Co., Ltd.

THE AUTOBIOGRAPHY OF
JEAN-LUC PICARD
by
JEAN-LUC PICARD
EDITED BY DAVID A. GOODMAN

Japanese translation published by arrangement with
Titan Books
through EnglishAgency, Inc., Tokyo.

父へ

CONTENTS 目次

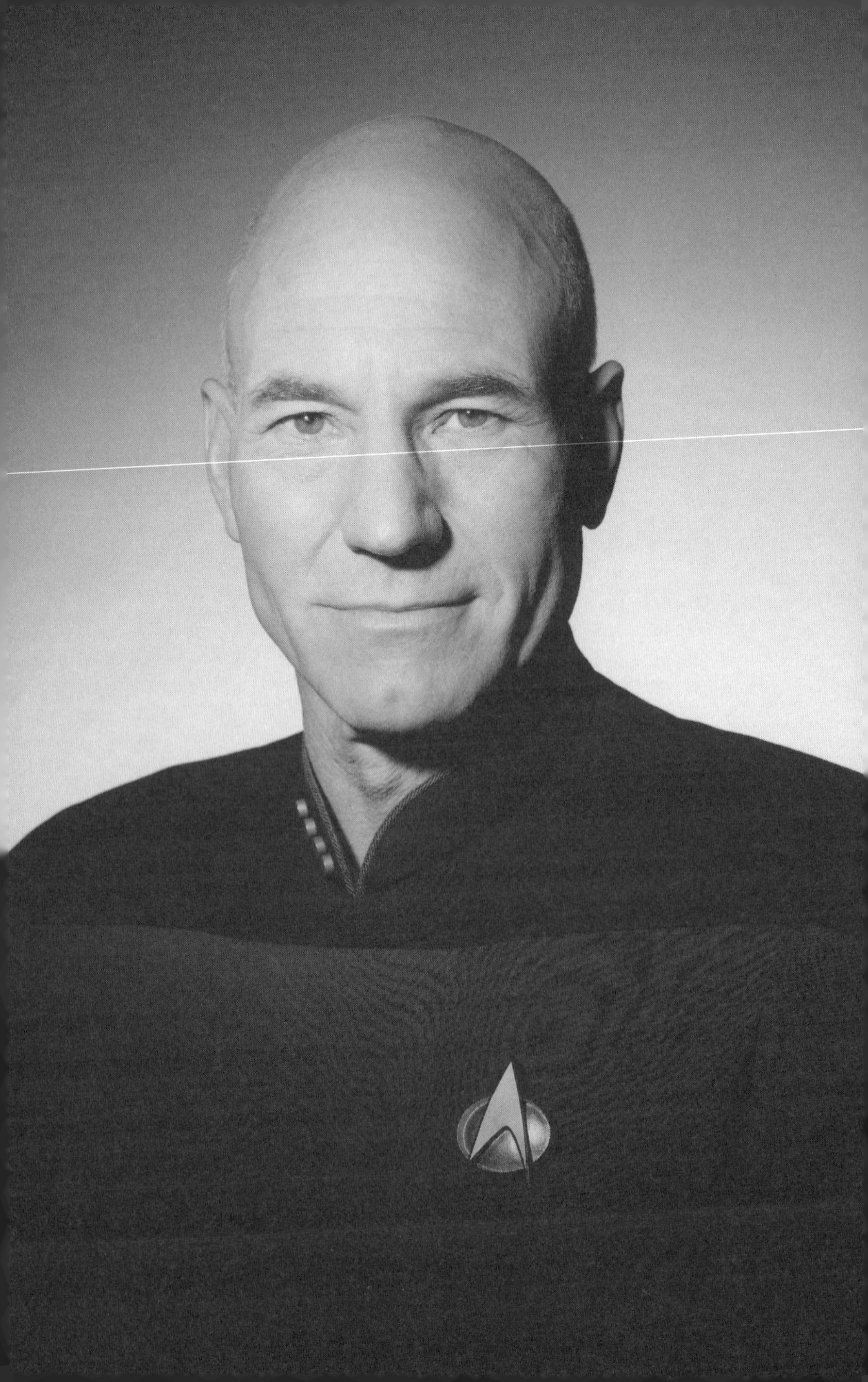

自叙伝 ジャン＝リュック・ピカード

序文

ビバリー・クラッシャー・ピカード医学博士
宇宙艦隊大佐

ジャン=リュックから序文の執筆を依頼されたとき、わたしの中に様々な感情が渦巻いた。多くの苦楽をともにしてきたが、わたしにとって、いや何よりも銀河系の歴史において、彼がどれほど大きな存在であるのか、どう言葉に表せばよいのだろう? 彼はたったひとりで戦争の危機を回避し、文明を守り、知識の地平を広げ——

ふん、くだらん! わたしはQだ。聞きおよんでいるかもしれないが、わたしはありていにいって全知全能、こうしてドクター・ビバリーの駄文を書き直してやっている。方法は問うな——どんな時空にも同時に存在できるのだから、君が読み進むにつれ序文を改善しているのだ——ふたりが愛しあっていたのは知っているな? 周知の事実なのに、行動に移すまで何年もかかりおった。本の中でピカードが書いているはずだが——そう推測しただけだ、読んではいない。今読むとするか。

よし、読んだぞ。

ありきたりもいいところだ。逆境にうち勝ち、過ちから学ぶという人間のよくある教訓話であふれておる。ああ、それに愛と友情の大切さか。人間というのはわかりきった行動しかせんな。なぜこのわたしがあいつを構うのかすらわからんが、構っている。ピカードのかたわらにいるわたしは神であり、そのわたしに邪魔だてしてくるせいかもしれない。とっくの昔にあいつを破滅させ、存在を消し去ることはできた。実際、今でもできるぞ。

やってやった。

それから生き返らせた。こんなのは朝めし前だ。

だが認めるのはしゃくだが、ピカードはわたしの人生に意味を与えてくれる。長年にわたり、あいつの同胞をもてあそんできた。たいていは精神に異常を来《きた》すが、ピカードは違う。あいつは完璧な人間だ。努力し、結果を出し、解決策を見いだすまで問題にとりくみ、正解するのと同じ数だけ間違える。だが諸君と違い、過ちを認める。君の種族ではそれがいかにまれなことか、想像もつくまい。だからこそ君たちはピカードが好きなのかもしれんな。そしておそらく、あわれな人間よ、君はこの本を気に入るだろう。では気の毒なドクター・ビバリーに戻してやろう。

――彼がやり遂げたことの、また彼自身についての証言なのだ。願わくば、わたしと同じぐらい本書を楽しまれますように。

PROLOGUE
序　章

通路はむっとするほど暖かいと同時に、芯が冷えるほど寒い。暖かさは実際の室温のため、寒さは感情の完全な欠如による。わたしの自由は終わった。

「お前たちの社会が受け入れやすいように、すべての通達を人間の声に代弁させる決定がなされた。その役目を、お前に与える」

左右三キロメートルにわたる現代の地下墓地《カタコンベ》で、わたしはふたりの見張り、すなわちものいわぬ人間と機械のハイブリッドに挟まれていた。両脇の二体と同じく、白と灰色の異様に目立つ人影が、金属製の広大な構造物内の、幾重にも折り重なった通路に列をなしている。声の主を探すが、見あたらない。だが、わたしをとり巻いていた。全員が声を発しているような響きだが、どの口も動いてはいない。

ボーグだ。半分有機体、半分機械で作られたサイバネティックスの異星種族であり、ハチの巣状の意識に全員がつながれている。ボーグは星から都市をまるごとえぐりとり、人々とテクノロジーをとりこんで、集合体に同化させる。そして今、ボーグはわたしを代弁者に仕立て、人類の速やかな同化に加担させようとしていた。

これは、文明を賭《と》した戦いだ。わたしはクルー千名以上を擁《よう》するギャラクシー級惑星連邦旗艦

〈U.S.S.エンタープライズ〉の艦長をつとめる。わが艦はボーグ・キューブと交戦した最初の連邦宇宙船だった。二十八立方キロメートルの巨大な宇宙船ボーグ・キューブはわれわれのアルファ宇宙域へ侵攻し、すでにジュレ四号星のニュープロビデンス・コロニーを破壊していた。

ボーグ・キューブとの緒戦は、完璧な成功とはいい難かった。彼らを止める手だてがないと悟ったわたしは、せめてボーグ船の進行を鈍らせ、その間に宇宙艦隊が敵を上回る戦力を集める可能性に望みをかけた。これが裏目に出て、わたし個人への関心を示していたボーグに好機を与え、足どめ作戦が手づまりに陥ると見るや本艦のブリッジからわたしを拉致《らち》した。

彼らがわたしに興味を持った理由を、今では知っている。われわれの〝原始的な文明〟は権威に弱いため、ひとりに代弁させれば従うだろうと考えたのだ。利用されてなるものか。恐ろしくはあったが、勇気とは、恐れを知らぬのではなく、それにうち勝つことなのだと思い返した。闘わなければ。これまで数多くの敵に立ち向かってきた。数え切れないほど何度も命を落としかけた。対決への備えはじゅうぶんだ。耐え抜く覚悟はついている。

浅はかだった。

だしぬけに、ふたりの見張りがわたしの両腕をつかむ。金属製の万力《まんりき》のような握力だ。地面から軽々と持ちあげ、近くの台に載せる。ひとりがのどもとを押さえ、もうひとりが上下の服をはぎとった。わたしは無防備な全裸姿で横たえられた。

のどもとを押さえつけるボーグに目を向ける。この個体も、かつては人間だった。右目は完全にサイバネティックス移植装置に覆《おお》われ、チューブや導管《コンジット》が頭部と胸部に接続され、顔は幽霊と見まごうほど青白い。死者のうつろなまなざしをわたしに注いでいる。空いているほうの手を持ちあげ、腕から延びた三本のチューブをわたしの首に突き刺した。得体の知れない溶液を注入され、すべてが変わった。

「声」が聞こえた。最初は静かに、次に逃れようのない波となって押しよせ、わたしを飲みこんで溺《おぼ》れさせた。異質の、耳を聾《ろう》する雑音。理解不能な言語……そしてそれから、突然すべてを理解した。このボーグ船だけで何十万もある意識が、さらに何十億もの意識に接続され、おのおの、あるいは共同で働く。全員が、わたしの心をこじあけたがっているようだった。

はねつけようとしても、防ぐ術《すべ》はない。すでに入りこまれていた。大昔のリサイクル・ショップで古着の箱をあさる十億の手のように、欲しいものをつかんでは品定めし、不要なものは脇にどけていく。わたしの記憶を自在に飛び回った。初めて髪を切った日、子ども時代の友だちと交わした笑み、初めての上官と交わした同様の笑み、アカデミーでの最終試験、わたしを泥の中に押し倒す兄、初めてつきあった女性。

そのうち、探索はよりはっきりと焦点を合わせはじめる。狙いは艦長としての漫然とした記憶だ。防衛シールドの仕組みを説明している宇宙基地司令官。コンステレーション級宇宙船での任務中、空になるまで撃ち尽くしたフェイザー・バンク。ボーグの兵器を中和させる作戦を進言するクルー。

探索はなおも続いた。集合体は次に、わたしの思考を操りたがった。記憶を盗んだだけでなく、同胞への攻撃法について意見を求めた。わたしは意識を集中し、偽情報を与えようとしたが、紙のハロウィーン・マスクよろしく偽装をはぎとられた。わたしの経験と判断力が、彼らのものとなる。自己としての認識はまだあったが、もはや思考を制御できなくなった。集合意識の一部となり、わたしの思考と経験を使って新たなアイデンティティが造られた。ジャン＝リュック・ピカードの倫理観と道徳観、忠誠心と愛情ははぎとられ、小さな水たまりと化し、そこから新たな自己が湧きあがる。

彼らはそれを、ロキュータスと呼んだ。わたしのすべてにアクセスできた。わたしであったが、わたしではない。それに抗《あらが》う力はなかった。

残りかすのわたしは、ロキュータスがわたしの与えた知識を使ってボーグと作戦を練るのを見守った。これから何が起きるか、先をすべて見通せた。まずは〈エンタープライズ〉だ。ボーグ・キューブを破壊する作戦が筒抜《つつぬ》けとなり、集合体は防衛策を講じはじめた。すぐにも完了するだろう。〈エンタープライズ〉は敗れる運命にある。

わたしは無だ。床にできた水たまりだ。死にたかった。集合体は知っている。死の訴えを聞いた。一瞬、黙れと命じられでもしたように、「声」が沈黙した。それから忍び笑いが、悪意のこもった作り笑いがした。

「いや、死なせはしないぞジャン＝リュック」女はいった。「今はまだ」

CHAPTER ONE

第一章

ワイン農家の息子に生まれて

地下室におりるための扉はオーク材で、縦に並べた五枚の厚板に、横材を斜交《はすか》いに渡して補強してあり、常に錠がかかっていた。鍵は大きくて古めかしく、特大の金属リングに通され、廊下に置かれた戸棚のフックにかけてある。父が地下室の扉をくぐるのを見たのは二、三度しかない。戸棚から鍵をとり出し、扉を開けて中に入るとすぐに閉める。扉の向こうから、木製の階段のきしむ音が聞こえた。しばらくして父が姿を現し、扉に錠をかけてから、戸棚に戻す。

幼い頃、錠のかかったあの扉にどれだけ焦がれたか、文字で表すのは難しい。家は数百年前に建てられたため錠つきの扉がいくつもあったが、どれも施錠されてはいなかった。二十四世紀の地球に犯罪は存在せず、侵入者も強盗も、破壊行為をするような者もいなかった。戸締まりする必要は滅多になく、フランスののどかな小村ラバールでは、なおさらだった。

それでも父は、あの扉にだけは錠をかけた。

一度だけ、五歳の頃に取っ手をがちゃがちゃいわせ、開くかどうか試しているところを父に見つかった。わたしの肩をつかんだ父が、厳しい顔でにらむ。

「入る許可は与えていないぞ」静かだが脅すような口ぶりに震えあがり、わたしはワッと泣き出すと自分の部屋に駆けこんだ。

だが七歳になる頃には、木の防壁の向こう側が見たいという欲求がどんどん膨らんで、父の怒りを買う恐怖心を上回ったとまではいかなくても、鈍らせた。九月の第一週のことだ。すでに収穫期がはじまり、わたしは父と母と兄とともに畑に出て、ブドウの選《よ》りわけ作業をしていた。じゅうぶん熟したと父が判断したため、みんなで木から房をもいで、実から茎をとりのぞく。七つの子どもにとって、延々と続く作業は退屈なだけだ。代わりにやってくれる機械はいくらでもあるのに、父は使うのを拒んでいた（詳細は後述する）。面白くも何ともなかったが、ワイン造りのすべての作業同様、問答無用で手伝わされた。なお悪いことに、一度目の収穫は、必ず夜間に行った。暑い日中にやるにはきつすぎるのと、昼間にブドウを摘みとると、果実の糖分が腹を空かせたありとあらゆる虫を惹《ひ》きつけるせいだ。

トイレに行くため、それより多いのは作業をサボるため、わたしはしょっちゅう家を出入りしていた。おもてに戻る途中に突然ひらめいた。家族はとりいれ作業で忙しい。誰かが探しに来る前に、しばらくひとりきりで家の中にいられる。廊下の戸棚まで行って、外の様子を素早くうかがってから、キーリングをつかむ。

そして、すぐさま落とした。

鉄が木の床に当たるガシャンという音に、凍《こお》りつく。ゆっくり正面の窓に移動して（なぜか足音が、同じぐらい秘密作戦失敗のもとになるような気がした）、家にやってくる者が誰もいないのを確認する。それからキーリングを落とした場所に戻って、拾いあげる。想像したよりもずっと重い。

地下室に続く扉まで行き、鍵を差しこむ。小さい両手がかりで重たい鍵を回す。手こずったが、ガチリと小気味いい音がしてはずれた。

ノブを回すと、扉がきしみながら開く。廊下から差しこむ明かりで、前方の階段が少しだけ見え――五、六段下は真っ暗だった。

未知の場所へ、足を踏み入れる。七歳の身長には手すりの位置が高すぎ、二段ばかりおりてから思いきって手を離した。暗闇が落ちる六段目までおりて、立ちどまる。暗さに目が慣れてくると、階段の底を見分けられた。階下には照明のスイッチがあるはずだが、立っている場所からは見えない。高揚感が不安にうち勝ち、そのままおり続ける。だが片足を上げておりようとしたところで、邪魔が入った。

「何やってんだよ⁉」

後ろから、声がした。そちらを向いた拍子に足もとが狂い、次の段を滑る。手すりをつかもうとして失敗し、階段を転がり落ちた。あと六、七段しかないはずなのに、永遠に思えた。逆さまに落ちて、地下室のコンクリートの床に頭をしたたか打つ。わめき声を上げて動こうとしたら、足に鋭い痛みが走った。今まで覚えたどんな痛みより激しく、息ができなかった。とても耐えられない。パニックに襲われ、上を見た。

階段のおり口、扉の手前に、十三歳の兄ロベールが固まったまま、おぼつかなげに立っていた。解決不能なジレンマに陥っている。弟のわたしを助けに行くべきだとわかっているが、そのためには地下室に入るべからずという父の厳格な掟《おきて》を破ることになる。あのときの兄の立場になり替わりたいとは思わない。兄はわたしを見つめ、それからくるりと背を向けて走っていき、苦しむわたしを見捨てた。

もう一度そっと動こうとしたが、信じ難いほど痛い。あたりを見回すと、怖さがこみあげてきて、すすり泣いた。

暗闇に慣れた目が何かをとらえ、一瞬わたしは痛みを忘れた。

いくつもの顔があった。わたしをとり囲んで見つめている。大きな幽霊たちが、影の中を漂っている。自分が見ているものが理解できなかった。

「ジャン＝リュック⁉︎」救い主の声がして、母が階段を駆けおりてきた。作業用ブーツとオーバーオールという格好でも、エレガントな慈悲深い天使さながらだ。母はすぐにわたしの足を診《み》た。

「まあ、この子ったら何をしたの？　モーリス、救急箱を持ってきて……」

「ここにある。落ち着きなさい」小さな黒い箱を片手に、父がいつもの落ち着いた足どりで階段をおりてくる。その後ろ、階段の一番上には戻ってきたロベールが立ちつくし、世話を焼かれるわたしへの嫉妬をありありとその顔ににじませていた。

父から箱を受けとると、母は注射器をとり出してわたしの腕に刺した。足と頭の痛みが突然引いた。注射器を箱に戻し、次に小さな銀色の器具をとり出す。骨接《つ》ぎ器だ。

「ママン」まだおびえていたが、母の存在になぐさめられ、わたしはささやいた。「暗闇に人がいる……」

「しーっ、知ってるわ」そういうと、母は器具のスイッチを入れて足にあてた。「明かりをつけて、モーリス。この子が怖がってる……」

「こいつに怖くないものがあるのか？」

「モーリス」母がピシャリといった。

母の剣幕にひるんだとしても、おもてには出さず、父は壁のスイッチのところまで行って部屋の明かりをつけた。家の下の石をくりぬいて作った高さ三メートル、長さ百メートルの長い通路の中央で、階段は終わっていた。左右の顔がはっきり見える。額縁に入った絵や写真、そのどれもが肖像画で、列をなして壁にかかっていた。何十枚もある。昔の地球を背にした人物もいれば、より最近の写真もあった。美術館さながらだ。わたしは父を向いた。

「この人たちは誰なの？」

「これは」重々しい口調で、父がいった。「当家代々のご先祖だ」

地下室の正体が肖像画美術館だったとわかり、がっかりしなかったとはいえば嘘になる。父が部屋に錠をかけたのはごくありきたりな理由で、いたずらざかりの息子たちから肖像画を守るためだった。だが、兄とわたしが「秘密」に触れた今、父は彼の人生、さらにはわれわれふたりの人生に重要な意味を持つとの理由で、肖像の人物について教えはじめた。ピカード家の歴史を学ばせようとした。

　結果的に、それは的を射た判断となった。

　地球で連綿と受け継がれてきたピカードの名前は、古ブルターニュの地に端を発する。その血統は、フランク国王シャルルマーニュがヨーロッパを統一した西暦九世紀までたどることができる。数世紀の間、ピカード家はブルターニュのヴィエイユ・ヴィルに領地を持ち、その地で子爵の爵位を授けられた。ピカードの名はフランス全土に広まり、十四世紀にはノルマンディ、リヨネー、シャンパーニュにも一族の者がいた。

　少しずつ先祖の偉業に目を向けはじめたわたしは、やがて畏敬の念を持つに至った。ピエール・ピカードは一六二九年ケベックに上陸し、北アメリカにいち早く移住したフランス人となる。ベルナール・ピカート（綴りが異なるが血族だ）は十八世紀に人気のあったキリスト教の教典、『聖書』の挿絵で有名なフランスの版画家だ。月のピカード・クレーターは、著名な天文学者ジャン＝フェリックス・ピカードにちなんで名づけられた。ジョセフ＝デニス・ピカードは、十八世紀後半のフランス革命時に師団将軍をつとめた。フランク・ピカードは二〇二八年ノーベル化学賞を受賞、そして最近では、ルイーズ・ピカードが火星コロニーの建設に尽力している。彼らの肖像画はすべて地下にしつらえた一族の聖堂に納められ、ワイン農園に住む子孫によって、数世紀の間維持されてきた。

　ピカード家のワイン農園史に関しては、一八〇〇年代、ナポレオン戦争の時代にさかのぼる。ナポレオン軍の海軍大尉アンリ・ピカードが、東フランスのブルゴーニュ＝フランシュ＝コンテ地域圏にある小村ラバールの土地を購入した。なだらかに起伏する丘と穏やかな暮らしが、海の男には魅力に映った。その地を堪能するチャンスが大尉に一度もなかったのは大いなる悲劇だった。地所を購入して間もない一八〇五年、トラファルガー海戦においてフランスの軍艦サチュルヌ号を指揮中、アンリは没した[編注1]。

アンリの兄弟ルイは、二十エーカーのうち半分の区画をピノ・ノワール種のブドウ栽培にあてる決意をする。ワイナリーは数年がかりで初ビンテージ、一八一五年物のシャトー・ピカードを完成させた。当時の生産量は非常に低く、出荷数はわずか四百本にとどまった。徐々に栽培面積を増やしてワインの醸造法を改良し、二十世紀の終わりには一エーカーのブドウにつき六千本のワインを生産した。

産業革命以前の初ビンテージは、限られたテクノロジーのワイン醸造に頼った。収穫されたブドウは、人の手または原始的な機械によって圧搾される。よくも悪くも、その泥臭いやり方が伝統となった。一族はワイン醸造テクノロジーの進歩を無視し、その結果、シャトー・ピカードは過去五百年間同じ製法で造られてきた。これは二十一世紀の世界大戦中、思わぬ強みとなる。遺伝子操作されたヨーロッパの支配者ジョン・エリクソンがフランスを侵略したおり、国家のテクノロジー基盤が破壊された。結果的に、世界史における暗黒時代でさえ、シャトー・ピカードは生きのびた。

ピカード家は最初に拒んだテクノロジーを次には否定し、やがて軽んじるに至る。父モーリスが生まれた二二七〇年までに、それは一族のしきたりとして根づいていた。父は原始的な生活を規範とする家庭で成長した。家族はワイン農園で働き、食事は手料理だった。父はひまができると（ないも同然だったが）読書をして過ごした。シェイクスピアを愛読し、その趣味はアールグレイ・ティー好きともども息子たちへ伝染する。[編注2]

　現代社会がワインの消費法と生産方法を変え、レプリケーターの発明が食料生産経済を一変させた。二十三世紀には、ワイン造りはおしなべて芸術とみなされ、父方の祖父母フランシスとジェヌビエーブはその道の大家となった。ふたりは名にし負う二二四七年物を含め、最も記憶に残るビンテージを手がけている。その名声のもとで育った父は同じ生き方に憧れ、二十九歳の若さで、まだ祖父が存命で農園住まいのうちからワイナリーのセラーマスターを引き継いだ。

「お父様は一途なの」かつて、母はそういった。「おじい様のフランシスでさえ、モーリスのワイン造りにかける情熱と意志の固さは自分を超えるとおっしゃってたわ」わたしが父から受け継いだものがあるとすれば、一途さと、何かをしたり、手がけるならば記憶に残る優れたものにしたいという熱意だろう。あるとき母と話していると、父には想像力が欠けているような気がするとこぼした。ラバールを物理的に離れたことは一度もなく、精神的にもまたしかりだった。一族のワイナリーを経営する人生のみを思い定めていた。「もちろん」母はほろ苦い笑みを浮かべた。「そんな献身と一途さに惹かれる人間もいるけどね」

　母イベット・ジェサールは二二七四年、やはりラバールに生まれる。中学校で父と出会い、ロマンスが芽生えた。大学（名高いエコール・ポリテクニーク）へ進んだのは、すでに父のプロポーズを受け入れたあとだった。科学に興味があったが、ピカード家のワイン農園にいそしむための専門分野に専攻を変更している。

「教授方は醸造学者を目指したわたしにひどくおかんむりだったわ。せっかくの可能性を無駄にしてるってね」醸造学は科学、微生物学、地質学、気象学、土壌科学を基礎にしている。もちろん、醸造学がそれら多岐にわたる分野に触手を伸ばす唯一の理由は、ブドウとワインと、とりわけ発酵にかかわってくるためだ。母が教授たちと同意見だったのか、決心に後悔はなかったか、明かしたことはない。夫と子どもに囲まれ、家族経営のワイン農園で働く暮らしにいつも満足しきった印象を与えていた。


兄のロベールは、二二九九年に生まれた。二三〇五年七月十三日にわたしが生まれる頃にはすでに両親の熱心な補佐役をつとめていた。成長するにつれ、兄の暑苦しいほどの熱意を痛感するようになった。ロベールは父を模倣して、認めてもらうためなら何でもやった。とても太刀《たち》打ちできない。わたしよりも六年分よけいに、ワインの知識と経験があった。だが兄がわたしより優位に立っていたのは、それが主な要因ではない。

「バカ、やり方が間違ってる」わたしが枝を縛る手伝いをしようとすればそうののしり、枝切りばさみで茎を切れずに苦労すれば「でくのぼうめ」とコケにした。耳もとでささやくか大声でどなりつけ、ことあるごとに罵倒され続けるうちに、すっかり家業に嫌気がさした。七月のある日、限界が来た。ふたりはブドウの木の間に立ち、父からとりいれ時期の見極め方を教わっていた。

わたしはコンピューターなら正確な収穫時期を教えてくれるのに、なぜ使わないのかとたずねた。「コンピューターはブドウを味わえんし、果皮がはじけそうかどうかも、暑さが酸味を消してしまったかどうかもわからん」わたしの少ないコンピューター知識（当時わずか八歳だった）から、たぶんいずれもできるはずだと推測した。だがそうはいわず、代わりにもっと幼稚な口ごたえをした。

「ワインなんてつまんないよ」

父は何の反応も示さなかったが、兄はわたしが殺人でも犯したみたいな目つきをした。

「それなら家に戻っていなさい。ロベールとわたしにはやることがある」

後ろを振り返りながら、ロベールが小気味よさそうな表情を浮かべているのを予期したが、そこに見たのは軽蔑《けいべつ》と非難だった。たぶん、父の感情を肩代わりして表現したのだろう。

わたしは家の中に入った。大げさに聞こえるかもしれないが、これは人生の一大事だった。この瞬間、自立を宣言したのだ。なりゆきをすっかり意識したわけではないが、父と兄とわたしの不和をはっきりさせ、自分の将来は自分で決めると表明した――ワイン農園に骨をうずめる気はないと。恐怖と高揚感が、岐路に立ち、しがらみから抜け出したことを、幼いながらにはっきりと認識させた。八歳であっても、農園とワイナリーを継ぐのがロベールなのはわかっていた。わたしが生まれる前からすでに兄は地歩を固めていた。それに実のところ、ワイン造りには情熱のかけらも見いだせなかった。ワインなんてどうでもいい。自分がどこか別の道を歩んでいくのはわかっていた。ただ、どこに向かっているのかはわからない。

手持ちぶさただった。コンピューターの使用は学校の勉強に限定されている。友人のルイスの家に、こっそり行けるかもしれない。うちの家ほどテクノロジーを目の敵《かたき》にしていないし、子どもが遊べる最新の娯楽がいろいろある。だが父が自分を罰しているのは肌で感じていたし、反抗は一日に一度でじゅうぶんだった。読書は問題外だ、気が散りすぎる。それで、家じゅうを歩き回った。いつのまにか地下室に来ていた。

もう立ち入り禁止ではない。一年前にわたしが忍びこんでから、父はここを有効利用しようと決めた。すべてにおいて楽しみを奪いとる性分の父は、一族の歴史を息子たちにたたきこんだ。兄とわたしは祖先とその功績のすべてを暗記させられた。一族史の勉強は、わたしにささやかな影響をおよぼした。記録は完全――すべての親族が載った家系図と、居住地と功績を網羅《もうら》した分厚い手書きの本――だったが、ギャラリーに飾られた先人たちは全員、偉業をなした人物ばかりだった。科学者、大作家、探検家。若い精神にとって、見習うべきなのはこの人たちにほかならない。

肖像画の殿堂を歩きながら、匠《たくみ》と異才たちのギャラリーに自分の場所を確保するには、何か際だったことをする必要があると悟った。

ルイーズ・ピカードの写真で立ちどまる。宇宙服に身を包み、仲間とともに火星の地表に立っている。入植者たちはおどけてシャベルを構え、人類初の火星都市建設に向け、実際に地面を掘り起こそうとしているみたいだ。壁にかかる写真のうち宇宙へ飛び出した祖先はルイーズひとりだけで、ほかの親族もいるにはいたが、彼女が一番手だった。写真を見ながら、頭の中で地球をあとにした一族をそらんじた。多くはない……そのとき、ある考えがひらめいた。

図書室まで走って上がり、父が手書きの一族史をしまっている小さな書見台に向かう。宇宙航行時代に成人した世代の一節をあたり、数分後には、地下室でひらめいたことの裏づけがとれた。太陽系を出たピカード、星々へ進出したピカードはひとりもいない。

八歳にして、わたしは自分の進む道を見つけた。

すぐに仕事にかかりはじめた。とはいえ、子どもの頭では具体的に何をすればいいのか理解が限られ、「太陽系を離れる」というわたしの目標は具体性に欠けた。ワイン農園を逃げ出す計画を感づかれるのを恐れ、両親にアドバイスを求めるのは気が引けた。そのため手当たり次第、宇宙航行のテクノロジーや銀河系の歴史に関する本をむさぼり読んだ。家にはあまりなく、ほとんどは学校か、ルイスにはいい迷惑だった（あの年頃の少年の例に漏《も》れず、ルイスも読書熱心ではなかった）が、彼の家で読んだ。以前から、木製の船で男たちが世界中を探検したはるか昔の大航海時代にすごく興味があり、宇宙航行について学ぶのは自然な流れだった。また、宇宙船の模型を組み立てたり、収集をはじめて船ごとに精通しようとした。

母はわたしの興味を温かく見守り、膨大な模型集めに協力してくれ、九歳の誕生日には北アメリカのワシントン市にあるスミソニアン博物館に連れていってもくれた。ゼフラム・コクレーンの超光速宇宙船〈フェニックス〉や最初の深宇宙探査船〈エンタープライズ〉を含めてたくさんの宇宙船が展示されており、畏敬の念にうたれた。その日のうちに模型を手に入れて、家に戻るなり組み立てはじめた。〈NX-01〉に特別関心があったのは、小さい頃兄のロベールが模型を持っていて、絶対に遊ばせてくれなかったのも理由のひとつだった。ずいぶん前から兄はそんなおもちゃは卒業していたが、ずっと記憶に残っていた。

できあがって母に見せると、船について知っていることを質問された。

「ワープ五まで出せる最初の船なんだよ。操舵手は、トラビス・メイウェザー」あの年頃の少年はたいていそうだが、自分にとって宇宙船で一番重要なのは、速度と操舵手だった。

「やりたいのはその仕事?」母が訊いた。「操舵手?」

「うん。船を動かす人だ」

「でも操舵手は艦長から指示を受けるのよ。艦長が本当のパイロットなの」

そんなことは一度も考えつかなかった。「艦長にはどうしたらなれるの?」

「宇宙艦隊アカデミーに入らなきゃ。そこでいい成績をとらないとね」母はこうして新たな夢の芽をわたしに植えつけた。宇宙艦隊アカデミーの存在はもちろん聞いたことがあったが、自分の進学先として考えたのはそれが初めてだった。模型の宇宙船コレクションを眺めながら、今までとは違う未来を空想しはじめた。

その晩の夕食の席で、宇宙艦隊アカデミーに行くつもりだと宣言した。目の前で、ロベールがせせら笑った。

「入れてもらえるもんか。バカは門前払いだ」十一月の湿った木枯《こが》らしぐらい予想通りの反応だったが、それでも子ども心の素朴さで、兄と口をきくたびに、友情のかけらか、少なくとも尊重されることを懲りずに期待してしまう。

「ロベール……」母にたしなめられ、兄は次のあざけり言葉を飲みこんだ。それが何であれ、あとで聞かされるに違いないが。

「入るよ。ぼくはバカじゃない」

「そうですとも」母が力づけた。「でもたくさん勉強しなくちゃね」

「するよ」

「時間の無駄だ」そういったのは父だ。二本目のワインを開けたところで、おなじみのふさぎの虫にとりつかれていた。

「あら、この子はやるわよ」

「お前に何がわかる?」父が母をどなりつけた。

「ええ、夢にも思っていませんとも、あなたほど見識があるなんてね。夕食を召しあがったら」

母にあしらわれた父は言葉につまり、みんなは黙々と食事を終えたが、わたしは計画と固い決意で胸がいっぱいだった。

翌日、学校から帰宅した。前の晩はアカデミーについてもっと調べたくてしかたなかったが、情報をかき集めるのは学校の自由時間まで待たねばならなかった。九歳の頭では追いつかないほど情報や資料が見つかったが、まだはじめたばかりだ。大量のメモをとり、見返すのに夢中で、待ち受ける悲劇をあやうく見落とすところだった。

できたての〈NX-01〉の模型が、壊れて床に落ちている。最初は単にテーブルから落ちたと思ったが、近寄って調べると、壊れたエンジンに泥が少しこびりついていた。誰かが踏んづけた跡だ。一年前だったらたぶん泣き出しただろうが、この日は違う。カッとなった。

お気に入りの新しい模型の破片を手に階段を駆けおりて、正面玄関を押し開く。学校から戻る途中、農園で木を切っているロベールを見かけていたので、まっすぐ突進した。兄はわたしに気づかず、振り向いた拍子に突き飛ばしてやった。バランスを失ったロベールが地面に倒れこむ。ショックは受けたがすぐに立ちあがり、こちらが身構えるひまを与えず馬乗りになった。

「このちっぽけなクズ野郎」兄はたとえ一瞬でもわたしが優位に立ったことにむかついていた。何度もわたしを殴りつけ、父の声がするまで手を止めなかった。

「何の騒ぎだ?」

そばに立ち、父がにらんでいる。わたしからロベールをひきはがす。

「こいつに突き飛ばされた」

「ぼくの宇宙船を壊したからだ!」犯行の動かぬ証拠に、壊れた破片を差し出した。

「俺はやってない!」

「嘘つき!」再びロベールにかかっていったが、今度は父がわたしをつかんだ。手から模型の破片をとりあげて、地面に投げ捨てる。

「何するの……」

「家に入れ、ジャン＝リュック！　子どもじみたたわごとにつきあうひまはない。作業があるんだ」

何といえばいいかわからなかった。子どもなりに正義感はあり、父に公正な処置を望んだのに相手にされなかった。涙を浮かべ、飛び散った破片を拾い、家に戻る。わたしの世界を支配する虐待者たちから逃げ出してやる、改めてそう心に誓った。

あの日から、学校の勉強にうちこんだ。宇宙艦隊アカデミーは超難関だ。合格率は二パーセントに満たないため、高成績をとる決心をした。加えて、陸上競技、ボクシング、フェンシングなどのスポーツにも身を入れた。宇宙に名を残したい、ワイン農園から逃れたいという思いに突き動かされていたが、成功して注目されるのは、麻薬のように気持ちよかった。いい成績をとるたび、母は大げさに喜んでくれた。父でさえ感心し、勝利のたびにそっけなく「よくやった」と声をかけた。当然、成功のたびにロベールは渋い顔をし、当時のわたしは胸がすっとした。兄のほうが年上で腕力ではかなわなくても、賢さではわたしが上だと思いこんでいた。もちろん事実ではない。兄はワイナリーに集中し、そのため勉強にしわ寄せがいった。だが兄にいじめられた被害者意識から、してやったりと得意だった。あとになって、若さゆえの傲慢《ごうまん》さを後悔した。おかげでわたしを一番よく知る人間との関係を台無しにした。大人になって遅きに失するまで、兄を完全には理解しなかった。だが、当時のふたりは意地の張りあいの最中で、自分から農園脱出プランをはっきり口にしなくても、兄は感じとったようだ。わたしからすれば、兄はあらゆる手を使って妨害してきた。

十一歳のとき、部屋で本を読んでいた。ジェームズ・T・カーク船長の数ある伝記の一冊だ。宇宙艦隊の歴史を勉強しはじめてから、カーク船長の名前はそこかしこで見かけた。単純な時代の勇敢なヒーローであり、彼の冒険は、年頃だったわたしの想像力をかきたてた。

「父さんがブドウをかくはんしろってよ」ロベールがいった。本を読みながら外宇宙の偉業に浸りきっていたため、話しかけられるまで、兄が部屋の前に立っているのに気がつかなかった。

顔を上げ、兄を見た。ロベールがいっているのが本当かどうか確信がない。父からのことづけなのはじゅうぶんあり得る。だが確かめるには父にたずねるしかなく、たとえ父が兄をよこしたのでなくても、わたしが仕事を避けるような真似をしたと不快に思うのはわかっていたので、どちらにしても従うしかない。

本を脇に置き、発酵タンクのある納屋までとぼとぼ歩いていった。摘んでから茎をとりのぞいたブドウは、ここで一週間かけて発酵させる。その過程で果肉から果皮が分離して、表面に果帽という果皮のふたができる。定期的に果帽を上から突いて、果皮からより多くの果汁を抽出する必要があった。そのためにはタンクの上に立ち、櫂《かい》を使う。わたしを新たな情熱から引き離す、たくさんの骨折れ仕事のひとつだった。

あの日も高さ八フィート（約二・五メートル）のタンクにのぼり、上に渡した板に立った。櫂をつかんでブドウを押しはじめたが、心はまだ本のなかの冒険にとらわれていた。ロミュラン星人に変装したカーク船長が、敵船に潜入して遮蔽《しゃへい》装置をかすめとる……さっさと作業をやっつけて本に戻りたい一心で、力ずくでやたらに果帽を押しはじめた。思った通りに櫂の動きがついてこず、足が滑った。

渡し板から落ち、発酵中のワインにしぶきを上げてはまった。上に立っていたときでさえ鼻についたにおいにむせかえる。足場を見つけようとしても、タンクの底に触れない。わたしの身長は約五フィート（一五二センチ）で、発酵中のブドウはそれよりも嵩《かさ》が高くなっていた。渡し板に手を伸ばしたが、届かない。つかめるところまで腕を伸ばせなかった。タンクのはじに移動しようとした。液体とブドウの実の混合物は、水というより流砂に近い濃度だった。口に液体が入りこむ。果汁とアルコールと酵母の混合物がのどを焼き、目を刺した。叫ぼうとしても、気持ちの悪い液体を飲みこむだけだ。努力はすべて徒労に終わり、パニックが襲った。

「つかまれ！」

上を見た。ロベールが渡し板の上でひざまずいている。櫂をとってきて、わたしのほうへ差し出した。それをつかみ、兄が引っ張る。ドロドロした液から出てくると、手を伸ばしてわたしの腕をつかんだ。渡し板に引きあげられ、息をついて気持ちを落ち着かせる。

「この役たたずめ」ロベールが叱《しか》った。わたしは縮こまった。数百本分のワインをだめにした罰が待っていたし、加えて紫色に染まった肌は数日間は落ちず、屈辱を味わうはめになる。

ロベールがそんなに早く来あわせたのは、わたしを見張っていたからにほかならないと、あとになって気づいた。地下室の階段を落ちたときもしかり、ほかに何度あったかはわからない。兄が当時わたしに抱いていた感情がどうであれ、責任も感じていた。わたしは兄に、命の借りがあった。

やがてわたしは家を出て、ロベールはあとに残った。恩知らずを後悔したのは何年も経ってからだ。

〝おめでとうございます〟コンピューターの声がいった。〝宇宙艦隊アカデミー二三二六期生への入学申請が承認され、最終選抜試験の受験資格を取得しました。二三二二年九月二十八日〇九〇〇時、サンフランシスコの宇宙艦隊アカデミー本部へ出席ください〟

わたしはその知らせに微笑《ほほえ》み、ちっとも驚いていない自分に気がついた。待ちきれなかった。わたしの学業成績ならば、アカデミー合格はまず確実で、最終試験なんて形式上の手続きも同然だ。十七歳になったわたしは物静かな本の虫から、怖い物知らずの、生意気を通り越して傲慢な若者へと成長した。外では活発で社交的だが、うちの中では話がまったく違う。

わたしは実家の下宿人同然になっていた。体格と運動能力が向上したため、ロベールはもはや肉体的にも心理的にもたいしてわたしをいじめられなくなり、二十代になった兄にはそんな意図すらほとんどなかった。ワイナリーの次世代セラーマスターへの道を邁進している。それに、常々なりたがっていた存在になった――父の親友に。ふたりは大半を一緒に過ごし、自分たちのワインとブドウと土壌について、そしてよそのワインとブドウと土壌について話しあった。それはふたりで楽しむ終わりのないワイン・シンポジウム、兄の承認欲求と、父の賞賛欲求を満たしてくれるものだった。

ことわたしに関しては、父は学業とスポーツの成績をほめこそすれ、アカデミー入学が目的なのは無駄だと思っているのを隠そうともしなかった。入学の年が近づくにつれ、アカデミーの使命と教職員たちを見下す態度は激しさを増した。わたしの選択が父に対する裏切りに映り、実際に腹を立てている様子だった。そうであるほど入学への決意は強まった。

家族でいまだにいい関係を保っているのは、母だけだった。母の中で、愛情深い母親と愛情深い妻がせめぎあっているのを感じた。わたしの興味を後押ししたがったが、それは自分のもとからわたしを引き離すことになるとわかっていた。入学手続きが最終段階に移ったのを知らせると、葛藤しているようだった。

「すばらしいわ、ジャン＝リュック。でもしばらく秘密にしておきなさい」

「なぜ？」

「お父様が怒るのをできるだけ遅らせたいの」その正反対を望んだが、母の頼みを聞くことにした。サンフランシスコまで、母に付き添ってもらわねばならない。

三日間の試験中は、サンフランシスコの寄宿舎に泊まる予定でいた。小さなバッグに荷物をつめて、二十八日の早朝に家を出る。その日はたまたまロベールと父が新ビンテージを出荷する日でもあり、ふたりはそちらにかかりきりだった。さよならをいわずにすむ。ラバールからパリまでエアトラムで行き、そこからサンフランシスコへは物質・エネルギー転送装置を使うと母に聞かされ、驚いた。一度もその移動手段を体験したことがないため期待でぞくぞくしたが、子どもっぽく見られたくなくて平気なふりをした。

パリの市営転送機は小型の転送台《パッド》で、シテ島のノートルダム近くの屋外に設置されていた。気候は暖かくて湿気があり、技術者が転送台まで案内してくれた。下を向いて台を観察していたら、タイミングを逃し、一瞬後にはほぼそっくりな台を見おろしていた。顔を上げると、サンフランシスコのフィッシャーマンズワーフ近辺に立っていた。市は霧に覆われ、二十度ほど低い。自分に腹が立ってしょうがなかった。足もとに気をとられ、都市から都市へ転送される瞬間を見逃してしまった。

北アメリカ大陸へは何度か来たことがあるが、サンフランシスコを訪れたのは初めてだった。宇宙艦隊司令部および宇宙艦隊アカデミーの拠点であるこの市は、地球最大の宇宙港だ。ゴールデンゲートブリッジ上空をシャトルやトラムが行き交い、超モダンな街並みはわくわくするような光景で、ティーンエイジャーらしく無関心を装うのはとても無理だった。通りを歩けば、いまだかつて見たことのない異質な暮らしが広がっている。これがわたしの望む世界、わたしが生まれ育ったかび臭くて覇気《はき》の感じられない環境から、遠く隔たる世界だ。

母とわたしは宇宙艦隊の本部を見つけた。テストはアーチャー棟で実施される。〈エンタープライズＮＸ-０１〉の船長ジョナサン・アーチャーにちなんで名づけられた古い建物だ。[編注3]

登録がすむと、母はわたしを抱きしめて、若い女性少尉に委ねた。

「こちらです、ミスター・ピカード」少尉がわたしをターボリフトに案内してくれた。

「ジャン＝リュックと呼んでください」身のほど知らずにも色男を気どり、いつも自分の魅力をとんでもなく過大評価していた。

「遠慮しとくわ」少尉はテスト会場に案内すると、そっけなく立ち去った。わたしは室内に入った。コンピューター四台が四隅に離れて置かれ、それぞれの椅子は背を向けあっている。すでに二名ほど来ており、同じ年頃の地球人の男子と、もうひとりはヒューマノイド型の異星人で、青い肌をし、顔の真ん中に縦の隆起が走る、初めて接する種族の青年だった。地球人の若者が立ちあがり、親しげな笑みをよこした。

「ロバート・デソトだ」そう名乗り、握手を交わす。

「ジャン＝リュック・ピカードだ」

「Parlez-vous francais?（フランス語はいける？）」デソトが訊いた。わたしは笑って、フランス語で短い会話を交わした。デソトは会話を楽しんでいるようだった。フランス育ちの母親に教わったという。わたしは会話を中断して、部屋にいるもうひとりに自己紹介した。

「ボリア人？」

「フラス・ジェスリックです」

「その通り」驚いた様子だった。「正直いって、君はぼくを触角のもげたアンドリア人と間違わなかった数少ない人間だよ」われわれは雑談をはじめた。三人とも場に飲まれて少し緊張していたが、誰かがこのテストで脱落することになるという事実には、すぐに気がついた。まもなく、やはり地球人の若い女性が加わった。わたしに手を差し出す。

「マルタ・ベタニディーズよ」茶色の髪の、あでやかな笑顔が魅力的な女性だ。わたしはその手をとった。浅はかな思春期の頭で、彼女は自分に惹かれているものと決めつけ、これから数日間の雲行き次第では、それを利用しようと考えた（当時のわたしの女性観を書いていると恥ずかしさとともにかすかな吐き気を覚えるが、若い頃の自分を等身大に書くのが本筋だと信ずる）。四人で会話をはずませていると、教官が現れ、いっせいに口をつぐんだ。

「わたしはティチェナー教官だ」長身の縮れた金髪が、ひねったいたずらをたくらんでいそうな顔とマッチしている。「君たちは三日間ここでテストを受ける。来年度のクラスは目下二席しか空きがなく、銀河系じゅうに同様のテスト会場がある。自分のチャンスを計算できないようなら、合格の望みは薄いぞ」志気をくじくつもりだとすれば、逆効果だった。

ティチェナー教官がひとりひとりにコンピューター・コンソールを割り当て、試験がはじまった。三日間の試験科目は、銀河史からワープ物理、天文生物学まで多岐にわたる。一日目のテストが終わり、四人で夕食をとって各自就寝した。若く活力にあふれた当時、あの三日間が最もきつく、一日の終わりにはへとへとになっていた。

試験三日目の終わりに、ティチェナー教官が試験はあとふたつ、戦術シミュレーションと心理テストを残すだけだと告げた。ティチェナーはわたしが最初だといって、部屋から連れ出した。通路を歩き、〈ブリッジ・シミュレーター〉と記されたエリアへ向かう。室内は、エクセルシオール級宇宙船のブリッジが忠実に再現されていた。わたしは写真で見ていたし、ほとんどとりつかれたようにシステムを研究した。どのコントロールパネルだろうと操作できる自信がある。早く実力を見せたくてうずうずした――モニターしているアカデミーの人間が誰であれ、感心させてみせる。

　シミュレーションルームに思い思いに座っているのは私服姿の学生たちで、みんな同じ年頃だった。別のテストグループから来たのだろう。部屋が赤い照明に染まり、警告音が鳴り響いた。〝緊急警報〟コンピューターの声が告げる。一瞬、ギョッとした。この戦術シミュレーションは実にリアルだ。仲間の〝クルー〟を見ると、全員心底面食らっているらしい。絶好のチャンスだ。

「そこの」丸っこいヤツを指さす。「科学ステーションに行ってセンサーを起動しろ」

「どこのこと？」相手が訊いた。何年も宇宙船を勉強したおかげで、わたしはほかの受験生よりずっと先を行っているようだ。艦長席の真後ろにある科学ステーションを指さしたあと、若い女性を振り向く。

「ビュースクリーンをオンにできる？」

「たぶん」女性は操舵ステーションについた。わたしは最後のクルー、やせて弱々しそうな男を向いた。

「兵器コンソールにつけ」スクリーン脇のコンソールを示す。男はコンソールに行き、ためらいがちに座る。次に丸ぽちゃを向いた。

「センサーは何かとらえたか？」

「わからない。何を見てるのかわからないんだ」彼はむなしく科学ステーションのコントロールパネルを見つめている。じれたわたしは走っていき、センサーを起動した。三隻の船が向かってくる。センサーは武器がロックオンされたことを示していた。

「シールドを張れ！」叫んだら、声がひび割れた。

「誰にいってるの？」女が訊いた。

「それに〝シールド〟って何だ？」やせっぽちがたずねる。耳を疑った。こいつらは宇宙船に乗り組む資格があると思っているのか？

いらついて、兵器コンソールまで走るとスイッチを入れ、シールドを張る。遅すぎた。シミュレーターが命中を示し、兵器コンソールがショートする。計器を見た。武器は使用不能。スクリーンを向いた。まだついていない。

「スクリーンをつけろ！」わたしはカッとなった。「ここから脱出だ！」

「やり方を知ってると思ったの、でも違ったみたい……」どうかしている。わたしが全部やらないとだめなのか？　操舵ステーションまで走る。

「そこをどけ」女が椅子から立ちあがる。着席してスクリーンを起動すると、旧式の〈ロミュラン・バード・オブ・プレイ〉三隻がプラズマ兵器を放ってきた。ワープ速度をコントロールするキーをたたく。シミュレーターがさらなる命中を記録する。機関コンソールがショートし、照明が点滅した。目を向けると、エンジン出力はゼロだった。

〝シミュレーション終了〟コンピューターの声が告げる。怒りがこみあげたが、黙っていた。だが誰かが声に出し、努力を水の泡にした。

「ごめん」丸ぽちゃがいった。謝罪の言葉に気弱さを感じとり、とうとうぶち切れる。

「ごめん⁉　ごめんだと⁉　そもそも何でアカデミーを目指そうなんて思ったんだ⁉」これほど大声を張りあげた記憶はないが、ここに来るまで必死にがんばってきた。わたしの頭の中では三人の見知らぬ者が、たった今ぶち壊しにした。

「精一杯やったんだ」やせっぽちがいった。

「この能なし！　お前の〝精一杯〟で全員死ぬとこだったんだぞ！」どなり散らしていたため、扉の開く音に気づかなかった。

「まあ、気を静めて」ティチェナーがいった。「みんなもひと息つこう」振り返ると、教官と向きあっていた。彼の乾いた口調で自分が自制心を失っているのに気づき、恥ずかしさに口をつぐんだ。

「ピカード、戻るぞ。残りはここで待て」

教官はコントロール室からわたしを連れ出した。黙って教室に戻ると、三人の受験仲間が待っていた。みんなはすぐ、わたしが動揺しているのを見てとった。

「おいピカード、どうしたんだ？」デソトが訊いてきた。

「戦術シミュレーションで失敗した」

「悲観しすぎかもよ」マルタがいった。彼女はティチェナーを見たが、教官はうす笑いを浮かべ、マルタの推測を肯定も否定もしない。

「ミスター・ピカード、本日のテストは終了した」ティチェナーはそういうと、デソトを向いた。「次は君だ。来たまえ」デソトが教官について出ていき、わたしは部屋に残ってマルタとフラスにいきさつを話した。

「あんなのが戦術シミュレーションだなんて、どうしても納得いかない」

「違うかもね」マルタが指摘した。「心理テストだったのかも」そう考えたことはなかった。それでは理屈に合わない。

「何をテストしたんだ？　役立たずにどれだけむかっ腹を立てるかかい？」

「さあね。ティチェナーは戦術シミュレーションだっていったの？」そういえば、何もいわなかった。あれが心理テストだったとすると、盛大に失敗した気がして落ちこんだ。しかも、何のテストだったのかさえよくわからない。今日の分は終了したため、私室に戻ってくさっていた。

次の日、教室に出向いた。昨晩は仲間と顔を合わせず、ティチェナー教官がやってくるとみんなが浮き足だった。教官は、このグループのうちロバート・デソトだけがアカデミーに合格したと告げた。デソトとわたしは友人になったが、嫉妬と混乱のあまり、祝福の言葉を述べるのにひどく苦労した。相手はわたしの顔色を読み、すぐに見透かした。

「ああ、まったくだ。君が合格すべきだったな」

わたしは自分の自己中心ぶりに恥じいった。

「ごめん。心からお祝いするよ」

「Ce n'est pas grave（がっかりするな）。来年アカデミーで会おう」

マルタとわたしは連れだって会場をあとにした。もの思いに沈んでいて、マルタがわたしを笑っているのにすぐには気がつかなかった。

「何がそんなにおかしいんだ？」

「あなたよ。あきれるぐらい傲慢よね」

「いいかい、俺がどれだけ勉強したか……」

「そしてわたしはしなかったとでも？　念のためいっとくけど、夢がお預けになったのはあなただけじゃないのよ」もちろん彼女のいう通りだが、くやしくてならない。「あれが心理テストかどうかわかった？」マルタがたずねた。

「いいや」質問するなんて、屈辱的すぎた。自分が何を試されたのかわからなかったと、ティチェナーに認めたくない。もちろんそれは、わたしのエゴ、自己防衛本能だった。もし来年戻ってこられたとしても、合格するには何が必要なのか見当がつかないのは目に見えている。

マルタとわたしはさよならをいい、連絡をとりあおうと空約束をした。母が迎えに来たがったが断った。そのためパリにはエアトラムで戻った。そこからラバール行きに乗り換える。二時間ほどの旅の間、自己憐憫に浸る時間はたっぷりあった。

ラバールに到着すると、ダッフルバッグを肩にかけ、駅から歩いて家路につく。見慣れた木々を通りすぎるうち、気持ちが沈んでいった。ロベールがわたしの失敗に大喜びするのは目に見えていたが、それは試験の日まで傲慢な態度をとり続けた自分への報いだと、心の底ではわかっていた。父がどんな反応をするかはさっぱり予測がつかなかったが、兄とふたりで大笑いする姿を想像した。

　わが家の玄関に近づくと、突然扉が開いて、母がわたしを出迎えた。温かく抱きしめてくれる。

「いいのよ、ジャン＝リュック」母がそっとささやくと、わたしは泣きはじめた。大の男気どりでいたのに、まるで子どものままだった。母親らしいいたわりが、わたしの虚勢を突き崩した。中にうながされ、素早く涙をぬぐう。

「親父とロベールは？」

「納屋よ、まだワインの出荷準備をしてる。心配しないで、もう少し時間がかかるわ。何があったのか話してちょうだい」わたしはかいつまんで話し、最後のテストの謎にも触れた。

「謎なんかじゃない。心理テストよ」

「何でいい切れるの？」

「あなたはここを出て、世間でひとかどの者になりたかった。将来設計は、何年かかけて決めればいい。あるとき、自分の進む道は宇宙艦隊にあると狙いを定めた」母にはお見通しだった。愚かにも、上昇志向の動機を誰にも気づかれていないと思いこんでいた。

「それとこれと、何の関係が？」

「準備万端だと思っていた課題が出た。ところが、三人の無能者が邪魔をした。それこそがあなたの最大の恐怖」はっと腑《ふ》に落ちる。

「俺が恐れているのは、自分でコントロールできないこと」そして、マルタの言葉がよみがえる。

「それに、いつも自分のことしか頭にない」不安なのは、それがわかったあとも、テストでどう対処すべきだったのかわからない点だった。

「帰ったのか」ロベールがいった。兄と父が外から入ってきた。ロベールの口調は、案の定バカにしきっている。ふたりは腰をおろし、泥だらけのブーツを脱いだ。

「ただいま」

「で、次の出発は？」ロベールがたずねる。「星に向かって、か？」わたしは返事に困り、母を見ると、結果をふたりには話していないのが顔つきでわかった。

「受からなかった」ロベールと父が顔を見交わすのが目に入り、もの笑いのタネにされるのを覚悟した。

「そうか」ロベールは笑わなかった。実のところ、きまり悪そうだった。

「そいつは俺たちには好都合だな」父がいった。

「ほんと？　何で？」

「明日の出荷を手伝ってくれ。時間があればだが」つけ足し部分は多少皮肉めいていたが、ほんのわずかだ。あのとき父と兄はわたしに同情したのだと、理解するのに一生分かかった。わたしの失敗をちっとも茶化さなかった。次の日、ワインの荷造りと出荷を手伝う。これはちょっとした気晴らしになり、立ち直る助けになった。

だがやがて、いつもの日々に戻った。ロベールはあらゆる機会にわたしをおとしめ、お返しにわたしは尊大ぶって無視した。父はわたしの志望進路をさげすみ続け、わたしはますます熱心に追い求めた。翌年、雪辱戦のチャンスをつかむ。再試験を、今回は別の受験生グループで、やはりティチェナー教官の監督下で受ける。一度目同様、コンピューター・モニターのテストはまずまずだった。最終日、再度ティチェナーに連れられブリッジ・シミュレーターに行く。

同じ三人の学生が、再びそこにいた。ティチェナーが扉を閉め、緊急警報の音が鳴り響く。

一瞬、混乱した。去年一年間頭の中でこの状況を再現し続け、似たようなテストに直面した場合に備えてきた。操舵コントロールは自分でやろうと決め、ビュースクリーンをつけて〝船〟を素早く脱出させ、危機を回避する。ひとりで三隻に応戦するのは無理だからだ。だが、まさかそっくり同じ状況に陥るとは予想していなかった。三人の顔ぶれも同じ。本能的にその点は無視して操舵につき、計画通りに進めようとした。だがこの三人の存在で、彼ら自身がテストの一部なのだと悟る。

おくればせながら気がついた。彼らは受験生じゃない。あり得なかった。わかりきった質問をしようと決めた。

「君ら三人は、去年よりシミュレーターの操作に慣れたのかい?」

「うん」太っちょがいった。「完璧なトレーニングを受けたよ」わたしは勝ったと思い、微笑んだ。それなら、指示通りに動いてくれるものと安心して命令を出せる。

そして、ためらった。

太っちょのいう「完璧なトレーニング」が頭にひっかかる。自分は何ひとつトレーニングは受けていない。ただ本を読んで、独習しただけだ。作戦変更だ。

「君たちが完璧なトレーニングを受けたのなら、君たちが指揮をしたらどうだ」

やせっぽちが笑った。

「了解。君は操舵について、ビュースクリーンを起動してくれ……」


あのときに生意気な自分を反省し、謙虚さと、人の話に耳を傾ける姿勢を学んだといえたらいいのだが、テストをうまく攻略した自分をほめただけだった。じっくり内省しなかったため、あとで非常に高い代償を払った。

だが当時は試験に受かり、アカデミー入学がかなっただけで満足だった。

数ヶ月後、学校に向けて発《た》った。午前四時半に起きる。家族の誰にも別れを告げずに家を出かった。現代の旅行事情からすれば、家からさほど離れるわけではなかったし、母の情緒過多につきあいたくないからと、自分にいい聞かせた。実際は、自分自身を恐れていたのだと思う。

ダッフルバッグに手回り品を詰めこんで、階段をおりる。そのとき、ファミリールームに明かりが灯《とも》っているのに気がついた。

「じゃあ、出ていくんだな」父がいった。椅子に座り、小さな卓上ランプに照らされていた。

「うん」父は本も飲み物も手にしておらず、ただ座っていた。そのときはとても信じ難かったが、父はわたしを待っていたのだと思う。

「お前の進む道は危険に満ちている。ばかな真似はするなよ」ほかの人物の言葉だったら、ジョークに聞こえたかも知れないが、父からはユーモアのかけらも感じなかった。当時、父の顔から読みとれたのは非難と拒否だけだったが、今ならば、気遣っている心の内を表現できなかったのだとわかる。あのとき背を向けて、さよならもいわずに出ていったのを後悔している。

編注1　トラファルガー海戦において、アンリ・ピカードの名前もサチュルヌ号という名前の船も、公的な歴史書には残されていない。だが当時の記録が必ずしも正確でないことは広く知られている。私的な家系史が、正史よりも正確に詳細を残している例は、しばしば見受けられる。
編注2　フランス人の父親がシェイクスピアおよび、きわめて英国的な紅茶の好みを息子に伝えた事実は前出の編注を裏づけるように思える。
編注3　ピカードはありがちな勘違いをしている。アーチャー棟は、正確にはジョナサン・アーチャーの父親で、ワープ五エンジンを設計したヘンリーにちなむ。

CHAPTER TWO

第二章

宇宙艦隊での日々
——アカデミー・マラソン

マラソンがスタートしてから約二時間半、最後ののぼりが目の前に迫ってきた。気温は摂氏三十度近くあったが、もう五マイルも前から水分補給していない。コースの途中で最後に水が配られたとき、ペースが落ちるのが心配で受けとらなかった。その甲斐《かい》はあった――ほかの走者は大半がわたしの後方にいる。わたしを入れて五名の走者がアカデミー生の集団を大きくリードしていた。前を走る四名は、全員上級生だ。サスマン士官候補生大佐とマタラス士官候補生大尉の四年生ふたりが先頭を走り、そのすぐ後ろをブラックとストロング両士官候補生が追う。四名は互いにつばぜりあいをしていた。わたしの存在に気づいてさえいない。

だが、いつかは気がつく。アカデミーの初日、全員にそうさせると決めた。

わたしが入学した二三二三年、宇宙艦隊アカデミーは創立から百五十周年をとうに超えていた。何世代もの卒業生が、前世紀に起きた様々な事件で主要な役割を果たし、そのため銀河系の教育機関でもひときわ尊敬を集めるようになった。その事実に、わたし自身が尊敬され、功績を上げたいという野心をかきたてられた――それほど誉《ほま》れ高い機関に名を連ねられたなら、わたしもまた賞賛されるはずだ（この信念のおかげで、のちに不都合な真実を何度もつきつけられた）。

アカデミーの初日は、それ自体がトライアルだった。登録後、大きな赤いバッグを渡されて、必要品を集めて回る組織だった宝探しゲーム《スカベンジャー・ハント》に送りだされる。かつては鬼の上級生がそこらじゅうにいて、自分がどんなにつまらない人間かをまくしたてられたという話だ。青二才から、命令に絶対服従する兵士へと鍛えあげるのを使命とする、地球の旧弊な陸軍士官学校から引き継いだしきたりだった。何十年もかけて、宇宙艦隊はその手の野蛮なしきたりをそぎ落としてきた。現代の進歩した社会では、個人は悪意に満ちたしごきを受けずとも、指揮系統を尊重する。だからといって、人間関係のしがらみから解放されるわけではない。

初日の身の回り品集めがすむと、創立時のキャンパス、メイウェザー・ハウスに建てられた古い寄宿舎に行く道順を見つけ、自室に向かう。ルームメイトがベッドに腹ばいになり、かかとを上げていた。荷物はまだバッグに入ったままだ。

「ジャン＝リュック・ピカードだ。君はコータンだね」

「コーリーと呼んでくれ、コーリー・ズエラー」相手はそう返事をした。「よろしくな、ジョニー」

われわれは出だしでつまずいた。そんなあだ名でわたしを呼ぶ者はこれまでひとりもいなかった。一瞬でその呼び方を嫌い、ひいてはコーリーも嫌った。薄笑いを浮かべて荷物を広げはじめると、コーリーに出身をたずねられ、素っ気ない返事をした。コーリー自身はアメリカ大陸のセントルイス市出身だ。フレンドリーで外向的な人間だったが、あだ名で呼ばれたのが許せなかった。

「それで、どのクラスに登録したんだい？　一緒のもあるかも……」コーリーがいった。

「まだ登録してない」クラスの登録は学校に着いてからやるものと思っていたが、コーリーの顔つきから下手《へた》を打ったのがわかった。

「すぐにやったほうがいい」コーリーは自分のコンピューター画面を表示して、登録をすませたクラスの一覧を見せた。わたしは自分に与えられたコンピューター・モニターに向かった。それまで専用のコンピューターを持ったことはなく、初めての経験だった。そして、わが家のテクノロジー嫌いがもたらした不利益にも直面した。わたしをのぞいてコンピューターを無制限に使えたアカデミーの全学生と違い、事前にクラス登録をしなかっただけでなく、可能だとさえ知らなかった。

「コンピューターを見るのは初めてかい、ジョニー?」コーリーは冗談でいったが、わたしは恥ずかしさのあまり彼を無視して画面とひたすらにらめっこし、そのうち運よくクラス登録にこぎつけた。コーリーがくすりと笑い、それを冷やかしと受けとったわたしは、部屋を出た。すでに出遅れたのを実感しながら。

宇宙艦隊アカデミーの教育は多岐にわたり、科学部門と機関《エンジニアリング》部門の士官候補生には必修科目が山ほど、社会科学と人文学にもおびただしい数の課程が用意されていたが、どれも銀河系の理解を深めるのに役立つ知識ばかりだった。学生にはとらなければいけない課程があり（宇宙船エンジニアリング、銀河系法等）、必修科目のいくつかはそれらの課程で満たせた。わたしは銀河史の必修科目を宇宙探査課程でとるつもりだったが、クラスは満員で、まだ空いている歴史課程は宇宙考古学だけだった。まったく興味のない分野だが、それはよく知らなかったのが主な理由だ。それでも、少なくとも登録を終えてひと息つけた。はじまってしまえば何とかなるだろう。

　例によって、完璧に間違っていた。アカデミー一年目の夏は、学科がはじまる前の体力作りにあてられ、容赦《ようしゃ》ない試練が新入り士官候補生を待っていた。宇宙艦隊は学生に高いレベルの身体機能維持を求め、〝プリーブ・サマー（新入生夏期特訓）〟の儀式は試練を耐え抜けない候補生をふるい落とす目的がある。学校でのスポーツの成績はよかったが、わたしはワイン農園育ちだ。サバイバル・トレーニングを受けたこともなければ、百ポンドの重りを持って走ったことも、山を実際にのぼったこともない。すれすれの成績で、何とか夏を乗り切った。

　十代のときに抱いていた体力面の優越感はあの夏であとかたもなく消え、誰よりも賢いという感覚も、秋の学期はじめに消し飛ぶのは必至だ。村の学校でクラス一優秀だったとしても、アカデミーの全員がクラスで一番だったのだ。士官候補生の大半は、わたしよりもはるかに厳しい教育を受けてきた。高等数学セミナーでバルカン人数名のとなりに座ったときは、自分がまるで、クロマニョン人が火をおこすのを、よたつきながら眺めるネアンデルタール人のような気がした。

　一日目の授業が終わり、夕食後、ひとりで自室にいた。最初の二週間ばかり、コーリーは女の子目当ての飲みにわたしを誘ったが、判で押したような「いや結構」の返事に懲りたのか、そのうち声をかけなくなり、ついには、いつもの「あとでな」すらいわなくなった。わたしはコンピューターのコンソールに座って勉強するふりをしたが、実のところ、間違った選択をしたのではとくよくよしていた。いまだにひとりの友だちもできず、知力・体力ともに、周囲より劣ってると感じた。ホームシックになるなんて一度も思わなかったが、心を静めてくれる母の声を待ちわびた。母は超人的な努力でわたしとの連絡を絶やさず、何かと電話や便りをくれた。だがわたしはいつも会話を手短に切りあげた。アカデミーで苦労していると母（と、ひいては父とロベール）にうち明けるには、プライドが高すぎた。宇宙に乗り出して宇宙船の艦長になるという夢は、見果てぬ夢で終わりそうだった。

二日目も進展の兆《きざ》しはなく、とりわけ宇宙考古学の講義初日に出たときは、お先真っ暗になった。教室に着いても誰ひとりおらず、場所を間違えていないか二度確認した。そのうちもうひとり、生徒がやってきた。アフリカ系アメリカ人の末裔《まつえい》で、ドナルド・バーリーといった。

「君も歴史セクションから全部閉めだされたくち？」

「いや、その」ドナルドが笑った。「本当に興味があるんだ。ぼくらふたりだけってあり得るかな？」

「わたしの講義じゃ、平均的な受講者数だな」男の声がした。振り向くと、すりきれたサファリベストを着て、肩かけかばんをかけた七十代の男がいた。ガレン教授だろうとの見立ては当たっていた。変わり種だ。アカデミーの指導教員はたいてい何らかの宇宙艦隊職員か、卒業後も残った古参の士官候補生か、帰休中または退役した士官がつとめる。だがガレン教授はパイプを吸い、ツイードのジャケットを羽織るような生粋《きっすい》の学者だった。

「どっちがバーリーでどっちがピカード？」正面の教壇に向かいながら、教授がたずねる。ふたりが名乗ると、真向かいに座るよう手招きした。

「惑星連邦は、約二世紀間存在している」講義がはじまった。「そこに暮らす者の大半は、連邦を歴史上の偉大な文明とみなしている。当講義で検証するのは、そのような意見がいかに無意味であるかを……」

陶器の破片や、化石のつまらない写真の束を予測した教室に、腰を落ち着ける。そういったたぐいに代わり、ガレン教授はかばんから二個の遺物をとり出し、ふたりの生徒に手渡した。小さな像で、おそらくはヒューマノイドの一種、甲冑《かっちゅう》をつけたトルソーに見えた。

「手にしたものが何かわかるかね？」どちらもわからなかった。「カール文明の像だ」

これにバーリーはいたく興味を引かれたらしく、慎重な手つきで像を調べだした。

「『ターキン・ヒルの巨匠』と呼ばれる無名のカール人の工房で作られた。彼は時代を数世紀分先んじた素材と道具を使って作品を創った。年代がわかるか？」

「そうですね」バーリーが答える。「カール文明は一万年以上前に消えて……」

「そうだ。事実、君の持っている像は一万二千年以上前のものだ」それを聞いて、わたしは彫像をもっと注意深く扱った。

「巨匠の芸術性と先進的なテクニックのおかげで、これらは生き残った。なぜか推測できるかね？」

バーリーは答えなかったが、わたしは手の中の小さな物体を見つめるうち、古代の工房で原始的な道具と素材を手にした孤独な芸術家を思い描いた。男は作品に丹精《たんせい》をこめ、心にはただひとつの目的を抱いている。

「彼は覚えていて欲しかったんだ」

「それならなぜ作品に名前を刻まなかった?」

「作品そのものが重要だったんです。自分の成果を後世に残した」

「かなり印象的な成果といえるな。だがわたしの恩師がよく話していたように、考古学が探るのは事実で、真実ではない。ゆえに事実にのみ目を向け……」わたしは聞いていなかった。ガレン教授はテレパスか何かかと思った。わたしの頭の中にいる考古学者のように、プリーブ・サマーと学期はじめに生まれた不安感から、すっかり見失っていた真の動機を掘り出した。

自分の成果を残したい。

子どもじみている、それは承知のうえだ。自分の市場価値を高める以外、興味がなかった。この人々に自分を印象づけたいという野望を、今すぐにも叶えたい。答えはキャンパスを歩いていて、ビュースクリーンの前を通りすぎたときに見つかった。アカデミーのイベントリストが表示されている。

アカデミー・マラソン本日受付開始。

これまで走った距離は長くてせいぜい十キロ、しかもプリーブ・サマーでだ。ほぼビリケツで、図体がでかくて動きの遅いブタに似た種族のテラライト人士官候補生から、ひとり前でゴールした。だが、アカデミー・マラソンは学校がスポンサーにつき、コンテストの中でも特別大がかりな催しだ。亜空間通信で中継され、連邦の大勢の目に触れる機会がある。いい成績を残せば注目されるのは間違いない。即座に出走登録をした。あとは、マラソンのやり方を覚えればよし。

リサーチをして、すぐにトレーニングにとりかかる。週に五日走り、まもなく週に一度は長距離を走るようになり、二ヶ月足らずで二十キロまで距離を伸ばした。課題を増やしたことで、ますますクラスメートから孤立していった。あとから考えれば、あれは一種の逃避だった。体力づくりと知的活動にエネルギーを費やすほうが、不安定な感情と向きあうよりもたやすかった。だがひとりのほうが平和だと、自分を納得させていた。

ある晩走ったあと、部屋へ戻って驚いた。わたしのベッドに女性が寝そべり、小さな酒瓶を片手にくつろいでいる。ひと目で誰だかわかった。

「マルタ！」マルタ・ベタニディーズとは、最終試験を一緒に受けて以来だった。アカデミーに受かったことさえ知らなかったが、会えてすごくうれしかったし、驚きもした。「どうやって俺を見つけたんだ？」

「あらまあジャン＝リュック。ここは――ここ、あなたの部屋だったの？」あわててベッドからおりて気まずそうに立ちあがったとき、マルタはわたしに会いに来たのではないと気がついた。

「ヘイ、ジョニー」コーリーだ。背後から声をかけられ、バスルームから戻ったのだと推測した。

「マルタとは知りあいかい？」

「ああ」

「入学試験の一回目を一緒に落ちたの」と、マルタがいった。わたしはよけいに気まずくなった――常に不安定な精神状態のなか、自ら進んでコーリーに失敗談をうち明けるつもりはなかった。「ほんとにごめんなさい。コーリーがルームメイトの名前を〝ジョニー〟っていい続けるから、あなたのあだ名だって知らずに……」

「いいんだ」わたしはシャワーを浴びるため、洗面道具とタオルをつかんだ。

「コーリーと飲みに行くところなの。あなたも一緒に……」

「無駄だよ、マルタ。ジョニーはマラソンの練習がなくても飲みになんか来ないさ」

「マラソン大会に出るの？　すごいじゃない」わたしはマルタに素っ気ない笑みを向けた。会えた一瞬は喜んだが、無理に押さえこんだ。大人げない感情から、コーリーの友だちに愛想のいい顔は見せまいと決めていた（振り返ると、あまりに幼稚な態度にあきれかえる）。

「君は勝つよ、ジョニー」手短に別れをいってシャワーに向かうわたしに、コーリーが声をかけた。誠実そうな口ぶりだったが、その言葉もコーリーも、信じようとしなかった。彼はあざ笑っている、そう確信した。アカデミー・マラソンで新入生が勝ったことは過去に一度もない。参加申し込みしたときに望んだのは満足のいくフィニッシュを、できれば新入生の記録を破って決めたいというだけだった。その夜、マルタはコーリーに会いに来たのであって自分ではなかったことにひどく落ちこんだわたしは、不可能に挑む決心をした。

　マラソン大会は二年に一度、数光年離れたダニュラ二号星で、三日間にわたって開催されるアカデミー・オリンピックの一競技だ。ことマラソンに関しては、上級生が圧倒的に有利だった。アカデミーで体をより鍛えているのはもとより、一年か二年のときに大会に出場していたならばコースを走った経験があり、それに合わせたトレーニングを組める。大会に登録した際にざっくり土地の説明を受けたが、そんな最低限の情報ではとても満足できない。

　ちょっとした手間で、宇宙艦隊アカデミーの職員が、陸上競技用に作成したダニュラ二号星の調査報告書を手に入れた。コースの説明はランナーに配ったものよりずっと詳しく、地面の状態や坂道の傾斜角度が判明した。一番の難所はゴール前の最後ののぼりとみえ、傾斜は十八・一度。サンフランシスコの練習コースをできるだけ近い設計にする必要があった。フィルバート・ストリートのアカデミーからほど近い坂が十七・五度の傾斜だったので、その日からいつもそこで走り終え、ラストスパートのために少し余力を残す練習に切り替える。

オリンピック開催地に旅発《たびだ》つ日は、わたしにとってきわめて大事な日だった。生まれて初めて宇宙に出る。軌道上にいる宇宙船行きのシャトルに、わくわくしながら乗りこんだ。オリンピックに参加する約二百名の候補生で、機内はぎゅうづめになった。残る一万二千名は、亜空間中継で大会を観戦する。シートベルトを締めながら、小さな機内に見知った顔を求めて見回したが、誰もおらず、いたとしてもキャンパスですれ違う程度の者だった。自分で築いた壁が一層ぶ厚くなっていく。アカデミーに入ったとき、わたしは孤独で、初年度に注いだ努力のすべてがその感覚を悪化させるだけだった。

〝離陸に備えろ〟パイロットがスピーカー越しに告げる。まもなく発進したが、ほとんど気づかなかった。シャトルの慣性制動装置のせいで重力加速が感じられず、さらには中央の席に座っていたため、外を見たくてたまらなくても、窓からの眺めは前に倒した候補生の体で遮られた。そのため宇宙への初旅行は、シートベルトをのぞけば病院の待合室に座っているも同然だった。

シャトルは宇宙船のシャトル格納庫に入った。この船がわれわれをダニユラ二号星へ運ぶ。シャトルを順に降りるなり、われわれとそう歳の違わない秘書《ヨーマン》に出迎えられた。

「きをーつけぇ……」秘書が声を張りあげる。「艦長に敬礼」

　気をつけをすると、生え際の後退した四十がらみのたくましい男性が、険しい顔でわれわれをにらみつけている。

「〈エンタープライズ〉へようこそ。わたしはハンソン艦長だ」まさかアンバサダー級の新型宇宙船〈U.S.S.エンタープライズ NCC-1701-C〉で輸送されるとは、聞いていなかった。ハンソン艦長その人も、候補生仲間では有名だ。すでに目覚ましい経歴があり、三十前にして艦長に昇進した。これは特別待遇が期待できるぞ、と一瞬思った。

「いっておくが、わたしはこの任務を受けたくなかった」ハンソンがそういったとたん、わたしのうぬぼれた考えが消し飛んだ。「諸君らひよっこどもをレインディア・ゲーム[編注4]（お遊戯）に連れていくのは〈U.S.S.フッド〉のはずだったが、予期せぬ修理に入ったため、わたしが貧乏くじをひいた。この船は新造船だ。諸君の誰かが傷つけでもしようものなら、壁のかすり傷だろうとカーペットのごみだろうと、ひとり残らず二度と再び船に乗れんようにしてやる。わかったか？」

「イエス、サー！」一斉に声を張りあげる。

「解散」艦長が引きあげ、われわれにはこれっぽっちも価値がないという印象をあとに残した。自室に落ち着いてから〝レインディア・ゲーム〟の意味を探したが、見つかったのは二十一世紀初頭に作られたとりたてて特徴のない映画だけだった。

　ダニュラ二号星への三日間の旅は、シャトルのときとほぼ同様に味気なかった。二百名は各自、一デッキの個室に押しこめられた。エクササイズ施設と、食堂を兼ねたレクリエーションルームは使用を許可された。男女の保安部員に常時監視され、われわれに船の運航を邪魔させないといったハンソン艦長の本気ぶりがうかがえた。パリシス・スクエアチームの士官候補生がひとり、監視の目を盗んでブリッジに行こうとしたが、すぐに見つかり旅の間じゅう営倉に閉じこめられた。

やっと目的の星の標準軌道に乗り、わたしはシャトルの窓側席を必死に確保した。格納庫を出たとき、奇妙なめまいに襲われた。背筋を伸ばして座っていたが、見おろしているという感覚がしてしかたがない。窓からは青緑色のMクラス惑星が見え、心の目にはやすやすと地球に映る。ダニュラ二号星が地球よりずいぶん小さいという知識はあり、見ればわかると思ったが、目に飛びこんだのは巨大な惑星だった。と、思うまもなく突然雲間に入り、着陸態勢に入る。広々とした海の上をまたぎ、北の小さな大陸へ向かう。

この星のスポーツ施設が、視界いっぱいに広がっている。惑星連邦の加盟を承認されたときに贈り物としてダニュラ人が建設したもので、便利とはほど遠いにもかかわらず、宇宙艦隊司令部は連邦議会からオリンピックに使用せよとの政治的な圧力を加えられた。無骨だが、清潔でモダンな宿舎にわれわれは案内された。

マラソンはオリンピックの最終種目のため、それまではずっとトレーニングに励んだ。だがある日、大会を見てみる気になった。アカデミー・オリンピックはたくさんの観客が現地につめかける。候補生たちに声援を送りながら観戦していると、その大半が選手の家族だと気がついた――興奮し、誇らしそうな親や兄弟姉妹がプライドと愛情を体現している。わたしは家族に参加を知らせようとも思わなかった。周りを囲む友人や家族たちの善意に嫉妬している自分に気づき、黙ってひとりの練習に戻る。

マラソン大会当日は暖かかった。起きたのは早朝だったが――わたしはスタート地点に一番乗りしたくちだ――すでに汗ばむほどだ。コースは幅の広い未舗装の道で、並木は地球のオークに似ていたが、枝と葉は紫色に染まっている。やがて選手たちが集まった。百人以上の士官候補生がマラソンに参加し、残りは見物に回る。わたしが観にいったどの試合よりも、見物客は多い。マラソンは目玉競技だった。

大会の審判長をつとめるのは、アカデミーのデビノニ・グラックス学長だ。フェイザー銃を掲げ、発射する。スタートした。

わたしは集団から早々に抜け出したが、四名の走者に素早く追い抜かれ、そのまま先行させた。サスマン、マタラス、ブラック、ストロングが団子になって走り、サスマンが先頭をとる。彼らは以前にもコースを走った経験があり、警戒すべき競争相手はお互いのみだった。最初の三十キロで、わたしはゆっくり彼らとの間合いをつめた。最後の十キロに入ってしまえば、開きすぎた距離を縮めるだけの体力が残っていないのはわかっていたが、ぎりぎりまでわたしを警戒させたくなかった。

最後ののぼりが視界に入る。ゴールまで二キロもない。のぼり自体は五百メートルの距離で、傾斜はフィルバート・ストリートよりずいぶんきつく感じる。のぼりの直前、マタラスがしかけてサスマンを追い抜いた。たっぷり距離が開き、マタラスのペースが安定する。わたしの番だ。

ペースを上げ、まずはブラックとストロングを追い抜くと、ショックのあえぎ声がした。おそらくはわたしに気づいてさえおらず、不意を突かれたのだ。トレーニングの甲斐《かい》があった。フィルバート・ストリートをのぼるつらさには慣れており、馬力を上げる。サスマンを追い抜きマタラスに迫る。わたしより数インチ背が高く、そのためストライドが大きい。上がりきったところにあるゴールが見えたとき、マタラスから一メートルと離れていなかった（のぼり坂のてっぺんにゴールを置くようなマラソンコースの設計者は、珍種のサディストだとよくいわれる）。数十名の士官候補生とアカデミーの職員が先方で待ち受け、選手を応援していた。わたしは一気にマタラスと並んだ。振り向いてわたしを見たマタラスが、驚いて顔をしかめる。うまく彼の虚を突いて、一センチ先に踊り出るとゴールを切った。

そのまま数フィートばかり走って、くずおれる。拍手と喝采が起き、陸上競技責任者のひとりがやってきて助け起こしてくれた。立ちあがってよく見ると、喝采を送っているのは教員やスタッフだった。候補生と身内の大半はわたしを無視し、ゴールを越えたばかりの上級生たちを祝福している。わたしに冷たい視線をよこす者もいた。たった今、わたしは記録をうち立てた。アカデミー・マラソンで優勝した初めての新入生だ。自分が何を期待していたかわからないが、仲間からさらに孤立したらしい。というか、そう思えた。

「ジョニー！」驚いて目を向けると、コーリーとマルタが群衆をかき分けてくる。「やったじゃないか！」

「なぜ……どうして……」わたしはろくに息もできず、ふたりがこの場にいる事実を飲みこめなかった。どちらもオリンピックには参加していない。ふたりはわたしをつかむなり、群衆をすり抜けて軽食用のテーブルに連れていった。

「おめでとう、ジョニー。同期の誇りだ」コーリーがいう。

「鮮やかだった」マルタに水の入ったコップを手渡され、がぶ飲みして大半をこぼした。

「君らはどうやって……」

「グラックス校長が出発前、世話係のボランティアを募ったの」マルタが説明する。「三日間飲み物やオードブルを配ってたわ」

「バルカン人のキャプテンにシャンパンをこぼしちゃってさ」コーリーがいった。「多少はわざとだ。怒らせたくてね。でも怒らなかった」

「なぜ……」まだ、ふたりがわたしを応援に来たとは信じられなかった。

「それはだな」コーリーがいった。「見にくる友だちもいないのに、マラソンに勝つ意味があるかい？」わたしはコーリーを甘く見ていた。この手の人間、外向的で感じよく、全力でわたしの友人になろうとするような人物に、慣れていなかった。疑ってかかっていた。わたしが勝つと彼がいったのは、侮辱ではなかった。わたしの器量を見抜き、目標を悟ったのだ。うれしかった。たった今勝ったレースに、コーリーはもうひと味意味をつけ足してくれた。

「ありがとう」

「候補生の諸君……」目を向けると、ハンソン艦長がいる。三人は気をつけをした。面食らっていた。最後に艦長を見たのは宇宙船の上だ。

「イエス、サー」

「休め」艦長はわたしを上から下まで見ると、かすかに笑った。「よくやった」それだけいって、去っていった。

「ジャン＝リュック」マルタがいった。「あなた、彼の眼鏡にかなったみたいよ」

「ジョニーって……呼んでくれ」本気だった。

「一方的交信とは？」ロドニー・レイトンが質問した。つい最近卒業したばかりのレイトンは専任講師としてアカデミーに残り、連邦法初級クラスを教えている。多少尊大だが、出世頭なのは校内に知れ渡っていた。どっちにしろわたしはたいして気にかけなかったが、質問に答えた人物のことは大いに気にかけた。

「判事または陪審員と、相手側の立ちあいなしに一方が法的手続きをする時代遅れの用語です」

と、その女性は答えた。スリムで、自信に満ち、積極的な彼女と、講義中わたしはずっとアイコンタクトをとろうとした。名前はフィリッパ・ルボア。同年代だが、すでに法律学校《ロースクール》を卒業している。

「なぜ時代遅れか、説明できるか？」レイトンが重ねて質問する。

「惑星連邦および宇宙艦隊の法律は、大半が古代イギリスとアメリカ法体系を起源としていますが、いくつかはとりこぼしました」

「たとえば？」これは、講師がおそらく士官候補生よりも知識不足の例だった。レイトンは教えるために生徒の知識を利用しただけでなく、自分の肥やしにもした。

「そうですね。宇宙船の艦長によって、判事、陪審員、検事、被告側弁護人抜きに連邦法が執行されたところでは、たくさん事例があります」

「それで、なぜもう必要ないんだ？」

「信用です」わたしがいった。ふたりがわたしを見、議論に真剣に参加していなかったクラスの残りも倣った。そのときは大胆な手に思えた。そうではなかったが、フィリッパの注意を引いた。

「信用がどう関係あるの？」フィリッパが訊いた。

「一方的交信のようなものは、当事者全員の立ちあいなしのやりとりにおいて、判事、検事、被告側弁護人を信用できないことを意味します。それはつまり、彼らが法を遵守しない可能性でもある。現行の法体系は、当事者全員の遵守を前提にしていると思われます。種としての進化を物語るものです」

「おそらくはね」と、フィリッパ。「もしくは誰かが悪用するチャンスを与えたのかも」

「用心だ、ミスター・ピカード。自由とは用心を伴うのさ」レイトンが壁のクロノメーターを見た。「今日はこれまで……」

クラスがはけ、わたしは出ていくフィリッパを逃すまいとした。

「本当にそう思うかい？」

「何を？」フィリッパが好奇の目を向けた。

「誰かが悪用するのを待ってるって？」

「そうでなければ弁護士が必要とされる？」意味深とも、尊大ともとれる笑みを浮かべる。

「弁護士の必要性について、もっと話したいな」かなりぎこちない誘い。だが意図した役目は果たした。

「わたし、毎日図書館の外でお昼をとるの。そのうちそこで会うかもね……」

アカデミーの二年目は、上々の滑りだしだった。

昨年度のアカデミー・マラソン優勝でずいぶん自信がつき、上級生の反感は買ったが同期からは英雄扱いされた。再びコーリーと同室になり、彼とマルタはわたしの親友になった。もっともあくまで学業第一で、ふたりの大胆すぎる冒険からは相変わらず距離を置いていた。

だが社交面とスポーツ面の成功にもかかわらず、ガレン教授に学ぶ宇宙考古学にわたしは最も力を入れ、思わぬ野望の枝分かれが起きた。子ども時代、宇宙船の艦長が将来の夢だったわたしは、変わり者扱いされた。その夢は、周囲からの孤立を生んだ。ここアカデミーでは出会った候補生の大半が同じ野望を抱いており、他人と違っていた頃がかえって懐かしい。ガレン教授の指導のもと、学者になった場合の恩恵が見えてきた。わたしの知的側面を刺激し、なおかつ探検もできれば成果を上げることもできる。異世界の古代文明で発掘された発見の数々は、現代の医学や農業やテラフォームを進歩させ、銀河系の様相を変えてきた。ガレン教授はまた、父代わりの役も引き受け――ある意味、実の父親が決して理解し得なかったわたしの内なる自己を理解した。

一学期の最終日、ガレン教授から講義後教室に残るよういわれた。部屋の正面上方にとりつけたビュースクリーンに、画像が映された。

「二枚の絵が見えるな。ひとつはベダラ人、もうひとつはトレクシア人のものだ。気づいたことは？」

古代の絵が二枚、となりあっている。悠久の歳月に傷《いた》んでいるが、描かれているものを判別するのは難しくない。それぞれまったく違う画材と様式を採用していた。右側のトレクシア人の絵は油絵の具に似た画材を使い、短いストロークと輪郭《りんかく》をぼかす、印象派に酷似したスタイルだ。左側、ベダラ人の絵はハイパーリアリズム画法で、写真とみまごうほど。二枚ともはるか昔に滅んだ文明のものだが、興味深いのは題材が同じ点だった。

「どちらも同じ光景を描いています」絵の中ではおびえた原住民の一団が、空中にぽっかり開いた門から出てきた生命体にすくみあがっている。原住民の種族は違った。トレクシア人はトレクシア人を描き、ベダラ人はベダラ人を描いている。だが生命体は、異なるスタイルで描かれ数光年離れた惑星の作品であっても、基本的に同じだった。細身の姿、大きな目、触角があり、服らしきものは身につけていない。どちらも灰色に彩色されている。

「その通り」教授がいった。「われわれが興味を持つに値するかね？　これまで、異なる世界で似たような神話をいくつも見てきた。事実、〝惑星の平行進化に関するホッキンズの法則〟がその現象を保証している。われわれが見ているのは単に、ふたつの原始的な精神によって表現された迷信と恐怖なのか？」教授はわたしを試し、わたしは挑戦を好んだ。この絵には、もうひとつ手がかりがある。

「服装が違う」ベダラ人の絵は穴居種族で、トレクシア人の描写はそれよりはるかに発達した、おそらくは十二世紀の地球に匹敵するものだった。

「それで？」ガレン教授がにんまりした。いい線をいっているのはわかったが、教授はヒントをにおわせもしない。

「もし絵が同じ年代のものならば、共通の神話ではなく実際の出来事を描いたのかもしれません」

「ある考古学者が、量子年代測定を実施している。両者は同じ年代、二十万七百五十三年前だった」

「それならば偶然ではあり得ない」

「そうだ。そのため考古学者はさらなる手かがりを探した。これらふたつの文明が絶えてのちも絵が生き残ったのは、彼ら自身が重要視していたことを意味する。だが何を表しているかについて、どちらの惑星にも手がかりはなかった。それで、彼はほかをあたった」ガレン教授がかばんをあさったため、教授のいう〝考古学者〟がガレン本人だとわかった。驚くにはあたらない。彼はこの分野の第一人者で、過去六十年間銀河系で最も名だたる歴史的発掘をしてきた。現在この分野では並ぶ者なしの博識であり、古代遺物の謎を解明してきた教授の経験は、惑星連邦にとってはかりしれない価値がある。

かばんから、教授は陶器のかけらをとり出した。

「この陶器の破片は、同じ年代のディニアス人のものだ。見てわかるように、似たような侵略者の描写が、『空気と闇の生き物』という刻印とともに施されている」

「それは、アイコニアの伝説です」二十五万年以上前に銀河を支配したアイコニア人は、ある時期まで神話上の存在と考えられていた。「あなたはその存在を……」

「まだ何も証明してはいない。だが連邦の考古学会にディニアス星の発掘を申請した。計画通りにいけば、われわれは来年調査に行けるぞ」

「待ってください」わたしは聞き返した。「〝われわれ〟とは？」

「助手が要る」ガレン教授がいった。

「願ってもないチャンスじゃないの」フィリッパがいった。「断ったりしないでしょうね……」

ふたりはアカデミー図書館の前にいた。昼食をそこでとるのが習慣だとフィリッパがいったすぐあとに、わたしは彼女を見つけ、毎日なるべく違うごちそうを持って通うようにした。キャンパスにあるレプリケーターの多様なレシピをもってすれば、それは難しくはない。だがフィリッパにはなじみがないチョイスを工夫した。今日は羊のビンダルーだ。それは、ずいぶん前にあきらめた一種の求愛行為だった。

「もちろん断らないさ」本心からそういった。惑星連邦随一の偉大な考古学者の弟子になり、その称号を受け継ぐかもしれない立場につける絶好の機会だ。

「それはよかった。わたしたち、たいしたカップルになるわね」彼女が笑い、わたしは身を寄せてキスをした。しばらくの間、フィリッパはわたしのかなり露骨な誘いをかわしてじらしていたが、最近根負けした。フィリッパは野心家だった。宇宙艦隊を、銀河法に自分のスタンプを押すための踏み台とみなしていた。法律学校あがりのアカデミー候補生という珍しい学歴を誇りにしている彼女にとって、アカデミーのキャリアを棒に振り、考古学を選ぼうとしているわたしの何かがアピールするらしい。

その晩、フィリッパと一緒に部屋に戻ると、コーリーとマルタがいた。

「荷造りしとけよ、ジョニー」コーリーがいった。

「何の話だ?」

「モリキン七号星の飛行学校に行くのよ」マルタがいった。「三人でね」数週間前、コーリーとマルタからモリキン七号星の訓練に申し込むよう迫られた。アカデミーが設けている選択科目で、僻地《へきち》の惑星に十週ほど滞在し、エリート向けの飛行訓練を実習する。

「〈エリート・フライト〉に申し込んだなんて知らなかったわ」と、フィリッパがいった。実のところ忘れていた。アカデミーの一万二千人中、入れる可能性は少ないと思ったからだ。われわれが受かるようにコーリーが何か細工した気がする。偶然にしてはできすぎだ。

「何でぼくを見るんだ?」顔つきから、わたしが勘ぐっているのにコーリーが気づいた。コーリーは尻尾《しっぽ》を出さずに規則を破る達人になっていた。

「行かないわよね?」フィリッパがいった。質問というよりは要求だった。

わたしは板挟みにあった。アカデミーから身を引く段階に片足を突っこんでいたし、エリートパイロットの道を歩む自分を考えられなかったのは確かだ。それでも、気のおけないふたりの仲間と、はるか遠い惑星に遠征し、最新宇宙船の操縦法を学べるという考えは……。

「楽しんで来たら」フィリッパが部屋を出た。しばらく空想にふけって、彼女の気持ちを傷つけたことに気がつかなかった。走ってあとを追う。

「フィリッパ、待ってくれ」建物の外で追いついて、腕をつかんだ。

「離して」

「ちょっと話をしよう……」

「何も話すことはないわ。飲み仲間との旅行を邪魔をしたくないだけ」

「たかだか十週間だ……」

「マルタと十週間、ね……」それが問題の核心か。フィリッパはわたしにマルタみたいな女性の親友がいるのが嫌だったのだ。実際、マルタをとても魅力的だとは思うが、わたしはフィリッパに恋をしており、もしくは少なくともそう思っていて、彼女にそう伝えた。

「信じてくれ」

「信じるわ、もし行かないなら」この要求の真意はわからなかったが、心に刺さった。フィリッパがわたしを信用していない証拠だ。要求には応じられない。

「すまない。行きたいんだ」フィリッパは一瞬傷ついてひるんで見せたが、ほんのつかのまだった。

「わかった、行けば。わたしも、もう行くわ」フィリッパは歩いていった。どうしてこうなったのかはっきりわからなかったが、ふたりの関係は終わった。ひどく混乱したまま部屋に戻る。コーリーとマルタがまだそこにいた。起きたばかりのことを話した。

「すごくさびしくなるな」コーリーがいった。

「コーリー」マルタがたしなめ、コーリーはすまなさそうな顔つきをした。

「いいんだ。たぶんそうなる運命だったんだ」傷ついたが、少し怒ってもいた。フィリッパが恋しくなるまで、しばらく時間がかかった。

「人生最高の体験をしようぜ」コーリーがいった。わたしは笑った。彼の興奮が伝染し、つかのま振られたのを忘れた。胸が高鳴る。新世界へ行くんだ。フィリッパと再び会ったのは、それから二十年以上もあとだった。

「湿気問題を解決するまで、荷物は解かないほうがいいぞ」大佐がいった。マルタ、コーリーとわたしはモリキン七号星の小さなシェルターに押しこまれていた。寝台が三台、ドレッサーが三台と戸棚が一台備えつけてある。そして、室内には雨が降っていた。環境コントロールに何らかの問題が生じ、天井から水滴がしたたってくる。「誰かひとり、手を貸してくれるか……」

年代物のJ級貨物船〈U.S.S.ロードアイランド〉で二週間ほど旅をして、着いたばかりだった。宇宙を旅したのはこれで二回目になり、最初より多少は刺激的だった。船室は前と同様だが、少なくとも舷窓はあった。家族でこの船を所有しているグリフィンという陽気な男が船長で、三人を彼の船に乗せて運ぶのに、何の支障もなかった。

ふたを開けると、目的地よりも道中の方がはるかに快適だった。モリキン七号星はあまり愛想のいい土地ではない。大気は二酸化炭素、窒素、硫酸の混合物で、風速はしばしば時速百キロメートルに達した。到着したばかりのわれわれは、最新施設を期待した。だが待っていたのは、正反対のしろものだった。薄暗い貨物用の倉庫に転送され、倉庫は地下トンネルで互いにつながるドーム型建造物のひとつだった。六十がらみの男がただひとり、われわれを出迎えた。近づくと、驚くべきことに大佐の階級章をつけている。三人は気をつけの姿勢をとった。

「休め」男は笑っていった。われわれは心持ち、緊張を解いた。「わたしはカーク大佐だ」カーク大佐？　有名な船長と同名の？　もちろんあり得ない。若すぎるし、ジェームズ・T・カークは何十年も前に亡くなっている。ただの偶然だと思うことにした。

三人が自己紹介し、大佐に連れられて倉庫から出ると、基地をざっと案内された。施設はわずか五基のドームからなっている。倉庫、大佐の宿舎、われわれの宿舎、食事とレクリエーション用の共用エリア、そして格納庫。コーリーとわたしは旅の間、どんな最新鋭機を操縦できるのか、あれこれ想像をたくましくしていた。格納庫デッキで目にしたものに、ふたりともあぜんとなった。

「F級シャトルだ」大佐がいう。それは、年季と傷の入った二機のおんぼろ輸送艇だった。

「五十年は行ってそうだな」ぽつりとコーリーがいった。

「というか七十年だな」カーク大佐が皮肉な笑みを浮かべた。彼の受け持つ士官候補生に失望されたのは、われわれが初めてではないのだろう。次に大佐は三人をびしょぬれの宿舎へ連れていった。マルタとわたしは、湿気問題を起こした再生利用コントロールの修理を手伝った。そのあとで、大佐はあぶった何かの肉とマッシュポテトの簡素な食事を自ら調理してふるまってくれた。配膳し、洗い場を教えてわれわれに洗わせたあと、宿舎に引きあげて、あとは三人きりになった。

「レプリケーターなしだって？」コーリーがぼやく。「何かのジョークに決まってる」

「何だか間違いをしでかしたような気がする」と、わたしがいった。マルタはふたりを見た。何か知っているようだ。

「あれが誰かわかってるわよね？　ピーター・カーク、ジェームズ・カークの甥《おい》よ」かの有名なカーク船長に甥がいたことを忘れていた。甥っ子は宇宙艦隊に入ったものの、高名な血縁ほど目覚ましい活躍はしていない。

「まさかそんな」コーリーがいった。「ぼくらの知らない犯罪でも犯したのかな？　連邦大統領の娘と寝たとか？」

「いいえ。この飛行訓練スクールを興したの。大佐の発案なのよ」

「大佐の発案ってのは」わたしがこぼした。「劣悪な環境で士官候補生が十週間過ごすことか？」

「このプログラムを修了した士官候補生は全員、卒業と同時に連邦宇宙船の主要ポストについてるわ。大佐の訓練にその秘密があるはずよ」

翌日、大佐はシャトルクラフト一機の保守点検を徹底的に行い、そのあとわれわれをフライトに連れ出した。大気圏を離れる際に機体が揺れたが、いったん宇宙に出てしまうと、きわめて退屈だった。カーク大佐はシャトルのコントロールを生徒に手ほどきする以外、会話に乗ってこない。交代で、われわれにシャトルを操縦させた。小惑星域《アステロイド》に沿って飛ぶのんびりしたフライトだ。

大佐が大きめのやつを指さす。

「あそこにはノーシカ人の採掘基地がある」大佐がいった。「避けたほうが無難だろうな」惑星ノーシカの原住民は元来海賊をなりわいとする粗暴な種族で、ごく最近惑星連邦と不安定な和平を結んだ。コーリー、マルタとわたしは基地を観察しようとした。小惑星の片面に建設された基地からは、二本のドッキングアームが伸びて、ノーシカ人の戦闘機が駐機している。

「連邦宙域に彼らの基地があるんですか？」わたしはたずねた。

「百年以上あそこにある」カーク大佐がいった。「彼らにはその権利があると思うな」それからシャトルを反転してモリキン七号星にとって返し、大佐に操舵を戻して大気圏に再突入する。格納庫に入ったあと、出発前にすませたにもかかわらず、カーク大佐はもう一度保守点検作業を行うよう命令した。だが年季の入った機体を点検すると、モリキン七号星の大気中を飛行したために、相当なダメージを受けたのがわかった。時間をかけて手入れする。これは、やがて日課となった。保守点検作業、宇宙飛行、そして再度の保守点検。入念な準備にもかかわらず、飛行中にしょっちゅう機械や電気系統の故障が起き、カーク大佐はそのたびに自分たちで修理させた。

大佐そのものが、ちょっとした謎だった。訓練以外の話はあまりせず、毎晩われわれに手料理をふるまう。料理は決まって故郷アイオワの郷土料理風だった。みんなは大佐の経歴を聞き出そうとしたが、乗ってこない。わたしは彼の叔父について興味津々だったが、たずねるのは気が引けた。

やがて、大佐はわれわれをひとりずつ連れ出し、自分ひとりでどこまでできるか試させた。わたしは初めての単独飛行で、首尾よくシャトルを大気圏から脱出させられた。だが軌道に乗ると、エンジンの片方が不安定なのに気がついた。点検するには操舵席を離れなければいけない。

「わたしはここにいないと思え」大佐がいった。「どうするかね？」大佐は助けてくれないと知り、操縦をオートパイロットに切り替えて後方にある機関室へ向かった。たどりつく前に、小さな爆発が起きた。

振り返ると、カーク大佐が椅子にたたきつけられ、操作パネルが火を噴いている。

消火器をつかんで火を消し、そのあとカーク大佐のもとへ行った。意識を失い、顔にうっすら火傷《やけど》を負っている。

手当てはあと回しだ。首に指を押し当てると、幸い脈があった。

トロールはメインエンジン停止を表示している。

コンソールを見る。オートパイロットがショートしたに違いない。コントロールはメインエンジン停止を表示している。ショートが引き金となって自動シャットダウンしたのだ。エンジンの緊急再始動スイッチを入れる。始動サイクルには二分かかる。そのとき、自分たちの置かれた状況に気がついた。

シャトルがモリキン七号星に引っ張られている。エンジンが再始動するずっと前に、大気圏で丸焼けになってしまう。唯一のパワーは姿勢制御ジェットの中にあり、エンジンから隔離されているものの、惑星の引力を振りきるだけのじゅうぶんなパワーはない。わたしはコミュニケーターを押した。

「メイデー！　メイデー！　こちらシャトルクラフト・ワン。モリキン基地、聞こえるか？」悪あがきだ――通信システムは故障していた――正直、コーリーやマルタが打開策の助言をしてくれるとは本気で思っていない。窓を見た。モリキン七号星が視界に広がっている。あと数秒で、大気圏に突入する。わたしは負けた。

「跳ねろ……」カーク大佐だった。意識をとり戻そうと闘っている。

「何ですって？」

「惑星めがけて……」弱々しい声だった。「跳ね……返れ……」再び意識を失った。

どこを跳ね返れって？　惑星？　そんなまさか。そのとき、昔の宇宙船について学んだ知識を思い出した。確か、降下を遅らせるために大気で跳ね飛ぶ方法だ。適切な角度で当たりさえすればいい。操舵につき、機体を反転させてまっすぐモリキン七号星に降下する。

シャトルが振動しはじめ、乱気流で激しく揺れた。外殻が熱を帯びるにつれ、機内の温度が上昇する。機首を一気に引きあげた。

最初は乱気流が止まらず、計算を間違えたと思ったが、すぐに窓の外で惑星が遠ざかりはじめた。シャトルが安定し、軌道低くを飛んでいる。

エンジンの再始動シークエンスが完了した。パワーが戻った。スロットルを前に倒して軌道上方に移動し、それから救急キットをつかんで大佐の傷を手当てした。深手ではなく、少して意識をとり戻した。

「うまくいったか？」

「はい」

「叔父に教わった手だ」この言葉を、わたしは有名な親族の話をしてもいい合図と受けとった。そこににじむ一抹《いちまつ》の切なさに気づかなかった。

「子どもの頃のヒーローでした」

「ご同様さ」

「どんな人ですか？」

「おそらく君は、わたしと同じぐらいよく知ってるよ」聞きたがえようのない深く傷ついた声に、この話題を出すのはこれが最後と決めた。

モリキン七号星での訓練が十週目に入ろうとする頃、自分たちが変わったのを感じた。決まりきった日課に加え、厳しい生活条件、そして古くて信頼のおけない機器のおかげで味わう肚の冷えるような瞬間とが合わさり、コーリー、マルタ、わたしはこれまでにない強さと自信を身につけた。三人とも少しだけ生意気に（コーリーの場合はなお一層、だが）なり、そのせいで危機一髪の事態に遭いかけた。

やがて、カーク大佐から同行なしでシャトルを任せられるようになったある日、わたしは小惑星域に向かって飛んでいた。ノーシカ人の基地を近くで見たかった。ノーシカ人とはこれまで接触を避け、じかに会ったことはなかったが、画像で見てひどく興味を引かれた。

シャトルを二、三百キロメートル内に近づけると、通信パネルがまたたいた。

〝異星人の船！　目的を述べよ！〟荒っぽく威圧的な声がした。回れ右をしてモリキン七号星に退散すればよかったのに、好奇心が強すぎたのと、自信過剰が災いした。

「士官候補生ピカード、モリキン七号星に駐屯中だ。シャトルを修理したい。ドックに入る許可を願う」基地の中が見たかった。

〝要請は却下！〟

「君たちの基地は惑星連邦宇宙域にある。連邦法は、困難に遭った船への協力を義務づけている」長い沈黙があった。なぜ連邦が、宙域内に未加盟のノーシカ人の基地を置き続ける許可を出したのかは不明だ。だが、向こうも悶着《もんちゃく》を起こすような真似はしないだろう。

〝ドック入りを許可する〟

空いているドッキングアームに近づくと、係留チューブがシャトルのハッチまで伸びてきた。ハッチを開けて、基地に降りたつ。配管の伝う寒くてじめついた通路を歩いた。通路は鉱石の採掘現場と処理施設を見渡せるキャットウォークに続いている。小惑星の内部が掘り出されていた。巨大な穴から大量の鉱石を運ぶコンベヤーがゆっくり出てくる。巨大な溶鉱炉に鉱石が投げこまれ、溶けていく様子を、環境スーツを着たノーシカ人とおぼしき炭鉱作業員たちが見守っていた。原始的だがなかなかの壮観だ。見とれる間もあらばこそ、ふたりのノーシカ人に出迎えられた。

「どうも」声をかける。

ふたりともわたしよりずっと背が高く、灰色の肌に長いライオンヘアを持ち、口の周りを小さな牙が覆っている。ひどく威圧的で、どうみても捕食系の種族だ。

「船のどこが悪い？」ノーシカ人のリーダーがたずねた。

「誘導コントロールに問題があるだけだ。直すのに長くはかからない。トイレを使ってもいいかな？」

「トイレだと？」ノーシカ人のリーダーが、今にもわたしを殺しそうな目つきで見た。「だめだ、トイレは使用禁止だ」

「連邦法は困難に遭った船への衛生設備の提供を定めている」今度のは嘘だ、そんな法律はないが、ふたりが知っているとは思えない。歩きすぎようとしたわたしは、リーダーに首根っこをつかまれた。

「船を修理して失せろ！」

「放してくれ」わたしはリーダーを思いきりにらみつけた。ノーシカ人は笑い、手で殴る仕草をした。

「ちっぽけな地球人め」

わたしはとっさに相手の胸を殴りつけた。驚いた相手が、一瞬ひるむ。片割れがナイフをとり出したが、キックでなぎ払い、のどを突いた。

ノーシカ人のリーダーを振り返ると、呼吸がつけるようになっていた。大きな拳をスイングさせたが、その手をつかんで肩越しに投げ飛ばす。そいつはもうひとりのノーシカ人に体当たりし、ふたりそろってキャットウォークを逃げ帰っていった。どうやら、長居しすぎたらしい。

「よく考えたらトイレはいらない」そうひとりごつと、係留トンネルを引き返してシャトルに戻り、ハッチを閉めた。エンジンをかけ、ドッキングアームを解除して、フルスピードで基地から飛び去る。最初は追いかけられるのを心配したが、あとを追ってくる戦闘機は一機もみあたらない。ふたりのノーシカ人は、たぶん騒ぎたてはしないだろう。恥をかかせてやった。モリキン七号星に引き返しながらわたしは大笑いし、自分の大胆さにうきうきした。

それからまもなく、コーリー、マルタとわたしはモリキンをあとにしてアカデミーに戻った。

ほどなくして、新たな問題に気がついた。講義がちっとも面白くない。冒険をくぐり抜けたあとでは、勉強になかなか身が入らない。また、女性に対して新たな自信が生まれ、それは男がよくいう〝若気のいたり〟ではあったが、本当のところ、厚顔無恥だっただけだ。わたしは自己中心的で、尻を追いかけ回した女性の気持ちに無頓着だった。追いかけては捨て、何も考えずに脇にのけた。臆面もないほど浅はかで、思い返すたびに冷や汗がにじむ。

「Vous êtes une femme très attirante」わたしはアカデミーの校庭に立つ大きな楡《にれ》の木のそばに、女性と座っていた。名前は控えておく。それ以来会うことはなく、ふたりの仲をどう思っていたのか定かではないからだ。

「何ていったの？」

「君はとても魅力的だって……」

「やめてよ」

「本当さ。ほら、ここに書くよ」ポケットナイフをとり出して、木に刻んだ。彫り終わると彼女は興味深げに眺めた。

「わたしのイニシャルは〝A.F.〟じゃないわよ」

「〝アトラクティブ《A》・フィーメール《F》（魅力的な女性）〟の略だ」彼女は笑い、わたしが身をかがめてキスをしようとしたところへ、邪魔が入った。

「何をしてる？」見ると、作業ブーツとオーバーオール姿の年嵩の男が、枝切りばさみを脅しつけるように向けている。入学以来たまに見かけるが、気にとめたことのない庭師だった。

「すみません……」あたふた立ちあがった。自信に満ちた男らしさはどこかへ消えてしまった。

「わしに謝るな。木に謝れ」

「木に……謝れって……」女性は視界に入らなかったが、面食らっているわたしに忍び笑いを漏らすのが聞こえた。

「あわれな楡の木がお前に何をしたというんだ？」庭師がいった。「何もだ！　それなのにお前はナイフの刃を当てた。木は生きているんだぞ！」仁王立ちになってわたしをにらむ。長い間をあけて、わたしは木を向いた。

「悪かった……」それから庭師に向き直った。「これでいいですか？」

「よくない。草むしりを手伝え。これから二ヶ月、毎朝六時にこの場所に出向いてこい」

「お言葉ですが、なぜそんな……」

「アカデミーの外観損壊は放校処分の対象だ」男はきびすを返し、歩いていった。わたしは腰をおろした。

「本当に退学させると思うかい？」

「わたしだったらブースビーには逆らわないわね」彼女がそういったので、庭師の名前がわかった。

それから二ヶ月間、校庭で毎朝ブースビーと落ち合い、草むしり、刈りこみ、庭の手入れ作業全般を手伝わされた。わたしに指示する以外、庭師は口をきかなかった。ブドウ農園育ちのわたしはほかの生徒よりも手際はよかったが、面白味はない。しかも、庭仕事と〝A．F．〟との新たなランデブーにかまけて成績が落ち、実際に有機化学の単位を落とした。だがそれは結果的に、一番優先順位の低い悩みとなった。

ある日の午後、ガレン教授からオフィスに来るようにとの連絡を受けた。オフィスには遠征から持ち帰った遺物がところ狭しと並んでいる。ガレンは机に座っていた。

「ピカード君。ディニアスの発掘が承認された。二週間で発つぞ」

「やりましたね、教授」モリキン七号星から戻ってからずっと、この瞬間を恐れてきた。先だっての冒険で、考古学者になりたいという望みが吹き飛んだが、教授に伝える勇気を出せないでいた。

「すぐにもアカデミーに退学届を出したまえ」ひどい板挟みだ。ガレン教授はわたしにとって、かけがえのない人物だった。とっさに教授を失望させまいと決めた。

「はい、わかりました」

翌朝ブースビーと再び待ちあわせ、今度はアジサイを新しく並べて植える手伝いをした。

「有機化学を落としたのか？」ブースビーが口をきいた。これには驚いた。個人的な話をしたのは初めてだ。なぜ知っているのだろう。

「関係ないです。アカデミーは辞めるので」

「一生土を掘って生きてくのか」ほとんど超自然的な透視能力だ。

「何で知って……」

「人間はおしゃべりだ。わしが聞いておるとは気がつかん。あるいは気にしないのだろう」

「考古学は重要な学問です。これは一生に一度のチャンスで……」

「そう唱え続ければ自分を納得させられるかもしれないな」その言葉はわたしに、直面したくない事実を突きつけた。そして、激しく反発した。

「はっきりいうが、庭師ふぜいにキャリアのアドバイスを受けるいわれはありませんね」

ブースビーは返事をしなかった。自分自身よりわたしをよく理解しているこの男に感謝すべきだったが、人間が未熟すぎて、その朝はずっとむっつりすねたまま作業をした。最後のアジサイを植え終わると、ブースビーがわたしに向き直った。

「これで終わりだ。庭園の負債は完済した」そういうと、残りの作業に戻った。何年もあとになって、ブースビーに詫《わ》び、正しい道に導いてくれたことを感謝した。

わたしはその日一日、アカデミーの庭園をさまよってすごし、思いあぐねるうち、いつのまにかガレン教授の教室に来ていた。教授はちょうど講義を終えたばかりで、机の上には遺物が二、三個載っていた。ひとつを拾いあげ、わたしに手渡す。

「ピカード君、これが何かわかるか?」教授はわたしを試すのを楽しんだ。たぶんわたしが楽しんでいるのを知っていたせいもあっただろう。遺物をよく見ると、石を彫って作った棒だった。

「ゴーラ人の神話にあるものです。ゴーラ人の祈りの棒だ」

「古代ゴーラ人は、祈りの棒には持ち主の願いを何でも叶える力があると信じた」教授がいった。

「普段なら迷信なぞ信じないが、これを手に入れた直後にディニアスの発掘が許可され……」

「わたしは行きません」思わず口走っていた。とうとつで、少し残酷な仕打ちだった。

「何だと？」

「アカデミーに残ると決めました」ガレン教授はうなずいて、遺物をゆっくりかばんにしまった。

「君にとって最良の選択をしたと信じる。気が変わったときは、考古学の道はいつでもここにあるぞ」教授はわたしと握手をすると、教室を出ていった。ぼんやりして、わたしはひとりでそこに立ちつくした。怒られると予想したのに教授は怒らず、または少なくともそう見えた。今になれば、わたしの気持ちをおもんばかって自分の感情を抑えたのだとわかる。父親がするように。


「――そしてまた、二三二七年度卒業生のみなさん、あなた方は一人前の少尉となったのです」

惑星連邦大統領がそう宣言した。われわれは入学以来初めて礼服に袖を通し、制帽を被って座っていた。中央の芝生に集まり、年配の指導者の言葉にうっとりと聴きいる。アカデミーの卒業生が常に連邦大統領に式辞を述べてもらえるとは限らない。現職が、宇宙艦隊の退役軍人ニヨータ・ウフーラでもない限りは。

「わずか四年前」ウフーラ大統領がいった。「あなた方は銀河系のあらゆる場所、あらゆる社会から、ここに集いました。ひとりひとりが任務の意味を理解し、そうでなければ志願しなかったでしょう。あなた方ひとりひとりが、連邦は慈《いつく》しみ守るべきもので、ときにわれわれの選択した生き方には命の犠牲さえ伴うと理解しています。これよりあなた方の教育は、実際の任務という、より要求の厳しい学びの場へと続いていきます。宇宙艦隊の黄金の記章を身につけ、宇宙へ飛びたち、最後のフロンティアを勇敢に拓《ひら》いていってください。あなた方が誇りと栄誉を胸に、宇宙艦隊および惑星連邦に奉職されるだろうことを、市民ともども固く信じています。幸運を祈ります」

われわれは立ちあがって歓声を上げ、制帽が礼服の一部だったアカデミー初期の慣例にならい、宙に投げあげた。背中をたたき、抱きしめあい――喜びに沸く集団だった。人混みのなかへ愛する者たちを思い思いに探しに行くと、大騒ぎも一段落した。

母がいた。母は温かく抱きしめてくれた。

「お父様とロベールはどうしても手が空かなくて」聞かずもがなの質問に、母が答えた。一年のうち、春はわが家にとって繁忙期なのはわかっている。ワイン農園ではブドウの病気を警戒し、ワイナリーではワインから酵母をとりのぞき、おそらくは樽《たる》に戻して再度発酵させる。だが母だって、父や兄と同じぐらい懸命に働くのに抜けて来たのだ。

アカデミーに入学してから家族とは滅多に顔を会わせず、農園へはさらに足が遠のいていたが、母は簡単にはわたしを手放さなかった。できるだけサンフランシスコを訪ね、またわたしと家族の男性陣残りふたりとの間にできた溝に、ひどく心を痛めていた。だが父に関する限り、凝り固まった敵がい心を和《やわ》らげるのは、できない相談だった。

「いいんだ、ママン。昼を食べに行こう」ふたりで歩いていると、ひとりの士官が行く手を遮った。わたしは即座に気をつけをした。

「休んでくれたまえ、少尉」ハンソン艦長がいった。

「ハンソン艦長、母を紹介します。イベット・ピカードです」

「光栄です、マダム」艦長は母の手をとった。

「ジャン＝リュックの指揮官になられる方ですね」ハンソン艦長が〈U.S.S.ニューオーリンズ〉の操舵手《フライト・コントローラー》のポストにわたしを選んだことは、母に伝えてある。それはただの新造宇宙船ではなく、新たに設けられた船級の第一号だった。ハンソンが新設クラスの一番艦《ネームシップ》を指揮するのは、これで三度目となる。それほど大物の艦長のもとで働けるとは、いかに栄誉なことか母に説明しようとしたが、完全には理解していないのがわかった。

「さぞやご自慢の息子さんでしょうね。すでになかなかの功績を上げていますよ」ハンソンとは十五歳しか違わないが、父親ぶった口ぶりだ。そして、わたしに向き直る。「エアハート宇宙基地で会おう、少尉」握手をして笑顔を浮かべ、去っていった。

「すごく気に入られたようね、ジャン＝リュック」艦長のそばにいるといつもカチコチに緊張するため、その点は客観的に見られなかったが、納得はいく。アカデミーでの年月を振り返れば、わたしは父親を探し求めていた。導き手に飢え、予期した場所と予期せぬ場所の両方でそれを見つけた。マラソンで優勝を果たした瞬間から、ハンソン艦長は意外にもわたしのキャリアに興味を示された。もちろんわたしはそうやって、子どものときにぽっかり空いた人生の穴を埋めようとしていた。

「お昼は家に帰ってとらない？　ジャン＝リュック」母が提案した。わたしには転送機使用の特権があったので、ラバールまで転送してもらえる。一時間も経ずにワイン農園に戻ることもできた。わたしは母を見て、微笑《ほほえ》んだ。

「悪いけど、こっちで食べたいんだ」

編注4　このフレーズはいにしえの曲『赤鼻のトナカイ』の歌詞を引用したもの。ジョニー・マークス作詞。ハンソン艦長が歌を知っていたかどうかは不明。

CHAPTER THREE

第三章

〈リライアント〉での任務
——そして、〝老嬢〟との出会い

「仕返ししてやる」コーリーがいった。

コーリーはマルタとともに、エアハート宇宙基地にあるわたしの部屋に来ていた。夜も更け、三人はボーンステル・レクリエーションセンターから戻ったところだ。卒業式からかれこれ一ヶ月になる。いまだに一心同体、和気あいあいの三人だったが、もうじき別々の任務へ向けて、この基地から巣立っていく。休みの間、コーリーは賭けゲームに熱中し、わたしは今でも後悔しきりの浮ついた恋愛ごっこにふけっていた。実のところ、その日の夕方、前の晩ひっかけた女性に、彼女のルームメイトと今晩デートの約束をしているのがバレてしまった。ひっぱたかれた頬が、まだヒリヒリする。

「どうするつもり?」マルタがたずねた。マルタとわたしは、コーリーがドム・ジョット[編注5]のゲームでノーシカ人に負け、ラチナムの延べ棒数枚を巻きあげられる現場にいた。コーリーの得意なゲームだったため三人とも意外に思ったのに加え、ノーシカ人の勝ちっぷりが不自然なほど早すぎた。

「まあ、こっちもあいつと同じことをやればいいさ」コーリーがいった。「いかさまをな」コーリーの見立てでは、ノーシカ人はベルトに仕込んだ何らかの磁気装置でゲーム盤の金属製ボールを操っていた。「今度はぼくらが台に細工して、あいつの裏をかいてやる」「いい手があるぞ」と、わたしがいった。モリキン星でノーシカ人を撃退した記憶がまだ新しく、いまだに自信たっぷりだった。ばれたときの心配はほとんどしなかった。それどころか、期待していたように思う。

三人で、最後にばかをやりたかった。四年間ずっと一緒に過ごしてきたが、もうすぐばらばらの道へ歩み出そうとしている。進んでトラブルを求めるなど、今から思えば愚の骨頂だった。

だがわれわれは、実行に移した。

その夜遅く、レクリエーションセンターが閉まったあと、コーリーとマルタとわたしで忍びこんだ。警備システムの処理はマルタに任せ、コーリーとわたしはゲーム盤のバンパーを制御する電気系統の設定に手を加えて周囲の磁力機器をすべてブロックするようにした。誰にも見つからずに三人はセンターをあとにした。

次の晩、レクリエーションセンターへ足を運ぶ。人事部の受付をしている年上の女性とデートの約束があった。昨日のノーシカ人がふたりの仲間をひき連れて舞い戻ったのを目にしたわたしが、心ここにあらずなのを察したのだろう。女性は朝が早いからと断って、さっさと帰ってしまった。がっかりしたが、その晩最悪の出来事が、あとに控えていた。

「ドム・ジョットをしようぜ」ノーシカ人がコーリーに声をかけた。「手加減してやるよ」コーリーは喜んで応じた。ゲームがはじまって三十秒たらずで、ノーシカ人がくやしそうにキューを投げ捨てた。どんなしかけをしたのであれ、もう通用しない。

「地球人がずるをした！」

「ぼくが？　そうは思わないな。でも放棄ゲームにしたいなら……」

「地球人相手に放棄はしない。地球人はグランバなしだ」そびえ立つノーシカ人と三人が、にらみあう。

「今、何ていった？」ノーシカ人につっかかるわたしを、マルタとコーリーがなだめる。

「地球人はグランバなしといったんだ」宇宙翻訳機《ユニバーサル・トランスレーター》が〝グランバ〟を翻訳しようとしないため、ノーシカ人が実際に何といったのかはわからなかったが、この場の状況からきわめて侮辱的な言葉だと受けとった[編注6]。

「そうだと思ったぜ」ノーシカ人の胸もとを殴りつけると、それを合図に乱闘がはじまった。この種族と唯一やりあったことがあるわたしは、前回使ってうまくいった戦法を頼みにしていた。対戦相手の胸と首を殴り、別の相手ととっ組みあっているマルタを応援しようときびすを返す。そのとき、背中に鋭い痛みが走った。衝撃でひざをつく。

見おろすと、ギザギザした刃先が、血にまみれ、胸から突き出ていた。痛みはなく、最後にわたしが覚えているのは、笑い声だった。自分自身の。


「少尉？」遠くから、聞き覚えのない声がした。深い眠りに落ちていたわたしは、混乱した。

ベッドに入った記憶がない。目を開けたが、焦点が定まらなかった。バルカン人の女医が見おろしている。

「気分はいかがですか」医師がたずねた。

「わからない」自分の声で、口が人工呼吸器で覆《おお》われているのに気がついた。「どのくらい……」

「あなたは三・七九週間、意識不明でした」バルカン人が入院患者に接するときの通常の態度で、医師が説明した。一ヶ月近くも？

「生来の臓器への損傷が大きすぎたため、仮死状態に置き、適切な能力と経験のある外科医の到着を待ったのち、必要な手術を施しました」バルカン人が自分のことをいっているのはいうまでもない。尊大ぶりに辟易して、肝心な点を聞き逃しかけた。

「生来の臓器？　つまり……心臓？」

「そうです。人工メカニズムで代用しました。交換の必要なしに何年も保ちます」話がおおごとすぎて、ぴんと来ない。わたしの心臓が、機械じかけ？

「いつ退院できますか？」今にもできるところを見せたかったが、枕から頭を持ちあげることすらできない。

「少なくともあと二・四週間の静養と理学療法が必要です」

「でも、船が……」そう口をついたが、すでに答えはわかっていた。

「あなたは一時的に配置転換されました」と、医師が告げる。「当病棟に。もう休んでください」

医師は部屋を出ていった。わたしは横たわったまま、自分のしでかしたことを反すうした。あの乱闘が、すべてを変えてしまった。深宇宙へ旅立つハンソン艦長が、操舵手の交代要員が退院するまで、何ヶ月もの間待つはずはなかった。何をやらかした？　ドム・ジョットのゲームでノーシカ人をだまそうとして、全人生を棒に振った？　なんて愚か者なんだ。涙を流しながら、眠りに戻る。

二、三日すると、だいぶ回復し、伝言メッセージを確認できるまでになった。最初はコーリーだ。〝先生方が君は大丈夫だって保証してた。ジョニー、そう願うよ〟あざを作り包帯を巻いているところから、バーのけんか騒ぎの直後に吹きこまれたものだ。〝付いていてやれなくてすまない。〈エイジャックス〉が出航するんだ。君が刺された直後に警備員がやってきて、ノーシカ人を気絶させた。ふたりは逮捕され、故郷の星に送還されたよ。宇宙艦隊の保安部員がぼくとマルタにいくつか質問したけど、ことの子細は聞かなかった。運がよかったってことだろうな〟それを聞いて少し安心した。三人の士官がドム・ジョット盤に細工をしていかさまをするなんて、たとえそれがノーシカ人相手でも、宇宙艦隊が見すごすとは思わない。ビュースクリーンに映るコーリーを見た。普段の威勢のよさが影をひそめている。ひどく後悔しているのがわかった。〝できるだけ君の様子をうかがいにくるよ。でも〈エイジャックス〉はロミュランの中立地帯に向かうため、ナース艦長は亜空間通信を個人的な連絡に使うのを厳しく制限してる。すまない……すまない、君をこんな目に遭わせてしまって。養生してくれ〟コーリーが通信を切った。

マルタはもっと感情を露わにしたメッセージを残した。泣きはらした目をしている。

〝〈キュウシュウ〉は今日出航するけど、行きたくない。意識不明のあなたを置いていくなんてつらすぎる。お医者様は大丈夫だというけど……残れたらいいのに〟再び泣き崩れた。〝あなたたちを止めるべきだった。何てばかだったの……〟マルタは涙をぬぐい、気をとり直す。〝愛してる、ジャン＝リュック。お大事に……〟通信が切れた。ジャン＝リュック。何年もその名では呼ばれていない。もう一度見直して、マルタとわたしが一度も互いの気持ちを確かめなかったのを後悔した。たぶん、いつかは。

また、ハンソン艦長からの早くよくなるよう祈っているとの短いメッセージを書面で受けとった。わたしの軽率な行為への失望としか、とりようがない。二度とあんな向こう見ずな真似はしないと、自分に誓う。

静養中、新しい職探しをする時間はたっぷりあった。失った時間を埋めあわせようと気がせいて、優先順位を変更した。深宇宙を探検する任務を帯びた船の操舵手になるという望みは、延期しなければならない。空きがなかった。その代わり、エアハート宇宙基地のセクターに派遣されている船の空きポストを探す。近くにいる船ならば、少なくとも遂行中の任務にてっとり早くつける。〈U.S.S.リライアント〉に、下級科学士官の空きがあった。小型船で、この宇宙域の巡回パトロールについている。本当につきたい役職ではなかったが、資格は満たしていた——有機化学を落としたものの、天体科学と考古学で高成績を修めていた。応募すると、船の指揮官から亜空間通信で連絡が入った。

〝少尉〟クイン艦長がいった。〝わたしはトラブルメーカーは求めていない〟グレゴリー・クイン艦長は大柄な人物で、穏やかだが威厳のある声をしていた。

「ごもっともです、艦長」もう騒ぎはこりごりで、おとなしくする心づもりなのをわかってもらうには、何といえばいいだろう。ついこの間の軽はずみを差し引いても、成績証明書はじゅうぶんな説得材料になる。

〝わたしはハンソン艦長とは面識がなく、なぜ彼が君を望んだのかも知らない。これはそういう仕事ではない。下級科学士官が君の冒険心を満たすという確信があるかね？〟

「冒険を求めてはいません、艦長。任務につきたいんです」クイン艦長がビュースクリーン越しに、わたしの本心を見透かそうとじっと見つめる。正直本心かどうかはわからない。これが模範解答だと知っているだけだ。艦長は納得したらしい。

〝席は埋めなければならない、だから君を雇おう。自分の決断に百パーセント満足とはいかないが、それで決まりだ。〈リライアント〉はエアハート宇宙基地に〇八〇〇時の入港となる。ナカムラ大尉の指示をあおぐように〟面接は終わった。

「乗艦を歓迎する」転送機から降りてダッフルバッグを足もとに置くと、ナカムラ大尉がいった。

「艦長から艦内をくまなく案内せよといわれている」上級科学士官のナカムラ大尉は、いくぶん偉ぶってはいるが面倒見はよさそうだった。荷物を船室に運ぶのを手伝ってもらい、そのあとはこぢんまりした清潔な艦内を案内された。クルーはわずか三十四名で、乗艦して二時間経つ頃にはほぼ全員との顔合わせがすんだ。艦内であと見ていないのは、ブリッジだけだ。

「ブリッジに行くのはシフトにつくか、呼び出されたときに限る。クイン艦長は余計な人間を入れたがらない」案内がすむと、大尉はコンピューター・コンソールと椅子と机がなんとか収まるだけの、大きな戸棚程度の部屋へ連れていった。

「科学ラボにようこそ」ナカムラ大尉が笑った。

「これだけ？」

「これだけだ」大尉は下級科学士官の任務を教えてくれた。こんな小型船に、本格的な調査任務のあてはない。科学士官の役目は主に、データ集めだった。船は六時間シフトの四交代制で動いている。わたしのシフトはふたつ。一九〇〇時から〇一〇〇時までがラボ、〇一〇〇時から〇七〇〇時までがブリッジのシフトだ。ブリッジにいる間、科学士官は指揮官に情報を提供する以外に、船にもたらされる科学的な情報はすべて、センサーのデータから、惑星探査報告から、宇宙艦隊もしくは連邦所属惑星が送ってきた通信に至るまで、重要度のいかんを問わず整理する。ラボにつめる士官は、上陸班に回されなければブリッジから受けた情報を適切に分類・目録化し、宇宙艦隊司令部へ報告する。これは、われわれの文明を支えている支柱のひとつだ。連邦宇宙域じゅうに散らばった船が情報を集めて宇宙艦隊司令部へ送り、それが惑星連邦の集合知識として蓄えられていく。

そして同時に、ひどく退屈な仕事でもあった。初めてのラボ・シフトでやったのは、データを整理して報告書を作成し、あとでナカムラ大尉の承認を受けたのち、送信するだけ。宇宙船の任務にどんな幻想を抱いていたとしても、六時間ひとりで部屋にこもり、コンピューター・スクリーンを見つめることは入っていなかった。だが初日の退屈さと失望を我慢できたのは、ブリッジ・シフトへの期待だった。ラボのシフトが終わり、戸締まりをしたあと、ブリッジへおもむく。

たいていの宇宙船と同様、〈リライアント〉は地球の二十四時間制を踏襲しており、わたしは午前一時にあたる時間のシフトだった。通路の照明は落とされ、ブリッジも薄暗い。見慣れた配置だったが、予想よりも手狭だ。勤務交代までには数分あったが、艦長席に座る三十代の女性指揮官に、着任のあいさつに行く。シャンシ中佐、船の副長だ。

「ピカード少尉、着任します」副長が振り向いて、わたしを見た。

「早いわね、少尉」副長には濃い東インドなまりがあり、気圧《けお》されるような堅苦しさをいくぶん感じた。「自分の部署につきなさい」科学ステーションに行くと、同じ年頃のもうひとりの下級科学士官が席にいた。男が立ちあがる。雲つくような上背だ。

「ウォーカー・キールだ」笑って手を差し出す。握手をした。見覚えがある顔だった。

「ジャン＝リュック・ピカードだ。前に会ったかな？」

「ああ。君と君の友だちは、タウ・セティ三号星でぼくとぼくの仲間と、もう少しでとっくみあいになるところだった」思い出した。コーリー、マルタとわたしはモリキンから戻る途中で、ちょっとばかり飲みすぎていた。

「それはすまなかった」

「謝ることはないよ。誰もがちょっとイキがってただけさ」恨まれていないとわかり、安心した。あとで知ったが、ウォーカーはルームメイトだった。シフト時間が違うため、顔を合わせずにいた。

「シフトに入ります」初めてのブリッジ・シフトをかみしめながら、交代の儀式をけれん味たっぷりに演じた。ウォーカーがクスッと笑う。

「シフトを離れます」喜色満面のわたしを、面白がっていた。科学ステーションにつき、ほかのクルーも夜のシフトに交代する。夜間の早番シフトだ。船の第二副長で、わたしよりたった二歳上のアルトマン少佐がシャンシ中佐を引き継ぐ。わたしは大きなビュースクリーンに目をやった。エアハート宇宙基地の拠点、美しい青緑色の惑星が、スクリーンの下部を占領している。残りの空間を、星々がまたたいていた。

わたしの望みとは少し違えど、満足だった。


「大尉、提案があります」科学ラボのシフト中だった。ナカムラ大尉はわたしがまとめた二、三の報告書に目を通し、承認を与えるために立ち寄っていた。

「提案？」大尉がさっさと仕事を片づけて、はけてしまいたがっているのがわかった。だが、今ごり押ししないと手遅れになる。

「はい。本艦はミリカ三号星の軌道上にあと一日いますが、調査すべき遺跡があの惑星にあります」〈リライアント〉は惑星連邦の新任大使と職員を送り届けるため、ミリカ三号星に来ていた。不毛な惑星ながら、進んだヒューマノイド型種族が住んでいる。ミリカ人はつい最近まで宗教対立により文化が引き裂かれていたが、過去二、三十年でひとつの政府のもとに統一され、急速に宇宙進出を果たした。まだ宗教独裁論者がそこここに潜伏していたものの、惑星連邦加盟のガイドラインを満たしていると判断され、政府は外交を開く手続きをはじめた。〈リライアント〉はこの星に、連邦大使館を置く任務を任されていた。ウィリアム・スミシーという名前の高齢の大使が無謀な要求をするため、クイン艦長とクルーにはここのところ疲労がたまり気味だ。反対に、手持ちぶさたのわたしは、惑星に関する情報をしらみつぶしにあたっていて、現地考古学者が書いた発掘されてまもない遺跡に関する論文に遭遇した。

「その遺跡の、何がそんなに重要なんだ？」大尉が少しいらつくのがわかったが、ここは強く出なければ。

「バルカンの遺物があるんです。地元の考古学者が先月発見したもので、連邦はまだ確認していません。もし本物なら、古代のバルカン人は、この星に未知のコロニーを持っていたのかもしれませんよ」

「本艦にそういうものを認定する有資格者がいるか、わからんぞ」

「実をいえば、わたしには資格があります、大尉」ガレン教授に学んだ数年間を、この機会に生かせる。だが、ナカムラ大尉のいらだちは今や欲求不満に高まっていた。「もし発掘品をこちらで認定できれば、惑星連邦考古学会議が新たに船を派遣する手間を省けます」

「提案を渡せ。艦長にお見せする」それを見越し、あらかじめ提案を入力しておいたPADD《パッド》を渡す。大尉は面白くなさそうだった。この船の誰も、バルカン人の遺物などに興味はなかった、とりわけ艦長には。だが指揮系統にあおがねばならない提案を大尉に出した。連邦考古学会議は、隊を派遣して詳しく調査する前に、確実に遺跡の認定を求めるだろう。わたしの提案はその手間を一挙に省ける、たとえいささかうっとうしがられても。提案の主たる目的が科学と何の関係もないのを、ナカムラ大尉はお見通しだった。

わたしは上陸任務に出たい。

〈リライアント〉で過ごす十八ヶ月は、心地よかった。クルーの中に友人ができ、きつい仕事が来るのはまれ。そしてまた、滅多に面白味も感じなかった。仕事の質に影響は出さなかったが、できるだけ手っとり早く片づけた。艦長を目にする機会はあまりなかった。わたしのシフトと入れ替わりに、艦長がブリッジの指揮に入られる。おぼろげな印象では、わたしの勤務態度が、採用を迷った艦長の当初の気がかりをずいぶん和《やわ》らげていた。

だが、わたしは船に閉じこめられていた。科学士官の必要な上陸任務があれば、普通はナカムラ大尉がおもむき、もし彼が行かなければ大尉はウォーカーを送った。わたしは艦内で〝キャビン・フィーバー（閉所性発熱症）〟と同等の状態に陥り、固い地面の上を歩く理由を探していた。

ミリカ三号星のデータベースで、真偽のはっきりしない考古学専門誌を見つけたとき、その機会が訪れた。

何の声もかからぬまま一日が過ぎ、望みが薄れはじめた。船は〇九〇〇時に軌道を離れる予定で、ブリッジのシフトに入る頃には提案は却下されたか、無視されたと推測した。〇七〇〇時にナカムラ大尉が交代に来たとき、艦長からわたしに話があると告げられた。コマンド・エリアに降りて、艦長席のそばに立つ。アルトマンから引き継いだばかりのクイン艦長がシフト報告書を読んでいた。顔は上げない。

「考古学、か？　わたし自身は一度も興味を持ったことがない」

「はい、艦長」

「どれくらいかかる？」

「現場に着けば、三十分以内でスキャンが終わります」実際はそれよりもっと少ない時間ですむが、上陸班のリーダーが誰であれ、急《せ》かされたくなかった。それは問題でないことが判明する。

「上陸班を指揮しろ。補佐と保安士官を一名ずつ同行、一時間以内に艦に戻って報告するように。行ってよし」艦長は報告書から一度も顔を上げなかったが、わたしがぼう然としているのがわかったらしい。指揮？　わたしが上陸班のリーダー？　今まで一員になったことすらないのに。

クイン艦長がとうとうわたしを見た。

「命令を与えたが」

「はい、艦長！」ブリッジからよろめき出ながら、張り切ると同時に胃がきゅっとした。

「ありがたいこって」ウォーカーがいった。ふたりは保安士官とともに、たった今ミリカ三号星に転送されたところだ。まるで、オーブンの中に押しこまれたみたいだった。摂氏四十三度超の、ヒリつく暑さ。そこは首都から数キロメートル離れた、何千年も前に廃墟と化した小さな礼拝堂のそばだった。ウォーカーを同行者に指名したのは単純な理由だ。わたしはこの任務の責任者だが、船の士官は全員階級が上だ。ウォーカーはせっかくのオフをつぶされて不機嫌だったが、少なくともすでに怪しいわたしの権威をおびやかす心配はなかった。

女性保安士官のチェバ（タイ語の苗字で正しくはチェバプラバダムロングだが、短縮形を名乗っていた）は自分のトリコーダーを確認している。

「乗り物がやってきます」目をやると、四人がけのオープン浮揚車エアラフトに、ひとりだけ乗ってやってくるのが見えた。ラフトが近づいて速度を落とし、静かに着地する。運転手はずんぐりした体つき、茶色い顔の、眉毛の上に隆起がある人物だ。車から降りて小麦色の流れるローブをたなびかせながらわれわれのところへ走ってきて、興奮ぎみに両手を掲げて伝統的なミリカ式あいさつをした。習慣に従いわたしは手の平をその手に一瞬載せる。

「ピカードさんですね」ミリカ人がいった。「マンツです。わたしの論文を読んでいただき大変光栄です」

「こちらこそ」わたしは遠征隊の残りを紹介した。マンツはこの遺跡を十年以上発掘しているとまくしたてはじめ、その来歴に関する長ったらしい講釈に突入していった。しばらくして、ウォーカーににらまれ、やっと気が回った。

「その遺物を見せてくれないかな。ちょっと時間が押してるんだ」マンツは平謝りし、発掘現場に連れていくと、掘り出した部屋へ案内した。封印したケースの前に行き、ふたをとる。分類された遺物が並んでいた。マンツが砕けた彫像を指さした。わたしはひざまずき、トリコーダーで破片をスキャンした。

「陶器？」ウォーカーがいった。「陶器のために、むし焼きにされに来たのか？」

「ただの陶器じゃない」わたしは彫り物の一片を拾いあげた。とがった耳のついた頭部で、基部には刻印がある。「これはカトラの聖櫃だ」

「本物でしょうか？」マンツが意気ごんで訊く。わたしはスキャンを終えた。

「この土地の素材で作られているが、デザインと年代から特定できる」

「カトラの聖櫃とは何ですか？」質問したのはチェバだったが、ウォーカーの顔つきから彼も知らないのがわかった。

「死に際し、バルカンの〝生者の精神〟がカトラの聖櫃に移植される」

「移植？」ウォーカーが訊いた。

「テレパシーによって。そこで魂はずっと生き続けるといわれている」

「よせやい」

「まじめな話だ。ジョナサン・アーチャー船長はスラクのカトラを意識の中に持っていると……」

「わたしの理論が実証された」マンツが息まく。「この星に、バルカンの植民地があった」

「結論づけるにはもっと証拠がいる。だがこの遺物は少なくとも本物だ。連邦考古学会議は確実に調査隊を送ってくるぞ」船から通信が入り、会話が中断された。コミュニケーターを開く。

〝〈リライアント〉からピカードへ〟ナカムラ大尉だ。〝ただちに君たちを転送収容する〟

「了解です」スピーカー越しに緊急警報が聞こえた。マンツに向き直る。「あとで出直す」

「でも何ごとです？　もっとお見せする物が……」マンツは頭に血がのぼったようだった。

「わかってる。すまないが行かねば」ウォーカー、チェバとわたしはマンツから離れた。「ピカードから〈リライアント〉へ、転送してください」

〝待て。中止だ。転送機が作動しない〟チェバを振り返ると、すでにトリコーダーを手にしている。

「素粒子分散フィールドです。前にはありませんでした」

「俺たちを船に帰したくないやつがいる」ウォーカーがいった。

「ピカードから〈リライアント〉へ、素粒子分散フィールドを探知。そちらも同様ですか？」

〝確認した、そのまま待機〟大尉の口調がいつになく緊張している。

「どうしたんですか？」マンツがたずねた。

「頼むよ、静かにしてくれ。俺たちといれば安全だから」それはもちろん嘘だった。もしわれわれが分散フィールドのターゲットだとすれば、安全とはほど遠いが、情報が必要だった。

〝ピカード、艦長だ〟クイン艦長からだ。〝惑星連邦の大使が誘拐された。分散フィールドが張られたために大使を船に転送できず、誰もそちらへ降ろせない〟

「犯人は？」

〝宗教的過激派だ。大使館の排除、および明日までに連邦の惑星からの退去を要求している。従わなければ大使を殺害するといっている〟横で聞いていたマンツは、事情を飲みこんだようだ。

〝解決するまでおとなしくしていろ。相手は首都の旧市街に潜伏している。過激派が君らの存在を把握しているとは思えない。通信終了〟わたしはマンツを向いた。

「過激派について知ってるか？」マンツがうなずく。

「彼らは『ザーラ』と称しています。古い信仰に凝り固まったやつらですよ。わたしたちのほんの少数を代表しているにすぎないと、わかってください」マンツは同胞の行為を恥じて、気をもんでいるようだった。それを利用することにした。

「マンツ、街まで連れていけるか？」

「目立つなとの艦長の命令だぞ」ウォーカーがいった。

「俺たちの存在が敵に知られていないからだ。まさにその理由で、事態の究明をすべきなんだ」

ウォーカーは笑ってうなずいた。

夜が来るのを待ち、マンツのエアラフトで街なかまで飛んだ。マンツの家でウォーカー、チェバ、わたしは土地の者が着る流れるローブをみつくろってもらい、そのあと旧市街へ向かう。近代的なガラスと鉄鋼でできた首都の建築物と違い、旧市街の建物はレンガとモルタル造りだった。通りがせばまって路地になり、エアラフトでは目立ちすぎる。そのためマンツがラフトを停め、四人は歩いて移動した。チェバがトリコーダーで大使の生命反応を追跡する。

大使の居場所から通りふたつ隔てたところで、チェバがわたしたちを制止した。三階建ての建物に行く路地を指し示す。武器を携えたミリカ人数名が、建物の周囲を見張っている。わたしはチェバを単独で偵察に行かせた。ウォーカーとわたしは平均的なミリカ人より少々上背がありすぎたが、チェバは標準身長だったため気どられず、特に夜は自由に動き回れる。彼女が行ったあと、マンツを向く。「マンツ、もう行ったほうがいい。援助を感謝する」

「わたしは行きません」

「君の命を危険にさらすわけには……」

「われわれを危険にさらしてるのはあいつらです」と、見張りを指す。「力になりたいんです」同じミリカ人のとった行為の責任を負おうとするマンツに驚き、見直した。進歩のために立ちあがった人間だ。

「わかった」コミュニケーターを手渡し、使い方を教える。「エアラフトに戻っていてくれ。急いで来てもらうかもしれない」マンツがうなずいて去り、入れ違いにチェバが戻った。

「三階にいます」トリコーダーで記録したスキャンを見せる。「中央の、窓のない部屋です。見張りが通りに二名、屋根に一名、三階の窓に一名、部屋には大使と見張りが一名」

「正面攻撃には人数が多すぎる」ウォーカーがいった。「もしくは奇襲でも」同意見だった。どう襲っても、過激派に大使を殺すすきを与えてしまう。

「大使を移動させれば、確保できるかも」あたりを見回すと、標的から二ブロックのところに火事か攻撃か何かで廃屋になった建物を見つけた。周囲と同様三階建てだが、半分以上焼け落ちている。「チェバ、あの建物をスキャンしろ。生命反応があるか？」

「ありません」

「反対側に回って、俺の指示を待て。合図したら爆発させるんだ」チェバがうなずいて、闇に消える。ウォーカーとわたしは過激派が占拠した建物正面の向かいにある路地まで走り、ゴミ容器の背後に隠れた。建物に出入りする唯一の戸口をうかがう。スミシー大使は窓から這い出るには歳をとりすぎており、連中が大使を連れて逃げるとしたらここからだろう。ウォーカーのコミュニケーターをとった。「ピカードからマンツへ……」

〝聞こえます〟

「少ししたら爆発音がする。そしたら、エアラフトで大使が捕まってる建物の南側に出る路地へ、直接行ってくれ」

〝まっすぐ南、了解〟マンツが復唱した。わたしはコミュニケーターの周波数を切り替えた。

「ピカードからチェバへ、状況は？」

〝位置につきました〟

「合図を待て」それからもう一度周波数を変える。

「ピカードから〈リライアント〉へ」

〝〈リライアント〉だ〟クイン艦長が出た。

「艦長、大使を見つけました。救出プランを練りましたが、命令がなければ遂行しません」狂おしいほど長い間があいた。

〝わかった、聞こう〟

わたしは状況を説明して、計画を伝えた。

〝単に大使を殺そうと相手が決めたら？〟

「それはないでしょう。追いつめられたと思わない限り、逃げようとするはずです」なぜそんなに確信があるのかわからなかったが、艦長も同意したようだ。

〝遂行したまえ《メイク・イット・ソー》〟クイン艦長がこのいい回しを使うのを聞くのは初めてで、「グッド・ラック」とつけ加えるのを耳にしてやっと、わたしに許可を与えたのだと気がついた。ウォーカーを振り向く。

「フェイザー銃を麻痺《まひ》に、ビームの掃射幅を最大にセット」ウォーカーがうなずく。わたしはコミュニケーターを開いた。「ピカードからチェバへ。やれ、繰り返す、やるんだ」

一瞬後、路地の先にある廃墟の建物が爆発した。衝撃で、周囲の建造物が揺れる。通りに立つ見張りが振り向き、すぐに叫びはじめた。建物内へ駆けこんだ見張りからの返事が、上階の窓から響く。通りの見張りが戸口に張りついた。ミリカ人がもうふたり戸口から出てきて、大使を引きずり出す。

「撃て」ウォーカーとわたしは集団に向けて撃った。相手は全員ひとかたまりになっていた。ミリカ人と大使が赤い光を浴び、それから意識を失って倒れる。われわれは路地からとび出し、そちらへ走っていった。

「待て。ひとり足りない……」見あげると、屋根の上のミリカ人がこちらへ武器を向けている。そいつが赤い光線に撃たれ、あおむけに倒れた。発射もとを見ると、フェイザーを構えたチェバがこちらへ走ってくる。

「移動したほうが。近くに仲間がいるかも……」チェバが指摘した。

まだ意識のない大使を抱えて運ぶ間に、マンツが建物の南側を走る路地の片隅へ、エアラフトを着地させた。全員ラフトに乗りこんで飛びたつ。

エアラフトの後方にチェバが陣どり、追跡者の有無を見張る。ウォーカーがわたしの背中をどやした。

「やったな、ジャン＝リュック」わたしは笑った。スミシー大使がゆっくり意識をとり戻す。われわれを見あげた大使は、おびえて混乱していた。

「大丈夫ですよ、大使」わたしは話しかけた。「もう安全です」

「入りたまえ、ピカード」クイン艦長がいった。艦長は私室の机に座っており、わたしは初めて足を踏み入れた。室内は簡素で機能的で、艦長自身のようだった。椅子を勧められ、机の向かいに座る。

「ミリカではよくやってくれた」わたしの機転によって過激派は一斉検挙され、ミリカ政府が謝罪を申し入れたのち、大使館が発足した。「ありがとうございます、艦長」

「いいか、わたしが部下の士官に謝るのは滅多にないんだ」

「は？」

「君たちの回収が不能になったとき、まず命じるべきは『偵察して情報を集めろ』だった。規約ではそうなっているが……」間があいた。「だが君を、そこまで信用していなかった。そのためわたしの仕事を君が肩代わりし、大使を救い出した功績はわたしのものとされた」

「艦長、あなたはわたしに何の借りも……」

「君はわたしよりもいい指揮判断を下した。自分の命を危険にさらし、ひとりの命を救った。さらには敵側にも誰ひとり死傷者を出さなかった。その事実が、微妙な外交関係の修復に役立った」艦長は小さな木の箱をとり出し、机の上に置いた。

「君を科学士官にしておくのは才能の無駄遣いだ。指揮官コースを歩むべきだ。操舵手、そうだったな？　もともとの希望は」

「そうです、艦長」

「あいにく本艦にそのポジションの空きはない。うちの操舵手はいずれも優秀で、交代させる理由はどこにもない。指揮官コースのポストはどこも同様だ、少なくとも当分はな」木製の小箱を押してよこす。「開けたまえ」

その通りにした。中には中尉の階級章が入っている。

「昇進だ。二十三歳の中尉となれば注目されるぞ。君はそれに値する」

「ですが艦長、わたしは船に残りたく……」心から驚いた。大使を救って多少の達成感を覚えたが、すべてはこの船で地位固めをするためだ。離れるつもりはなかった。

「君がいるべきはブリッジで、それも科学ステーションではない。たとえ本艦に残っても、ここのように安全なセクターでくすぶっていれば、生まれついた地位に行きつくまで長くかかりすぎる。先頭に出たまえ。下がってよし」

ややぼうっとしたままクイン艦長の船室を辞し、自分の船室へふらふらと戻る。部屋にいたウォーカーが、わたしの新たな階級に目をとめた。

「俺を抜いたな」中尉の階級章を制服にとめていると、ウォーカーがいった。「どうやったんだ？」

「艦長は俺を転任させたいそうだ」

「この野郎、一日が台無しだ」ウォーカーとわたしは次の一時間を、空きのあるポスト探しに費やした。より名高い大型船も二、三あったが、わたしに訴えたのはたった一隻だ。

「〈スターゲイザー〉って聞いたことあるかい？」

「いいや」

「コンステレーション級の宇宙船だ。操舵手の交代要員に空きがある」ふたりでデータを読みこんだ。船は銀河系の未踏の地を探査するため、五年間出ていた航海から戻ったばかりで、再び派遣されるところだった。

「ハンフリー・ロートン艦長を知ってるか？」ウォーカーがたずねた。知らなかった。急いで検索してみる。たいそう立派な探検記録の持ち主だった。

「ワオ」ウォーカーがいった。「新世界をやたら旅してるな。申し込むのかい？」

「今したところだ」


「第七四宇宙基地、こちらは〈リライアント〉」アルトマン少佐がいった。「標準軌道に入る許可を願う」

第七四宇宙基地に船が着いたのは第三《ガンマ》シフトで、わたしはブリッジ勤務だった。ウォーカーより階級は上になったが、彼のシフトを奪うまでもない、すぐにもこの船を去るのだから。アルトマン少佐が指揮をとり、ビュースクリーンでは巨大な宇宙基地が、また別の青緑色に輝く惑星を回る軌道上にいた。

〝〈リライアント〉、こちらは第七四宇宙基地〟女性の声がいった。〝軌道を空けた〟

「ありがとう、第七四宇宙基地。一名を転送する」

少佐は基地に近い標準軌道に船を乗せる命令を出した。通常、船は巨大な開口部を抜け、大型宇宙船を数隻分収容できる基地内の洞窟のようなドックに入る。だが〈リライアント〉はわたしを降ろしに来ただけだ。

〈U.S.S.スターゲイザー〉に転属願いを出すと、ほとんどすぐに採用通知を受けた。〈スターゲイザー〉は〈リライアント〉からそれほど離れていない第七四宇宙基地で点検修理を受ける予定が組まれていた。クイン艦長はそこでわたしを降ろす許可を出し、わたしは基地で転任先の船を一週間あまり待っていればよかった。

だがここに来て、問題が起きた。誰にもさよならをいっていない。船には三十余名の人員が乗り組んでいる。ごく親しくなった者もいたが、全員とはいかない。全部署を回って別れをいうべきか？　ガンマシフトの時間帯のため、まだ大勢が寝ている。みんなを起こす？　あつかましいだろう。一方でその努力を怠《おこた》れば、彼らはわたしをすかしたやつだと思うだろうか？　宇宙艦隊の運営形態からすれば、彼らのうち何人かと再び同じ任務につく機会はじゅうぶんあり得たし、悪印象を残したくない。それでもなお、船じゅうを歩いてさよならをいう人間を訪ね回るのは……解決不能なジレンマだ。

やっと、一緒に任務につけて光栄だったというグループメッセージをクルーに送ろうと決心した。先に「みなさんとともに働けて光栄でした」と書いて、スクリーンで確認する。ちょっとありきたりな気がしたが、ほかにいい表現が見つからない。ふと、ナカムラ大尉がかたわらに立っているのに気がついた。大尉のシフトにはずいぶん早い。わたしを見て笑っている。

「デッキ全員、気をつけ」大尉が大声で号令する。わたしは別れの告げ方について集中しすぎて、クルーの大半――ウォーカー、シャンシ副長、そして艦長までもが、ブリッジにつめかけているのに気がつかなかった。全員気をつけの姿勢で整列している。わたしは厚意に驚いて、急いで立ちあがった。

「ありがとうございます。みなさんと……一緒に働けて、光栄でした」声に出していうと、文章よりも若干重みが増すように感じた。少なくともそう願った。クイン艦長が前に出て、握手を求める。

「幸運を、中尉」

「ありがとうございます、艦長」しばらくぎこちなく立っていた。

「クルーは解散。持ち場へ戻れ」艦長はわたしの居心地悪さを感じとったに違いない。ウォーカーを向く。「少尉、この男を船から追い出せ」

「ただちに、艦長」ウォーカーとわたしはターボリフトに乗り、転送室へ向かった。荷造りしたダッフルがすでに置かれている。ウォーカーとわたしは握手を交わした。

「お前が行っちまえば、やっと昇進できるよ」わたしは笑った。転送台に乗り、ウォーカーがコントロールを操作する。転送ビームのハム音とともに、ウォーカーと〈リライアント〉が視界から消えた。

(Star Trek insignia)

第七四宇宙基地に身を寄せて最初の二、三日は、比較的静かに〈スターゲイザー〉の入港を待った。基地の設備は行き届いて居心地よく、わたしは〈スターゲイザー〉のシステムを検討し、基地のシミュレーターで操舵の練習をして過ごした。ゆったりした日課に慣れた頃、早朝にインターコムの声で起こされた。

〝ピカード中尉か〟聞き覚えのない声だ。

「はい」熟睡していたため、ちょっと声がしわがれた。

〝十五分で第一シャトル格納庫に出頭せよ。礼服着用のこと〟わたしは返事をまくしたてたが、通信は切れていた。命令のようだった。〈スターゲイザー〉の到着が早まったのか？　まずそれはないだろう。それに、なぜ礼服を着る必要が？　答えを探す時間はなく、身づくろいをしてシャトル格納庫に出頭する。そこには士官が十数名全員礼服姿で集まり、一隻のシャトルクラフトが待機していた。誰も呼び出し理由に関する情報を持っていない。判明するまで長くは待たずにすんだ。

やはり宇宙艦隊の礼服に身を包み、高齢の男が近づいてきた。密かに百歳前後と当たりをつける。近づくにつれ、さらに三点ばかり気がついた。その人物は提督で、軍医の記章をつけ、われわれ全員にいらだっているようだった。

「何を待ってる？　シャトルに乗りたまえ」

「失礼ですが」わたしがたずねた。「目的地をお訊きしても？」

「誰も教えてないのか？」さらにいらついたらしい。「地表に降りてスポックの結婚式に参加するんだ。君らは儀仗《ぎじょう》兵をつとめろ。あいつはいらんと抜かしおるが――あいにくつけてやる。さあ乗りこめ、遅れるぞ。こいつは命令だ」

全員、素早く列になってシャトルに乗りこみ、席につき次第発進した。第七四宇宙基地はターサス三号星の軌道上にあり、惑星自体は昔テラフォームした地球のコロニー星だった。

だがシャトルの男女にとって関心があるのは場所ではなく、理由だ。スポックを知らぬ者はいない。惑星艦隊の退役士官でもとりわけ高名な、そしてまた傑出した惑星連邦の大使でもある。そのスポックが結婚することになり、この医師は、何者か知らないが、調達できる士官を儀仗兵に仕立てて式に参加させようと決めた。

医師。彼が上着のポケットから小さなフラスコをとり出して、一気飲みするのを見つめた。なんてばかだろう。この人はマッコイだ。短い移動中、気どられずにできるだけ観察しようとした。うまくいかなかった。

「何か用かね、中尉？」わたしを見とがめ、提督が質問した。

「いいえ。でもお会いできて光栄です……」

「よせ」彼は椅子にもたれ、目を閉じた。数分後には高いびきをかいていた。われわれの残りは、味な趣向に目と目を見交わした。

「上級士官はどなたですか？　提督をのぞいて」女性の少佐が自分がそうだと気づき、すぐにわたしが訊いた理由を察した。

「何をどうするかは着いてから調べましょう。みんな、行進訓練はごぶさたでしょうし……」


シャトルはターサス三号星の首都から数キロ離れた宇宙港に着陸した。ターサス三号星はテラフォーム技術によってすっかり様変わりし、植生が都市の周辺に集中した建設時から、今では大陸全体に広がっていた。首都へはホバークラフトで移動した。都市は中央の広場から放射状に広がる十二本の大通りで構成されている。広場に着くと、大がかりな式典の準備中だった。祭壇の手前に、椅子を並べている。すべてにおいて人間味が感じられ、意外に映った。これは、わたしの理解では、バルカン流の結婚式ではない。ホバークラフトが止まり、マッコイ提督が振り向いた。

「わたしに恥をかかせるなよ」そういって、真っ先に降りる。総勢十四名の士官は少佐の指揮で七人ずつ二列になって、ホバークラフトを降りた。そのまま隊列を崩さずに祭壇まで行進し、両側に七人ずつ分かれて並ぶ。列席者が思い思いにやってくる間、気をつけの姿勢で立っていた。

そして、招待客の顔ぶれときたら。惑星連邦大統領、宇宙艦隊司令官、連邦評議会役員に、何十もの世界の高官たち。「バルカンらしさ」は式のどこにもない。おそらく花嫁はバルカン人ではないのだろう。

「中尉」男の声がした。「質問があるのだが」わたしは祭壇の左側で列の最後尾に立ち、動きは最小限に抑えて列を乱さないようにしていた。話しかけた人物を横目で見る。

サレクだった。バルカン人のサレク。歴史上、最も偉大な人物のひとり、現代の惑星連邦を築く手助けをした男。彼がスポックの父親なのを忘れていたわけではないが、挙式の人間臭さのせいで、出席しているであろうことを失念していた。

「はあ……」それが精一杯の返事だった。

「人間の結婚式のしきたりには不慣れでね。花婿の親族は特定の席に座るのかね？」

わたしはただそこに、ばかみたいにニヤついて立っていた。かたわらに立つ大尉が上体を傾け、新郎側の最前列だと教える。サレクはお礼にうなずき、わたしをちらっと見てから席についた。

ほどなくして式がはじまった。連邦大統領が祭壇の前に立って司会をつとめ、マッコイ提督がスポックとともに歩いてくる。スポックはマッコイほど高齢には見えず、彼の種族がたしなむ精神の均衡がかもしだす、静かなパワーをまとっていた。ふたりはわたしから数インチの距離に立ち、内輪のやりとりが聞こえた。

「儀仗兵はなしだとはっきり伝えましたよ、ドクター」スポックがいった。

「お前のためじゃない。花嫁のためだ。さあ口を閉じろ、今から結婚するんだぞ」弦楽四重奏がビバルディの『四季』を演奏しはじめ、花嫁が通路を歩いてくる。花嫁は人間の女性で、ベールを被っていた。見わけるのは不可能だ。祭壇まで来ると、スポックがベールを持ちあげた。わたしの立ち位置からは、首を曲げても誰だか確かめられない。

「親愛なるみなさん」ウフーラ大統領が話しはじめる。「われわれは婚姻の儀に立ちあうため、今日ここに集い、スポック大使と……」ウフーラ大統領が花嫁の名前をいった瞬間、最前列に座る高齢の招待客が大きな咳《せき》をして、聞こえなかった。挙式は非常に人間的なやり方で続き、ウフーラ大統領がスポックに、花嫁にキスをする許可を与えた。大使がキスし、その瞬間わたしは偶然、最前列のサレクをまともに見た。彼は嫌悪としか表現できない表情を浮かべていた。異種族間の婚姻に対して？　いや、そんなわけがない。サレク自身が地球の女性と結婚していた。愛情の表現なのだろうか？　知る術《すべ》はない。

式が終わり、わたしと残りの儀仗兵は基地へ戻った。帰りのシャトルでは、今しがたのきら星のような列席者たちに当てられて、ずっとクラクラしていた。私室に戻ると連邦のニュースサービスで結婚式の情報を探したが、何も見つからない。惑星連邦の重鎮たちが、非公開の私的な会合に集まった。そして、わたしもその場にいた。


惑星連邦の歴史書を手に、わたしは第七四宇宙基地のラウンジに座り、二日前、目のあたりにした人々について書かれたくだりを読んでいた。その日に着く予定の次なるわたしの船を腰を据えて待ち受けるのに、この場所を選んだ。目の前にある窓から、基地にうがたれた洞穴のようなドッキンググルームの様子を観察できる。宇宙船が数隻停泊し、様々な段階の点検と修理を受けていた。基地内アナウンスが入り、読書を中断された。

〝〈U.S.S.スターゲイザー〉、第三格納庫に入ります〟目を上げてしばらくすると、〈スターゲイザー〉がまっすぐ、正面の窓めがけてゆっくりと迫ってくる。写真で見た船は、実際よりもっと小さく思えた。おそらくずんぐりした外観のせいだろう。今どきの宇宙船デザインよりずいぶん無骨だった。大昔のアメリカ海軍士官が自分たちの船を「ブリキ缶」と呼んでいたのを思い出し、なぜだかその呼び名がこの船にはしっくりきた。

気に入った。

わたしはほぼ駆け足で部屋に戻り、まとめた荷物を拾いあげて第三格納庫へ向かった。数週間かけて操舵スキルを磨き直し、新たなブリッジのステーションにつくのが待ちきれなかった。「未来への航路を切り拓く」というやけに詩的な文句が頭に浮かぶ。気がつくと第三格納庫のエアロックへ続く入り口に立ち、ハッチを開くコントロールパッドの前で、ドラマチックに間をとっていた。パネルにキーを打ちこみながら、静かにひとりごちる……。

「扉の向こうには、運命が待っている……」

扉が開き、何かがぶつかった。胸じゅうに広がって、床に落ちる。卵だ。誰かが卵を投げつけたのだ。白いねばねばと黄身が上着を伝い落ち、ほがらかな笑い声が響く。ふたりの少年だった。ひとりは十二歳ぐらい、もうひとりはもうちょっと幼い。エアロックを開ける人物を待ち伏せしていたらしい。わたしはびっくりしてその場に立ちつくした。ふたりはわたしにあっかんべをして走って逃げ、入れ違いに士官が艦内から出てきた。「アンソニー！　デビッド！　戻ってきなさい」士官が呼びかけたが、男の子たちは行ってしまった。士官が振り返る。年の頃は三十、中佐の階級章をつけている。

「ジャン＝リュック・ピカード中尉です」まだ少しぼう然としながらいった。「このたび着任します」

「会えてうれしいよ、中尉。わたしはフランク・マザーラ中佐、副長だ。身ぎれいにしようか、それから艦長に会わせる」中佐がわたしを船に迎えいれたが、わたしはたった今起きたことに混乱するあまり、周囲に注意を向けさえしなかった。

「あの子……あの子たちは誰です？」

「ああ、わたしの息子なんだ。いい子たちだよ」

「船に乗っているんですか？」子どもが宇宙船の乗艦を許されているとは、聞いたことがない。

「そうだ」心から悦に入っていた。「ふたりをよく知れば、きっと好きになるぞ」

それについては、中佐は間違っていた。

マザーラ中佐に船室へ案内され、きれいな上着に手早く着替えてから艦長のもとへ連れていかれる。道々、自分が今いる場所に集中し直すことができた。船は〈リライアント〉より大きい。エアロックからわたしの船室、それから艦長の船室へ着くまでの間に、以前勤務した船よりも大勢のクルーを見かけた。マザーラ中佐はにこやかに、船の運営体制と、わたしの責務を話してくれた。シフトは四回ではなく三交代制で、わたしは第二シフトの操舵手として、ブリッジにつめる――〈リライアント〉の夜間シフトから、たいした出世だった。わたしはやっと気を緩め、新しいポストへの熱意をとり戻した。艦長の個室にたどりつき、ドアベルを鳴らすと、入室を許可された。

室内は〈リライアント〉のクイン艦長のものより広かったが、もっと狭苦しく感じた。壁は絵画で埋め尽くされている。棚は本や雑貨、ＰＡＤＤや書類の山で悲鳴を上げていた。宇宙艦隊の記録に紙の書類を使うことはないため、何用なのか見当もつかない。艦長の私室というより、屋根裏部屋みたいだった。

部屋の中央にはロートン艦長が、素っ裸にタオル一枚を腰に巻いただけの格好で椅子に座り、机の上には、部屋じゅうに散らばるガラクタの同類がうずたかく載っている。ロートンは大柄で、宇宙艦隊の標準体重からかなりオーバーしていた。目の前の小さな空間に、食べかけの食事の皿が置いてある。チキンカレーとライス。刺激的なにおいでわかった。わたしは気をつけをした。

「ジャン＝リュック・ピカード、着任します。艦長」

「新しい下級操舵手か。休んでいいぞ、中尉。ここじゃ流行《はや》らん」それはいわずもがなだった。

「で、ミリカ三号星の英雄君。すでにずいぶんと名を上げたようだな」その口調には、かすかに嘲笑《ちょうしょう》がこもっていた。

「ありがとうございます、艦長」できるだけ、言外の空気は無視しようとした。

「この艦にもう二、三人英雄が欲しいところだな、マザーラ？」

「はい、艦長」

「そうだ。ひとことといっておくが、わたしは服務規程に載っていないことでも進んでやる人間が好きだ。君はその点問題ないといいんだが」

「ありません、艦長」そう答えたが、どういう意味かはわからない。

「よろしい。乗艦を歓迎する」チキンカレーをフォークに山盛りすくってほおばってから、「マザーラ、持ち場に連れていってやれ」といったきり、食事に全精力を傾けだし、マザーラ中佐がわたしを退出させた。

「艦長はなかなかのお人だろう?」通路に出ると、マザーラ中佐がいった。わたしも同じことをいったかもしれないが、中佐の賞賛口調は省く。

中佐はブリッジに戻らねばならず、わたしを同行させた。通路を歩く間にも、基地からの整備係がすでに船になだれこみはじめている。最低でもあと一週間は、修理とアップグレードのため、宇宙ドックにいるだろう。

「実をいえば、この〝老嬢《スターゲイザー》〟の世話にはたぶんひと月かかるかもしれない」中佐がいった。ブリッジに着いたのは第二シフトの時間帯だったが、艦長の椅子に座っている人間は、ちょっとしたくせ者だった。

「アンソニー、椅子からどきなさい」わたしに卵をぶつけた兄弟の年長のほうに、マザーラ中佐が声をかけた。「弟はどこだ?」

「知らない。ワープ・コアで遊んでくるっていってた」艦長の椅子に座ったまま、アンソニーが答える。

「ピカード中尉に謝るんだ」

「何で？　何もしてないよ。投げたのはデビッドだ……」

「アンソニー」

「いいんです、その必要はありません」ブリッジの士官たちが見守っていては、わたしの第一印象にかかわる。さっさと終わりにしたかった。

「そうか」マザーラ中佐がいった。艦長席に座るアンソニーはそのままにして、わたしを連れて回り、ブリッジの士官に引きあわせた。わたしに子どもはいないが、まずい子育てがどんなものかはわかる。


翌週は船の修理とアップグレードに手を貸したが、〈スターゲイザー〉が惨憺たる有様なのは一目瞭然だった。システムの一部はひどく時代遅れで、エンジンから船体からコーヒーカップに至るまで、どれもこれも定期点検なされておらず、そのためすべてが疲弊《ひへい》した印象を受ける。これは、クルーにも当てはまった。アカデミー・マラソンでわたしが抜いた士官候補生、クリストファー・ブラック大尉が、船の通信士官をつとめていた。ある日、上級士官室で昼食をともにしたとき、マザーラ中佐と子どもについてさりげなく聞いてみた。

「中佐は、シングルファーザーなんだ。ロートン艦長は彼が欲しくて、中佐が出した条件を飲んだのさ」ブラックは保身に長《た》けてもいた。子どもたちふたりをどう思っているか、お互いおもてに出そうとしなかった。それから、わたしに〈スターゲイザー〉に来たいきさつをたずねた。ポストに空きがあったので応募したと説明したときの、ばかにしきった笑い声は、レーザーの切れ味だった。

「たぶん、もう少し下調べしとくべきだったな」なぜそう思うのか、理由をたずねる必要はなかった。

　とうとう宇宙ドックを離れるときが来た。出航予定時刻はわたしのシフト時間だった。操舵ステーションにつき、艦長席に座るマザーラ中佐がこのシフトの指揮をとる。わたしは神経質になっていた。初めて宇宙船を飛ばすのだ。オフの時間はすべてシミュレーターの練習にあてたが、これほど強力なエンジンの、これほど大型の宇宙船を操る用意ができているか、まだ自信がない。

ブラックがマザーラ中佐を振り向く。

「ドック交信シグナル、クリア」

「艦長に出港準備ができたとお伝えしろ」

「艦長は了解され、ブリッジに来られるそうです」中佐は艦長の席からどいた。

「コン[編注7]、艦長は最終点検の報告書をご覧になりたがるかもしれない。用意しておけ」わたしはうなずいて科学ステーションに行き、ＰＡＤＤを手にとると艦長に渡すために報告書をダウンロードした。終わったあと席に戻ると、誰かが座っている。

「ぼくが船を飛ばす」デビッドがいった。マザーラ中佐の次男だ。

「それは俺の役目だ」中佐を探したがどこにもいない。ビュースクリーン背後の手洗いに行ったに違いない。

「違う、ぼくのだ」と、デビッド。これはまさしく、どっちに転んでも負けのパターンだ。いつ姿を見せてもおかしくない艦長が到着する前に、この子を椅子からどかさなければならない。むなしく周りを見回したが、ブリッジの士官全員がわたしの無言の訴えを避けた。誰もが〈スターゲイザー〉に長年勤め、全員とはいわなくても一部はこの小鬼たちのやりたい放題の犠牲になった経験があるはずだ。

「そうだな、俺が終わったら君に代わるってのではどうかな?」

「これはぼくの船だ。ぼくのしたいようにする」子どもはわたしの椅子を前後にゆすりはじめた。自分に権力があるのを知っていた。絶対的権力は絶対的に腐敗する（訳注：イギリスの思想家アクトン卿の言葉）。艦長より前に中佐が戻るように願ったが、危険は冒せない。この甘やかされたねずみに、立ちあがらないと首に縄つけて引っ張るぞといってやりたかったが、上官の子どもにいうのは賢明ではない。名案を思いつこうと頭を悩ませ、それから考えすぎているのに気がついた。わたしはデビッドの肩越しに、空っぽの艦長席を見た。

「君、艦長席に座ったか?」

「ううん」

「そうか」椅子に歩いていく。「見つけたもの勝ちってことで……」椅子の上の何かに手を伸ばすふりをすると、デビッドはコン・ステーションからすっくと立ちあがって走ってきた。

「ぼくのパパがそこに座ってた。だからぼくのだ……」

早足で操舵席《コン》に戻ると同時に、ターボリフトの扉が開いて、ロートン艦長がブリッジをのし歩いてくる。デビッドはだまされたのに気がついて、わたしのところに駆け戻ってきた。

「そこ、ぼくが座ってたんだ……」

その頃にはマザーラ中佐が手洗いから出てきた。

「デビッド、部屋へ戻りなさい」

「でもぼく、座ってて……」

「行きなさい」中佐は心配の色を浮かべてロートン艦長を盗み見たが、関心がなさそうだった。

デビッドはわたしをじっとにらみ——この日、わたしは敵を作った。男の子はブリッジを走って出ていった。

「よろしい、ピカード君。ここからおさらばするぞ。開口部の枠にこするなよ」今しがたの一件のあとで、舵をとるのは心が安まる。それに、わたしが艦長になったあかつきには、ブリッジはおろか、艦内に子どもは入れまいと決心した。

編注5　ドム・ジョットは、ビリヤードとピンボールという大昔のゲーム両方を足して二で割ったようなゲーム。
編注6　グランバはノーシカ語のスラングで男性性器を指す。
編注7　コンとはフライト・コントローラー・ステーションを略して士官がいう船内用語。

CHAPTER FOUR

第四章

〝いくじなし艦長〟のもとで

「コースをノーススター・コロニーへとれ」マザーラ副長が指示を出す。「ワープ最大」指示は、これまで遂行してきた数々と同様理屈に合わなかったが、この船に乗って四年経ち、そんなことにはいちいち動じなくなった。

「コースをセット」わたしが報告した。「ワープ係数《ファクター》七」ワープ突入時、船体が少しだけ揺れる。慣性ダンパーにだいぶガタが来ており、だましだまし使っていた。われわれはコブリアド連星系の、人口のまばらな惑星を調査中だった。いよいよ住民と交信しようというとき、コースを変更してノーススター・コロニーへ向かえとの命令を艦長が下した。間違いなく、宇宙艦隊司令部から来た指示ではない。宇宙艦隊からの連絡は、ここ数週間皆無だった。

ロートン艦長は自身が偉大な探検家というイメージを、宇宙艦隊内で確立していた。〈スターゲイザー〉の艦長についたキャリア初期に、新世界の登録数最多を記録した。その名声を食いつぶし続け、もうずいぶんになる。新発見や新たな星系図の作成、未知の種族との遭遇は今でもしているが、矢継ぎ早とはとてもいえない。とはいえ、〈スターゲイザー〉の船齢と状態ではほかに使い道もなく、新しい星系発見が途切れがちでも、艦隊本部はまだ〝古バケツ〟から「もとはとっている」とみなしていた。

だが、本部がそんな長いひもをつけたおかげで、ロートンはばかげた特権を手に入れた。今の状況がいい例だ。あと一日あればコブリアド系の調査を終えられたのに、その代わり、ほぼ確実にとるに足らないであろう謎の理由により、高速ワープで遠ざかっている。理由がどうあれ、あとでここへとって返し調査を終えなくてはならない。非効率的で、たるんだ、うんざりくる時間と資源の浪費だった。そして、決まってわたしに無理難題を押しつけてくる。初日に明言したように、ロートン艦長は服務規程にないことを士官に「進んでやる」よう求めた。

二、三日してコロニーに着いたとき、艦長から船室に呼び出しを受けた。

「シャトルで地上に降りてくれ」この日のロートンはバスローブ姿で、いつぞやのタオル一枚よりはまだましだった。「中心街に行き、ある男から機材を一点受けとってこい。相手の情報は追って伝える。機材の代金はパワーコンバーターで支払うように」

「はい、艦長。どのような機材を受けとるのですか？」

「現地に着いたらわかる。ああ、それと、ここに誰かをよこして机を運び出させてくれ」

では艦長は机を買ったのか。

それがロートンの流儀だった。コレクターで、空き時間のすべてを使い、亜空間マーケットで掘り出しものを物色する。戦利品がうなっているのは艦長の私室にとどまらない。船じゅうの倉庫に工芸品や本、家具や貴重な文献が押しこめられていた。今回は机に目をつけ、船ごと売主のもとへ移動し、クルーを任務から外してとりに行かせようとしている。貨物室に転送すれば知れるの話だが、艦長の感覚ではそれでは目立ちすぎた。どういうわけか、わたしにやらせればはわたしだけですむと考えていた。途中でかかわる人間は、全員勘定に入らないらしい。だがそれを指摘しても、意味がないと学んでいた。

艦長から情報を受けとり、機関部におもむく。機関主任のスカリー少佐は図体のでかい、普段は愛想のいい男だが、パワーコンバーターを頼むと顔をしかめた。

「木になる実じゃないんだぞ」

「艦長が……」

「わかった、わかった……」少佐がとりに行く。受けとって、シャトル格納庫まで行き、艦長命令によりシャトルで地上に降りる旨をブリッジに伝える。誰も何も訊かず、誰も詳細を求めなかった。どういうことか、みんなが承知していた。

シャトルを駆って、地上に降りる。ノーススター・コロニー（地球の夜空に現れる〝ノーススター〟、北極星と混同しないように）は、楽しい時代回帰の町だった。十九世紀のある年、スカゴラ人と呼ばれる異星人が地球から幌《ほろ》馬車隊を誘拐し、この惑星で奴隷《どれい》として働かせた。やがて人間たちは蜂起《ほうき》して星を奪いとり、二十二世紀に最初の深宇宙探査船〈エンタープライズNX-01〉が再発見したときには、十九世紀の北アメリカ西部に似せた町をまるごと作りあげ、馬と馬車と拳銃使いまでそろっていた。今もそれはそのまま残り、現代的な各種の設備と共存している。

宇宙港に着陸し、それから艦長に渡された目的地へ向かう。それは、レンガ造りのような小さな家だった。扉をノックする。背の曲がった、しわだらけのマクレイディという名前の老人が現れた。

「〈スターゲイザー〉の使いです」パワーコンバーターを渡す。老人はうなずいて、家に招き入れた。

マクレイディは木工職人で、家全体を工房に仕立てていた。木製の机を身振りで示す。たいそう立派な、つやのあるダークウッドの机で、非常に大きい。どうかというほどでかかった。宇宙船内でこれほど大きな机は見たことがない。

トリコーダーを向け、素早くスキャンして寸法を測る。ターボリフトの扉にさえ入らない。やはり、艦長にこれを説明しようとしても意味はないので、船に持ち帰ってそこで対処しようと決めた。

「反重力ユニットはありますか?」老人は首を横に振り、代わりに四枚の木材を四角く接合して、下に車輪をつけたものをよこした。重たい荷物の運搬に使う〝台車〟と呼ばれる原始的な道具らしい。ひと苦労して机を台車に載せ、戸口から押し出し、そのままゆっくり通りを運んで宇宙港へ戻る。骨の折れる作業で、台車から机がずいぶんはみ出したため、バランスを保ちながら押すのが大変だった。いつもやるように、この小旅行の間を使い、どうすれば〈スターゲイザー〉を出ていけるか思案したが、転属を願い出るたび、ことごとく艦長に却下されてしまう。ロートンはわたしの邪魔をしている認識はあるらしく、去年わたしを少佐に昇進させたのはそのためだ。

新しい階級も、このばかでかい木の机を運ぶのには何の足しにもならない。

やっとシャトルに着いて、別の問題にぶち当たった。机が入るようなハッチは、このシャトルのどこにもない。唯一の解決策は転送することだが、それはできなかった。二、三週間前、艦長に似たような使いをいいつかり、古代のクリンゴン指導者カーレスの影像をとりに行った。船に持ち帰る一番効率的な方法は転送だったのだが、わたしがそれをやったのを知った艦長はカンカンに怒り、降格させると脅した。転送記録は詳細につけられるため、ロートンは貨物を持ちこんだ形跡を少しでも公式記録に残したくないのだと、ブラックがやんわり説明した。艦長の逆鱗《げきりん》に触れる危険を繰り返したくはなく、そのため別の方法を思いつかねばならなかった。

シャトルには生命維持ベルトが積んである。利用者の周囲に低レベルのフォース・フィールドを発生させ、緊急の場合は酸素を供給できた。机を囲むようにフォース・フィールドを調整して、ベルトをはめる。それから磁力バックルで表面に固定した。

シャトルに乗りこんで離陸し、地面から数フィートの高さをホバリングしながら机の上に移動した。慎重にシャトルの高度を下げて、磁力バックルが船体の底にくっつくカチッという音を聞いたあと、空に向かってそろそろと上昇する。ハーネスが加速度に耐える許容値を計算する時間がなかったが、ゆっくり進めば大丈夫だと当たりをつけた。

そのとき、艦長から連絡が入った。

〝ロートンからピカードへ。何をそんなに手間どっている？〟

「その、艦長、ちょっとした問題が……」

〝たった今救難信号を受信した。ただちに戻りたまえ〟これは問題だ。大気圏からは離脱したが、まだ惑星の重力井戸の中にいる。もし加速を上げたら、空気抵抗がわずかだとしてもハーネスが耐えきれるかわからない。

〝ピカード、応答しろ！〟ロートン艦長はパニックを起こしかけていたが、無理もない。新しい机を持ちこむのにもたついて、〈スターゲイザー〉が救難信号に応じなければ、指揮権を失いかねない。

「了解、艦長」スロットルを前に倒す。つかのま、何の異常もなく、それからわずかに揺れた。スキャナーをチェックする。机が惑星に向かって転がり落ちていく。わたしはコミュニケーターのスイッチを入れた。

「ピカードから転送室。緊急だ」

〝転送室、マザーラ兵曹長だ〟すばらしい。今は十六歳になったアンソニー・マザーラが、転送室の主任だった。四年前に卵を投げつけたときから、これっぽっちも成長していない。

「シャトルから荷物が落ちた。ロックして転送してくれ」

〝物は何だ？　危険な……〟

「直接命令を与えたぞ！」

〝わかったわかった、落ち着けよ……〟シャトルは〈スターゲイザー〉の格納庫に高速接近中で、進入着陸に手一杯のため、荷物の状況を追えなかった。着陸パッドに落ち着くと、転送室から声がした。

〝机だと。どうすりゃいいんだ？〟たいへんよい質問である。

転送パッドから降ろして指示を待つようマザーラ主任に伝える。それからブリッジへ急ぐと、彼の父親が管制席《オプス》につき、ロートン艦長が指揮官をつとめていた。わたしは操舵席《コン》に陣取って、あとで艦長に彼の〝機材〟を回収するためにどうして転送機を使わなければいけなかったのか、釈明の機会を持てるよう願った。

席についてすぐ、インパルス・パワー（通常エンジン）が全開に達した船は、内惑星域へ向かった。第一惑星では、大がかりな採掘活動が行われていた。採掘船の一隻がエンジン・パワーを失い、惑星に引っ張られている。わたしが持ち場に着く頃には、巨大な球体がビュースクリーンの中央でみるみる成長していた。オレンジ色の大火災を背にした採掘船の識別すらできない。

「転送圏内に入ったか？」

「まだです、艦長」マザーラ副長が報告する。わたしは内心、彼の息子が転送パッドから机をどかし終えているよう願った。

「呼びかけてみろ」ロートン艦長が命じた。通信士のブラックが、応答なしと答える。だからといって、彼らが死んだわけではない――採掘船にはまだ三つの生命反応があり、恒星の磁場からこれだけ近いと、往々にして旧式の通信システムはうまく機能しない。もしくは、まったく。

「転送圏内までどれだけかかる？」艦長が聞いた。わたしはパネルを確認した。

「十一秒です」普段は嘆かわしい優先順位を持つ変わり者であっても、ロートンはまた、有事には艦長としてふるまう術《すべ》を心得ていた。冷静かつ自信に満ちた話しぶり。それは、ビュースクリーンの恒星が刻々と迫る状況下では、部下にとって平静を保つ大きな支えになる。

「転送室。船のクルーをロックする準備を」つかのま、どんな返事が返るか恐怖した。

「了解」アンソニーが答える。「待機します」よかった、机をどかしたに違いない。再びパネルを見る。あと二秒で転送圏内というとき、警報がまたたいた。

「艦長、操舵コントロールにイオン嵐が……」

いい終わるより早く、パネルが火を噴いた。爆風で、わたしは椅子から後ろに転がり落ちた。見あげると、コンソールに火の手があがっている。艦の消火システムが瞬時に消し止めた。わたしは爆発音で一時的に聴力がばかになった。周りでは無音のカオスが起きている。立ちあがろうとすると、フランク・マザーラ副長が艦長席のかたわらに立ちつくしていた。

ロートン艦長が椅子にぐったりもたれ、両目を見開いている。わたしのパネルから飛んだ破片が、頭部に突き刺さっていた。ことされていた。マザーラ副長はしばしぼう然としていたが、それからブリッジのクルーに向き直った。聴覚が戻り、わたしは副長のポストを引き継いで管制パネルについた――操舵席は、すすけてぐちゃぐちゃだった。

「現状を報告しろ」難聴でさえ、副長の声は震えて聞こえた。

「転送圏内です」わたしが伝える。「ここの操舵コントロールは利きません」

マザーラ副長はブラックを向いた。「転送室に採掘工を転送するようにいえ。ブリッジから機関室へ――」

〝インパルスおよびワープ・コントロール回路がすべて焼き切れました〟スカリーだ。〝船体にイオンの蓄積が起きたに違いない。それが過渡電流を誘発し……〟

「何が起きたかは問題ではない。船のコントロールをとり戻せ」

〝何といえばいいか。エンジンがシャットダウンしましたが、船はまだほぼ光速で移動中です。動くのは軌道修正用エンジンだけで、減速できません。手を加えるには時間が必要で……〟

「転送室より採掘工の転送完了とのことです」ブラックが報告した。だがマザーラは聞いていなかった。ビュースクリーンで拡大していく恒星を見つめている。

「恒星との距離は」

「千五百万キロです」まだシールドに守られていたが、恒星の引力から脱出するエンジンが動かなければ、われわれが艦内でおだぶつにならなかったとしても助けにならない。以前惑星に接近しすぎたときにやった手が、唯一見こみがあった。素早く計算していると、マザーラ副長の命令が割って入る。

「総員、船を放棄」副長もまた、計算していた。この距離なら、シャトルと脱出ポッドはまだ太陽の引力から脱出できる。

「まだ可能性が――」訴えるわたしを、副長が遮る。

「各自割り当てられた退避ステーションへ行け」副長の心はどこかよそにある――彼の家族、彼の息子たちに。息子のために、安全策をとったのだ。そのあと副長は、心底驚くべき行動をとった。

ブリッジを出ていったのだ。

副長の行動に、クルーはしばし愕然《がくぜん》とした。彼らに自分の計画を説明して、助かる見こみを信じさせたかったが、時間がない。ブリッジの者は皆すでにステーションをシャットダウンし、脱出準備をはじめている。説明の時間はない。行動しなければ。

「命令をとり消す」クルーが振り向いて、わたしを見た。ブリッジを捨てたことで、マザーラは明言せずともわたしに指揮権を譲った。ほとんどの者が、顔に不信の色を浮かべている。とりわけブラックは、ほんの少し前までわたしより階級が上だった。だが全員命令に従い、持ち場を離れなかった。マザーラ副長はブリッジを捨てただけでなく彼らをも見捨て、さらに艦長が死んでそこに横たわるなか、クルーは何がしかの望みが欲しかった。ブラックが船の放棄シグナルをとり消すシグナルを送る。わたしはインターコムに顔を寄せた。

「ブリッジから機関室。スカリー、左舷スラスターを全点火しろ」

〝了解。長くはもたないぞ……〟

「その必要はない」

〝マザーラからブリッジ、そこで何をしている？　誰がわたしの命令をとり消した？〟

「お待ちを」船の位置を確認する。恒星の直径に等しい距離に届く前にはじめれば、まだチャンスがある。恒星の直径は八十七万五千マイル――百万キロメートル以上離れた距離で、左舷スラスターを点火する。うまくいくだろう。

〝マザーラからブリッジ、答えろ！〟ビュースクリーンの太陽が、ゆっくり左に動き出した。

「副長、ピカードです――スラスター、船の速度、恒星の引力により、船は恒星の周回軌道外縁へ移動しています。その間にスカリーが修理する時間を稼げます」長い間があった。

〝シールドの状況は？〟

「六十五パーセント」しばらくはじゅうぶん保つ。わたしは船を救ったが、マザーラ副長が面目を失った事態は喜ばしくない。話題を変える必要があった。「ご命令は、副長?」

〝ダメージコントロールチームに報告をまとめさせろ。すぐそっちに行く。医務室に伝えて艦長の処置を手配させろ〟

「了解」わたしはロートン艦長を見た。〈スターゲイザー〉の暮らしに色をつけた張本人がいなくなり、船がこの先どうなるのか想像するのは難しい。そばへ行って、艦長の目を閉じた。

「ロートンには別れた夫人がおられて」マザーラ艦長がいった。「遺品はその方に届けろと遺書に残されていた。現地へ着いたら、君から手渡してやってくれ、ナンバーワン」彼の副長になって以来、マザーラ艦長はわたしを〝ナンバーワン〟と呼んでいた。遠い昔の地球で、軍艦の副長がそう呼ばれていた。艦長は前の船でそれを学んだのだろう。ロートンは一度も使わなかった。

だが、わたしは構わない。

「はい、艦長」マザーラ艦長は私室の机に座っていた。十四歳になる息子デビッドとの相部屋だ。アンソニーはクルーとなり、ほかの機関士官との相部屋に移った。昇進しても、マザーラ中佐は艦長の船室には移らなかった。ロートンの遺物でぎっしりだったからだ(さらにばかでかい机が運びこまれて、ほとんど中に入れなくなった)。

「上陸班は組むなよ。まず単独でその女性に会いに行くんだ。彼女は地球人ではなく、その種族については何も情報がない。本来ならわたしが行くべきところだが……」

「いえ、艦長は残られるべきです」副長のつとめは、艦長の命を守ることだ。何ひとつ尊敬してなかろうと。マザーラ艦長は息子を置いていくのをためらっていた。父親としては賞賛に値するが、士官としては面汚《つらよご》しだ。

「以上だ」

「聞いただろ——失せろよ」デビッドは部屋の奥に座り、PADDでゲームをしながら、こちらをときどきうかがっていた。マザーラ艦長は息子の失礼な態度をたしなめたが、例によって効果はない。この艦に着任した一日目から、デビッドはわたしの邪魔をしようと決めていた。涼しい顔でいるのが一番効果的だと学んで久しい。反応すればつけあがるだけだ。わたしの新たな地位が、事態を悪化させたのは間違いない。艦長に笑顔を見せ、退出した。

ひと月前、ロートン艦長が亡くなった直後に、マザーラ中佐はわたしを副長に昇進させた。中佐は命令とり消しの件について、一度も口にしなかった。わたしは軍紀違反を犯したが、告発するには、自分が危機に際してブリッジを離れた事実を宇宙艦隊司令部に説明しなければならない。艦長代理として中佐が最初にとった行為、ブリッジ士官よりも先に退避した行為は何ら軍紀に反していないが、何千年も続く英雄たちの伝統に泥を塗った。すなわち、沈みゆく船に最後まで残るのは船長であらねばならない。宇宙艦隊司令部は彼の行いに眉をひそめるだろう。そして、マザーラを艦長の座から追いやるかもしれない。

そのため、艦長の座についたときには、マザーラ中佐の権威は地に落ちていた。クルーは彼の臆病風をもの笑いのタネにした。ある晩、ブラック、スカリー機関主任、もうふたりの士官とともにレクリエーションルームで夕食をとっていて、わたしは事態のこじれ具合に気がついた。ブラックが、シフトに遅刻したときの小話を披露している。

「……ブリッジに走って向かいながら制服を引っ張り出し、ターボリフトに乗って頭からシャツを被り、それからおろしたら、いくじなし艦長が目の前にいて……」士官たちは笑っていたが、わたしは笑えなかった。さらりと口にのぼったあだ名にヒヤリとした。

「『いくじなし艦長』？　何だそれは？」

「ああ」ブラックは副長のわたしが、それまで蚊帳《かや》の外だったのかもしれないのに気づいた。「うん、誰かがつけたあだ名だよ、誰かは……」

「俺さ」スカリーがいった。自分が船に欠かせないため、責任を問われても何も失いようがないのをスカリーは知っていた。もしそうなっても、気にしないだけの年の功もあった。

「二度と聞きたくない。次に俺の前で口にしたやつは、呼び出すからな」席を立ち、トレイをリサイクラーに持っていく。

「目くじら立てることじゃないだろ」ブラックがいった。

「中佐は艦長だ。たとえそうじゃなくても、息子ふたりが乗艦しているんだぞ」歩き去りながら、目の敵《かたき》にしているふたりの少年にこれほど温情を見せるのは、変に思われるかも知れないと考えた。今からしてみれば、嫉妬していたのだと思う。我が子かわいさに、事実上自分のキャリアを犠牲にしてまで彼らの安全をとった父親を持つふたりに。


ニューパリは、地球のコロニーのなかでも最古参、最大規模のひとつで、惑星連邦の設立前から存在した。人口は三百万人を超え、地上には多種多様なエコシステムが息づいている。われわれが到着したとき、マザーラ艦長はロートンの前妻が住む場所の、正確な座標をくれた。

「先に連絡を入れるべきでは？　いきなり訪ねるのは失礼ではないでしょうか」

「ロートン艦長の指示だ。彼女はコミュニケーターを持っていない。プライバシーを重んじてるんだ」予告なしに現れるのはその望みを無視していると思うが、命令に従うことにした。

わたしは転送室に行った。アンソニー・マザーラの当直だった。座標を伝える。

「でぶのロートン艦長が奥さんを見つけたなんて、ちょっと想像つかないな」

「もうよせ」転送パッドに乗る。マザーラ兄弟につける薬はない。

地上に降りると、青々とした木々とツタの茂みにいた。上空で静かな雨音がしたが、重なりあう葉に遮られ、雨滴の大半はここまで落ちてこなかった。穏やかで美しい環境だ。

トリコーダーを作動させ、そう遠くない地点に建物を確認する。だが生命体は探知できない。

茂みをかき分け、ほどなく家が見つかった。平屋で、野生の木と岩に囲まれて建っている。自然のカモフラージュに守られ、目の前に出るまでまず気がつかない。だがまだ生命体をスキャンできずにいた。

「手を上げろ」背後から、女の声がした。声に従う。女が回りこみながら姿を現した。ロングガウンを羽織ってつば広の帽子を被り、威力のありそうな大きなライフルをこちらにまっすぐ向けている。

「どうやってわたしを見つけたの？　トリコーダーじゃないのはわかってる。その手のマヌケな機器はだませるからね」

「あの……〈スターゲイザー〉の使いの者です。ハンフリー・ロートン艦長が……」

「あの負け犬が、面倒をかけに来たのか。何が欲しいって？」

「たいへん遺憾ながら……」

「ちょっと待って……」女はつりこまれそうな笑顔を浮かべた。「あなた、ジャン＝リュック・ピカードじゃない……どうしましょう、あんまりひさしぶりで、髪を生やしたあなただってわからなかったわ」わたしは面食らった。この女性に会ったことはない。だが相手は明らかにわたしを知っている。ライフルをおろしたので、わたしも手をおろす。

「すみませんが、何のことでしょう。わたしをご存じなんですか？」女の表情が突然変わった。

「ああ……いいえ……ごめんなさい、別人と間違えたわ」

やや気まずい空気だったが、面白がってもいるらしい。

「ジャン＝リュック・ピカードという名前の別人？」

「そう、奇妙な偶然で。知人ははげ頭で、もっと年寄りだったわ」女がいった。「わたしはガイナン。よろしく。〝手を上げろ〟の件は許してね」握手をし、皮肉に満ちたチェシャ猫めいた笑みを浮かべる。「じゃあ、あなたはハンフリーのクルーなの？」

「その、そうです、ある意味では。宇宙艦隊と惑星連邦を代表して、艦長の死をお悔やみ申しあげます」

「あら、それはわざわざありがとう、でもハンフリーは三人ばかり前の夫なの。もう三十年会っていないわ」三十年？　ガイナンは艦長よりずいぶん若く見えたが、それは地球人の基準でだ。謎が謎を呼ぶ。「さて、あなたをここから連れ出さないと。あいつらはしばらく前にわたしがこの星にいると感づき、そしてたぶん、あなたの船を追跡してる。ハンフリーが夫のひとりだったって知ってるからね」

「待ってください……」

「待つ時間はないの。もしあなたの転送ビームが探知されてれば……」

「誰のことをいってるんですか？」

パルス銃のビームに会話が中断され、かたわらの木がなぎ倒された。

「あいつらよ」ガイナンはわたしの手を取ると、先に立って走り出した。さらなるパルスが放たれ、ふたりをかすめた。巨岩にたどりつき、背後に隠れる。わたしは襲撃者を見ようとした。二十メートルほど先に陣取っている。

「われわれを撃ってるのは誰なんです？」

「傭兵か賞金稼ぎよ。それからわたしを撃ってるんじゃない、狙いはあなた――わたしを生け捕りにしたいのよ」答えのたびにさらなる疑問が生まれたが、もうじゅうぶんだ。わたしはコミュニケーターを開いた。「ピカードから〈スターゲイザー〉、二名転送しろ……」応答なし。

「たぶん、あいつが妨害してるのよ」ガイナンがいった。「わたしはすごく貴重なの」ライフルを構える。「もし向こうの大きな木まで走れたら、相手の気がそれるから、わたしが仕留めるわ」

ガイナンが指し示す場所を見た。遠かった。「狙いをつけるのに時間をかけすぎないでください……」

「心配しないで」頼もしくなる断言っぷりだった。

「いいですか？」ガイナンがうなずく。わたしは走り出した。三歩のち、襲撃者のとは違う発射音がした。

「もう走るのやめていいわ」振り向くと、敵が地面にうつぶせに伸びていた。近づいてみる。カモフラージュ柄の服を着たなじみのない種族で、突起が額を二分している。そいつの武器をとりあげ、コミュニケーターの交信を妨害している装置をベルトに見つけた。スイッチを切る。

「船に回収し、ニューパリの当局に引き渡します」

「わたしも連れていって。ここにはもういられない」

「でも……」

「でもはなし。完璧な隠れ家だったのよ、あなたが現れるまでは。あなたたち、行き先は？」

「その、本艦の司令基地は第三二宇宙基地で……」

「それでいいわ」彼女が笑った。「それに、わたしのこと知りたくない？」

実をいえばそうだった。

マザーラ艦長は新しい乗客にいい顔をしなかったが、少なくともロートンの荷物をニューパリの家に引き取ってもらえることになり、ひと安心だった。クルーを数名駆りだして前艦長の膨大な収集品や記念品を転送したのち、第三二宇宙基地へ向けて出発する。

一週間の旅の間、空き時間の多くを割いてガイナンと話をした。だが、あまり収穫はなかった。彼女はエル・オーリア人というわたしのまったく知らない種族で、銀河系にほんのわずかしか生き残っていないということ、そして非常に長命だということ以外、ほとんど何も教えてくれない。長命ゆえに、彼らの血は不老不死の源だといううわさが立ち、そのためアウトローの賞金稼ぎに狙われていた。

ガイナンからそれ以上の情報は引きだせなかったが、わたしのほうは意外なほどあっさり、自分の身の上を何でも話していた。ガイナンは究極の聞き上手で、ほんのわずか質問するだけで、わたしの過去や心情をやすやすと引き出した。これまで誰にも話したことのない考えや夢を、彼女にはうち明けた。わたしはたちまちこの女性と絆《きずな》ができたが、恋愛感情は一切抜きだった。ガイナンはただ友人になりたがった。なぜかは知らないが、それでも安心だった。

だが、彼女がロートン艦長と結婚していたと想像するのは難しく、その件を問うと、ガイナンは笑った。

「二十八歳のときのハンフリーを知ってればね。やる気と野望に満ち満ちていたわ。宇宙を探検して身を立てるつもりだった」ガイナンがたまたま口にした年齢がわたしの年齢なのは、偶然かどうかわからない。

「彼は大変な経歴の持ち主だ」

「はじめはね。ロートンは探検家としてスタートした。でも時が経つうち、立身出世に走って目標を見失った。彼の人生は空っぽになった。そして彼自身も。だから収集をはじめたの」

「目標を見失うのは簡単だよ。俺はしょっちゅうだ」

「あなたには責任感がある。それがあなたを惑わすのね」

「そうだな」わたしはロートンの死以来、心にあったものを口にしていた。忠誠心から、マザーラ艦長に転属の話題は持ち出していない。ロートンよりもその件についてはもっと前向きに善処してくれるとは思うが、前任者の死の直後に頼むのは不謹慎だとも承知していた。だがひと月が経ち、船はこれまでになくスムーズに運営されている。

「何か用事があるみたいね」ガイナンがいった。わたしは自分の考えで頭がいっぱいだった。笑って席をはずし、インターコムで艦長を呼ぶ。私室にいる彼に、面会を求めた。

会いに向かう途中、この船を離れる可能性を期待しても、もういいだろうと思った。うきうきして頭がいっぱいだったため、うっかりドアベルを鳴らさずに艦長の船室に入った。マザーラ艦長はデビッドと三次元チェスをしていた。

「なんだよ、もうノックもしないのか？」デビッドがいった。

「すみません」

「いいんだ、ナンバーワン」

「ナンバーツーと呼ぶべきだ」それが侮辱なのは知っていた。デビッドがいつもいっていたからだ。だが意味はわからない。

「デビッド、よしなさい。しばらく席をはずしてくれ」デビッドはしぶしぶ立ちあがり、出ていった。

「用向きは何だね、ジャン＝リュック。何か飲むか？」マザーラ艦長は歩いていってグリーンの液体の入った瓶をとった。あとでそれが、アルデバラン・ウイスキーだと学ぶ。わたしは飲む気がしなかったが、断るのも気が引け、グラスを手にとった。艦長が向かいの椅子を勧める。わたしから面会を求めたのを忘れたようだった。いろいろ思い巡らしていた。

「ロートン艦長のことを、よく考える」

「はい、艦長。いたましい悲劇でした」

「彼に人望がなかったのは知っている。そして今、いたく同情しているよ。指揮官になるまで君には理解できまい。これほど孤独な、これほど重圧のかかる職務はないぞ、この宇宙には。悪夢だよ」

「艦長、あなたはとてもよくつとめられ……」

「そうとも、なったとたんにブリッジから逃げ出してな。今頃クルーはさぞかしいろんなあだ名を思いついただろう……」そのときまで、マザーラ艦長の胸の内を考えなかった。当然、一瞬の判断ミスが、艦長を苦しめていた。わたしたちの誰とも同じく。

「艦長、みんなもう忘れてますよ」

「それはどうかな。とにかくわたしは忘れていない。死ぬまで覚えているよ。誰にでも、人生が決まる決定的瞬間が二、三度訪れる。わたしの場合はブリッジのあの日だった」艦長は長いひと飲みをすると、グラスを机の上に置いた。「私は退役する」

「艦長、考え直してください」これは悲劇だ。マザーラ艦長はひとつの過ちに、残りの人生を支配されている。「あなたは優秀な士官です……」

「そいつは温情深い言葉だな、だがすでに宇宙艦隊司令部に通知した。本艦が第三二宇宙基地に着き次第、別の者が艦長席に座る」ワオ、上出来だ。司令部はこの船を引き受けようとする、どんな惨めな落ちこぼれを見つけたんだ？　それがわかるまで、ここにいる危険は冒せなかった。今のうちに、マザーラ艦長に転属願いを承認させなければ。

「艦長、あなたのご事情はお察ししますが、話があります。転属をお願いしたく……」

「ジャン＝リュック、この船には君が必要だと思うが……」

「わかります、でもわたしは自分のキャリアを考えなければならず、〈スターゲイザー〉にわたしの未来があるとは思えません」

「本当に？　艦長としてもかね？」

「はい……待って……え？」〝はい〟と返事をしたあとで、艦長のいった意味が入ってきた。「わたしが？」

「君が。それがわたしの提案であり、正直、司令部にはこの船に乗りたがるような艦長はいないだろう。〈スターゲイザー〉の船級は、少佐が指揮するには高すぎる。だから飛び級で、君を大佐に任命した。それとも、転属を承認してもいいが」

「いいえ、艦長。つまり、はい、艦長。喜んでお受けします。ありがとうございます」

「おめでとう」マザーラ艦長は瓶を傾け、もう一杯注いだ。「下がってよし」


わたしは〈スターゲイザー〉を去ると決意し、意気ごんで艦長の船室にやってきた。ところが、退室したときには船を引き継いでいた。

どうしたらいいのだろう。みんなにいうべきか？　本当に話したい相手は誰もいない。それで、船を何時間もさまよった。気がつくと、展望ラウンジにいた。第一船体の最上階にあり、船尾に面している。長い間そこに立ち、星々がワープ速度で流れ去るのを眺めていた。

「いいニュース？」ガイナンだった。入ってきたのに気づかなかった。「え？　ああ、うん……待てよ、何で知ってるんだ？」

「笑ってるから。話してみる？」

「俺は……俺が新しい艦長になった」声に出し、わたしは笑ってしまった。この知らせに喜びを感じた。二十八歳の艦長。六年前にアカデミーを卒業したばかりの。

「すばらしい。子ども時代の夢がかなったわね」それがわかるほど、ガイナンはすでにわたしを知っていた。いろいろと。「艦長として最初に何をするの？」

「看板を作る。〝子どもの乗艦禁止〟ってね」

CHAPTER FIVE

第五章

二十八歳
——艦長の責務

「宇宙暦一三二〇九・二一。〈U．S．S．スターゲイザー〉指揮官フランク・マザーラ艦長。貴殿は本日付けで全指揮権をジャン＝リュック・ピカードへ委譲するものとし……」

わたしはマザーラ艦長と並んで、第一シャトル格納庫のデッキに立っていた。艦長は船のクルーほぼ四百名の前で、ＰＡＤＤの辞令を読みあげている。マザーラ艦長がわたしを向いた。わたしは自分の役割を演じた。

「お疲れ様でした」

「あとをよろしく」マザーラは船のコンピューターを見あげ、命じた。「コンピューター、すべてのコマンド・コードをジャン＝リュック・ピカード艦長に移動しろ。承認コード、マザーラ・β α《ベータアルファ》2」コンピューターは即時に対応した。

〝〈U．S．S．スターゲイザー〉はこれよりジャン＝リュック・ピカードの指揮下に……〟この言葉を耳にするのは、感無量だった。コンピューターの音声によって正式に引き継ぎが完了した。

わたしはクルー全員の顔を見渡した。これまでの人生で、艦長になったらどんな気持ちを抱くのだろうと想像してきたが、どれもこれも的はずれだ。この場に立ち、期待をこめてわたしからの初指令を待つ大勢の顔を目にしたとたん、彼ら全員に対する責任がのしかかるのを感じた。

「よければすぐに船を離れたいんだが」マザーラ中佐だった。急いで船を降りたがっている。中佐の私室で告白されるまで、わたしは彼が抱くじくじたる思いにろくに気づいていなかった。だがそのあとは、始終肌に感じた。中佐はクルーの誰とも目を合わせようとせず、別れを惜しむために長居をするつもりがないのは確かだった。

「もちろんです」さあいくぞ、艦長としての最初の命令だ。特別なことは何もない。「次の指示があるまで、すべての服務規程は有効。シャトル格納庫は離陸準備にとりかかれ。解散」マザーラをシャトルまでエスコートすると、そこで彼の息子ふたりが待っていた。

「あなたとともに働けて光栄でした、中佐」差し出した手を、マザーラがおざなりに握る。次にアンソニーとデビッドに向きあった。「君たちふたりにも、幸運を」

デビッドはわたしを無視し、マザーラについてシャトルに乗りこんだ。おそらく彼にとっては最高の日ではなかっただろう、一番毛嫌いしているらしき士官のわたしが、今では父親の役職にとって替わったのだから。だが、アンソニーは一瞬ためらう素振りを見せた。わたしが指揮を替わる前に、父親は息子を本艦から転属させていた。そのとき気がついたのだが、どうやらアンソニーは残りたかったらしい。

「その……卵のこと、すみませんでした。いつか再びあなたの下で働けるよう願います」わたしは微笑《ほほえ》んでうなずき、アンソニーはシャトルに乗りこんだ。ハッチが閉まり、わたしはひとりごちた。死んでも願い下げだとも。

タガン三号星に建設された第三二宇宙基地の周囲を、〈スターゲイザー〉は回っていた。軌道上を周回する小規模なドライドックがあり、できる限り利用するつもりでいた。わたしの目標はただひとつ。補充要員が着く前に、〈スターゲイザー〉の修理とアップグレードをできるだけ終わらせること。新しい操舵士官《コン》（わたしに替わって）が必要だったし、新しい管制士官《オプス》、保安主任、それに医者が必要だった。

自分の船室に戻る途中、通路でたくさんのクルーとすれ違い、親しげにうなずきあう。〈スターゲイザー〉ではじゅうぶんな交友関係を築きあげ、わたしの昇進を多くの者が好意的に受けとめたように感じた。それでもこの知らせをよくはとらない士官が何名かいるのも知っていた。そのひとりから、私室の前で呼びとめられた。

「ちょっと話がしたいんですが……艦長？」通信士官のブラック少佐だった。〝艦長〟の前に、よけいな間がかかった。ふたりの相対的な立場が変わったことに適応できていないのだ。中に招き入れる。

「要望があります」間違いなくブラックは転属したがっており、わたしは承認するつもりだった。実際、船にとって大きな損失だが——彼と同等の熟練士官が見つかるかは疑わしい——ここにいたくない者に無理強《じ》いしたくない。

「いってくれ」

「副長に立候補したい」

「ああ」予想外だった。他艦への推薦状を与えるつもりでばかりいた。「すでに別の者にそのポストをオファーしてしまった。すまない」わたしは指揮官になったばかりだが、二、三日前に新たな副長の手配をしていた。

「そうですか。それは残念だ。あなたは……艦長は、わたしを転属させたりしませんよね？」

「いいや」

「よかった、ありがたい。あなたの指揮で働くのが本当に楽しみです」そういうと、ブラックは出ていった。これにはずいぶん驚いた。自分より先に出世したわたしをうらやんだに違いないのに、どういうわけか、ブラックの尊敬を勝ち得た。もしすでに別の者を用意していなかったら、彼を副長に考えたかもしれない。

　数分後、新しい階級章を身につけ〝上階〟へ向かう。新しい席を試したい。

「艦長がブリッジにお見えです」入るなり、ブラックが呼ばわった。これは、地球の海軍時代のしきたりだったものの名残だ。艦長がブリッジに入るたびに細かく日誌に記録をつけ、万が一座《ざ》礁《しょう》や衝突が起きた場合、艦長の所在が正式な記録事項とされた。宇宙船では、センサー・ログがわたしとクルー全員の出退を常時記録している。ブラックがあえてやったのは、敬意を表するためで、ロートンやマザーラには一度も見せなかった態度だ。

　ブリッジを見渡す。全体的な印象は、無秩序だ。コントロールパネルの半分は開いている。メンテナンス要員がトリコーダーで中身をスキャンしているか、部品を外して新しいパーツにとり替えている。艦長席に行きかけて、足が止まった。技術士官が小さな反重力プラットフォームの上に立ち、天井の光学ケーブルをつなぎ直している。小さな浮かぶ円盤は、艦長席のほぼ真上にいた。座るには彼をどかさないといけない。それはやめておき、代わりに艦長席をやり過ごして管制ステーションに行くと、スカリー機関主任がコントロールパネルの下で作業していた。彼はわたしが近づくのを気配で察した。

「やあどうも、艦長」スカリーは気安さと尊敬のほどよい中間をとり、わたしはそれを受け入れざるを得なかった。四十歳も年上で、わたしが生まれる前からこの船に乗り組んでいるとなれば、わたしのというよりは、彼の船だったからだ。

「アップグレードはどうだ?」

「この船のシステムは、新しい機器を次々処理できるような設計はされていない。でも、ベストをつくすよ」〈スターゲイザー〉のテクノロジーは何年も遅れていて、徹底的な改修をのぞき、わたしが望めるのはよくてもつぎはぎ修理だった。本艦は二度と第一線にはつけないだろうが、混沌としたブリッジにわたしが立っている限り、問題ではない。〝老嬢〟はわたしのもの、そしてそれで満足だった。

「艦長、第三二宇宙基地より、補充要員の転送準備が完了したとの連絡がありました」ブラックが報告する。予定より早い。わたしの指令を受けとるのに何らかの遅れが生じ、手をつけた作業の大半を終われるよう祈ったばかりなのに。ブリッジを出て、転送室に向かう。

指揮権を手にするとわかるが早いか、副長には友が欲しいと思った。コーリーとマルタを考えたが、ふたりともすでに〈スターゲイザー〉より格上の船で指揮系統についているのを知っていた。コーリーは〈U.S.S.エイジャックス〉の保安主任、マルタは早くも〈U.S.S.キュウシュウ〉の副長をつとめている。たぶん、ふたりを気まずい立場に置きたくないか、断られるのが怖かったのかもしれないが、どちらにも声をかけなかった。わたしが頼んだ唯一の人間は、即座に承知してくれた。彼にとっては大出世だったからだ。

「乗艦許可を願います、艦長」転送機から一歩を踏み出し、ウォーカー・キールがいった。わたしは温かい握手で迎えた。〈リライアント〉を離れてからあまり連絡をとりあっていなかったが、船を移る意志があるのを知っていた。ウォーカーと一緒にパッドに立っているのは新任の保安主任、操舵士官、それに医師だった。三人の地球人と、エドス人がひとり。

「チェバ大尉、着任します」彼女を昇進させ、保安主任として確保できたのは幸いだった。ミリカでチェバが演じた重要な役割と、それがわたしのキャリアを劇的に変えたことを忘れてはいない。チェバの後ろから、新任の医療士官が前に出た。

「アイラット中佐、本艦へようこそ」エドス人をじかに見たのは初めてだ。オレンジ色の肌、三本の腕と三本の足に、わたしの目が吸い寄せられる。歩くのは不可能そうだ――一本前に出るたび、下半身が回転した。三歩で一回転。

「ありがとうございます、艦長」アイラット中佐の声は高音で、しゃべるとスタッカートがかかる。

「それから、君の新しい操舵士官を紹介するよ」ウォーカーがいった。アイラット中佐に気をとられすぎ、奥に立つ若者が目に入らなかった。ウォーカーが推した人物だ。家族ぐるみのつきあいで、ウォーカーがアカデミーに入る手助けをして、二年前に卒業している。ややぎこちない物腰ではあったが、若者は好感のもてる笑顔を浮かべた。

「ジャック・クラッシャー少尉、着任します」


〝補充要員は、全員そろいましたね〟スールー提督がいった。〝出航の準備はできているかしら〟

私室にいるわたしに、デスク・ビュースクリーンに映る提督が、第三二宇宙基地のオフィスから話しかけていた。提督はこのセクター全域の司令官だが、社交的で魅力的、六十代にしてはずいぶん若く見える。上官を失望させるのは極力避けたいし、デモラ・スールーの飾らない権威がなおさらそう思わせた。

「はい司令官、準備完了です」これは真実とはほど遠い。修理とアップグレードを増やしすぎて、〈スターゲイザー〉に任務が下るより先に終わるかどうかは賭けだった。

〝よかった。L-三七四星系で、科学リサーチセンターとの交信が途絶えたの。調査におもむいて欲しい〟

「何の調査だったかうかがっても？」

〝すべてを載せたブリーフィング一式を、今送るわ。昔の廃棄船を研究している古いリサーチセンターよ。できるだけ早く出発するように〟

「ただちに、提督」といったものの、やはり発《た》てるかどうか、自信がない。

〝交信を終わる〟提督がいい、映像が切れた。わたしはスカリーをインターコムで呼んだ。

〝スカリーです〟

「修理とアップグレードはいつ終わる？」

〝いくつかは終わったが、まだやりたい箇所がある。時間はどれぐらいもらえますかね？〟

「十分ほどだ。すまない」

〝了解〟深いため息をつく。〝出航後、航行しながらできるのもあるが、発つ前に操舵と管制コントロールを再接続しないといけません。それと、エンジン回路のアップグレードはどうにもならないな。だからあまりスピードを出させないでください。通信終了〟ずいぶんと不便を強いているのは確かだが、スカリーは一度も文句をいわない。ブリーフィング一式を読みはじめようとした矢先、扉のドアベルが鳴った。開けると、ガイナンがいた。

「ガイナン、今ちょっと忙しいんだが……」

「時間はとらせないわ。さよならをいいにきたの」これは驚くには当たらない。彼女はクルーではなく、頼まれたのは宇宙基地へ連れていくことだけだった。それでも、ひどくがっかりした。

「本気かい？　もっといてくれていいんだよ」

「ありがと、でもここに働き口はないし。それに、わたしの本当にしたいこともない」

「何がしたいんだ?」

「わからない。バーテンダーかしら?」軽いジョークに、わたしは笑った。

「そうか、それなら、君に贈り物が」わたしはアルデバラン・ウイスキーをとり出した。「未来のバーテンダーに」

「どこでこれを手に入れたの?」

「マザーラがくれた。だがロートンからくすねたとおぼしき箱にあったものだから、どっちにしろ君のものだ」

「ありがとう」

「どこに行くんだ?」

「ああ、あっちこっちよ。心配しないで、あなたとはまた会えるから」そう笑うガイナンは、初めて会った日のように、何か内輪のジョークをいっているように見えた。ガイナンがわたしを抱きしめる。「命を助けてくれて、もう一度お礼をいうわ」

「どういたしまして」ガイナンは出ていった。わたしは座り直した。

おそらく、彼女はわたしが今までに会ったなかでも、一、二を争うユニークな個性の持ち主だろう。彼女の存在は不思議と心の休まる効果をもたらし、クルーの中に居場所がないのを残念に思った。本艦にバーがなくて、あいにくだった。待ち受ける任務に通じておこうとビュースクリーンのブリーフィング一式に戻り、インターコムのボタンを押した。

「ピカードからブリッジへ。軌道を離れる準備に入れ」

「ドックのコマンド・シグナル、クリア」ブラックが報告した。

わたしは艦長席に座っていたが、前日から目に見えて変わった点といえば、それだけだ。コントロールパネルはまだいくつも開きっぱなしで、大勢のクルーが頭を突っこんでいる。だが、出発しなければならない。ジャック・クラッシャー少尉が操舵席につき、ウォーカーが管制、スカリー機関主任がふたりの間の床に寝そべって、ステーションの下で作業している。

「L-三七四星系へ向かえ、ミスター・クラッシャー」

「あの、艦長。操舵もナビゲーション・コントロールも不能なのですが……」

「もうちょっと待ってくれ」スカリーがどなった。「いいぞ、やってみろ……」クラッシャーがコントロールを操作する。

「まだ何も反応ありません」

艦長としてブリッジについた初っぱなから、ひどいスタートだった。

「あーそうか、わかったぞ」とスカリー。「これでどうだ……」クラッシャーが再びコントロールを試す。

「コースをセットしました」

「発進」ビュースクリーンのタガン三号星が遠ざかり、ワープに入った。星々が流れ去る。すると、慣性ダンパーが不具合を起こし、船が突然止まって総員前に押し出された。「報告しろ！」

「もうワープしてません」とクラッシャー。

「その点は間違いないな」

「悪い、俺のせいだ」スカリーがいった。「すまんね。いいか、そら行くぞ……」スクリーンが再び変わり、ワープに戻る。わたしは息をつめてまた別の故障に備えたが、無事だった。

「L-三七四星系のコースに乗りました。ETA（到着予定時刻）は四七・九時間後」

「通信士、送った画像をメインスクリーンへ映せ」

「了解、艦長」ブラックがいった。メイン・ビュースクリーンに、宇宙に浮かぶ全長何キロにもわたる物体が表示される。先端がぱっくり口の開いた暗い筒状の物体で、反対側が先細りになっている。途方もない大きさなのが、脇に係留している三隻の船を米粒大に見せていることからわかる。わたしはスクリーンへ近づいた。

「あれは何ですか？」ウォーカーがたずねた。答えようとすると、誰かが代わりにいった。

「〈惑星の殺し屋《プラネット・キラー》〉ですね？」ジャック・クラッシャー少尉だった。ご明察だ。

「そうだ。約八十年前、惑星連邦宙域にあの機械が侵入し、四つの恒星系を破壊した」

「どうやって？」ウォーカーが訊いた。わたしはクラッシャーを向いた。

「少尉？」

「反陽子ビームを使って惑星を破壊し、惑星からデブリを飲みこんで燃料にするんです。あの物体を破壊するのは非常に困難。船体が堅固なニュートロニウム製だからです」クラッシャーの説明で、ブリッジ士官の間に理解の波が広がった。中性子星の中央に存在する超濃度の物質から作られたこの物体は、アカデミーの伝説だった。

「そうか、思い出してきた」ウォーカーが声を上げる。「カーク船長が食いとめた、そうでしたね？」わたしはうなずいた。〈惑星の殺し屋〉は、宇宙船〈U.S.S.コンステレーション〉を徹底的に破壊したが、インパルス・エンジンはまだ動かせた。カーク船長自ら壊れた船を破壊兵器の内側まで突っこませ、〈コンステレーション〉のインパルス・エンジンが爆発する寸前、転送で帰還した。宇宙艦隊一有名な船長の冒険譚《たん》は、士官候補生を何世代にもわたって鼓舞してきた。

「物体は活動を止めた。過去八十年間にわたり、宇宙艦隊の科学者たちはL―三七四星系に浮かぶ物体を研究し、建造の秘密を解き明かそうとしてきた。昨日、宇宙艦隊は科学班と連絡がつかなくなった。そして現在この宇宙域には、ひどい亜空間干渉が起きている」

「中性子自体が干渉源です」クラッシャーがいった。「科学班は干渉を抑えるシグナルブースターを使っていた。それが故障したのでしょう」

「もしくは、破壊されたか」スカリー機関主任が口を挟む。彼の存在を忘れていた。いまだにあおむけになって操舵と管制コンソールの下に頭を突っこんでいる。だがスカリーは宇宙艦隊が憂慮している事態をいい当てた――何者かが、〈惑星の殺し屋〉を盗もうと決めた。とはいえ証拠は何もない。

「〈スターゲイザー〉が一番手近な船だった。状況を確認し、結論に飛びつくのはよそう。だが、ナンバーワン、戦闘演習を予定に入れておくように」

「〝ナンバーワン〟とは誰ですか?」ウォーカーがたずねた。彼の真顔を見て、マザーラのあだ名趣味を無意識に真似ている自分に気がついた。興味深い教訓だ。概しては見下していても、その人物の指揮スタイルを選り好みはできる。マザーラがわたしを〝ナンバーワン〟と呼ぶのは気に入っていた。大航海時代のチャーミングな伝統だ。

「君のことだ、副長」

目的の場所に着くまで二日かかるため、スカリーを手伝って、船のほかの機能に影響を与えずに、できるだけ修理とアップグレードをすませようとした。ところが、まるまる二日間の猶予《ゆうよ》がなくなってしまった。目的地まであと十時間というとき、ワープスピードで移動する〈惑星の殺し屋〉をセンサーがとらえた。

「どうすればそんなことが起きる?」

「わかりません」ウォーカーが返す。「カーク船長がエンジンを破壊したはずなのに」

「われわれから遠ざかっています」クラッシャーが報告した。

「行き先は?」

「まっすぐロミュラス星に向かっています」間があいた。ロミュラン帝国だって? 惑星連邦は何十年も彼らと接触していない。ロミュラン人が連邦の宇宙域に忍びこみ、あの遺物を盗んだのか? それはあり得そうもない。だが差し迫った問題がほかにあった。

「中立地帯[編注8]に入る前に捕捉しなければ」

「向こうのワープ速度は五・九」クラッシャー操舵士が告げた。「中立地帯に達する前に捕まえるには、われわれはワープ八・三を出す必要があります」スカリー機関主任は喜ばないだろうが、選択の余地はなさそうだった。ロミュランの宇宙域まで追いかける危険は冒せない。たとえそれが、かすめ取られた物であっても。

船のコースを変更し、二時間後には怪物に近づいていた。視界に入ったとき、どうやってワープ航行できたのかが判明した。周りを大きなベルト状の構造物で囲い、ワープ・エンジンを二基とりつけてある。

「あれは、宇宙艦隊の機材ですよ」ウォーカー副長が指摘した。「連邦の科学チームが工兵隊に建造させたに違いありません、あいつを移動させるために」わたしはエンジン基部にある機関室に目をとめた。

「生体反応をスキャンしろ」

「人間が一名、ごくかすかに」ウォーカーがいった。

「よし。乗り移って状況確認しよう」

「もしロミュラン人の仕業なら、探知不能の透明偽装船がそばにいる可能性があります」宇宙艦隊が最後に接触したとき、ロミュラン帝国は艦隊の探知機から艦船を「遮蔽《クローキング》」する技術を完成させていた。あのときから彼らのテクノロジーが進歩したのは疑う余地がない。

「なぜロミュランがこんな危険を冒すのか、まだわからんな」

「パワーがないとしても」クラッシャーがいった。「恐るべき武器です。ワープスピードで星系に送りこめば、敵の惑星に衝突する前に止めるのは難しいかもしれません。そのような衝撃による破壊は、壊滅的でしょう」クラッシャーの理論はあまり説得力がなかった。明らかな事実を見落としている。

「あれを盗んで母星に戻るのか？　彼らが盗んだことはわれわれに知れるだろう。そんな不敵な真似をして、どんな得がある？」さらなる情報が必要だった。

〝スカリーからブリッジへ〟インターコムからスカリーの声がした。用件はわかっている。「そうだ、機関主任」彼の要求を先どりしていった。「速度を落とさなければならないのは承知している……」

〝それもすぐに。さもないとわれわれ全員、くず鉄の塊になります〟

「わかった。通信終了」中立地帯までの距離を確認した。おそらく二十分かかる。ウォーカーを向いた。「エンジンのコントロールをとり戻すぞ。ミスター・クラッシャー、来い」自分の船を手に入れたというのに、人手に委ねるのは抵抗があった。だがこの問題を解決せねばならない。

「ブリッジを頼む、ナンバーワン」

チェバ保安主任、ドクター・アイラット、ミスター・クラッシャーを伴い、エンジン基部の機関室に転送させる。清潔で効率的な室内では、コントロールパネルの列がワープ・リアクターを囲んでいた。ドクター・アイラットがトリコーダーを作動させる。

「生命反応はあちらです」チェバとアイラットが先に立ち、宇宙艦隊機関士の制服を着た人間を見つけた。前後不覚で血の海に倒れている。

「何度も刺されています」すぐに仕事にとりかかったアイラットが三本の腕で手当てをし、傷口を閉じる。

「刺されただと？　凶器は何だ？」チェバがフェイザーを構えた。一方クラッシャーはコントロールパネルを調べている。アイラットの手が、患者から医療バッグと自分の背中に滑った。顔を上げずにわたしに説明する。

「この段階での断定は難しいです。あとでよく調べないと」わたしはクラッシャーのところへ行った。

「艦長、コントロールがロックされています。エンジンをシャットダウンすることも、コースや速度の変更もできません」

〝〈スターゲイザー〉からピカード艦長へ〟――コミュニケーター越しに、ウォーカーの声がした。

「どうした」

〝スカリー機関主任が謝ってますが、あと十秒ほどでワープから出るそうです。さもないとエンジンが焼き切れると〟これはひどく厄介なことになった。もし〈スターゲイザー〉がワープから出れば、〈惑星の殺し屋〉は本艦を引き離し、追いつくのはほぼ不可能だ。素早く選択肢を頭の中でさらい、この船に残ると決めた。

「わたし以外の上陸班とドクター・アイラットの患者を収容しろ」

「残留許可を願います」チェバとクラッシャーが同時にいった。

「ならん」

「艦長、これを止める手だてがあります」クラッシャーがいった。自分ではフェイザー銃をワープ・コアに照射して、おそらくはわが身もろとも爆発させるぐらいしか思いつかなかったため、少尉のひどく熱心な顔つきを見て、一か八《ばち》か賭けることにした。

「よしわかった。〈スターゲイザー〉、チェバとアイラットと患者を戻せ」一瞬後、三人が消えた。

「ピカードから〈スターゲイザー〉へ、確保したか?」答えはない。ワープから出る前に彼らが戻ったと推測し、そう願うしかどうしようもない。とまれ、クラッシャーとわたしのふたりきりだ。

「教えてくれ、少尉。君のプランとは?」

「計算したんです。こいつがワープ五・九で進む理由は、これほど大きな物体を巻くベルトの構造統合性を、それ以上のスピードでは保持できないからです」

「コースや速度の変更はできないと、君はいったが」

「ここのコントロールではだめですが、フェイザーを使ってプラズマ・インジェクターを開けば速度を上げられます。ワープ六・二でベルトが裂けて、ワープ・ドライブから出られます」非常に危険な提案だった。

「それを頭の中で計算したのか?」

「そうです」わたしはクラッシャーに、いたく感心しはじめた。手順について手短に相談したあと、フェイザー銃を手にジェフリーズ・チューブを各自伝い、二基のエンジンまで行く。プラズマ・インジェクターを見つけ、フェイザーを極細ビームで一ナノ秒間発射する自動プログラムに設定した。針の穴ほどのショットを数回発射してインジェクターにいくつか穴を開け、プラズマの噴出量を増やす。だがフェイザーがミリ秒長すぎれば、ビームがプラズマに当たって点火し、放射線の災に包まれる。注意深く狙い、発射した。銃が自動で発射・停止する。インジェクターに微細な穴が三つ開いた。プラズマがそこからさらに噴き出し、短い間があいて、ジェフリーズ・チューブが震えはじめた。チューブをのぼって出て、クラッシャーと機関室で再会すると、少尉はすでにコントロールについていた。

「うまくいってます。ワープスピード六・一……六・二……」金属が延びてきしり、うめくのが聞こえた。クラッシャーが操作盤を確認する。「構造統合性四十三パーセント……二十八……」

「つかまれ……」

騒々しい亀裂音が部屋じゅうに鳴り響く。部屋が暗くなり、われわれはコンソールを飛び越えてデッキまで投げ出された。何かに頭をぶつけ、ずっと昔、自宅の地下室で床に倒れる自分の姿が心の目に映り……。

「艦長……艦長……」視界が定まり、わたしはアイラットを見あげていた。緊急照明の赤色を浴びて、オレンジ色の肌がよくわからない色になっていた。

「クラッシャーは？」

「わたしは大丈夫です」顔を向けると、本人がチェバとウォーカーと一緒に立っている。

「やりましたよ、艦長」ウォーカー副長がいった。「〈惑星の殺し屋〉は、中立地帯からすんでのところでワープを離脱しました」

「クラッシャーの発案だ」立ちあがった。ウォーカーをじっと見つめる。

「大丈夫ですか、艦長？」

「ああ。ただいったい誰がわたしの船の指揮をとっているんだろうと、疑問に思ってね」

〈スターゲイザー〉に戻ってしばらくすると、わたしが救ったクルー、ラウンズベリーという名前の技術士官が意識を回復した。ウォーカーとわたしで医療室のラウンズベリーに質問したが、残念ながらろくな情報を得られなかった。

「犯人は見ておりません」医療室のベッドに横たわり、ラウンズベリーが説明した。「ひとりで夜勤に立っていたんです。基地から長距離通信アレイに障害があるとの報告が入りました。と思うと誰かに刺され、次に気がついたらここにいたんです」彼に少し休むようにいい、それから診察室にとなりあう小さなオフィスでアイラットと話をした。

「得物について、追加の情報はあるか？」

「大きなダメージを与えるためにデザインされた、効率的な刃物ですね」

「ダクタフか？」

「傷口はそのような武器でできたものです」

「クリンゴンの武器？」ウォーカーは疑わしそうだった。「彼らがロミュランのために〈惑星の殺し屋〉を盗んだ？　何でそんなことを」

「盗んだんじゃない。クラッシャー少尉が推測した使い方をしたんだ。高速ワープで、ロミュラス星の衝突コースに送りつける」ウォーカーが一と二を足す。

「そしてそれを、われわれがやったように見せかけようと」

「ロミュランが攻撃を防いだとしても、報復として宇宙艦隊を攻撃しただろう」

「また、われわれがそれを防いだとしても、クリンゴンの仕業だという証拠は何もない」

「ラウンズベリーの刺し傷。とても立証できない」宇宙艦隊に報告はするつもりだが、できることは少ない。惑星連邦はクリンゴン帝国との和平交渉を、六十年間続けてきた。同盟は決して堅固ではなく、常に衝突の瀬戸際にいた。そしてクリンゴンは、本音では和平に関心がないのが明らかになってきた。どうやら次の星間戦争を起こしたがっているらしい。優位に立つためなら謀略さえ図りかねない――惑星連邦とロミュラン帝国を衝突させられれば、しめたものだ。

「少なくともひとつ、いいことがありましたよ」ウォーカーがいった。

「それは何だ?」

「艦長はクラッシャーを気に入られましたね」

彼は正しかった。気に入った。


初めての任務の出だしから、わたしはたいへん貴重な教訓を学んだ。その一、自分の部下を知るべし。もしクラッシャーを同行しなければ、自分の犠牲を伴わない解決策を思いつけたかわからない。その二、自分の船の現状について提督に嘘をつくべからず。次の任務が未開宙域の星図作成という地味なもので幸いだった。おかげでひと息つけ、スカリー機関主任にアップグレードと修理の大部分を終える余裕ができた。わたしはルーティン作業に落ち着き、ほどなくして自分がどのような指揮官になりたがっているのかを模索しはじめた。

艦長には、いろいろなタイプがある。船を治めるには神のような超然とした態度で臨むのが一番効果的だという者もいるが、わたしは年齢も若く、経験も比較的浅いため、主人の役割は抑えめに、従僕としてのアプローチを多くとっていた。まずはクルーのニーズこそが第一で、ニーズを学ぶ最良の方法は会話を交わすことだ。わたしは船首から船尾まで毎日少なくとも一時間、もしもっと時間がとれればそれ以上、船内を歩き回った。巡回の間に五十人かそこらのクルーと話し、下層デッキ《ローワー》で起きている出来事の、最新のあらましを仕入れる。あいにく、毎日の見回りのせいで手つかずの事務処理の山が増えていき、それはやがて副長の手に委ねられた。ウォーカーは皮肉まじりに文句をいったが、艦長になる日のために必要な教育を受けているんだといいくるめた。

月日が経つとともに、誰の意見を頼りにできるかを学び、問題が起きたときによい尺度を与えてくれるクルー網を〈スターゲイザー〉じゅうに張り巡らせた。ウォーカー、スカリー、クラッシャー、チェバに加え、ビゴ少尉という光子魚雷格納庫で働く下級士官が、とりわけ重宝した。ビゴ少尉は内輪の噂《うわさ》話に関しては地獄耳で、クルーの事情通のため、マネジメントの難しさを大いに和《やわ》らげてくれた。皮肉なことに、正規の人事士官フェルソン大尉は堅苦しすぎて、とるに足らない個人的な事情だとみなすと、自分の胸に納めておく癖があった。また、見回りではテクノロジー面の不具合も目についた。多すぎてもてあますほどに。

わたしが艦長の椅子にどんどんなじんでいくにつれ、クルーもまた、くつろいできた。ロートンとマザーラが去り、船には新しい空気が生まれ――クルーが任務をこなしていくにしたがい、それを肌で感じた。そのうち、友情というぜいたくを自分に許した。トリオが結成された。ウォーカー・キール、自分、そして意外にも、ジャック・クラッシャーの三人だ。わたしはジャックに自分を投影しはじめていた。読書好きの知的な面を子ども時代に伸ばしてもらい、傲慢さゆえに自滅しかけた身勝手な十代を免れた、自分の分身のように。

〈スターゲイザー〉はアルファ宇宙域の未踏のエリアに向かった。進んだテクノロジーの兆候はどこにもみられない恒星系の探索に時間の大半を費やし、次の一、二年で、何十もの惑星や、無数の生命体を登録できた。〈リライアント〉と違い、船には充実した科学設備がそろい、ウォーカー副長が業務の一貫として管理した。わたしは自分の仕事ぶりをきわめて誇りに思い、調子に乗りはじめた。宇宙船の艦長が陥る罠に、わたしも早々にはまっていた。自分は決して間違いを犯さないと、思いこんだ。

「小惑星の直径は、三・二キロです」クラッシャーが告げた。「一日以内に惑星を直撃します」HD一五〇二四八として公式に登録された未踏の星系を探索中、五番目のMクラス惑星と衝突するコースをとる小惑星《アステロイド》を見つけた。わたしは惑星のスキャンを命じた。

「あの小惑星は……」最後までいう必要はなかった。全員、わたしの疑問を察した。

「惑星じゅうの生命体を絶滅させるでしょうね」クラッシャーがいった。

「あわれな住人たちは、何にやられたかさえ知らずに終わるだろう」ウォーカーが指摘した。

「コースをそらせるか？」

「遅すぎます。惑星に接近しすぎてる」

「文明の兆候は？」

「あります。五世紀の地球と同等の、原始的な農耕文化です。北の大陸全体に広がっています」

「見てみたい」数名のブリッジ士官が、この提案にざわついた。ウォーカーがわたしに近づき、耳打ちする。

「ジャン＝リュック、危険すぎる」

「記録に残しておかなくては。彼らがどんな人々だったのか」副長は不満だったが、命令に逆らう意思はなかった。

わたしは自分と上陸班を、村とその周りの農場が見渡せる丘に降ろさせた。上陸班はわたし、チェバ、ジャック・クラッシャーの三人。原住民の視界を避けて、四千平方キロメートル以上の広大な森の端に身をひそめる。近づく原住民の有無をチェバがスキャンし、一方クラッシャーとわたしは録画双眼鏡を使い、絶えようとしている文明の証《あかし》を記録した。

「二足歩行ですね」クラッシャーがいった。「村は要塞のように見えます」

「間違いなく、敵襲に備えて一時的な避難所を兼ねているんだ」

「農夫が一名いるようです」クラッシャーがいった。彼が指さす方向に、ずんぐりした生き物が、鋤《すき》に似た道具で大地を耕しているのが見えた。

「艦長」チェバが呼びかけた。「近づいてくる生命反応を探知しました。立ち去るべきです」

「ほら」クラッシャーが声を上げる。「彼にはアシスタントがいますよ」ずんぐりした生き物のところへ、うりふたつだが、ずいぶん小さめの生き物がやってくる。

「アシスタントじゃない、息子だ」

「彼らが男だと仮定して」チェバがいった。指摘はもっともだが、わたしは過去に思いをはせていた。子どものわたしが父親についてワイン農園に行き、ブドウを植えるのを手伝っている。ほんの数分間、父とふたりきりだった――ロベールは抜きで。そんな記憶は忘れていた……。

「艦長。やってきます……」われわれの左手百メートルのところに、土地の者四人の集団がいた。槍を手に、油断なく近づいてくる。

「よし。行こう」森の中に入り、チェバがわれわれを転送する間、わたしは録画双眼鏡で農夫が子どもを肩に乗せるのを見ていた。

「何とかしなければ」ウォーカーの表情から、わたしの頭がいかれたと思っているのがわかった。

「ジャン＝リュック、もう大気圏に達するところで……」

「やってみる責任がある」

「艦長」クラッシャーが指摘した。「『艦隊の誓い』では、自然な文明の発展への干渉を、明確に禁じています……」

「『艦隊の誓い』の解釈は、艦長特権だ。この場合に当てはまるとは思わない。この社会は自然に発展するために生きのびる可能性を与えられるべきだ」

「大量絶滅は進化に大きな役割を果たしています」

「これ以上議論はしない。小惑星を砕くぞ」

「一週間前に着いていれば、やってみる価値はあったかもしれない。でも……」

「ウォーカー、これは命令だ」小惑星を分析して、もろい箇所を見つけ出す命令を出すと、わたしはどんどんうまくいくような気がしてきた。クラッシャーとチェバが、フェイザーと光子魚雷の狙いをつける。

「ロックオンしました」チェバが報告した。

「撃て」〈スターゲイザー〉の兵器が一斉に巨大な岩を裂き、真っぷたつにするのをスクリーンで見守る。チェバが狙いをつけ、塊をどんどん小さく切り裂いていく。塵《ちり》となったデブリが漂い、視界いっぱいに広がる。

「デブリがターゲット・センサーを邪魔しています」チェバがいった。「もう照準をロックできません……」

小惑星がじゅうぶん小さくなるまでまだまだあった。壊滅的なダメージを引き起こすほど大きな塊がまだ残っている。大地を直撃すればとてつもない量の灰と塵が舞いあがり、恒星からの熱を遮って「衝突の冬」をもたらす。惑星全域の気温が下がり、大量絶滅の引き金となる。わたしは武器コンソールに近づいた。

「代わってくれ」チェバが素早く立ちあがり、わたしはコンソールに座った。ターゲット・センサーをオフにして、デブリの生映像に切り替えると、スイッチを開いてフェイザーを発射し、あとは開きっぱなしにした。フェイザー出力に負荷のかかる使い方だ。とうとう〈スターゲイザー〉のフェイザー出力が落ちた。すべてを使い果たした。

「やりましたね、艦長」クラッシャーがいった。艦長席に戻り、小惑星の何百という破片が、大気圏を突っ切って落ちていくのを見守る。大きめの岩もあったが、本来与えるはずだった壊滅的なダメージをおよぼすような巨岩はひとつもない。ひどく自分が誇らしかった。だがウォーカーは、わたしの脳天気に同調しようとしない。

「森が……」はじめ、ウォーカーが何をいおうとしているのかわからなかった。すると、彼がビュースクリーンを切り替えて大地に広がる森を映し、わたしははっとなった。

　高い軌道上からでさえ、燃えさかるデブリが四千平方キロメートルの森林地帯に広がって落ちるのが見える。数分のうちに火の海となり、さらに広がり続けていく。あたかも無傷のまま小惑星が衝突したのと同じ効果を持っていた。消しとめようのない炎から出るすすと灰が空気中に充満し、太陽を遮る。大量絶滅はどちらにしろ、不可避だった。

　父と息子の間に交わされた喜びのひとときを通し、わたしが知るようになったひとつの種族が滅びていく。


「センサーが船を探知しました」ウォーカーがいった。

「見せてくれ」ビューワーに小さな、偵察艇サイズの船影が映る。船体の前にはエンジンが付いており、全体的にシュモクザメを思わせた。船は宇宙を漂い、エンジンのひとつからプラズマが漏れている。

「ふたつの生命反応。未知の種ですが、酸素呼吸ならば切迫した状況にあります。生命維持反応が最小限です」

「呼びかけろ」

「反応ありません、艦長」ブラックが告げる。敵対的な状況に見舞われた経験はこれまであまりなかったが、警戒した。船は明らかに無力とはいえ、攻撃的なデザインにみえる。

「シールドを張れ、ミスター・クラッシャー。そのあとで接近してみろ」〈スターゲイザー〉を二、三百メートル以内に近づける。向こうの船に変化は見られない。ブラックに、全亜空間（宇宙）チャンネルを開くようにいった。

「未確認の船、こちらは〈U.S.S.スターゲイザー〉艦長ジャン＝リュック・ピカードだ。救援の用意がある」返事を待ったが、応答なし。

「艦長、われわれの言葉を理解できないのかもしれません」クラッシャーがいった。「宇宙《ユニバーサル》・翻訳機《トランスレーター》は脳波パターンの周期を比較するか、もしくは聞きとった言葉を解析します。異星人が意識不明だとしたら、あなたの呼びかけを翻訳するのにじゅうぶんな情報を、宇宙翻訳機が得られない可能性があります」

「そして、もし彼らがまだ宇宙翻訳機を発明していなければ」クラッシャーの考えをひきとっていった。「彼らは意味不明な言葉を聞いているわけか」しかし、原因を解明する方法はなかった。船がある種の罠を張っている可能性はなくなっていない。

「用心を勧めます」チェバがいった。「ダメージと放射線の兆候が、インパルス・エンジンの爆発とおよそ合致します。何らかの戦闘に加わっていたのでしょう」チェバはわたしの気がかりを突いたが、だとしても選択の余地はなさそうだった。

「ブリッジからドクター・アイラットへ、転送室へ向かってくれ」正体もわからない生存者を乗艦させることはできなかったが、かといって苦境にあるかもしれない者を見捨てるわけにもいかない。「チェバ、クラッシャー、一緒に来い。ナンバーワン、向こうに転送するのにじゅうぶんな時間、シールドを解除しろ」

「お忘れですか、艦長は……」

「わかってる、離艦してはいけない規則だということは。それでも行く」ウォーカーはこの件についてわたしと争うのをあきらめた。艦長はブリッジに残り、副長が偵察任務を率いる決まりだった。だがわたしが副長をつとめたのはひと月ちょっとで、実地経験を積むひまがなかった。

わたしとドクター・アイラット、チェバ、クラッシャーを小さな偵察艇に転送させる。乗組員を発見すると、ふたりとも意識不明で、裂傷と火傷があった。どちらも頭と首に隆起があり、ほとんど爬虫類的な外見をしている。そろいのアーマー・スーツをまとっていた。間違いなく軍隊に所属する者だ。アイラットがスキャンをした。

「ふたりとも生きていますが、内部システムはなじみのないものです」

「助けられるか？」

「そう信じます。意識不明は、ひどい昏倒によるものとみられます」

「船体の損傷とつじつまは合うわね」チェバがいった。

「よろしい」ドクター・アイラットをふたりの生存者とともに転送収容させ、クラッシャー、チェバ、わたしで船の調査を続行した。とても小さかった。船室はひとつだけ、指揮官用と思われ——壁には額に入ったメダルが飾られている。ブリッジと機関室があった。ほかの空いている空間は、倉庫に使われていた。

次に、メカニズムを理解する作業にとりかかる。コントロールパネルの言語は見たことがなく、システムをスキャンすると、われわれに近いテクノロジーのレベルで組まれているのがわかった。ここで、考古学の知識が役に立つ。失われた文明の古代の言語を、鍵を見つけることで解読するやり方をガレン教授に伝授された。もしその文明が数学や科学への理解を深めていたら、必要なのはただ、π《パイ》もしくは光速、より都合がいいのは元素周期表だが、定数の書かれたものを見つけさえすれば、コンピューターの助けを借りて言語全体が識別できる。周囲の宇宙を探索するような高度な設備を備えた船の場合、ことはもっと簡単だった。

「艦長、これはどうでしょう」クラッシャーはディスプレイを分析していた。「放射線を計測してます……ほら、〈スターゲイザー〉のエンジンがここに、そしてあそこのグラフは、バックグラウンド放射線を表示しています」少尉は正しく、言語を解く鍵の基礎としてこれを使った。ディスプレイを翻訳できてしまえば、船の損傷を特定できるだろう。一方チェバは、軍備と防御設備の備蓄を確認し、ハンドガンも調べた。彼らのエネルギー兵器はテクノロジーでは劣っていたが、極めて耐久性が高く、おそらく非常に威力があった（麻痺《まひ》の設定はなさそうだった）。

われわれは〈スターゲイザー〉に戻った。ウォーカーが転送室で待っており、連れだって医療室に乗客を見に行くと、意識をとり戻していた。保安部員が二名、扉のそばに張っている。

「わたしはグリン・ホバット」ひとりがいった。宇宙翻訳機には、彼らの話し言葉を翻訳する時間がたっぷりあった。立ち居ふるまいで、ホバットが指揮官だとわかる。彼の連れが話そうとしないのも決め手になった。向こうの船で目撃したこと——武器とメダルが、好戦的な価値観を物語る――が、いささかわたしを身構えさせた。

「わたしはジャン＝リュック・ピカード艦長だ。あなた方は惑星連邦の宇宙船〈スターゲイザー〉に乗艦されている」

「ただちにわれわれの解放を要求する。さもないとお前たちは深刻な事態に直面するぞ」

「あなた方は捕虜ではない」

「そうか？　保安部員の存在は別のことを語っているが」わたしは笑った。こいつは抜け目のない男だ。トゲを含んだものいいに、わたしとわたしの出方を試しているのがわかった。

「グリン・ホバット、許してくれたまえ。だがわたしは予防措置をとらざるを得ない。それには外部の者が自由に船内を歩き回るのを防ぐことも含まれる」

「わたしの船の状態は？」

「生命維持はまだ機能している。だがそちらのシステムと言語に不慣れなため、損害の大きさは測りかねる」優位に立とうとして、詭弁《きべん》を弄《ろう》した。だが相手は食いついてこない。この男はわたしの言葉を信用しなかった。「何が起きたか話してくれますか？」

「艦長……ピカードといったか？　貴殿はわれわれにとって部外者であり、わたしが予防措置をとらざるを得ないのがわかるだろう。それには機密事項を貴殿に教えないことも含まれる」ホバットはわたしの用心深い態度を投げて返し、こちらの打つ手を封じた。出だしをしくじり、もう後戻りできなかった。

「その、そうだ、しかし……」わたしは口ごもり、会話を続ける方法を見つけようとしたが、相手は乗ってこなかった。

「助けてくれて礼をいう。だが立ち去る許可をいただければ、われわれは自分たちの船に戻らなくてはならない」わたしはアイラットを振り向いた。もうしばらく引きとめたいと思っているのを表情からくみとってくれるよう願ったが、彼女は察しないか、気にしなかった。

「休息をとることを勧めますが、傷は癒えたようです」

「結構だ。ほかに何かわれわれにできることはありませんか？」

「ある」間があいたのち、「水を一杯いただきたい」

「え……水を？」

「そこの船医は親切にも一杯くれた。もう一杯欲しい」なぜこれがとても奇妙な要望に思えるのかわからなかったが、そう思えた。断る理由は何もない。ドクター・アイラットはわたしの許可を待たなかった。壁のレプリケーターにリクエストし、水が一杯現れる。アイラットがそれを彼のもとへ持って戻るとき、ホバットが熱心に観察しているのに気がついた。ぐっとひと飲みし、それから船に戻すよう要求をした。二時間後、われわれはブリッジのビュースクリーンで、小さな船のエンジンが稼働しはじめるのを見守っていた。

「おふたりさん、突貫工事で働いたに違いない」ウォーカーがいった。「君が持ち帰った損害報告はかなりのものだったからな」

「あの船は、スペアパーツでぎっしりでした」チェバが返す。

「何であんなにたくさんのスペアパーツを運んでいるんだろう？　レプリケーターがあれば、必要なのは……」

「待て」わたしがいった。「レプリケーターに気がついたか？」

「あ」チェバが答えた。「いいえ、艦長のおっしゃる通り、ありませんでした」われわれは船の備蓄確認をしておきながら、重要な情報を見逃した。わたしはウォーカーを見た。

「一杯の水を覚えているか？」わたしがいわんとすることに、ウォーカーが気がついた。

「彼はのどが渇いていたのではなく、レプリケーターがもう一度作動するところを見たかった」

一同は振り返って、スクリーンを見た。船が遠ざかり、ワープに突入する。

「そうだとすれば」クラッシャーがいった。「彼らはとても危険です」

「どういう意味だ、ミスター・クラッシャー？」

「レプリケーターのテクノロジーが、地球のニーズを満たしたんです。レプリケーターの発明以前の宇宙探査は、資源の確保が主な目的でした。あの発明が、ほかの何よりもわれわれを平和な社会にするのに役立ったんです」

「そしてそれがなければ、社会はもっと攻撃的だったかもしれないと」

「そうだったはずです。レプリケーターなしでは、宇宙の旅はとても高くついた。そして誰も、ただで資源を与えたりはしなかった」この知らせの持つ意味は、ブリッジの全員にとって明白だった。われわれは新たな敵を見つけたのかもしれない。ジャック・クラッシャー少尉の宇宙観には感心しっぱなしだった。彼はわたしに、もっと深い洞察を働かせろと迫ってくる。少尉をクルーに持てて、幸いだった。

「相手は種族名を名のりましたか?」ウォーカーがたずねた。われわれは訊かなかった。クラッシャーが船の捜索中に発見したからだ。

「船室の壁に額入りのメダルがかかっていて」クラッシャーが説明した。「銘を翻訳しました。どのメダルもこう読めます。『カーデシアに栄光あれ』。彼らはカーデシア人です」


「彼女に話しかけてこいよ」わたしはジャック・クラッシャーをけしかけた。彼、ウォーカー、わたしはシグマ・イオシア二号星のバーに座っていた。向こう側の席で、クラッシャーと同じ年頃の若い女性が凝ったカクテルをすすり、ときどきこちらをうかがっている。バーは〈フェド〉と呼ばれ、女性は店のほかの客同様、二十三世紀の宇宙艦隊の制服、またはそれに近いものを着ていた。実際、惑星の誰もがそんな服装だった。そして、ひとりとして実際に宇宙艦隊には属していない。

「ジャン=リュックのいう通りだよ」ウォーカーがいった。「君に興味があるみたいだ」

「彼らはいつも実物に興味を持ってるのさ」クラッシャーがいった。彼は女性に対しては少々おくてだが、この場合は正しい。本物の宇宙艦隊士官はこの世界では偶像視され、人気の上陸休暇先なのは、それも理由だった。

「どうしてこうなったんですか?」クラッシャーが訊いた。

「やめてくれ」ウォーカーがうなる。「何でそれを訊くんだ？　これでまたひとつ、宇宙艦隊の伝説を聞くはめに……」

「すごい話だぞ」と、わたしがいった。「宇宙船が惑星を発見した。一世紀前になるが、そこは二十世紀の地球の歴史にさらされ、汚染されていた。惑星の誰もがアル・カポネみたいにふるまい……」

「アル・カポネって誰です？」

「こりゃあ永遠に終わらないぞ……」ウォーカーがぐちる。

「すぐ終わるさ」わたしは二、三杯飲んでいて、ややろれつが怪しかった。これは本物のアルコールで、実家がワイン農家だったとはいえ、家を離れてからはあまりたしなんでいない。「さて、どこまでだっけ……。ああ、そうそう。宇宙船がやってきて汚染をのぞこうとしたが、その結果は汚染の形態が変わって……だけどそれによって彼は人々を救ったんだ……」

「じゃあエル・カポーネの真似をする代わりに……」

「アル・カポネ」

「アル・カボネ。宇宙艦隊にいるふりを、みんながしてる」クラッシャーが訊いた。「それはましなんでしょうか？」

「そうとも。うんといい。彼らは互いに毎日殺し合っていた。今では彼らが血道を上げるのは教育、多様性、輝かしい未来。それこそが艦長のつとめであり、ものごとを正し……」わたしは飲みすぎたが、いい気分だった。だがわたしが一席ぶっているすきにあの女性がやってきたことに、彼女がジャックに話しかけるまで気づかなかった。

「ここには友人と来てるので」ジャックはにべもない。「悪いけど」女性は肩をすくめ、去っていった。ウォーカーが手の平で額をピシャッとたたく。

「何やってんだよ、ジャック?」

「ねぇ君たち、人生の残りをともに過ごしたいと願う女性と、どこかのおかしな惑星の、偽宇宙艦隊バーで出会ったりはしないよ」

酒に酔った頭で、わたしはこの、地に足が着いてはいるがロマンチックでもある恋愛観に敬服した。少尉は自分を満足させるために、女性にいい寄って口説き落とす必要を認めない。その態度は、自信に欠けるのは自分のほうじゃないかと思わせる。だがそれも一瞬で、お楽しみに戻ることにした。

「もう一杯くれ!」わたしはバーテンダーに叫んだ。

⩓

〝ツェンケス星の政府が、われわれがスパイ行為をしているといって告発しているの〟デモラ・スールー提督がいった。〝惑星連邦の潜入部隊を捕まえた、処刑するといっているわ〟

「スパイしているんですか?」わかりきった質問だったが、提督は不意を突かれたようだ。わたしの船室のビュースクリーンいっぱいに収まる提督が、目をそらしたのに気がついた。オフィスに誰かいるに違いない。素早くわたしに目を戻す。

〝捕まえたのが誰であろうと、連邦のスパイではないわ〟質問をはぐらかされたが、追及する理由はわたしにはなかった。

〝ただちに現場へ向かって欲しいの、ジャン＝リュック。向こうは彼らの解放と引き換えに、〈スターゲイザー〉を指名してる〟

「本当ですか？　理由はわかりますか？」

〝十年前、〈スターゲイザー〉がファースト・コンタクトの相手だった。それが関係しているかもしれない。あなたの前任者の日誌をあたってちょうだい。でも何よりも、捕虜の身柄を確保して〟

「わかりました、提督」

〝どうだか怪しいわね。ツェンケチ（ツェンケス人）政府の許可を得てから確保しないとだめよ。救出じゃなく――和平は継続させなくてはならない〟

「はい、提督」交信は終了した。ブリッジを呼び、ツェンケスにコースをとるようウォーカーに命じ、わたしは船室に残って調査をした。

ロートン艦長の日誌はツェンケチに関する情報を含め、すべて惑星連邦のデータベースに納められている。ツェンケチは二足歩行の生物にしては、変わった外見をしていた。腕が四本――二本は力仕事、小さめの二本はより細かい作業用にある。肌はサイの皮膚に似ており、頭部はハドロサウルスを思わせ、大きなトサカが後ろへ流れている。恐れ知らずの種族で、宇宙に進出してワープ・ドライブを達成してまもなく、〈スターゲイザー〉と遭遇した。だがファースト・コンタクトの実際の状況について、ロートンの日誌はがっかりするほどスカスカだった。なぜツェンケスが〈スターゲイザー〉を所望したのか、何のヒントもつかめない。

ブリッジに行き、コマンドクルーに任務を伝える。ツェンケス星系まであと一時間というとき、彼らの船が三隻、こちらに近づいてくるのにクラッシャーが気づいた。

「速度、ワープ六」ウォーカーが告げた。

「〈スターゲイザー〉が十年前に遭遇したとき、彼らはワープ二しか出せなかったぞ」ロートンの日誌でそれを読んだばかりだった。

「おそらく彼らをスパイすべきだな」

「艦長」チェバがいった。「彼らは武器をロックオンしています。ディスラプター砲を所持している模様……」

「シールドを張れ」

「船の後方にミサイル兵器も積んでます」ウォーカーが指摘した。

「面白いったらないわね」クラッシャーがわたしを変な目で見る。「『不思議の国のアリス』のセリフだよ」顔つきから、一度も読んだことがないのがわかった。

「メッセージを受信しました」ブラックが告げる。「音声のみです。軌道までついてくるようにとのことです」

「メッセージを了解した。クラッシャー、あとをついていけ。チェバ大尉、気どられないように船をスキャンしろ。できるだけ情報が欲しい」

船について標準軌道まで来ると、〝アウターク〟と呼ばれる彼らの世界の指導者サリックが、間髪《かんはつ》容れずに話しかけていた。ビュースクリーンがサリックの大きな頭部でいっぱいになる。黄金のヘルメットが、頭頂部のトサカをまたいでぴったり被さっていた。その図は恐ろしくも、こっけいでもある。

〝お前たちのスパイを押さえているぞ、惑星連邦〟サリックがいった。

「保証しよう、アウタークのサリック。彼らはスパイではない」

〝秘密基地を掘って攻撃しようとしていた。へんぴな土地を選べばわれわれの探知網に引っかからないと考えたのだ〟基地を掘っていた？　捕虜たちの素性のヒントにはならない。

「捕まったとき、彼らは何をしていると釈明したんだ？」

〝彼らの嘘などどうでもいい〟サリックがいった。わたしは本題に入る必要があった。

「サリック、彼らを安全に解放させるにはどうしたらいい？」

〝ロートンとスパイを交換する〟わたしはウォーカーと目を見交わした。それで〈スターゲイザー〉を指名したのか。そして、彼らはロートンが死んだことを知らない。

「なぜロートンが欲しいんだ」

〝わたしはロートンがこの星に来たときに遭遇した船の指揮官だった。わたしがあいつを要求する理由は本人が知っている。彼がこっちに来たら捕虜を返そう〟

「もしロートンが行かなければ？」

〝それならば捕虜は死ぬ〟

「いったん回線を切る」ブラックに切れと合図し、サリックがスクリーンから消えた。

「彼らに嘘はつけません」

「わかっている。だがもしロートンが死んだと真実をいったら、おそらく彼らはわたしが嘘をついていると考え、あそこに捕まっている者たちを殺すかもしれない」初めて〈スターゲイザー〉が訪れたとき、何が起きたかをもっと知る必要があった。そのときだった、空白を埋めてくれそうなクルーがひとり乗艦しているのを思い出したのは。わたしはスカリー機関主任にブリッジに来るように伝えた。

「マヌケで底意地の悪い種族ですよ」スカリーがいった。「どうやって宇宙に出てこられたのやら。やつらの船は二百年ばかりわれわれより遅れていたが、攻撃してきたんです」

「艦長はどうしたんだ？」

「笑いものにしましたよ。ミサイル兵器を全部撃たせ、シールドが跳ね返すのを見ればもっと話す気になるだろうと考えたんです」

「なったのか？」わたしの問いに、スカリーがせせら笑う。

「いいえ。それで、艦長は少しからかってやろうと決めた。トラクター・ビームで船をロックして、クルーズに連れていったんです。ほら、やつらの船はおそらくワープ二が限界だから――あの日、やつらはワープ五の壁を破ったんですよ」初期のワープ船が、内部的にその速度に対応できる可能性は低い。まず間違いなく船内では人や物がめちゃくちゃに跳ね回ったはずで、それですめばましなほうだった。ロートンが、一般の連邦船艦長とは違うルールで生きていたのを受け入れてはいたが、暴走ぶりにはいまだに驚かされる。

「からかって、か」ウォーカーがいった。「ロートンは彼らに赤っ恥をかかせたんだ」

「そしてわれわれにとって不運なことに、艦長が代替わりした」ここではいろんなことが起きていた。捕虜がスパイとして告発され、敵対的な種族は技術面で飛躍的に進歩している。そして前任者による因縁が残された。勝ち目のない状況じゃないか。そのとき、ひらめいた。

「チェバ、相手のセンサー能力は？」

「われわれほどには進んでいません。生命反応の探知と種族の識別はしていますね。およそ二十二世紀のテクノロジーと同等です」それが聞きたかった。

「みんな、ポーカーフェイスだぞ。ブラック、宇宙チャンネルを開け」サリックがスクリーンに戻った。

〝さあ、連邦の人間。お前の結論は？〟

「君たちの要求に応じると、艦長が同意された。捕虜と交換でだ」全員にポーカーフェイスを命じたにもかかわらず、ウォーカーがけげんな顔でこちらを盗み見た。幸い、ツェンケチに人間の表情を読む能力があるとは思えない。

〝よろしい。転送機を使ってロートンをこちらへ送る許可を与える。そのあとで座標を教える――〟

「悪いがもう少し保証が欲しい。それで、ロートン艦長はわれわれのシャトルクラフトに乗って

〈スターゲイザー〉を離れる。離れ次第、われわれに捕虜の座標を教えてくれ。さもないと、艦長は本艦に引き返される」サリックが申し出を思案しているのかわかった。

〝いいだろう〟ブラックに通信を切らせ、クルーにわたしのプランを説明する。

三十分後、シャトルクラフトが格納庫を発ち、〈スターゲイザー〉から二、三百メートルの距離でとどまるのを見守った。

〝シャトルクラフト・タイソンから〈スターゲイザー〉へ、格納庫を出た〟インターコムからロートンの声がした。正体は、クラッシャーがシャトルのメイン・コンピューターに組みこんだ簡単なプログラムだ。ロートンの声を複製して、プログラムされた反応を返してよこす。また、トランスミッターを乗せ、ツェンケチのセンサーをだまして人間の男が操舵していると信じこませた。ツェンケチがシャトルクラフトをスキャンしていることを、チェバが確認した。

「了解。ツェンケチ船、捕虜の座標を送信してくれ」間があき、それからブラックが受信を確認してうなずく。転送室に座標データを回すように指示する。少しして、転送室のスカリーが捕虜の確保を伝えた。

「〈スターゲイザー〉からシャトルクラフト・タイソンへ。捕虜を確保した」

〝了解〟ロートンの声が返事をする。

シャトルはツェンケチ船の先頭に移動しはじめ、それから突然急ターンをして離れた。

「シャトルクラフト・タイソン。ただちにコースを戻せ、応答せよ」それからドラマチックに、

「くそ、応答しろ艦長め！」ツェンケチの船がシャトルを追いはじめるのを確認し、ブラックに

スピーカーを切らせた。

「せいぜい派手にやってくれ、ミスター・クラッシャー」クラッシャーがうなずく。コンソールからシャトルをコントロールして回避行動をいくつもとらせ、やがて軌道の外に出した。ブラックに合図して、回線を戻させる。

「ロートン、逃げ切れはしないぞ！」ブラックに再び切らせ、ウォーカーを向く。「やりすぎかな？」

「今にわかる……」スクリーンを見つめていると、ツェンケチ船がシャトルを撃った。一撃でしとめる。艦のとまどいを伝えるであろうだけの間を置いてから、ブラックに回線をつなげさせた。

サリックがスクリーンに戻った。

「サリック、この攻撃に抗議する」

〝われわれは欲しいものを手に入れた、ピカード。お前たちも欲しいものを手に入れた。さあ引っこめ〟スクリーンからサリックが消えた。わたしはクルーに笑いかけた。「よくやった、諸君。ミスター・クラッシャー、第三二宇宙基地へコースをとれ」

ブリッジを離れ、捕虜の確認に向かう。自分がすごく誇らしかった。賢い計略を成功させ、わずかな武器の使用で無実の命を救った。憧れの英雄たちがやったように。わたしは理想の艦長になりつつある。

医療室でアイラットの診察を受けている捕虜を目にし、もう一度驚いた。

「ピカード君」ガレン教授がいった。診察用ベッドに座り、アイラットが医療用トリコーダーでスキャンしている。

「ガレン教授。お会いできてうれしいです」温かな握手を求めた。教授の反応は冷たく、おざなりだった。「命を救ってくれたお礼をせねばならないようだな」その声に感謝の念はない。

「恐縮です」どうやったのか説明しかけたが、教授に関心がないのを悟り、代わりに自分の好奇心を満足させようと思った。「ツェンケス星で何をされていたんですか？」

「ディニアス星で発掘中、宇宙図が載った古代の文書を発見して、星の動きを補正してみると、ツェンケスを指し示していた。アイコニアの基地がこの惑星にあったんだ。チームとわたしは、原住民に捕まらなければ見つけていたはずだ」

「許可は得たのですか……？」

「許可？　何のだね？　何も盗みに来たのではない。発見したら、すべてを共有するつもりだ。わたしはフェイザーをぶっ放してまかり通る宇宙艦隊とは違うんだ」最後の言葉はわたしに向けたものだった。ずっと昔に彼の申し出を断ったとき、教授はわたしの決断に何の敵意も示さなかったが、恨んでいたのが露わになった。

「そうですか。ご無事で何よりです。本艦に滞在される間はできるだけ快適に過ごされるようベストを尽くします」

「ありがとう、ピカード君」ピカード艦長です、といいたかったが、いわずにおいた。うなずいて立ち去る。教授をあとに残して、わたしの過去の一部をあとに残して。

編注8　ピカードが気にかけた中立地帯への侵入は、二一六〇年のロミュラン戦争末期に結ばれた条約までさかのぼる。中立地帯は、連邦とロミュラン帝国を隔てる境界領域にある。協定は連邦またはロミュラン船の侵入を、戦争行為とみなすと明記している。

CHAPTER SIX

第六章

汝再び故郷に帰れず
——陸《おか》に上がった艦長

〝母さんの具合がひどく悪い〟ロベールがいった。〝もう長くはないかもしれん〟

ビュースクリーンからわたしを見つめるロベールは、悲嘆にくれていた。ショックだった。母はまだ六十八歳だというのに。

「何が起きたんだ?」スクリーンに映る兄は長年日光の下で働いてきたせいで、わたしが地球を発《た》った十五年前に比べ、かなり老けこんでいる。

〝イルモディック症候群と呼ばれる病気だ。ときどき自分を見失う。お前は知らなかっただろうさ、もちろん〟見かけが変わっても、わたしへの敵意は衰えていない。わたしもまた、罪悪感のうずきを覚えた。母とはひんぱんに連絡をとっていたが、ここ二、三ヶ月は忙しさにかまけて話していなかった。

「幸い、そちらへ戻る途中だ。二、三日で着くと思う」

〝それは都合がよかったな〟

「父さんはどう?」

〝どう思う? 自分の妻が死にかけてるんだぞ〟わたしと話などしたくないが、家族の義務として母の危篤を知らせたにすぎないというわけだ。兄の苦しい立場を救ってやることにした。

「軌道に入ったら知らせる。もし母さんの症状が悪化したら、教えて欲しい」ロベールはうなずき、通信が終了した。わたしはドクター・アイラットを呼び出し、イルモディック症候群について知っていることをたずねた。

〝神経系の病気ですね。シナプス経路の低下につれて、様々な症状が現れます〟

「必ず死に至るのか?」

〝はい。ですが、何年も生きのびた患者の例はたくさんあります。どなたかお知りあいが?〟

「そうだ」質問した個人的な理由はいわずにおき、通信を終えた。ブリッジに向かう。

「現状は?」

「順調です、艦長」ウォーカーが報告する。「ワープ六を維持、太陽系へのETA(到着予定時刻)は九十七・一時間後です」

「ワープ八に上げろ」ウォーカーはつかのま、わたしを見つめ、すぐに命令を遂行した。わたしの副長をつとめた九年の間に、ロベールが連絡してきた理由も、スピードを上げる命令を出した理由も訊かないだけの機転を身につけていた。

ほとんど十年近い探査航海の任務のすえ、ようやく地球に戻ろうとしている。わたしが指揮をとってからの〈スターゲイザー〉はこれまでずっと順風満帆《まんぱん》で、帰還命令を受けた理由に心あたりはない。船は数週間ドライドック入りし、わたしの就任以来ののびのびだったアップグレードをやっと受ける予定だった。わたし自身の希望は、新しい船への異動だ。〈スターゲイザー〉を愛していた――初めて指揮をとった船として、特別な存在だ――が、故障の一歩手前が通常運転ではない船を指揮できるのを、楽しみにしていた。

一日半後、見覚えのある土星の輪を通りすぎると、どれだけ地球が恋しかったかを思い出した。銀河系の果てを旅してあまたの驚異を見てきたが、母なる太陽系の懐かしい惑星たちは、えもいわれぬ癒やしを与えてくれる。

「月《ルナ》を通過します」クラッシャーが告げた。月を通りすぎ、視界いっぱいに地球が広がる。ブリッジクルーから、ため息が漏れた。故郷だ。

宇宙ドックが空間をあけてくれ、巨大なベイに進入する。ドック内には、羨望《せんぼう》のあまり口をあんぐりするようなしろものがあった。

「あいつを見てくださいよ」ブラックが指さした。

「あれは〈ホレイシオ〉だ。アンバサダー級、組み立てラインから出てきたばかりだな」新造船のすっきりした青いライン、壮大な円盤部、スマートなエンジンが、〈スターゲイザー〉のくたびれぶりを際だたせる。あの船の艦長職をオファーされるよう密かに願った。

ベイに着くと、地球に肉親のいる者みんなが上陸を心待ちにした――地球が惑星連邦の中心である以上、地球人以外のクルーの大勢も、同じ思いを共有した。船のシステムをすべて切り、必要最小限の人員を残して上陸許可を与える。

降りる前に、ウォーカーが個人的に話をしたがった。

「ぼくは〈スターゲイザー〉を移るよ。艦長に迎えたいとのオファーを受けた」ウォーカーと船室で向かいあって座るわたしは胸が踊った。自分の計画はまだ話していない。どうなるか不透明だったからだが、ウォーカーは自分の船を持ってもいい頃だ。

「すばらしい。どの船だ？」

「〈ホレイシオ〉だ」ショックが顔に出たのだろう、ウォーカーが反応した。「ぼくではふさわしくないと？」

「いや。もちろんふさわしいよ。正直にいうと、うらやましい」どう受けとめたらいいのか困った。組み立てラインから出たばかりの新造船がわたしの副長に行くのなら、わたしに任せられる船は、一体どれに？

「いつ就航するんだ？」

「まだクルーを集めはじめてもいないから、しばらくここにいる。君の許可をとらずに〈スターゲイザー〉からひとりでも引き抜くような真似はしないよ」

「ありがとう。もしわたしがこの古バケツに戻るようなら、手持ちの人材は全部必要になる」

「心配いらないさ。艦隊は君用に、特別なプランを用意してるって」おそらくウォーカーのいう通りだろうとは思うが、わたしの望みをたった今彼が手に入れたことを思えば、それがどんなプランなのか想像できない。「ぼくとジャックと一緒に飲みに行かないか？　あいつに引きあわせたい女性がいるんだ」

「いや、よしておこう。家に帰らないと」

ワイン農園に戻って、母に会うだけの時間はぎりぎりある。朝一番にハンソン提督と会う予定が控えていた。宇宙艦隊の運営は、前年からハンソン提督の手に委ねられている。提督のほうから新しい任務の通達があるのだろうと予測した。

ラバール・ステーションまで転送で移動しても、思ったほど感傷的にはならなかった。フランスは夜で、農園に近づくにつれ、恐ろしさでいっぱいになった。どういうわけか、これまでの十五年間、あらゆる経験と冒険と、それによって得た分別――またはそう思えたもの――がはがれ落ちていく。わたしは再び、子どもに帰っていた。

家に着いた頃には午前一時を回っていた。一階のひと部屋を残し、明かりが全部消えている。できるだけ静かに室内に入った。

「気が張っているみたいね、ジャン＝リュック」母の声がした。振り向くと、居間に母がいる。明るい紫と銀のブラウスという整った身なりで、黄色のイヤリングをつけ、幽霊じみた白髪を完璧にセットしていた。

「ママン」奇妙な光景だった。ランプがひとつ灯《とも》り、母が座るテーブルには、銀の茶器が載っている。

「こっちに来て紅茶をおあがりなさい。あなたが好きな、おいしくて濃いのを淹《い》れておいたわ。楽しくおしゃべりしましょう」カップにお茶を注ぎはじめる。わたしは歩いていき、キスをした。

「ママン、気分はどう？」

「あら、いいわよ。さあ学校のことを教えて」

「学校？」

「そうよ、学校はあなたの将来にとって、とても大切なのよ……」病気が原因で起きる混乱症状について読んではいたが、これは予想しなかった。何と返せばいいか、わからない。

「こいつは学校に行ってない」父がいった。ドレッシングガウンをはおり、廊下に立っている。疲れて見えたが、おそらく寝ていないのだろう。「イベット、なぜ起きてるんだ？」

「学校から戻ったら、ジャン＝リュックとお茶をしたかったのよ」

「今いったはずだ。こいつはもう学校には行っていない」父にとって悲劇的であろう状況にひどくいらだち、短気になっている。「もういっぱしの男だ」

「知ってるわ、いわれなくてもわかってる」強がったものの、声が弱々しい。それから、思い出しはじめたようだった。「あなたは宇宙にいるのよね」

「そうだよ、ママン」

「パイロットで……いつもパイロットになりたがって……」

「ベッドにおいで」父がいった。

「ジャン＝リュックとお茶をするのよ……」

「ベッドに戻れといったんだ！」

「お茶は明日いただくよ、ママン」わたしは母が立ちあがるのを助け、父がその手をとって居間から連れ出した。わたしはひとりでそこに座っていた。

指揮官として過ごした日々は、この状況に対して何の覚悟も与えてくれない。

その夜は、子ども時代の部屋で寝た。アカデミーに発《た》った日からちっとも変わっていない。翌朝目覚め、自分の宇宙船コレクションを眺めていたら、注意深く修理した〈NX-01〉がまだそこにあった。九歳のときに作ったコンステレーション級の模型を手にとる。もう十年近く指揮をとってきた船に、そっくりだ。わたしは子ども時代の夢を生きていた。父の家で過ごす惨めな歳月から逃れるために、見た夢を。そして今、実家に戻ればさらに過酷な現実があった。わたしを愛していると知るただひとりの人が、消えようとしている。

制服を着てキッチンに行くと、父と兄が黙って朝食をとっていた。

「帰ったのか」ロベールがいった。

「そうだ。母さんはどこ?」

「寝ている」父が答えた。テーブルの上には一本のバゲットと、カッティングボードに載ったチーズが数切れ用意されていた。わたしは座って食べはじめた。

「お前の役職は、制服を着て朝食を食べる決まりなのか?」ロベールがからむ。

「これから本部に所用があるんだ」わたしたちは黙って食べ続けた。奇妙な経験だった。どちらとも十五年間会っていない。たとえわたしたちの家が不幸のさなかになかったとしても、父も兄も、いまだにわたしが歩んできた人生に関心を抱いていなかった。こちらとしても話すムードにはない。

「休暇願いを出すつもりだ」わたしがいった。「もうしばらく家にいる」ロベールに、心を動かした様子はなかった。

「母さんが喜ぶだろう」自分も喜ぶ素振りを父がまったく見せないからといって、怒るにはあたらない。

「病気の進行について、医者の意見は？」

「かなり急速に悪化している」兄が説明した。「楽観視はしていない」もう数分間黙々と食べ、それから席を立つ。「夕食までには戻る」どちらも何も返事をせず、わたしは家を出た。

転送機で地上を瞬時に旅する問題点は時差にあり、そのためサンフランシスコに着いたのは前の晩で、提督との朝の面会まで時間があった。二、三時間街の中をさまよい歩き、そのあとで宇宙艦隊の本部に向かう。制服姿でアーチャー棟に入り、同じ組織に属する仲間に囲まれるのは、家で朝食を食べるよりも心が落ち着いた。幕僚たちに混じって最上階へ向かい、秘書《ヨーマン》にハンソン提督のオフィスへ案内してもらう。わたしを見た提督は、奥の机から飛びつかんばかりだった。

「ジャン＝リュック、こっちへ来てくれ」握手を交わす。「コーヒーでもどうだ？」いただきますと返事をすると、秘書がコーヒーとサンドウィッチの載ったトレイを運んできた。提督は秘書を下がらせ、自らコーヒーを注いでくれた。そのもてなしぶりに、わたしは恐縮した。実の父親からは与えられなかった温かさだ。

「ずっと君から目を離さずにいたんだぞ」カップを手渡しながら、提督がいった。「わたしの手もとに置けず、手柄を全部横どりできなかったのがくやしくてね」

「ありがとうございます、提督。それと、昇進おめでとうございます」

「まあ、ブリッジ中央の席は居心地よかったがね。だが艦隊は、わたしをここで必要としている。現在、われわれが一触即発の危機にあるのを説明する必要はなかろうね……」

「クリンゴン帝国ですね？」

ハンソンがうなずく。

「彼らは造船量を二百五十パーセント増やした。われわれとしては、キトマー条約[編注9]よりも踏みこんだ交渉を新たに持つ望みを捨ててはいないが、向こうは敵同士で手を組んでわれわれを包囲するほうに、もっと関心がある。君の働きは貴重な情報をもたらした。〈惑星の殺し屋〉との遭遇を別にしても、ツェンケチを武装させたのが彼らだという状況証拠をこちらはいくつも押さえている。そして、クリンゴンはロミュラン帝国との同盟を再締結した。惑星連邦は三国の敵を相手にするかもしれない」

「ロミュラン側は、〈惑星の殺し屋〉の一件を知らないのですか？」

「いや、知っているとも。クリンゴンが惑星連邦のならずもの分子による仕業だと吹きこんだからな。われわれはクリンゴン帝国が関与している確固とした証拠を見つけられず、そのため彼らの偽情報に反証できずにいる」

頭の痛い展開だ。これまでずっと戦争について研究してきたが、実戦経験そのものはわたしにはない。星間規模の戦争は、何十億もの命にかかわる。地球自体が巻きこまれるかもしれない。

「宇宙艦隊はどんな対策を講じているんですか？」

「じきにわかる。君には大役を用意した」オフィスを訪ねたときは、休暇をもらって母の晩年となるかもしれない時間を一緒に過ごすつもりだったのに、任務に対する責任が、別の方向へと追いたてる。

「はい、提督。何なりと」自分のニーズを惑星連邦より優先させてくれなどと、どうして提督に頼めるだろうか？　答えは、できないだ。

「よろしい。わたしの参謀総長になって欲しい」

「何ですって？」

「君にはここに駐留し、艦隊を鍛えあげる手助けをして欲しい。仕事は山積みで、宇宙での君の経験は、はかりしれない利点になると思う。君の返事は？」頭が混乱した。宇宙艦隊を有事に備えさせ、惑星連邦全体の防衛に役立てるまたとない機会を、ハンソン提督は提供していた。この仕事は、宇宙域の今後二十年を左右するかもしれない。それに加え、母のために家にいてやれさえする。

「もちろんです、提督。光栄に存じます」

「よろしい。できるだけ早くとりかかって欲しい」

「わかりました」この機会に個人状況を伝えるべきなのはわかっていたが、切り出せなかった。

「〈スターゲイザー〉で片づけることが、まだ少し残っています」

「そうだ、もちろん。それに君の母上が難しい状況にあるのを理解している。よろしく伝えて欲しい。卒業式でお目にかかったことを覚えているよ。すてきな女性だった」

提督は本当にわたしから目を離さずにいた。いとまを乞うと、ハンソン提督が秘書にいって、わたしの新しいオフィスへ案内させた。オフィスの窓には、目の覚めるようなサンフランシスコの光景が広がっている。アカデミーと、ゴールデンゲートブリッジが望めた。年代ものの船に押しこまれ、宇宙で十五年間過ごしたところへ、今度は文字通り世界の頂点にのぼりつめた。それでも、何かが引っかかる。机に縛られる士官なんて願い下げで、わたしは艦長のつとめを果たしたい。だが意識して、その考えを押しやった。ここが、わたしを必要としていると定められた場所だ。それは敬意と尊重を意味した。ハンソン提督のみならず、宇宙艦隊そのものからの。個人的な願望がどうあれ、身にあまる厚遇を喜ぶべきだ。

オフィスをあとにし、〈スターゲイザー〉に転送で移動する。宇宙ドックに停泊中の〝老嬢〟にはつきものの、たくさんのメンテナンス作業が進行中だった。ブリッジでは、ジャック・クラッシャーが全体を監督している。修理とアップグレードの日程を確認しながら、一緒に働けるのもおそらくそう長くはないだろうと悟った。ウォーカーの後任には優秀な副長をつけるように、艦隊に念を押さなくては。確認し終えると、自分の好奇心を満足させることにした。

「昨日の晩、ウォーカーが君にデートのお相手を見つけたといってたぞ」クラッシャーの顔がはなやぐ。

「あの子は掘り出しものです。医学生で、とびきり頭がよくて……美しい」言葉より雄弁に、表情が物語っていた。

「バーで出会うような女性ではないんだな」

「その、たぶん。でも酔っ払ったときに一緒に連れ帰るような人ではないですね」わたしは笑った。ウォーカーの女性を見る目は確かなようだった。

船をひと通り見て回り、クラッシャーの采配ぶりに満足して、何か困ったことがあれば呼んでくれといいおいた。

家に戻ると、また別の驚きが待っていた。見知らぬ女性がキッチンに立ち、料理をしている。目が合うと、女性は微笑《ほほえ》んだ。金髪、青い目で、飾らない服装にエプロンをつけた姿でも、目が覚めるようだった。

「あなたはジャン＝リュックね」パン生地にどっぷりうずめてこねていた両手を素早く拭きとってから、わたしの手を握る。「ジェニースです」

「失礼だけど、君はここで雇われているの？」

「あなたのお父様から聞いてない？」わたしは首を振った。「あら、そう。お父様とお兄様はワイン農園の仕事があるから、惑星連邦の医療サービスに手伝いを要請して、わたしが派遣されたの。お母様のお世話をしています」

「なるほど。それはありがたい」

「お母様とはもう会った？」

「ええ、昨晩」彼女はわたしの表情を見透かした。

「お母様にはいい日と悪い日があるわ。すごく大変な時期なのよ。向こうに座ってます。きっと会いたがっているわよ」ジェニースが目の前の窓を指さすと、母が、家の裏手のワイン農園を見渡せる木の椅子に座っていた。わたしは再び礼をいい、外に出た。

母は座って、ワイン農園を見つめている。厚ぼったいバスローブをはおり、髪の毛は乱れていた。前の晩の整然とした身なりとはひどく対照的だ。近づくと、わたしを見あげた。

「ただいま、ママン」母が笑顔を浮かべた。

「こんにちは」混乱し、それを隠そうとしているのがわかった。母の「こんにちは」はわたしが誰だかわからずにいったものだ。

「ジャン＝リュックだよ」母はうなずき、まだ笑顔でいる。わたしがわからないのか、それとも話すことがないのか区別できない。「しばらくここに座ってもいいかな？」母はうなずいて、ワイン農園に視線を戻した。わたしはとなりの椅子に腰かけた。母が手を上げて、長く伸びるブドウの木の列を指さした。

「見て。きれいでしょう」

「そうだね」

母は二週間後に亡くなった。頭のはっきりする瞬間もあったが、病気は急速に進行し、最後の日々は、わたしたちの誰にもわからない個人的な世界に行ってしまっていた。われわれはピカード家の先祖が眠る地元の墓地に、母を埋葬した。葬儀はごくささやかだった。兄と父、ジェニース、ウォーカーとジャック。母の病気のことはふたりには隠していたが、どこかで聞きつけてきた。また子ども時代の友人ルイスを含め、町から数名、母を知る者が参列した。父が二言三言、追悼の辞を述べた。母が自分の死を大ごとにして欲しがらなかったことや、どんなに強い女性であったか、そして母にとって子どもたちがどんなに大事だったか、など。

その後、友人に来てくれた礼をいい、彼らとジェニースに別れをいって、父と兄と帰宅した。家に着くと、父は部屋へ下がった。兄とわたしは言葉少なに話し、それからワインを開ける提案をした。ふたりが失ったものを語りあう糸口が見つかるかもしれないと思ったが、何もやってこなかった。無言で飲みかわす。

少し経って、父が現れた。作業着に着替えている。

「来い」ロベールにいった。「仕事がある」ロベールでさえ驚いたが、一瞬間があいたあと、立ちあがって着替えに行った。だが、わたしは怒りで煮えたぎった。

「それが本当にふさわしいと思ってるのか、母の葬儀の日に……」

「お前には何も期待しちゃいない。ここでワインを飲みながら自己憐憫《れんびん》に浸ってろ……」

「たわごとを聞く耳は持たない」

「そうだ、ないな。おもちゃの宇宙船に逃げ帰れ、男にはやることがある」父は外へ出ていった。

怒りにまかせ、壁にたたきつけたワイングラスが割れて、赤い液体が床にしたたり落ちた。

部屋に行って荷物をまとめ、別れを告げずに立ち去った。転送機ステーションまでの道のりは覚えていない。猛烈な怒りで我を忘れていた。転送パッドの利用を待つ短い行列ができており、最後尾に加わる。

「ジャン＝リュック」ジェニースが声をかけた。「ここで何をしているの？」目の前に彼女が並んでいたのに、怒りでぼうっとなって気がつかなかった。

「サンフランシスコに戻るんだ」

「そうなの」彼女は理解したようだ。驚くにはあたらない、わたしの家族と時間を過ごしたのだから。ジェニースの存在が、怒りを露わにする自分を突然きまり悪くさせた。感情を隠そうとして、つとめて紳士ぶる。

「君はどこに行くの？」

「パリの家に」わたしはうなずいた。ジェニースはわたしを見つめ、同情の笑みを浮かべている。

「お礼をいうよ……君のしてくれたすべてに」わたしたちの前から列が消えた。パッドを待つのはふたりだけになった。

「あなたのお母様をもっと前から知りたかったわ。愛すべき方でした」わたしの腕に、ジェニースが手を置いた。怒りのフーガが消え、悲しみの波が押しよせる。

「そうだね」わたしはジェニースを追い越して、パッドに乗りたかった。悲しみにうち負かされる前に、逃げ出したかった。

「お母様は、あなたをとても愛していたわ。自慢の息子だったのよ」父に対する激しい怒りは枯れ果て、思うのは母のことばかり、そして母が逝《い》ってしまったことばかりだった。涙があふれた。

振りはらうために何かほかのことをいいたかったが、何も出てこない。気がつくと、ジェニースに抱きしめられて、静かに泣いていた。

わたしの悼《いた》みは深く、数ヶ月は立ち直れずにいた。仕事で気を紛らわせようとしても一時的な効果はあったが、地球にいるせいで母をしばしば思い出した。やがて、母の死による痛手は薄れていったが、全力で戻ってくる日がまだあった。母からは思いやり、愛、学ぶ姿勢を、わたしの人生で会った誰よりも多く教わり、そしてわたしの今ある姿は母のおかげだった。

だが母は母の人生を歩み、わたしはわたしの人生を歩んだ。まだ悲しみはしたが、サンフランシスコに戻り、ハンソン提督の参謀総長としての役割に集中しようとつとめる。艦隊の造船部門の効率化を命じられ、組立ラインから新造船が搬出されるペースの遅延解消につとめ、またすでに就役中の船には、有事に備えて適切な装備ができているか念入りにチェックした。提督はさらに、艦長と副長職の人選をもわたしに委ね、戦闘経験があるコマンドレベルの士官を少なくとも一隻にひとりは入れるようにして、指揮系統の増強を図った。皮肉にも、人事部門でのわたしの最初の仕事は、〈スターゲイザー〉に自分の後釜をみつくろうことだった。

激務にもかかわらず、生活は大きく変わりはじめた。勤務日数こそ増えたかもしれないが、〈スターゲイザー〉にいるのとは勝手が違う。船に乗っているときは、任務一筋だ。日常の中で心からリラックスすることは、決して許されない。自分が奉仕する人々に対する責任から、個人としてのアイデンティティをいくらか失う。これは艦長であれば、なおさら切実だった。指揮下にある人々の命は昼夜を問わず、一瞬たりともブレない自分にかかっている。

そんなわけで、ハンソン提督の参謀総長としての毎日がどれほど忙しかろうと、まだリラックスできる時間があった。長い一日の終わりには、ジャック・クラッシャーとウォーカー・キールと落ちあい、よく飲みに行った。また、ジェニースとつきあいはじめ、パリに転送で行って夕食をとったり、週末をともに過ごした（船上の任務に週末はあってなきようなものだ）。彼女に見せた感情的なもろさから、わたしはかつてないほど心を開くようになった。ふたりは急速に親密になり、たくさんの昼や夜を一緒に過ごした。今まで女性と結んだどんな関係とも違う。ジェニースは聡明で魅力的で、ふたりの絆《きずな》はまだ生まれたばかりだが、彼女へ惹《ひ》かれる気持ちは圧倒的だった。他愛ないほど彼女に溺《おぼ》れた。

わたしは順調な、幸せな日々を送っていた。そしてそれが、わたしを怒り狂わせた。意識しないうちに、説明のつかない、ささいなことに対するいらだちを断片的に感じるようになった。眠れぬ夜、かすかな胃の痛み、転送機の長すぎる行列。何かがおかしいと気づいたのは、ハンソン提督との打ち合わせの席だった。〈スターゲイザー〉のメンテナンスがほぼ終わり、わたしは自分の後任候補を挙げていた。

「エドワード・ジェリコは五年間〈カイロ〉の副長をつとめています。艦長には比較的年若いですが、非の打ちどころがない記録の持ち主です。〈スターゲイザー〉のよい艦長になるでしょう」

「ミラノは彼を手放したがらないのではないかな」〈U.S.S.カイロ〉の艦長、ダン・ミラノのことだ。

「ミラノ艦長には四十年の指揮経験がありますし、交代要員を鍛えあげるのはお手のものに違いありません」

「君は〈スターゲイザー〉の副長にクラッシャーを推している。ジェリコとはいい組みあわせか？」

「ジェリコと一緒に仕事をしたことはありませんが、クラッシャーは〈スターゲイザー〉をわたしと同じぐらい知り尽くしていますし、ジェリコは彼の専門知識を重宝するでしょう。加えて、経験豊富なコマンドクルーを託していきます」

「わかった、了承しよう。明日の本部会議にて、ジェリコを〈スターゲイザー〉艦長に推薦するよ」この最後通牒の何かが、わたしを落ち着かなくさせた。ハンソン提督が、わたしの顔つきを読みとって笑う。

「初めての相手を別の男に委ねるのはつらいな。たとえ近所で一番のべっぴんじゃないとしても」

「はい、提督」わたしは笑ったが、本音では提督の時代錯誤な、かなり不愉快なたとえ話に気分を害した。心にぽっかり穴を開けたまま、その日一日を過ごした。

　その晩はいつものように、ジャックとウォーカーと落ちあい、〈602クラブ〉[編注10]で飲んだ。〈スターゲイザー〉の新しい艦長についてふたりに話すと、三人はそれぞれの感慨にふけった。

「君のいない船なんて、想像するのは難しいな」ウォーカーがいった。

「俺たちの分も、ジャックに旗を振ってもらおう」クラッシャーに対しては、もうひとつ知らせがあった。「それと、本部会議がジェリコを承認次第、〈スターゲイザー〉は明日には就航できるぞ」

「〈カイロ〉がここにいるのですか?」

「いや、第一一宇宙基地にいる。だから君が〈スターゲイザー〉を基地まで運び、ランデブーする手はずになった」この知らせに、ジャックは目を輝かせるだろうと思った。ときおりブリッジを彼に任せはしても、航海中にそれほど長時間の指揮をとった経験はない。ジャックの反応はしかし、予想したものではなかった。浮かない顔をしている。

「もっと喜ぶと思ったが」

「いいえ、喜んでます。それにあなたにはとても感謝しているんです、ジャン=リュック……でも、もう失礼しないと」ジャックは急いで酒を飲みほし、出ていった。ウォーカーが笑った。

「あの坊やは恋をしてるのさ。ビバリーとそんなに早く離ればなれになると思ってなかったんだよ」まだジャックの彼女にはお目にかかっていなかったが、明らかにぞっこんのようだ。

「もう一杯行くか?」わたしの誘いに、ウォーカーがかぶりを振る。

「ぼくも行かなくちゃ。もし〈ホレイシオ〉が予定時刻に搬出されるなら、今夜じゅうに片づけなきゃいけないことが残ってる」ウォーカーが去り、わたしはひとりカウンター席に座って、ほかの客は頭から閉め出した。翌日の午後はジェニースとパリで会う予定で、今夜連絡をとろうかとも考えた。だがその代わりに、壁を見つめる。

わたしは無を見つめていたわけではない〈602クラブ〉の壁は、宇宙艦隊の歴史を物語る勇士たちの写真や記念品で飾られている。目の前には、初めてワープ二の壁を破ったA・G・ロビンソンの写真があった。その左には、高名なるイザールのガース大佐。そして右の写真は、ドナテュー五号星の戦いで、戦力に勝るクリンゴンを相手に膠着《こうちゃく》状態まで持ちこんだふたりの若い艦長、マット・デッカーとホセ・メンデスだ。過去を見ていると、自分の未来がかすんでいくようだった。

「ほかに何か飲む?」聞き覚えのある声だ。見回して、シフトに入った新顔バーテンダーに驚いた。

「ガイナン。何を……ここで何をして……」

「バーテンダーになりたかったの。ちょうど空きがあって」九年ぶりの再会だった。そして彼女は、一日たりとも歳をとって見えない。

「ついに髪の毛が減ってきたわね」わたしの髪の毛は最近怪しくなってきており、そしてまた、これは何らかの内輪のジョークらしかった。ただし、わたしには見当がつかない。

ガイナンは地球に一年以上住んでいるが、どうやってここに来たか、またはその間何《かん》をしていたかは、かなりの謎だ。過去にしたように、聞き上手の彼女は苦もなく話題をわたしに移した。わたしは地球に来てからこっちの消息を彼女に教えた。わたしを見つめ、ガイナンがかすかにしたり顔をする。

「何だ?」

「何でもない。とても充実してるみたいね。オフィスで働き、提督を助ける」

「もう少し重要な任務なんだよ」

「もちろんそうでしょうね」お代わりを注ぎながら、中年の宇宙艦隊士官がメダルを授与されている壁の写真に話題を振る。「この男を知ってる?」

「ああ、もちろんだ」

「ここで働いてると、写真を全部記録していると思われる。何でメダルをもらったんだっけ?」

「地球を救うためにザトウクジラを未来に連れてきたから?」

「違う。それでもらったんじゃないと思う。これはきっと、キャンプ・キトマーで連邦大統領の命を救ったとき……それともヴィジャーの探査機を阻止して……」

「そんなはずはない。当時と制服が違う」

「その通りね。当たりっこないわ、この男はいろいろやったもの」

「何かをわたしにいわんとしてる気がするな」

「わたしが? 何をかしら?」その問いには答えなかった。わかりきっていたからだ。わたしは酒を飲みほし、店を出た。アルコールの力を借りて、ハンソン提督を自宅に訪ねる決意をする。

これは小旅行とはいかない。ハンソン提督は個人で転送機を所有し、地球上のどこにでも住めた。提督が選んだ地は、ニュージーランドの北島で、東海岸のキッドナッパーズ岬に小さな家を構えている。現地に着いたときは昼間だった。戸外に座る提督のもとへ秘書が案内してくれた。ゴツゴツした海岸線と、青く美しい海を眺めている。わたしを見た提督が、顔を曇らせた。

「ジャン＝リュック？　どうしたんだ？」

「お邪魔をしてすみません、提督。お話ししたく存じまして」提督はわたしをしげしげと見つめ、それから脇の空いている椅子を勧めた。秘書を下がらせる。

「用件は何かね？」

「あなたがしてくださったことには感謝しています。ですが、〈スターゲイザー〉の艦長に戻りたいのです」

「なぜだ？」提督は落胆の色を浮かべたが、驚いたようには見えなかった。

「宇宙にいるほうが、もっとお役に立てると思うからです」

「君はここでたくさんの成果を上げている。すでにわたしにはかけがえのない存在だ。それに、宇宙艦隊士官であるわれわれは、残念ながらいつでも望んだポストにつけると限らない」

「わかっています、提督。わたしには要望することしかできません。承認を見送られても、理解いたします」

「もうしばらく待てば、〈メルボルン〉か〈ヤマグチ〉が組立ラインからあがってくる。どちらかを確保できるようとりはからってやれるが。そうすればあと二、三ヶ月、君から搾りとれるし」

できたてほやほやの宇宙船のように魅力的な申し出で、それら同様に興味がなかった。もうひと押ししてみる。

「はい、提督。ですが今、経験豊富な艦長を宇宙で必要とされているなら、正しいご判断はわたしを〈スターゲイザー〉に戻すことです。あの〝老嬢〟は、とり扱いに注意が要ります。艦長席にわたし以外の者を据えたら、再び任務につく前に、扱いに慣れるだけの時間を持てないのではないでしょうか」

ハンソン提督は長い間わたしを見つめ、それからため息をついた。彼がクリンゴン帝国の動向に心を砕いているのを知っており、わたしの訴えはその点をぐさりと突いていた。提督は、頼れる人材を艦長に据えたい。ハンソン提督は海に目をやった。カツオドリが群れをなして飛んでいく。

「美しいだろう?」

「はい、提督。まさに楽園ですね」

「われわれが守ろうとしているものだ」

提督を落とした。わたしは彼の地上勤務を楽にしたが、自分の特権にこだわって任務に支障を来《きた》すような人ではない。

「わかった。君の船は明日就航する」

「ありがとうございます、提督」

彼の家を辞し、わたしはつかのまの勝利をかみしめた。これがわたしの求めていたこと、宇宙の果てまで行き、指揮をとり、歴史に名を残す。わたしにはまだ、名を成したいという熱い思いがあった。そして艦長の座は、〈スターゲイザー〉のようなブリキ缶であってもその望みを満たしてくれる。

残る唯一の問題は、もちろんジェニースだ。今すぐ船に戻りたいと願ったのは、彼女と別れるのが、不可能でないとすれば、もっとつらくなるのを恐れたためでもある。今ならば、別れられるような気がした。二、三週間先になったら、自信がない。明日、パリの〈カフェ・デザルティスト〉で落ちあう約束だった。そのときにうち明けよう。つらい別れだが、自分にとってこれがベストだとわかっていた。もし明日彼女と別れられなければ、二度とできないかもしれない。

「艦長がブリッジにお見えです」わたしが足を踏み入れるなり、ブラック中佐が呼ばわった。

翌日の朝だった。ブラックはわたしの転属指令書を受けとっており、転送される頃にはクルー全員に周知されていた。転送機からブリッジに行くまで、温かいあいさつや握手の歓迎を受けた。クラッシャーが操舵席《コン》につき、管制席《オプス》にはチェバが座る。光子魚雷庫のビゴは、今ではブリッジへあがって武器と保安士官をつとめ、スカリーが機関コンソールについている。副官ポストはまたもやブラックをまたぎ超したが、昇進し、残留を喜んでいるようだった。

ターボリフトから出ると、全員が拍手で迎えてくれ、わたしは思わず笑った。周りを見渡す。船の受けたメンテナンスが新しい命を吹きこんでいた。あるいはわたしが新鮮な目で見ているのかもしれないが、区別はつかない。

「状況報告を、ナンバーワン」

「ドックから出航よしの合図が出ています」クラッシャーが伝える。「全部署、準備完了です」

これにはいささか驚いた。わたしは正午にパリでジェニースと会うつもりだった。今、パリは午前十時。出発を三時間遅らせることもできた。誰も理由を知らないだろうし、質問さえしないだろう。

遅延を命令するつもりで、それからはたと止まった。彼女に会い、別れを告げる場面を思い浮かべる。ジェニースはわかってくれるだろう、わたしを行かせてくれるだろう。わたしは会いに行かねばならない、だがもし行けば……。

「ご命令は、艦長?」クラッシャーがたずねた。

わたしは自分の中で葛藤した。出航を遅らせてジェニースに会いたいという衝動、必要性。そして、その瞬間、もうひとつの視点に襲われた。わたしはここに、ブリッジの上に戻りたいのだと思っていたが、ジェニースの微笑み、その瞳、心の中に占める大きさが、この船への欲求をかすませた。つきあいはじめて間もないが、ジェニースは愛と優しさと欲望を体現していた。この機械、こんな〝老嬢〟には、とても太刀打《たち》ちできない。もし彼女に会いに行けば、ジェニースは行かせてくれるかもしれないが、顔を合わせたとき、わたしのほうが彼女から離れられるという自信が、突如としてなくなった。

「出航準備」わたしはさよならをいえない。自分のキャリアをとった。

わたしは臆病者だ。

「襲撃者は夜陰に乗じてきた」ハリマン総督が説明している。「小さな偵察艇に乗ってな。アーマー・スーツをつけて……」

「ゆっくりで構いません」総督は、ハクトン七号星にある病院の簡易ベッドに寝ていた。

八十歳ほどのハリマンは、十年前のコロニー設立以来総督をつとめていた。ドクター・アイラットが額の裂傷を診《み》る間、〈スターゲイザー〉のほかの医療部員がコロニーの医師に混じり、患者たちを手当てしている。負傷者は、正体不明の者たちの夜襲を受けたばかりだった。

「やつらは非常に攻撃的だった」

「クリンゴン人ではないのですね？」

ハリマン総督はかぶりを振った。「ある意味もっと洗練されていたが、尊大なところもあった。あいつらが着陸し、出迎えに行ったわしらにいきなり撃ってきよった。ただちに降伏したよ、相手の武力のほうが勝っていたからな。わしらの大半をひとつところに集め、二、三名のみを選んでやつらの船に機械を運ばせた。そして去っていった」

「あなたは適切に行動なさいました。協力することでたくさんの命を救ったんです」

「そう願う。どうにも腰抜けだった気がしてね」

わたしは力づけて見えるようにつとめ、それから退室して外に出た。病院はコロニーの中心にあり、コロニー自体は石造りの平屋建築が整然と並び、周りの自然環境に溶けこむようなデザインの建築スタイルで統一されている。

われわれが救難信号を受けとってから、一時間にもならない。幸い、第三二宇宙基地で積みこんだ補給物資を届けるため、すでにハクトン七号星に向かう途中だった。だが襲撃を阻止するにはひと足遅かった。一帯の偵察から戻ったチェバとビゴが、すぐに合流する。

「敵の武器による爆発跡を調べました」ビゴが報告した。「何らかのディスラプターです」

「盗まれた物は？」

「それが、おかしな物です」と、チェバ。「コロニーの武器には手をつけていません。彼らの狙いは、レプリケーターだけでした」ジグソーパズルが頭の中でゆっくりと組みあわさり、そのときクラッシャーが船から呼びかけた。

〝〈スターゲイザー〉からピカード艦長へ。イオン放射の跡を発見しました。船を追跡できます〟

「医療部員を残して全員を転送収容しろ。非常警報を鳴らせ」

われわれはついていた。小さな偵察艇は〈スターゲイザー〉よりも足が遅く、追いつくのに長くはかからなかった。識別マークをつけてない船体のシュモクザメを思わせるデザインは、わたしが前に見た船に酷似している。ブラックに命じて全亜空間チャンネルを開かせた。

「こちらはジャン＝リュック・ピカード艦長、惑星連邦所属船〈スターゲイザー〉の指揮官だ。ハクトン七号星の惑星連邦コロニー襲撃事件を調査している。ただちにワープ・ドライブから離脱し……」

船が揺れ、呼びかけを中断された。シールドに魚雷が当たった衝撃だ。

「ビゴ、武器は何だ」

「標準的な光子魚雷です。迎撃可能」

「レーザーの照準を合わせせろ。相手のエンジンと武器を狙え」ビゴが遂行し、〈スターゲイザー〉は未確認船に反撃した。

「センサーによると、相手の魚雷発射管を破壊しました」チェバが知らせる。「それでも敵はスピードを緩めません」

「向こうのワープ・リアクターに過負荷がかかり、上昇しているようです」クラッシャーがいった。「損傷を与えましたが、相手は無視しています」わたしは敵船のスキャンに目を向けた。リアクターが臨界点に達している。

「転送室、あの船をロックして転送――」

再び中断された。今度は船が爆発した。彼らの任務が何だったにせよ、捕獲されるのを嫌ったのだ。クラッシャーに命令し、彼らのとったコースから目的地を割り出させ、そのコースをたどる。目的地がわかれば、おそらく襲撃理由について何がしかのヒントを得られるかもしれない。

まもなく、われわれは十四個の惑星を持つ未踏の恒星系に入りこんだ。襲撃者のとっていたコースは、一番大きな十一番目の惑星――Mクラスの星へとわれわれを導いた。センサーが大規模な、歴史の古いヒューマノイド文明をとらえる。守りの堅そうな外見の宇宙ステーションが軌道上に浮かんでいた。陰鬱《いんうつ》な、ほとんど骨組みだけの奇妙なデザインで、未完成の巨大なジャイロスコープを思わせる。ステーションのハブから曲線を描いて上下にアームが伸び、宇宙船が停泊していた。

「あのステーションは、重武装しています」ビゴがいった。「光子魚雷、ディスラプター砲、その他識別不能な武器。そしてたった今、シールドが張られました」

「こちらでも、稼働中の機械を多数探知しています」チェバが報告する。「鉱物の精錬処理のような作業と思われます」

「われわれに呼びかけています」ブラックが伝えた。

「スクリーンに出せ」かつて一度だけ出会った種族の一員が、〝悪意に満ちた〟としか形容しようのない笑顔を向けている。

〝未確認の船、わたしはガル・デュカット。テロック・ノールステーションおよび、カーデシア領ベイジョーの司令官だ。そちらの用向きを述べられよ〟

「ジャン＝リュック・ピカード艦長、惑星連邦宇宙船〈スターゲイザー〉の指揮官だ。連邦のコロニーを襲った襲撃者を追跡している。彼らはこの星系に向かっていた」

〝本当かね？　それは卑劣な〟デュカットはうわべだけの誠実さでいった。〝して、襲撃者たちはどうした？〟

「彼らの船は大破した」船の大破に関するわたしの役割についてはできるだけぼかすことにした。だがデュカットは、わたしのごまかしを見破った。

〝そうかね。彼らが何者であろうと、惜しまれはしないだろう〟

「では、彼らについての情報は提供できないと？」

〝遺憾ながら。この星系の統治者として、わたしにはほかに注力すべき重要な要件がある〟

「無知を許されよ。われわれは一度もこの星系を訪れたことがない。あなたは何と呼んでいましたか……ベイジョー？」

〝そうだ。カーデシア帝国の保護領だ。平和を愛するベイジョー人を敵だらけの宇宙から保護してやり、見返りに、彼らの豊富な惑星資源から控えめな支払いを求める。これは等価交換だ〟明言はしていないが、デュカットの意図はたがえようがない。彼らはベイジョー人を隷属《れいぞく》させ、そこにとどまるつもりはなかった。

「われわれは探査隊です。カーデシアとベイジョーの関係について、さらに学ぶ機会をいただければありがたい」

〝今申したように、わたしは忙しい身でね。いずれまたの機会に。だがもしあなたが戻られるなら、歓迎せざる侵入者からベイジョーを守る方法を、喜んで実演してご覧にいれよう〟

チェバが計器盤上の何かに反応し、わたしににじり寄った。「艦長、向こうは武器をわれわれに向けてロックオンしています」あのステーションと一戦交えれば〈スターゲイザー〉が長くは保たないのはわかっていたし、デュカットのほうも承知していた。

「そうですか、お時間をとらせました」ひどい笑みを浮かべたまま、デュカットの顔がビュースクリーンから消えた。星系から出て、医療部員を迎えにハクトン七号星に引き返すコースをクラッシャーに指示する。

「彼は嘘をついています」淡々とクラッシャーがいった。「おそらく襲撃の首謀者でしょう」

「そうね、でもなぜ？」チェバがたずねた。

わたしはチェバに、コロニーから盗まれた物の目録を見せるよう頼んだ。「彼らはレプリケーターを欲しがっている」わたしは盗品リストを挙げた。「複数の建物の壁からレプリケーター三台をひきはがして行った。もっと価値があるはずのテクノロジーは手つかずだ」

「これは危険な状況ですよ」クラッシャーが指摘した。「彼らはレプリケーターに目をつけ、盗むためなら自分たちの兵士を犠牲にしてもかえりみなかった」

「なぜ、直接われわれと取引しようとしないんですか？」ビゴが首をひねる。

「弱さの証《あかし》だからだ。彼らは仮想敵に自分たちの手の内をさらしたくないんだ」

「そして賭けてもいいが、ただ奪うだけで、よりたくさん手に入れられると考えている」クラッシャーが予測した。

コースをとりながら、宇宙艦隊にはクリンゴン帝国より、もっと憂慮すべきことがあるのを悟った。


二三四六年だった。〈スターゲイザー〉の艦長に復帰して二年、なぜ「汝《なんじ》再び故郷に帰れず」といういい回しが今でも残っているのか、理解しはじめた。復帰できてうれしかったが、もと通りとはとうていいい難い。士官の大半は残ったものの、誰もが月日とともに成長していた。わたし自身、より経験を積んで艦長席に返り咲き、そうそう驚異の念に打たれたり血が沸きたったりはしなくなった。そしてもちろん、ウォーカー・キールはもういない。ジャック・クラッシャーとの友情はまだ続いていたが、彼もやはり変わった。ごく自然に副長としての責任を受けとめ、少年っぽい一途さは消えていた。実際、クラッシャーはしばしば黙りこみ、ふさぎこむときさえあった。原因が思いあたらず、本人にたずねてみた。

「ああ、すみません艦長」ある日の昼食の席だった。「ただの恋わずらいです」ふたりの交際はとても真剣なものになり、地球を発ってから二年近く、恋人とは亜空間通信でしか会っていないという。相手は宇宙艦隊医療課程の学生だった。それぞれのキャリアが原因で離ればなれに暮らしているため、ふたりの将来について、現実的な見通しを立てていた。一緒になれるにはあと何年もかかるはずで、それも同じ船に配属されるとしての話だ。

「アカデミーはあと何年残ってるんだ？」

「二年です。そのあと、メディカルスクールで四年」宇宙艦隊メディカルトレーニングは連邦の傘下に入る種族が増えるに従い、どんどん複雑になってきた。艦隊の医師は何百という種族の生理機能について実践的な知識を持っていなければならず、疾病《しっぺい》の数はその上を行く。メディカルトレーニングについては何もできないが、アカデミーの教育なら話は別だ。

「ビバリーが〈スターゲイザー〉でアカデミーの教育を終えられるとしたらどうだ？」

「本当に？　許可がおりるでしょうか？」

「たぶん大丈夫だ。副官として、彼女に課程を終了させるのが君の仕事になる。もし医療室で働けば、メディカルの単位も取得できるんじゃないかな」

「ジャン＝リュック……本気ですか？」

「もちろんだ。だけど結婚するまで船室は別々だぞ、それは厳命しておく」

クラッシャーが笑った。「ありがとうございます」

「まだ礼をいうのは早い。地球に戻る予定はしばらくないからな。彼女を拾ってこちらへ連れてくる方法を、探さなけりゃならん」

「その点はぼくがどうにかします」

彼は有言実行した。まもなくわれわれは、惑星連邦とクリンゴン帝国の中立地帯付近に向かい、そこで小艦隊とランデブーせよとの指令を受けとる。クラッシャーは小艦隊の一隻、〈U.S.S.フッド〉が地球からやってくることを探りあてた。彼はビバリーが〈スターゲイザー〉でアカデミーの学位を取得できるように許可をとったうえ、〈フッド〉が地球を出るまでもう三時間もないというときに、まんまと乗艦させた。恋人が自分のもとへやってくるとの知らせを受け、ジャックに若々しい覇気《はき》がいくらか戻るのを目の当たりにした。

ランデブー地点には十隻の宇宙船が集結しており、わたしは自分の下した決断と直面しなくてはならなかった。集まった船の中には、〈U.S.S.メルボルン〉と〈U.S.S.ヤマグチ〉がいる。まだ新造船同然で、どちらもハンソン提督からオファーされた船だ。〈スターゲイザー〉はわたしが指揮をとって十二年、相当ガタがきており、新しい船のすっきりしたラインと力強い優美さを前にして、もしあのときもう少し辛抱強かったらどうなっていただろうと、想像せずにはいられない。

先導船の〈U.S.S.アンバサダー〉から、わたしと副長宛てに至急来艦せよとの指示を受けとる。クラッシャーとわたしは転送室へ急ぎ、到着すると、転送主任のユーリンは〈フッド〉から送られてくる人物がいると告げた。転送パッドの上にひとりの女性が実体化し、まだプロセスが完了する前から、クラッシャーは彼女をかき抱こうとした。女性は赤毛で、そのほかの顔の造作は、ふたりが熱いキスで重なりあってる間は不明だった。ユーリンと気まずい視線を交わすと、彼は笑いをこらえていた。とうとうわたしが咳払《せきばら》いをして、クラッシャーが抱擁《ほうよう》を解く。

「ジャン＝リュック・ピカード艦長」クラッシャーはまだ赤面していた。「士官候補生ビバリー・ハワードを紹介します」ビバリーが微笑んで、クラッシャーからそっと手を引き抜く。自分が握りしめていたことに、クラッシャーは気がついていなかった。

「お会いできて光栄です、艦長」

「わが艦へようこそ、ハワード士官候補生。残念ながら、ミスター・クラッシャーとわたしは打ち合わせに遅れそうなんだ」ビバリーは素早く台から降り、クラッシャーとわたしが転送される間、恋人にキスを投げかけた。

小艦隊の艦長および副長たちは、〈アンバサダー〉のうらやましいほど広々とした会議室に集まった。全員がやすやすと収まっている。広い展望窓からは、先導船の船尾にずらりと並ぶ船が見えた。〈スターゲイザー〉は、兄弟犬の中のみそっかすも同然だ。室内の男女の大半とは、個人としてではなくとも、ハンソン提督の参謀総長時代の仕事を通して面識がある。ふたりだけ、知りあい以上の存在がいた。ロバート・デソト。一度目のアカデミー選抜試験で友人になった彼も、今や〈フッド〉の艦長だ。「ボンジュール、モナミ！」心のこもった声をかけられた。

もうひとりの友人は、うれしい驚きだった。マルタ・ベタニディーズ。マルタは〈U・S・S・キュウシュウ〉の艦長に昇進していた。ミーティングの前に、短いあいさつを交わす。そうそうたる顔ぶれを前にマルタに抱擁され、やや照れくさかった。

「ごぶさたしすぎよね」マルタの顔をじっと見た。申し訳程度の白髪の背後に、今も若々しい女性が透けて見える。そのとき、マルタが顔を近づけてこういった。「お母様についてお聞きしたわ。お悔やみをいわせて」わたしは礼をいった。どんなに親しい友であったか、忘れていた。もっと話したかったが、そのときリーダーが席についたのに気づき、全員が席につく。

静粛にと注意される必要はない。この席の誰ひとりとして、正面に座る人物より押しの強い者はいなかった。アンドレア・ブランド、惑星連邦の旗艦〈アンバサダー〉の艦長。口を開かずとも、彼女には気圧《けお》されるような貫禄がある。

「クリンゴン帝国が、奇襲攻撃を計画しています」ブランド艦長が切り出した。「われわれに彼らを止める手だてはありませんが、追跡は可能です」この発言は、直感に逆らうものだった。クリンゴンはいまだ遮蔽《しゃへい》装置を擁《よう》し、そのためターゲットを襲える距離まで密かに艦を進めることができ、相手は攻撃を受けて初めて気づく。だがブランド艦長をうかがうと当然の疑問への答えを用意しているのがわかった。

艦長が立ちあがり、背後の壁にかかるビュースクリーンのスイッチを入れた。星図が現れ、すべての星々と、赤いマークの一群が表示される。

「星図上の赤いマークは、現在就役中の全クリンゴン艦を表しています。宇宙艦隊情報部はクリンゴン艦の動向および造船数の監視をつぶさに続け、その地道な努力が、敵の全艦隊と現在地の完璧なリストとして実を結びました」

信じ難いという反応のざわめきが起きる。

「ブランド艦長、相当数の艦がすでに遮蔽中ではないと、どうして断言できるのですか？」この問いは、オーウェン・パリスから寄せられた。アカデミーではわたしより二、三年上の世代の、〈U.S.S.アル・バターニ〉の艦長だ。

「簡単な理由よ。この作戦は六十年以上前に発足した。最初のキトマー条約でクリンゴンに惑星連邦宇宙域への航行を許して以来、宇宙艦隊情報部は各艦の動きと造船計画を独自にモニターし、密かにカタログ作成をはじめたの」非常にシンプルかつすばらしい作戦だった。クリンゴン艦がモニターを察知したとしても、それほど長くは遮蔽を続けられない。やがては姿を現し、追跡される。

ブランド艦長はクリンゴン帝国と惑星連邦の境界領域を指し示し、説明を続ける。

「ご覧のように、彼らはこのあたり、第二四および第三四三宇宙基地をたやすく攻撃できる範囲内に、主要部隊を集結させています」その二箇所の基地を攻撃するのは戦略的に理にかなっている。惑星連邦の前哨基地の中ではクリンゴン宙域に一番近い位置にあった。もしそれらが破壊されれば、戦いが長期化した場合、宇宙艦隊の修理と再補給に支障を来《きた》す。

次に、ブランドはビュースクリーンの下のコントロールを調整した。青いマークが星図上に現れる。

「われわれの作戦はシンプルです。あなたたちはあらかじめ割り当てられたルートを進む。長距離センサーを使い、境界線を越えることなく巡視区域内のクリンゴン艦を密かにモニターする。もしそれらのどれか一隻でも見失えば、透明偽装に入ったと仮定し、即座に司令部へ報告すること。遮蔽を開始した位置が、相手の作戦について情報を与えてくれるはずです」

名案だ。わたしはにやついていたに違いない。

「何か楽しいことでも、ピカード艦長？」ブランド艦長だった。もの思いにふけり、見られているのに気がつかなかった。正直にいうことにした。

「いいえ、何も。実に巧妙ですね。航海時代の封鎖作戦を思わせます。帆走軍艦を使って、敵船を港湾に封じこめた」

今度はブランドの笑う番だった。

「教えてくれるかしら、そのたとえの問題点を」

「ときに、突破する敵船が出ました」


十隻の船はランデブー地点を離れ、割り当てられたルートへ移動した。友人たちともっとゆっくりできなくて残念だったが、任務第一だ。われわれの巡視区域は、アジロンの連邦前哨《ぜんしょう》基地だった。のんびりと巡航しているふりをして、境界線の向こう側にあるクリンゴンの前哨基地を、全センサーで追跡する。〈スターゲイザー〉は大小様々な船を二十五隻担当した。リスクが少ないとみなされた巡視区を割り当てられたのは明白だ。第二四宇宙基地と第三四三宇宙基地からは一番遠い。もしクリンゴンがふたつの基地を襲うなら、確実にもっと近い位置からしかけるはずだ。それでも気を緩めずに、監視を続ける。

二週間の巡視中、ジャックの最愛の人と親しくなった。彼女は若く、話し方はもの柔らかだが、背後に情熱的な知性を隠しているのがすぐにわかった。クラッシャー自身もまた彼女といるときは様子が変わり、少しだけ無茶になり、たまに、その……お調子者になった。ビバリーを笑わせて、楽しんでいるようだった。

「……じゃあ、その子があなたの椅子に座っていたの？」ビバリーが訊いた。三人はレクリエーションルームで夕食をとっていた。船に子どもを乗せない理由を説明するように、クラッシャーがうながす。

「そんなのは序の口さ。卵の話をしてあげてくださいよ」艦長によっては、あまりくだけすぎると自分の権威を損ねると考えるかもしれないが、その点ではジャックを信用できるのは学習ずみで、彼の愛する女性にもすんなり適用できそうだった。

「君から教えてやれ。わたしはブリッジを見てくる」

「何かあれば呼び出しがかかりますよ。何を心配してるんです？　クリンゴンがこんな場所で戦闘をしかけるとは思えません、そうでしょう？」

「われわれがどう思うかは関係ない。責務の問題だ」

「訊くのも何だけど、ここはアーケイナスのそばよね？」ビバリーが口を挟む。「彼らにとっては重要なターゲットかもしれない」

「あそこに戦略的な価値はあまりないぞ」クラッシャーが反駁《はんばく》した。

「ないわね。だけど、二二七二年のアーケイナス損失は、彼らにしてみれば恥だった。クリンゴンにとっての戦争は、戦略であるとともに名誉の問題でもある」クラッシャーとわたしは目を見交わした。現在の情勢について、ビバリーは鋭い洞察を働かせていた。アカデミーで学んだことが、まだ鮮明に頭に入っていたのだ。まるで、それを裏づけるかのように、チェバがブリッジからわたしを呼び出した。

〝非常警報。ブリッジからピカード艦長〟インターコムを押す。

「ブリッジ、ピカードだ。報告しろ……」

〝クリンゴン艦が全隻消えました〟

二、三時間後、われわれはアーケイナスにいた。ブランド艦長と連絡をとると、わたしの分析(本当はビバリーのだが)、およびクリンゴンがそこへ向かっているとの見方に同意した。ブランドは小艦隊の残りをまとめ、アーケイナス防衛の応援に向かうという。この星系にはMクラスの惑星が三つ存在し、軌道上の施設が数個あるが、現在艦船は一隻もいない。援軍が来るまで、〈スターゲイザー〉はひとりきりだった。
巡視の任務は退屈から危機へと一変した。われわれがこの日を生きのびる可能性は望み薄だった。

だができるのは、待つことだけだ。わたしはブリッジを行ったり来たりし、ときどき星の海を見つめた。クリンゴンの透明偽装は元来星々を少し揺らめかすとどこかで読んだのを思い出し、敵艦が現れる前兆はないかとむなしく目をさまよわせる。ブリッジ・クルーの顔を見回す。皆、決意に満ちた表情をしているが、薄皮一枚下には恐怖が透けていた。

「ニュートリノ拡散の急上昇を確認しました」チェバがいった。「遮蔽艦かもしれません」

「位置は、ミスター・クラッシャー？」

「われわれのまっすぐ前方です」わたしはビュースクリーンを振り返った。星々が揺らぎはじめ……。

「シールドを張れ。すべての武器を発射用意」

二十五隻のクリンゴン艦が実体化し、ビュースクリーンを埋め尽くして星々を遮った。手前の魚雷発射砲を全門われわれに向け、赤い輝きを放っている。

「全門、本艦に向けてロックオンしています」チェバが告げる。それほどの猛攻撃には耐えられないだろう。

「フェイザー、先導艦にロックオン。撃て……」

そのとき突然敵艦が再び揺らめき、溶けはじめ、そして消えた。全隻とも。

「センサー、報告しろ」

「敵艦が消えました、艦長。一隻残らず」チェバが伝える。

「油断するな」われわれは迎撃態勢を解かずにいた。クロノメーターに目をやる。三十秒が過ぎた。計器盤を確認する。ニュートリノ拡散はゼロ、センサーの反応もゼロ、無だ。クロノメーターを振り返る。すでに一分が過ぎた。

「われわれの上をとったのに」クラッシャーがいった。「何が起こったんだ?」

「艦長、ブランド艦長からメッセージです」ブラックが伝えた。

「スクリーンに出せ」わたしは〈アンバサダー〉の広々としたブリッジに立つブランド艦長を向いた。

「艦長、クリンゴン軍が現れました。でも彼らは……消え失せました」
〝彼らが戻るとは思いません。よそで必要になったの。クリンゴンのコロニー二ヶ所が攻撃されたのです〟信じ難かった。惑星連邦は決して先制攻撃はしない。ブランド艦長はすぐにわたしの顔に浮かんだ混乱を読みとった。〝ロミュラン軍が、ナレンドラ三号星およびキトマーを攻撃しました。クリンゴンにはほかに心配すべき戦闘ができたのよ〟

結局、ロミュラン帝国は〈惑星の殺し屋〉の一件について、クリンゴンを信用しなかった。そして、報復措置として軍を差し向けた。両者とも好戦的な社会で、惑星連邦には幸いなことに、敵意をお互いに向けあった。とはいえ、ロミュラス対クロノス[編注11]の戦争中に、宇宙艦隊の犠牲が皆無だったわけではない。ロミュランがナレンドラ三号星を攻撃したとき、住人が救難信号を送った。唯一応答したのが〈U.S.S.エンタープライズC〉、わたしを初めて宇宙に連れ出したあの船だった。レイチェル・ギャレットという女性艦長のもと、船はロミュラン戦艦四隻の攻撃を食いとめようとした。だがギャレット艦長とクルー七百名の奮闘は、不首尾に終わる。船は万策尽き、クリンゴンの前哨基地は壊滅した。次の夜、夕食の席でこの悲劇について、ジャックとビバリーと話しあった――ふたりとの食事はすでに毎日の習慣になっていた。クラッシャーが〈エンタープライズC〉の乗員名簿をあたる。操舵手に、知りあいの名前が見つかった。

「アカデミー時代、リチャード・カスティーリョと知りあいだった。いいやつだった、とてもまじめで。無駄死になんて悲しいよ」

「無駄死にじゃないかもしれないわ」ビバリーがいった。

「どういう意味?」わたしがたずねた。

「アカデミーでクリンゴン文化の集中講義があったの。学長は戦争が近いとわかっていたのね。とにかく、クリンゴンの戦士が自分を犠牲にして同胞を守るのは、たいへん名誉ある行為とみなされる、たとえ彼または彼女が失敗したとしてもね。それは、戦士の死後の地位を保証するのよ」

「何がいいたいのかわからないな」クラッシャーがいった。

「その、〈エンタープライズC〉に乗り組んだ惑星連邦の『戦士』七百名は、ナレンドラ三号星を救うために犠牲になった……。もし、彼らが本当に自分たちの慣習に忠実ならば、ふたつの社会に真の平和が訪れる可能性があるかもしれない」

後日、ビバリーが正しかったことがわかり、日が経つにつれ、わたしの友人ジャック・クラッシャーの生涯の伴侶となりつつある人物への評価はますます高まった。そして、席について食事をとりながら、親友を見つめる彼女を観察し、彼女がわたしの伴侶とはならないことに嫉妬している自分に気づいた。

編注9　最初のキトマー条約は二二九三年に調印され、クリンゴン帝国と惑星連邦の間に和平が成立した。二回目のキトマー条約において、二つの政府間に恒久的な同盟が結ばれた。二三四二年(ピカードが言及している年)に交渉はまだはじまっていない。

編注10　〈602クラブ〉は、二十二世紀以来、宇宙艦隊士官ご用達の飲み屋だった。ブリーンが地球を攻撃した二三七五年に、惜しくも破壊された。

編注11　クロノス（Qo'noS）は、クリンゴン帝国の母星。

CHAPTER SEVEN

第七章

再び宇宙へ

——五十歳の誕生日、〝老嬢〟との別れ

「ここに、汝《なんじ》ジャック・クラッシャー、並びに汝ビバリー・ハワード、両人を婚姻の絆《きずな》で結ぶ喜ばしき……」

じめついた夏の日だった。かつて、アメリカ人が「コネチカット」と呼んだ州の、コーンウォールという小さな町にいる。ジャックによれば、彼の一族はこの町に数世紀前から住みついているという。ジャックの母方の祖母クララ・セジウィックが式をとりしきり、前の晩はアメリカ合衆国の南北戦争を救った[編注12]祖先の逸話を披露して、訪問客をもてなしてくれた。

創立以来、のどかな田園の町はほとんど姿を変えていない。挙式は森の中に建つジャックの実家で行われた。礼服姿で参加する結婚式は二度目だが、今回は付添人《ベストマン》としてだ。わたしはジャックの脇に立ち、ジャックはビバリーと向かいあっている。ビバリーはまだ士官候補生だが、制服はよして、代わりに古来からの地球の伝統である白いドレスとベールを身につけた。優雅で華やかな装いの花嫁は、わたしの親友の目を心のこもったまなざしで見つめ、わたしのまぶしそうな視線には気づかない。

クララの司会でふたりが誓いの言葉を唱え、指輪を交換しあう。ジャックがビバリーのベールを上げてキスをした。約百名の参列者がわっと拍手し、わたしもそこに加わる。友人に対する祝福の気持ちを、過去二年で募らせたビバリーへの思いが曇らせた。

式がすみ、ジャックが祖母に感謝している間、ビバリーがわたしのところへ来た。

「構わないかしら、艦長」かがんで、頬に軽くキスをする。「来てくださって、すごくうれしいわ」

「見逃せないよ」ビバリーに微笑《ほほえ》み返す。顔が赤らむのを感じた。距離の近さにどぎまぎし、後ろに下がる。「ふたりは特別な存在だからね」ジャックが戻ってきて、心からの握手を交わした。

「ありがとうございます、艦長」

「今日は〝艦長〟はなしだ」何名かのクルーも混じる客の輪に、三人とも加わった。スカリーは早くも一杯やっている。陽気な宴席に、できるだけ溶けこもうとした。頃合いを見計らい、パーティを抜け出す口実とともに、いとまを告げた。最後に見た光景は、喜びをわかちあい、愛する者に囲まれて、軽快なダンスに夢中のジャックとビバリーの姿だった。宴席をあとにし、ひとりで町の中心部に向かう。

自分自身の家族に考えが行く。コーンウォールの転送ステーションは、故郷のものとよく似ていた。ワイン農園に戻るのをこれまでずっと避けてきたが、片のついていない用事がわたしを待っている。コントロールパネルについた技術者が声をかけた。

「行き先は?」

「フランス、ラバール」一時間かそこらもすると、ワインタンクを貯蔵している納屋に立っていた。

「帰ったのか」ロベールがいった――兄の定番あいさつだ。ワインタンクの上の渡し板に立ち、大きな櫂《かい》でブドウの果帽を突いている。

「長居はできない」

「期待しちゃいないさ」虫のいどころが悪そうだ。作業を続け、しぶきを上げながら紫のよどみに櫂を押しつける。目を合わせようとしなかった。

「葬式はどうだった?」

「あっさりしたものだ。俺と、町から来た数名。母のよりこぢんまりしていた」

「参列できなくてすまない。知らせを受けたときは数百光年離れてたんだ」これは本当だった。父の訃報を知ったとき、わたしはカーデシア帝国との境界にいた。帰郷には何週間もかかっただろう。そして実のところ、父の死を聞いたとき、母が死んだ際の冷たい仕打ちがまざまざと思い出された。悼《いた》む余地など残っていなかった。

「親父は大騒ぎを好まなかったさ」ロベールが作業の手を止めた。父の死という気まずい話題を持ち出して、何かのテストに合格したように感じる。ロベールは櫂をとって渡し板におき、脇のはしごを降りた。

「ついて来い」

兄のあとをついて、家に入ってキッチンまで来る。食卓の上に、小さな錠つきの箱が置いてあった。

「お前宛てだ」驚いた。父がわたしに何かを遺すなんて、期待していなかったのに。そして、それは正しかった。箱を開け、中を一瞥《いちべつ》する。ＰＡＤＤが入っており、宇宙艦隊アカデミーからの便りが表示されている。便りの出だしはこうだった。「親愛なるピカード様。残念ながら……」それは、わたしが最初に受験したときの不合格通知だった。

「どういうことだ？」

「知らんね。父の遺書で、お前に遺すとあったのはそれだけだ」

理解できなかった。墓の下から侮辱されているように感じたが、意図がわからない。挫折を思い出させるため？　ロベールを見た。興味はなさそうだった。兄には別の思惑《おもわく》があり、わたしはすぐにピンときた。

「これが父の遺したすべて、そういいたいんだな」

ロベールはじっと立ったまま、わたしの視線を避けている。父がわたしに何かを遺すとは、これっぽっちも期待していない。だがロベールの関心は、ワイン農園にあった。今では兄のものとなり、わたしにそれを飲みこませたがっている。わたしは兄を見た。五十歳に届こうとしており、天寿を全うするのはおそらくまだ先だろうが、兄は全人生を家業に捧《ささ》げてきた。それが過去のすべてであり、唯一考えられる未来だった。ロベールの心中までは知らないが、父がしたように、ワイン農園を継がせる家族を持つつもりなのだろう。それでも、ロベールの懐の狭さに心が冷えた。わたしに何ひとつ分け前を渡すまいとしている。ふたりとも両親をなくし、それを機に歩みよる兄弟もいるのかもしれないが、われわれの場合は、溝を決定づけた。その意味では、どちらも犠牲者だ。父はわれわれのどちらに対しても、尊重する態度を見せたことがなかった。

「幸運を祈る」兄の手を握った。わたしの目を見ようとしない。家をあとにしながら、これが兄を見る最後になるだろうと思った。ラバールの転送ステーションにとって返し、〈スターゲイザー〉に帰還する。


「ビバリーが身ごもりました」クラッシャーがいった。

「おめでとう」わたしは心をこめて握手をした。新婚旅行から戻ったばかりのジャックが機関室でわたしを見とがめたとき、わたしはスカリーと一緒に、地球の軌道上で完了したメンテナンスの評価をしていた。

「そいつは早技だな。結婚式はたったの二週間前だぞ」スカリーの言葉に、クラッシャーとわたしは目を見交わして笑った。

「あれ」とクラッシャーが返す。「ビバリーの親父さんが構えてたショットガンに気がつかなかったのかい」これはもちろんジョークだ。ジャックがいうには、彼とビバリーの家族は婚姻前から彼女の妊娠を知っていた。ふたりが将来的に結婚するのは既成事実で、女性が妊娠したからといって結婚しなければいけないという狭い考えから、人類はとうに卒業していた。

スカリーを機関室に残し、クラッシャーとわたしはブリッジに上がった。わたしは花嫁の居場所をたずねた。

「実をいうと、それを艦長に伝えたかったんです。妻は地球で学業を終える決心をしました。もちろん艦長の承認があればですが」

「なぜだ？」わたしは不意を突かれた。彼女の復帰に恐々としていたのに、今度は再会できないとわかり、心底がっかりした。「妊娠したクルーをわたしがないがしろにするなんて、考えてなければいいんだが」

「妊娠を心配してるんじゃありません。そのあとに起きることを心配してるんです」

「わからないな」

「よしてくださいよ、船に子どもを乗せるのはお好きじゃないでしょう。それに、〈スターゲイザー〉が七ヶ月後にどこにいるかわからないので、気まずいシチュエーションになる可能性は避けようと決めたんです」

「それはとても賢明だな」だが、わたしはことの真相にきまりが悪くなり、いささかゆううつになった。ビバリーが船に戻ってわたしを怒らせまいとしたのは、〈スターゲイザー〉に子どもを乗せるのを渋ったわたしの話が決め手だった。なぜだか、自分がビバリーを傷つけたように感じた。ばかげているとはわかっていたが。

「まあ、アカデミーを卒業したら、本艦のポストを考えてくれるよう望むよ」

「そのときにはここにいないといいんですが」ターボリフトに乗ってブリッジに向かいながら、快活にふるまうジャックから一抹《いちまつ》のさびしさを感じた。

「ビバリーを置いてくるのはつらかったかい?」

「ふたりをです。今では家族がいますから」

「家族のもとに戻してやるとも」ジャックが微笑み、われわれはブリッジに着いた。


〝カーデシアがセトリック三号星のコロニーを破壊した〟ビュースクリーンに映るロス艦長が、彼の指揮する〈U.S.S.クレイジーホース〉のブリッジから話している。過去二年間、カーデシアによる船やコロニーの襲撃事件が頻発し、宇宙艦隊はカーデシア宙域との境界にロス指揮下の機動部隊を送りこんだ。紛争を防ぐのが狙いだったが、実際には相手を刺激したらしく、カーデシアは惑星連邦のコロニーをまるごと壊滅させた。

「コード・ワンですか?」ロスがうなずく。

コード・ワン――われわれは開戦した。

〝貴艦には新しい指令がおりた。援軍が到着するまで、〈スターゲイザー〉はわが機動部隊に編入される〟

「了解しました、艦長」わたしはロスを見た。申し訳なさそうな顔つきのがっしりした男で、わたしより何歳も年下だ。これまで、年長の人物に命令を与える立場に何度も立ってきたが、今度はおさまりの悪い関係の反対側にわたしがいた。

〝これから第三二宇宙基地へ向かい、明日地球から届く予定の補給物資を受けとって欲しい。積み荷目録を即時送る。武力戦を控え、できるだけ早くそれらを手に入れたい〟

「わかりました。ご期待にこたえてみせます」通信を終え、ロスがスクリーンから消える。「ミスター・クラッシャー、コースを第三二宇宙基地にセット、ワープ六、発進」ワープに入ると、クルーの間を流れる不安な空気に気がついた。われわれはときに小競りあいを経験し、クリンゴンの艦隊に対峙《たいじ》したこともあるが、クルーの誰ひとり実戦で戦ったことはない。不幸にも彼らの艦長とてそれは同じだった。それでも、彼らの気を静め、鼓舞する言葉をひねり出すのがわたしのつとめだ。

「戦争は、どんな犠牲を払ってでも避けなければいけない。だがそれが不可避になったとき、君たちにできるのはただベストを尽くすのみだ。この船は長い年月を生きのび、すばらしい業績を上げてきた。なぜなら責務というものを、本艦のクルーがわかっていたからだ。この戦争も違いはない。われわれはわれわれの責務を果たす、そして成功する」

結果的に、わたしは正しかった。だがわたしの予想通りとはいかなかった。

第三二宇宙基地で補給物資を受けとり次第、〈スターゲイザー〉はロスの機動部隊に加わるものと思っていた。だがロス艦長には本艦よりもより新しく、より速く、より重武装の船が何隻もあり、そのため「定期便」が、われわれの主な任務となった。補給物資および人員を輸送し、第三二宇宙基地と、前線を守るほかの連邦宇宙船の間を行ったり来たりする。戦争開始から二年間、〈スターゲイザー〉はひとつの戦闘にも加わらなかった。それは、安全であると同時に、何だか死力を尽くしていないという相反する感情をもたらした。

とはいえ、戦争三年目に入って数ヶ月後、その状況を逆手にとった乗組員がいた。とある晩、わたしはレクリエーションルームでいつものメンツとポーカーをしていた（ジャック・クラッシャー、ドクター・アイラット、スカリー、チェバに声をかけ、定期的に開くようになった）。ロス艦長の機動部隊にダイリチウムと光子魚雷を届けたばかりだった。ゲームは、行っては戻る長旅の単調さを和《やわ》らげるのに一役買っていた。ファイブカード・スタッドを配っていると、ジャックがこう切り出した。

「ビバリーとウェスリーが、第三二宇宙基地に来てるんだ」期待の波が押しよせる。ビバリーが船を去って以来ずっと顔を合わせておらず、心の中から存在を消していた。ビバリーと夫妻の幼い息子を写真で見たことはあるが、長い間離れていたために、彼女に抱いていた感情を忘れていた。今、再び彼女とまみえるかもしれないと思うと、それらが洪水となって戻ってきた。ゲームに意識を集中し、ほかの者にわたしの思いを代弁させる。

「よかったわね。遊びに来たの？」チェバがたずねた。

「違うよ。アカデミーを卒業して、宇宙基地の病院でメディカルトレーニングを修了する予定なんだ」

「あの施設なら、申し分のない教育が受けられます」アイラットがいった。

「たくさんふたりに会えるわね」チェバがいい、ジャックが笑った。ジャックはまだ息子とじかに会ったことがなく、亜空間通信を通じた面会しかしていなかった。それがずいぶんこたえ、退任が頭をちらつくとさえわたしにうち明けていた。ほかの解決策を見つけるように助言したが、そうしたようだ。

「ゲームに集中してくれないか?」スカリーがうなる。「艦長が自分に配った手、ストレートっぽいぞ」鋭い読みだ。わたしは2、4、5の札を表にし、伏せているカードは3だった。

全員に最後の一枚を配る。わたしの手札は、スペードの6。このゲームでそろえるには相当難しい役のストレートが完成した。賭《ベット》けがはじまる。ジャックがキングのペアと、9と10を見せた。一番高い役はスリーカードだが、それではわたしに勝てない。彼は強気に賭け、チェバ、アイラット、スカリーが降《フォールドし》りた。わたしがベットする番になり、レイズする。ジャックよりも強い役だとわかっていた。だがジャックは気にしていないか、わたしがブラフをかけていると考えたか。ジャックがレイズする。

わたしは自分のホールカード(伏せている札)を見つめ、それからジャックの役を見て、負かしたのを知りつつ、わざとじらした。

「さぁジャン＝リュック」クラッシャーがいった。「レイズか、コールか、フォールドか」もしレイズすれば彼もたぶんレイズし、チップはわたしの総どりになる。だがわたしはこの男、わたしの友を見た。家族を温かく抱きしめるのを心待ちにする、わたしが味わったことのない感情。どうしてあんな行動に出たのか、自分でもわからない。

「フォールド」カードをひっくり返すと、フォールドしたほかの札に混ぜて中央に押しやり、誰にもわたしの役を見られないようにした。

「おかしいな」ジャックがいぶかしむ。「負けたと思ったのに」

「いや、君のほうがいい役だった」


「こちらはピカード艦長だよ」ジャックは幼い息子のウェスリーを抱っこしており、わたしがこんにちはをいおうとすると、父親の胸もとに顔をうずめた。ビバリーがわたしを抱きしめる。きれいだった。第三二宇宙基地に到着したわれわれは、エアロック・ハッチに立っていた。わたしはある意味、自分のともいえるジャックの家族に、あいさつに来ていた。

「夕食をご一緒しましょう、艦長」ビバリーが誘った。

「ありがとう。だが片づけないといけない仕事があってね」むつまじい三人に自分の入りこめない絆を感じ、水を差す気にはなれなかった。一家を見送り、ブリッジに戻る。

最初にこの基地に来てすでに二年あまりが過ぎ、陸《おか》の施設にはほとんど興味を覚えなかったため、ブリッジのシフトが終わると、自分の船室へ夕食をとりに引っこんだ。

机に座り、スープとパンの食事をとる。報告書に目を通そうとしたが、集中できなかった。幼い息子を抱くジャックの姿が目の前に浮かび、自分の父に抱きあげられている姿を思い出そうとした。父がわたしを抱っこした時期もあるはずなのに、記憶にない。

帰宅して以来父のことは忘れていたが、父の遺した未解決の謎が気になってきた。形見である

PADDに入っていた、アカデミーの不合格通知。ロベールから受けとったきり、見ていない。投げ入れておいた物置からPADDを掘り出してきた。なぜ父は、これをわたしに遺そうとしたのだろう。読みはじめて、最初にロベールから受けとったとき、きちんと最後まで目を通さなかったのを思い出し、そしてすぐにある点に気がついた。日付が違う。

二二八七年三月十三日。わたしが初めてアカデミーに願書を出したのは、二三二一年だ。読み進む。同じ内容だった。「親愛なるピカード様」をのぞけば、定型文の便り。それから、理解した――この便りの「親愛なるピカード様」は、自分ではない。

それは、モーリス・ピカードに宛ててあった。

わたしの父。

自分が読んでいるものが、信じられなかった。わたしの父は、十七歳のときアカデミーに入学申請をして拒否された。父はそれをずっと秘密にしてきた。おそらく母にさえ。そして死の直前、わたしに教える決心をした。

うまく飲みこめない。大人になってからずっと、父はわたしの志をくじいてきた。今手にしているのは、その理由を解明する鍵だ。自分の夢を実現させただけでなく、父が夢見、そして拒まれた夢を実現したわたしを、父は憎んだ。非難と思えたことが、実際には嫉妬だった。様々な思い出がよみがえる。すべてが違う角度から見え、答えが出るほどにさらなる疑問が生まれた。最初の選抜試験が不合格だったとき、自分が身をもって経験した状況にあるわたしに、父は何の同情も見せなかった。自分の父親がどれほど小さな人間なのかを思い知るのは、成人後でさえこたえる。

壊れた船の模型、〈NX-01〉。わたしはロベールをなじり、兄は無実を訴えた。兄を責めるわたしを父がどんなに怒ったか、思い出した。突然、ロベールの無実を確信した。模型を踏んづけたブーツの跡は、実際には父のものだった。

怒りが霧散し、喪失感と後悔にとって代わる。築けたはずのつながり——もし父が違う人間だったら、息子と心を通じあえる男であったなら、嫉妬と不満に曇らされずに夢をわかちあえる男であったなら。そして、そのとき嫉妬を覚えた。会ったばかりの、自分を抱きしめてくれる父親を持つ小さな少年に。

「あなたの報告書は、読ませてもらいました」ブラックウェル提督がいった。「悪いけど、説得力に欠けるとしか」わたしは第三二宇宙基地の広々とした会議室にいた。幕僚の上級メンバーである提督二名が同席し、三番目の人物がビュースクリーンから見守っている。三人とも、個人的な面識はない。これは、わたしが打たねばならない大きな賭けだった。軍事行動上のみならず、わたしに近しい者全員のために。

〈スターゲイザー〉が請け負った任務は、船とクルーをひどく疲弊《ひへい》させた。レプリケーターでは作り出せない貴重な物資を船に供給し続ける重要性は全員理解したが、宇宙艦隊の損害が報じられるにつれ、船のクルー（そして艦長）はより重要な役割を求めた。わたしはハンソン提督に連絡をとり、せっせっと訴えた。提督は打ち合わせの席を設けてくれたが、この場には来られなかった。まだ地球にいる。艦隊の生産ペースを停滞させないという、より重要な責務があった。

日々の軍事作戦は二、三人の提督の手に委ねられ、そのうちのふたりがこの部屋に集まり、三人目は銀河系のどこか非公開の場所で、暗い室内に座っている。彼が要《かなめ》の、わたしが頼みとする人物だった。三人のうち最年長で、少なくとも百歳は過ぎているその人物は、自己紹介はせず、残るふたりの手に判断を任せたがっているようだった。だがいざというとき、鶴の一声をかけてくれるのを期待した。彼だけがわたしの作戦に必要な情報を握っているかもしれない。実をいえば、彼こそがハンソン提督に会合への出席を頼んだ人物だった。

「わかります、ブラックウェル提督。ですが、つけ加えるべき新情報があります。手短に説明させてください」わたしはプレゼンの大半を、マーガレット・ブラックウェル提督に向けた。五十代の控えめな女性の提督は少なくとも好意を示し、もしくはそのふりをした。

わたしは壁のビュースクリーンに行き、星図を表示した。

「報告書で指摘したように、セトリック三号星の虐殺以前、カーデシアによる惑星連邦の輸送船とコロニーへの襲撃は、特定のテクノロジーに集中していました。レプリケーター関連のテクノロジーです」

「わかった、わかった」ジェインウェイ提督が口を挟む。「お前の報告書は読んだといっただろう」この人物、エドワード・ジェインウェイは、明らかにここではないどこかへいたがっている。

だが正直非難はできない。宇宙艦隊のクルーが毎日命を落とし、そして責任は提督に帰せられるのだから。

「ピカード艦長」ブラックウェル提督がいった。「あなたの艦に乗ったカーデシア人がレプリケーターを見とがめてから、惑星連邦のテクノロジーに興味を持ちはじめたというあなたの説は興味深いわ。でも、レプリケーター欲しさに戦争を起こしたという論理は……」

「論点をはきちがえています。襲撃は、テクノロジー目的でした。戦争は、われわれがセトリック三号星を押さえ、第二一一宇宙基地を建設したために起こったのです」第二一一宇宙基地は惑星連邦の最新前哨《ぜんしょう》基地で、カーデシア帝国の領域からわずか二、三光年しか離れていない宙域に建設された。

「ふたつはまったくの別件だ」ジェインウェイ提督が口を挟む。「宇宙基地は襲撃が起きるずいぶん前に建設をはじめた。そしてセトリックの惑星連邦コロニーは、宇宙艦隊の管轄ではない」

「カーデシアはどちらの事実をも確かめる方法を持ちません。自分たちのテクノロジーレベルが劣るのをわれわれが認識していると思い、そこにつけ込んでふたつの新しい前哨基地からの襲撃を計画したと推測するほうが、彼らにとっては自然です」

「それは惑星連邦のやり方ではない」ジェインウェイ提督が主張した。

「違います、ですがカーデシアのやり方には合致します。彼らは自分たち自身の動機をわれわれに投影したのです」これでは水掛け論だ。すべて提出ずみの報告書に載せてある。すでに不発に終わった議論を、蒸し返していた。だが先へ進めなければならない。「この紛争を終わらせる方法があります。戦争勃発前に彼らが盗もうとしていたテクノロジーを、提供してやるのです」

「もしあなたのいう通り」ブラックウェル提督がいった。「襲撃がレプリケーターのテクノロジー目当てだとしたら、もうとっくに手に入れているはずです」

「まさにその通り」ジェインウェイ提督が同意する。「わが軍は艦船と基地をいくつか失った。敵は今頃、何かしらサルベージしているに違いない」

この瞬間を待っていた。危ない橋を渡って、自説をごり押しした理由がここにある。宇宙艦隊情報部が裏で動いているのは知っていたが、わたしには承認許可がない。だがこの会合にひとり、それを持っている人物がいる。わたしは彼を見た。

男は高齢で、白髪だった。二十二歳で宇宙艦隊士官となり、今では宇宙艦隊情報部を統括している。わたしは喜んで彼と一緒に一日を過ごし、〈エンタープライズ〉という名前の二隻の船に仕えた途方もないキャリアについて耳を傾けるだろう。だが今は、ブラックウェル提督の疑問に答えてもらうため、この人物を必要とした。

彼は顔を上げると、にんまりした。残りのふたりが振り向いて、年輩の同胞が口を開くのを待ち受ける。

〝カーデシアはまだ手に入れておらん〟きついスラブ訛りで、男はいった。〝もしくは仕組みを解明していない。彼らの民は飢え、軍部は勝利のあかつきには子どもたちに食べさせてやれると約束しておる〟

これが欲しかった。ブラックウェルとジェインウェイが目を見交わした。「レプリケーターのテクノロジーを彼らに与えれば」ブラックウェルがたずねる。「『艦隊の誓い』に違反するのでは?」

〝戦争を終わりにできるとすれば〟チェコフ提督がいった。〝誰が気にするかね?〟

「結果は手段を正当化しません」ジェインウェイ提督が固執する。

〝やりたいようにやらせてみたまえ〟チェコフが締めの言葉をくくる。〝この若造の案は、やってみる価値がある〟ビュースクリーンの映像が消えた。言葉の意味に気づくのに、ちょっと間があいた。四十八歳にして、『若造』呼ばわりされるとは。ブラックウェルとジェインウェイが黙って目を交わす。ジェインウェイ提督がため息をつき、観念して先にしゃべった。

「もう一度、お前のプランを話してくれ」


カーデシア領の境界に着くのに、五日かかった。巡視の目が光っていることが知られている地帯を、あらかじめ選んでおいた。相手の注意を引きつつも、あまり母星に近すぎて脅威とみなされないようにするのが重要だ。

「第二一五〇三セクターに近づいています」操舵《コン》席のクラッシャーが報告する。

「そのまま静止」ブラックに向き直り、全亜空間チャンネルを開かせた。このエリアにいる不特定のカーデシア艦に向け、本艦が停戦交渉のために来たという一般的なメッセージを送る。

反応が返るまで、それほど長くはかからなかった。

「船が接近してきます」チェバがいった。「ガロア級です」カーデシアの最新クラス艦だ。このエリアを選んだのは、新鋭艦との戦闘が何回かここであったからだった。〈スターゲイザー〉では歯が立たない、そこが狙い目だ。カーデシアに、こちらの申し出が本気だと信じてもらいたい。停戦に応じてもらうため、レプリケーターを差し出すつもりだった。それがこちらの誠意の表れとなり、本艦の比較的貧弱な戦力では脅威たりえないことを受け入れられると確信していた。

われわれの前に、敵艦が停まった。

「センサーによれば、本艦に武器をロックオンしています」ビゴが告げる。「こちらも同様にしますか?」

「だめだ。こちらから挑発的な行為は一切するな」ブラックにもう一度回線を開かせる。

「カーデシア艦、応答してくれ。惑星連邦より、停戦交渉の提案がある」

まだ反応してこない。こちらに提案を伝える用意があっても、反応がないようでは、果たして相手が信用してくれるか怪しくなる。カーデシアは攻撃的で疑り深く、わたしが何か罠をしかけているはずだと考えているのだろう。状況を打開する何かが必要だ。

「善意の印に、シールドを解く」クラッシャーが振り返ってわたしを見た。

「艦長。もう二、三分、猶予《ゆうよ》を与えるべきかと」彼の提案を検討した。一理ある。だがすでにカーデシアに宣言した以上、実行するまでだ。

「命令を実行しろ」クラッシャーはコンソールに体を戻し、チェバがシールドを解除した。「カーデシア艦、ご覧の通り――」

カーデシアのディスラプターが船の円盤部に切りこみ、わたしは床から放り出された。ブリッジのコンソールが爆発した。

「直撃です」チェバがいった。「兵器システムの損傷……」

「シールドを張れ」デッキから体を引き起こしつつ命令する。

「シールドが反応しません」ビゴが返す。

「ここから離れろ……」

カーデシア艦が発射した。目の前で、機関コンソールが火に包まれる。

「インパルス・エンジン停止」クラッシャーがいった。わたしは彼のコンソールをのぞきこんだ。カーデシア艦から退却するコースが表示され、ワープ・エンジンはまだ無傷だ。起動スイッチを押し入れ、ワープに突入する。

「報告しろ！」

「ワープ二……ワープ三……」クラッシャーがいった。

「カーデシア艦が追ってきます……ワープ四……ワープ五……」チェバが伝えた。

「機関部」インターコムに話しかける。「スカリー、もっとスピードを出せ……」

「ワープ六までは出せるが、長くはもたない……こっちはぐちゃぐちゃだ。何でシールドをおろしたんだ？」

「いいから全力を尽くしてくれ」質問は無視する。体が前方にたたきつけられた――カーデシアが再び魚雷を撃ちこんだ。この和平任務を救う手だては、もはやなさそうだ。

「武器の状況を」

「前部および後部の魚雷発射管が損害を受け、フェイザーは操作不能です」チェバが伝える。

　われわれがまだ生き残っている理由は唯一、カーデシアがこちらの武器を先に封じるべく集中しているからだ。われわれが罠をしかけていると、信じて疑わない。

「ブラック、救難信号を送れ」

「敵が送信を妨害しています」ブラックがいった。カーデシア艦の状況をチェックする。本艦を圧倒していた。まずい事態がますます悪くなっていく。

「連邦船がやってきます」チェバがいった。「〈U.S.S.クレイジーホース〉です」〝騎兵隊〟が到着した。皮肉にも、ネイティブ・アメリカンにちなんだ名前の。〈クレイジーホース〉はわれわれをやり過ごし、カーデシア艦に向かって攻撃すると、敵が回れ右をして逃げ出した。

「亜空間通信の妨害が消えます」ブラックがいった。「ロス艦長が呼んでいます」ロス艦長がビュースクリーンに現れ、〈クレイジーホース〉のブリッジから微笑みかけた。

〝ご苦労様、ジャン＝リュック。あとはわれわれが追い払ってやるぞ〟わたしは礼をいって引き下がった。わたしの〝一発勝負〟は、完敗だった。われわれはこのままずっと、補給任務のままだろう。
　二、三ヶ月後、昇進したてのエドワード・ジェリコ艦長指揮のもと、〈U.S.S.カイロ〉が三隻の船を率いてガロア級の戦艦を包囲し、和平交渉を迫った。カーデシアはジェリコの強硬姿勢に恐れをなし、一時的な停戦を受け入れた……レプリケーターと、組みたて方の説明書と引き換えに。ジェリコと宇宙艦隊司令部は、わたしの提案が的を射ていたのを知っていたが、わたしの手柄にはできなかった。わたしのやり方で、あやうく船を失いかけたからだ。これ以上状況は悪くなりようがない気がした。

間違いもいいところだった。

「彼らはチャルナ人と呼ばれています」アイラットがいった。「わたしの種族は、彼らを避けてきました」

われわれはチャルナ星系に入った。そこには居住可能な惑星がひとつある。この恒星系は星図に載っていないが、エドス人の母星からほど遠くない宇宙域に入ったため、ドクター・アイラットをブリッジに呼びよせ、コンピューター・メモリーにない情報を得ようとした。

「ワープ能力はあるのか？」

「ありました。彼らの社会はナルシストのリーダーたちの犠牲になり、それ以来無政府状態が続いています。不安定な政情では、宇宙進出のための社会基盤を維持するのは困難です。わたしにいわせてもらえれば、近隣の星系にとっては幸いでした」

「標準軌道に乗せてくれ」茶色と黄色の惑星が近づいてくる様子を、ビュースクリーンで観察する。

「軌道上に、建造物と船を探知しました」チェバが報告した。ビューワーに大規模な宇宙ステーションが映り、われわれのほうへ漂ってくる。「動力の痕跡、および生命反応はありません」

近づくにつれ、ステーションは遺棄されて久しいことがはっきりした。戦闘で損害を受けた跡があり、エネルギー兵器とロケット砲によって外殻に裂け目ができている。様々な大きさの船が何隻も周辺を漂い、すべて残骸と化していた。不吉な光景だ。

「惑星をスキャンしろ」

「多数の人口、先進的なテクノロジーの兆候がみられます」チェバがいった。

「向こうはわれわれをスキャンしたか？」

「いいえ、艦長」ビゴが調べる。「スキャナーあるいは最新型の地対宙兵器システムの兆候はありません」

「地中に大量のダイリチウムがあります」チェバがいった。彼女のスキャナーをのぞきこむ。惑星上に、ハイライト表示された地域があった。百キロ平方メートル以上にわたる豊かな鉱脈だ。垂涎《すいぜん》ものだった。宇宙艦隊は銀河系のこの宙域に、貴重な物質――宇宙船の動力源――の産地を持たない。このセクターで宇宙艦隊にダイリチウムを供給できる採鉱協定を結べば、現在の宇宙情勢をかんがみて、重要なリソースになる。われわれはカーデシアと停戦したが、いつ破棄されるかもしれず、クリンゴンがもはや惑星連邦への脅威ではないといっても、ツェンケチを武装させ、示威行動をしている。戦争の可能性は、決して過去のものではない。

「このような惑星について、『艦隊の誓い』では何といっているんですか?」チェバがたずねた。

「彼らは以前、ワープ・ドライブ能力を持っていた」クラッシャーがいった。「そして軌道上の船はそれほど古くない。異星種族と他文明の存在を知っていたんです」

アイラットを見ると、うなずいた。

「チャルナ人はわたしが物心ついたときにはすでに宇宙に出ていました。異世界の存在を忘れたとは考えられません」『艦隊の誓い』は、宇宙を旅する存在に無知な原始的社会と接触する際、相手にそれを悟らせてはならないと明記している。だが、もしすでに知っているなら、惑星連邦と彼らとの間で交易が可能だった。

「それに、彼らが欲しがるものを提供できるはずですよ」クラッシャーがうそぶく。わたしは笑った。ジャックがこの任務に乗り気な裏の理由を知っている。最近、本艦よりも上等な船の副長ポストを何件かオファーされ、すべて断っていた。自分の船を持てるまで待つという建前だったが、わたしへの忠誠心からこの船に残っているのを承知していたし、また遅かれ早かれ、誰かが彼に艦長の椅子を与えることもわかっていた。そうなるまで、クラッシャーはキャリアのどん底からわたしを救い出す役目を買って出続けるだろう。チャルナのダイリチウム鉱脈の協定が、それを実現してくれるかもしれない。

「それでも」わたしはいった。「情報が少ないまま降下するのは危険だろう」

「ダイリチウムの鉱脈の近くには、どちらにしろ降りられません」チェバがいった。「障害が多すぎます」

「わかった。チェバ、君とビゴ、ドクター・アイラットはシャトルに乗って、一帯を偵察して報告に戻れ」目の前を漂う宇宙船を見つめた。われわれに警告しているようだった。わたしは耳を貸さなかった。


「シャトルクラフト・エリクソン、聞こえるか？」ブラックが呼びかける。返事はない。

シャトルが雲層を抜けたとたん、連絡がつかなくなった。低空飛行の最中、エネルギー兵器に撃たれてコントロールを失ったとの連絡を、チェバがよこした直後だった。

「見つけました」クラッシャーがいった。「墜落しています」

「生命反応は？」

「かすかです。障害が多くて読みとりにくい」

「転送室」インターコムに向かってたずねる。「チェバたちをロックして転送できるか？」

〝できません〟転送主任のユーリンが答えた。〝ダイリチウムが干渉して、彼らの波形を妨害しています〟

「シャトルの緊急転送機はどうだ？」クラッシャーが訊いた。

〝この距離では届くだけのパワーがありません〟ユーリンが指摘した。

「必要ない。パターン・エンハンサーとして機能するように遠隔操作して、こちらから転送で送りこめばいい。転送機同士の転送が、いつでも一番安全だ」クラッシャーの案は冴《さ》えていた。降りてしまえば、シャトルの転送機で生存者のロックを強化できる。

〝まだ稼働していれば、うまくいくでしょう。でも一度にひとりしか送れません。それ以上は危険すぎます〟

「わかった」チェバたち上陸班を救助するのは、わたしの役目だ。危険な予兆をわたしは無視し、今彼らはそのために死に瀕している。「ミスター・クラッシャー、ブリッジを頼む……」

ターボリフトに向かうわたしを、クラッシャーが遮った。

「許可を願います……」

「だめだ」

「僭越《せんえつ》ながら、シャトルを撃ち落とした者の正体がまったく不明です。損害の程度もまったくわかりません。情報がほとんどない状況で艦長が降りるのは無謀すぎます」わたしはクラッシャーを見た。彼も責任を感じている。そして、認めるのはしゃくだが、彼は正しかった。後方にとどまるのが臆病に思えても、向こうの状況がまったくつかめないのに、どうみても危険な場所に自分を送りこむのは無責任な行為だった。

「やむを得ん、ミスター・クラッシャー。行ってくれ」ブリッジを離れるクラッシャーを見送りながら、ほかに選択の余地があればと願った。

数分後、シャトルに転送降下したクラッシャーが、ただちに機内通信機能を再起動した。損害を受けた機内の映像が映る。チェバ、アイラット、ビゴは全員意識を失い、頭の傷から流血している。

クラッシャーが医療用トリコーダーでスキャンした。

〝彼らは脳しんとうを起こしています。ひどく荒れた飛行だったようですね〟

「シャトルは動かせるか？」

〝いいえ。でも全員を転送できるはずです、一度にひとりずつ〟クラッシャーがチェバを抱えあげ、シャトルの緊急転送機に横たえる。

〝ユーリン、一名を転送してくれ〟

「生命反応がシャトルに近づいてくるのを探知しました」管制席《オプス》に座るブラックが告げた。わたしはリードアウトを読んだ。五つの生命体が四方からシャトルに近づいている。

「聞いたか、ジャック？」

〝はい〟チェバが転送され、消えるのを見守る。次にアイラットを助け起こし、同じく転送台に載せた。シャトルが突然揺れた。誰かが、または何かが外から侵入しようとしている。機体が前後に滑り、クラッシャーが衝撃に身構える。〝ユーリン、次だぞ。転送！〟

「ここから武器を撃てるか？　侵入者を麻痺《まひ》させることは？」

「正確なロックオンができません」ブラックが答えた。「もしシャトルに当たれば、麻痺の設定でさえ、転送に悪影響が出るかもしれません」われわれはアイラットが消えるのを見守った。クラッシャーはすでにビゴを引きずり出して、転送室に移動している。

シャトルの壁に突然裂け目ができ、驚いたことに、ナイフがのぞいた。とてつもない硬度の金属製に違いない。そしてそれを握る者が誰であれ、隔壁をブリキのように切り裂いた。

そのとき、別のナイフが機体の別の部分に切れ目を入れた。さらにもうひとつ。

〝お客さんがおいでらしい〟クラッシャーはビゴを引きずるが、頭ひとつ分上背の体に手こずり、痛々しいほどゆっくりしか進まない。わたしは現場へ降りて手を貸したかったが、そうしても何の足しにもならない。脱出を遅めるだけだ。ただ見守るしかなかった。

やっとビゴを転送台に横たえる。〝ユーリン、ゴー！〟クラッシャーがいい、脇にどくとフェイザーを引き抜いた。最初の侵入者がシャトルに穴を開け、顔を突き出す。赤毛のたてがみと口の周りの小さな牙がノーシカ人を思わせたが、粗野な目つきに獰猛《どうもう》さをたぎらせている。通り抜けられるだけ裂け目を入れ、押し広げた。

ジャックがフェイザーを発射し、侵入者があおむけに倒れると、すぐに次がとって替わる。ビゴがやっと、エネルギー体化して消えた。クラッシャーが転送エリアに入る。

「あいつを船へ戻せ！」チャルナ人がもう二名、シャトルに押し入った。ジャックが再び撃つ。ひとりが倒れ、もうひとりが機内を突っ切ると、強靱な刃《やいば》でジャックの首を裂き、その瞬間転送ビームが彼を包みこんだ。

わたしは転送室へ駆けつけた。医療部員がビゴを担架で運び出すのをやり過ごし、急いで中へ入る。ふたりの医師が、パッドに横たわるジャックの上にかがみこんでいた。首から頭のてっぺんまで裂けた傷口から、血があふれ出ている。ぱっくり開いた傷口を医師が閉じるその脇で、わたしは彼のかたわらにひざまずいた。

「ジャック、しっかりしろ……」

彼はわたしを見あげ、信じられないという面持ちをした。首からゴボゴボという音がする。医師が傷口を閉じ、待機していた担架に乗せて、急ぎ出ていった。わたしはその場に残り、友の血の池の中にひざまずいていた。

◬

「来てくださって、感謝します」ビバリーがいった。やけに他人行儀だった。感情を抑えようと闘っていた。

「君が心配だった」われわれは第三二宇宙基地の通路をゆっくり、遺体安置所に向かって歩いていた。ジャックを家族のもとに連れ帰るため、〈スターゲイザー〉で到着したあとだった。ふたりはそれぞれの殻にこもり、人生で一番大切な人物を失った悲しみにくれていた。ジャックはわたしを守ろうとして死んだ。彼はわたしの友人、わたしの身内だ。失ったものの大きさははかりしれない。それでもビバリーが経験している痛手に比べれば、何ほどでもなかった。

安置所に入り、シーツに覆われたジャックの遺体が横たわるテーブルに近づく。シーツの下にあるものを、わたしは知っていた。自身の傷を押して、ドクター・アイラットが医療部員とともにジャックの命を救おうと手を尽くすのを見守った。死んだ友人の姿が記憶に焼きついている。ビバリーを振り向いた。

「こんな姿は見ないほうがいい」ビバリーは沈痛な面持ちで、シーツを見おろした。

「わたしにとって大事なことなの。彼が死んだという事実に向きあわなければ」

わたしはうなずいて、シーツに手を伸ばした。持ちあげるには、意志の力をありったけ必要とした。ジャックがそこに、蒼《あお》ざめて静かに横たわっている。ビバリーはしばらく見つめ、それからかがむと額にキスをした。涙が流れはじめる。わたしはジャックに覆いをして、つかのま彼女を抱きしめた。ビバリーは気丈にふるまおうと努力した。

「ウェスリーを探さないと」

「あの子は知らないのかい？」ビバリーが首を横に振る。

通路に戻り、基地内の教室へ行った。五歳になったウェスリーが、机に座って幾何学のおもちゃで遊んでいる。担任教師は明らかに事情を知らされていた。ほかの子どもたちを部屋の一角にうながし、われわれはウェスリーのかたわらにひざまずいた。

「ウェスリー、ピカード艦長を覚えているでしょ」ウェスリーがわたしを見たが、おぼつかなそうだった。二回しか会ったことがなく、それもほんのつかのまだった。男の子は幾何学のおもちゃを持ちあげた。

「ダイキロニウムの原子構造模型を作ってるんだ」おもちゃを見ると、まさしく原子軌道に似せて組まれている。「実験室でしか作れない元素なんだよ」

「とても上手にできたね」

「ウェスリー、いわなきゃいけないことがあるの。パパ……は……けがをしたの。悲しいけど……亡くなったのよ」

「お医者に行ったの？」

「行ったわ、でもお医者さんは、パパを助けられなかった」ビバリーは涙をこらえ、小さな息子の肩にそっと腕を回した。

「そうなの。模型を完成させていい？」

ビバリーは笑ってうなずいた。「もちろん」額にキスをした。

「ここに座って見てても構わないかな？」わたしが訊いた。ウェスリーがうなずき、わたしはビバリーと一緒に座り、驚くほど複雑な模型作りにはげむ彼を見守った。

のちほどビバリーに別れを告げ、もし必要なことがあったら連絡して欲しいと伝えたが、してこないとわかっていた。わたしを見れば、愛する男性がいかにして自分から奪い去られたかを嫌でも思い出す。わたしが出した命令が、彼の死を招いた。ビバリーとは、二度と会わないだろう。

わたしが彼女に抱いた愛は、決して報われない。

喪失感とむなしい心を抱え〈スターゲイザー〉に戻ると、出航準備に入った。この船の艦長として、最後となる任務に向けて。


「フェイザー、エネルギーを充塡《じゅうてん》中です」ブラックがいった。「魚雷発射準備完了」

煙がブリッジに充満していた。ビュースクリーンに映る奇妙なくさび形の船が、本艦から弧を描いて離れていく。

「何者なんだ?」ブラックに聞いたが、返事はない。新任副長がわたしより事情に通じているとは期待しなかった。マクシア・ゼータ星系の星図を作成中、われわれは七番目の惑星を回る衛星のそばを航行していた。大きなクレーターを通りすぎたそのとき、突然攻撃を受けた。敵はクレーターの内側深くで待ち伏せしていたに違いない。鉱床をセンサーの盾にしたのだ。シールドはおろしてあり、最初の攻撃でインパルス・ドライブとシールド・ジェネレーターがやられた。二度目の攻撃で、消火システムを含む生命維持システムが破壊された。ブリッジに火災が発生した。

「旋回して、再攻撃に向かってきます」ブラックがいった。

「次に攻撃されればもちません、艦長」ビゴが告げる。敵がわれわれを撃沈するつもりなのは明らかだった。センサーが武器のロックオンを示している。あのロックをあざむかなくては……。

「コース七-七、マーク二〇にセット」このコースは敵の二、三百メートルまで接近する。経験豊富な船長には通用しない、危険な作戦だ。

「フェイザーを発射準備してロック。ワープ九にスタンバイ」まだこのポストについて間もない操舵士官のリー大尉が、指示に混乱を見せつつもコースを打ちこむ。ワープに飛びこむことで、敵船には本艦が一度に二ヶ所へ現れて見える。つかのま、相手の武器がこちらの直前にいた位置にロックされる。チャンスはわずか一秒……。

敵船が真っ正面を向いた。

「突っこめ！」相手の船がズームで迫る。船底がビュースクリーンいっぱいに映った。「撃て！」魚雷とフェイザーが敵のシールドを圧倒し、船体を切り裂く。爆発の連鎖が起き、そして相手の船は塵《ちり》と消えた。自分はついていた。敵のシールドが攻撃に耐える可能性は十二分にあり、そうすればわれわれはおしまいだった。だが、一難去ってまた一難、〈スターゲイザー〉は災厄に見舞われていた。

〝機関室からブリッジへ〟チェバからだ。最初の攻撃のあと、機関室と連絡がつかなくなり、様子を見にやっていた。〝システムを復旧できません。火災制御班の手に余ります。広がりすぎて、コントロール不可能〟

「生命維持システムは？」

〝完璧に焼き切れてます、艦長。修復不能です〟艦じゅうに火の手が広がり、生命維持システムが停止すれば、数分で空気がなくなる。

「スカリーはどこだ？」

〝スカリー機関主任は……亡くなりました、艦長。最初の攻撃で殺されました〟耳を疑った。スカリーはしぶとく死を欺き続け、〈スターゲイザー〉はわたしのというより、彼の船だった。彼が死んだ今、船も運命をともにしようとしている。たった今、残虐かつ非道な敵に襲われたばかりだ。近くに仲間がいるかもしれない。何よりもクルーの安全を確保すべきだった。

「総員、船を捨てろ」次にブリッジ・クルーを振り向いた。「自分の退避ステーションへ急げ」

　わたしは二十名のクルーとともに、シャトルに押しこまれた。チェバが操舵席につく。となりに座り、残りのシャトルが格納庫を離れるのをのぞき窓から見守った。

「わたしたちが最後です。発進準備完了」

「発進してくれ《メイク・イット・ソー》」このフレーズを使ったのは、初めてだ。わたしの最初の指揮官だったグレゴリー・クイン艦長の口癖だった。理由を理解するのに、一瞬しかかからなかった。

　船から飛びたち、シャトルクラフトと脱出ポッドの列に加わると、全機で隊形を組み〈スターゲイザー〉から離れていく。役目を終えたわが家を、しおしおとあとにする小隊。脱出前に、コースの当たりをつけて宇宙艦隊に救難信号を送っておいた。シャトルと脱出ポッドのクルーには、無線の使用を固く禁じる。実りのない行為なのはわかっていた——もし付近に敵船がいてわれわれを探しているとすれば、宇宙艦隊の救援が来るよりずっと前に見つかってしまうだろう。

　アイラットと医療部員は、三隻の医療用シャトルで負傷者の手当てにあたっていた。戦闘で、二十三名の犠牲者が出た——ブラックに記録をつけるよう念を押す。もしわれわれが生きのびれば、家族に伝えなければならない。彼らが死んだのはわたしの過失ゆえか？　つとめて考えないようにした。今考えるべきは、残ったクルーを生還させること。わたしはプロトコルに集中した。船を離れた日付と時間を記録しなくてはならない。艦長が自分の船を捨てるのは、宇宙艦隊の精査案件だった。

難破し、命の尽きた〝老嬢〟を振り返る。山ほどの思い出の源泉。ロートン、マザーラと彼の子どもたち……艦長に就任し、ウォーカーとジャックが船に乗り組み……ビバリー……。

感傷に浸っているひまはない。やるべきことがある。日誌を開いた。その時だった、日付に気づいたのは。

クイン艦長が「メイク・イット・ソー」というのを初めて聞いたときのことを思い出した。ミリカ三号星で、大使救助命令を与えられた、あのとき。わたしのキャリアの決定的瞬間として脳裏に刷りこまれている。無意識のうちに、自分の船を捨てるのも、そのひとつだとわかっていたに違いない。再び日付を見た。

二三五五年七月十三日。

わたしの五十回目の誕生日。そして、すべてを失った日だ。

編注12　祖先とはジョン・セジウィックを指す。コネチカット州コーンウォール・ホロウ出身のセジウィックは北軍の将軍として仕え、一八六四年スポットシルバニア・コートハウスの戦いにて戦死。南軍の射撃兵の配備を視察中、死の直前に発した「こんな距離では象にだって当たらない――」の文句が有名。

CHAPTER EIGHT

第八章

軍法会議の果てに
　——新世代との出会い

「これより、軍法会議を開廷する」ミラノ提督が宣言した。ミラノのほか、士官、大佐、提督の計六名が審議委員をつとめる。わたしは法務局（JAG）[編注13]の本部、ボーメナス棟の第三法廷で委員たちと向きあって座っていた。ミラノ提督がうなずくと、書記官がコンピューターを起動し、聞き覚えのある女性の声が、わたしに対する起訴状を読みあげる。

「罪名、業務上過失および職務怠慢。訴因、宇宙暦三三九九四・五、ジャン＝リュック・ピカード大佐は業務上過失および職務怠慢により、人命および〈U.S.S.スターゲイザーNCC-2893〉双方の損失を招き……」

かすみのかかった頭で、わたしは弁護人と席についていた。反対側には検事が陣取っている。この場のすべてが非現実的だった。わずか二ヶ月前、わたしは〈スターゲイザー〉の生き残ったクルーとともに、シャトルと脱出ポッドに分乗して宇宙を漂っていた。何週間も旅を続けたのち、医療船〈U.S.S.ケイン〉に拾われた。助けの神だった。ドクター・アイラットは負傷者の命をとりとめ、すばらしい仕事をしたが、多くの者がより本格的な治療を必要としていた。それ以外の者も、疲労と心的外傷後ストレス障害を患《わずら》っていた。

地球にたどりつくと、〈ケイン〉は軌道を回るドックに入った。わたしは宇宙艦隊本部から任務報告の要請を受けとった。船を離れようというとき、〈スターゲイザー〉の生存者が大勢、エアロックそばの通路につめかけた。一団の先頭には、チェバ、アイラット、ビゴとブラックの姿があった。

「すべて順調か?」

「はい、艦長」ブラックがいった。「ただ、クルーみんなでお別れをいいたくて」

任務の移ろいやすさを思えば、二度と再び顔を合わせない可能性が大だと思いあたったのだろう。遅まきながら、わたしも気がついた。

「いつかもう一度、ご一緒に仕事をしたいです」チェバが声を上げる。

「わたしもそう願うよ」そう返事をし、一同と向きあった。「艦長、あなたは命の恩人です」ビゴがいった。

「それは違う。われわれの命は、誰にも予想がつかないほど長い年月守ってくれた船と、身を挺《てい》してわれわれを救ったクルーに負っている。これから先は、われわれが、そして彼らが今までやってきたように、誠意と誇りをもって任務にあたり、仲間のクルーと〝老嬢〟の記憶を風化させないことがつとめとなる」

「そうだ、その通り!」ブラックが叫び、残りが続いて拍手喝采《かっさい》した。わたしは皆に笑顔を向け、手を振って別れを告げながら、次に会うのはいつだろうと考えた。一部とは、予想よりも早く再会を果たした。

わたしはクイン提督のオフィスに出頭を命じられた。会うのが楽しみだった。クインは今や、宇宙艦隊の業務サポート部門を統括している。オフィスに着いたとき、彼はひとりではなかった。「ジャン＝リュック、ひさしぶりだな。無傷で戻ってくれてうれしいよ」紹介しようと客を振り返る。わたしはあまりに驚き、旧知の仲なのをいい損ねた。「こちらは法務局のフィリッパ・ルボア中佐だ」

ルボアとは、二十五年以上会っていない。髪はショートにしていたが、それ以外はアカデミー時代とほとんど変わらなかった。より純粋だった頃の懐かしさがこみあげる。あいさつしようと近づくと、氷の壁にぶつかった。

「ピカード大佐とは、アカデミー時代の知りあいです」フィリッパの意図は、テレパスもかくやというほど伝わってきた。ふたりの過去をクインに教えるつもりはない。わたしは引き下がった。彼女の立場を尊重するのにやぶさかではなかった。

「また会えてうれしいよ、中佐」たとえ提督がふたりの間に何かを感じとったとしても、おくびにも出さなかった。座るように手振りで示す。わたしはフィリッパのとなりに座り、提督は机の後ろに回った。

「大佐、ルボア中佐は〈スターゲイザー〉の損失に関し、法務局が軍法会議にかけると知らせにきたんだ」

「罪状は何ですか?」

「まだ何とも」フィリッパがいった。「所定の手続きに従ったまでよ。宇宙船が損失したとき、軍法会議にかけるのはごく通常の手続きです。わたしの予備調査では、めぼしい罪状は何も出ていません。今のところは」

「君の予備調査?」

「そう、わたしがこの件の検事を担当しています。あとで局の者があなたの弁護人に指名され次第、連絡を入れるわ。さて、失礼させていただけるかしら、ほかに約束がありますので」フィリッパが立ちあがり、部屋を出ていった。

「ジャン=リュック」クインがいった。「君の報告書を読んだ。心配することは何もなさそうだ。中佐はただ、自分の仕事をしているだけさ」

ふたりの過去について彼に告白しようか迷い、フィリッパが昔の恨みで動いているのかと考えたが、ばかげていたし、いえば彼女の動機を不当に非難したように映るはずで、それで口をつぐんだままにした。

クイン提督から夕食に誘われたが、断った。サンフランシスコに宿舎をあてがわれたのでそこへ引きあげ、ひと晩自分の置かれた状況について検討する。軍法会議? そんな可能性は考えたことがなかった。失ったクルーと船を、ずっと悼《いた》んできた。そして今はフィリッパを気にかけている。われわれは短い間つきあった。わたしを訴追するのはそのためだろうか。復讐の機会を狙っていた？　ちょっと想像できない。

うつうつとした考えは、ドアベルの音で中断された。扉を開けると、宇宙艦隊の少佐が立っている。三十代、太りじしで頭が禿げていたが、なんとなく見覚えがあった。ブリーフケースを提げている。

「どうも、ピカード大佐」

「どうも」面識があるような気がしたが、どこで会ったのかわからない。相手はわたしがまごついているのに気づいた。

「失礼しました、アンソニー・マザーラ少佐です。最後にお会いしてからずいぶん変わりましたよね」

狐《きつね》につままれたみたいだ。十七歳で彼が〈スターゲイザー〉を離れて以来、アンソニーとは会っていない。クイン提督のオフィスでフィリッパと再会し、アンソニーが玄関先に現れたとなれば、「人を呪わば穴ふたつ」を地で行くようなものだ。ここで何をしているのかいろいろ問いただしたかったが、自分の好奇心を満たすには、そのときあまりにたくさんのことが心中を渦巻いていた。

「アンソニー、会えてうれしいよ。だが実に間の悪いときに来てくれた……」

「またもや失礼、社交的な用事で訪ねたのではありません。法務局のオフィスに、あなたの弁護人として指名されました」

「君が指名された……」

「はい、連絡が悪くてすみません。入ってもよろしいでしょうか？」

ややぼう然としながら、手招きして中に入れた。たちの悪い冗談に思えたが、生身の人間でこれを面白がれる者はいない。ほかにどうしようもなく、一緒の席についた。

「君は弁護士なのか？」

「はい。ＪＡＧに七年間います。全力であなたの力になりますよ」

わたしはフィリッパを知っていた。そして彼のことも知っている。彼女はアンソニーを生きたまま食べてしまうだろう。

「すごい偶然じゃないか、君が指名されるなんて」

「実をいいますと、あなたが軍法会議にかけられると聞いて、弁護人に立候補したんです」

「本当かい？　なぜだね？」

「まだ、卵の償《つぐな》いがすんでないように思えましてして」

わたしは笑わずにいられなかった。この状況のばかばかしさを受け入れるよりほかに、選択の余地はなかった。

「わかったよ、ミスター・マザーラ。どうすればいいか教えてくれ」


次の二週間、アンソニーは〈スターゲイザー〉でわたしが果たした任務について、また脱出劇につながる特定の出来事について質問した。はじめはアンソニー・マザーラが弁護することに抵抗があったかもしれないが、そんな心配はすぐに消えた。彼は〈スターゲイザー〉で育ち、あの船で任務につき、指揮をする特有の難しさを知っていた。説明しなくてすむことがたくさんあった。ずいぶんと時間の節約になった。そして、話に共感してくれる聞き手を得たように感じた。

だが裁判の日が近づくにつれ、フィリッパが心配の種になってきた。アンソニーは彼女を知っており、これほど訴追に血眼《ちまなこ》の彼女を、法務局の職員は見たことがないという。裁判の前日、浮かない顔のマザーラが宿舎を訪ね、心配は確信に変わった。

「中佐はあなたを業務上過失および職務怠慢で起訴するつもりです」

「根拠は何だ？」

「それは知りません。中佐はわたしと同じ証拠を持っています。彼女に勝ち目があるとは思えません」

翌朝アンソニーと法廷で落ちあい、中に入ろうとすると、フィリッパがやってくるのが見えた。わたしはアンソニーに彼女とふたりきりで話したいと頼んだ。

「あなたの弁護人として、断固反対です」

「大丈夫だ」

「発言に気をつけてくださいよ」アンソニーが中に入る。わたしは法廷に着く前のルボアを捕まえた。

「ちょっといいかい？」

「それはいい考えじゃないわね」

「フィリッパ、何でこんな真似をするんだ?」

「わたしは自分の仕事をやっているだけよ。あなたが誰にわたしたちのことをいったのか知らないけど……」

「誰にもいってないよ……」

「あなたが話そうと話してなかろうと、昔の恋人にわたしが甘い顔をしてると思わせるわけにはいかないの。さあ、失礼させてもらうわ」脇を抜けて法廷に入っていく。フィリッパがまだ、わたしを気にかけているのがわかった。だが自分は仕事に感情を持ちこむ人間ではないと証明するつもりでいる。法廷の中に入りながら、これは一筋縄ではいくまいと覚悟した。


起訴状を読みあげたあと、フィリッパが最初の証人を呼んだ。

「記録のため、名前と階級を述べてください」

「わたしの正式な名前は、ツェリ・チェバプラバダムロング、少佐です。短く〝チェバ〟で通していますが」証言台に立ったチェバは、神経質になっていた。自分の証言がわたしを追いつめないかを心配している。フィリッパがチェバに、わたしに仕えて何年になるか一般的な質問をたずね、それから船の放棄を命じるに至った経緯について、的をしぼりはじめた。

「本艦は壊滅的な損害を受けました。インパルス・ドライブは操作不能、シールド・ジェネレーターが破壊され、生命維持システムは焼き切れて火災消火システムも停止、そのほかもろもろありました」

「それは甚大な被害ですね」

「シールドを解いていたときに攻撃されたんです」

「オペレーション士官として、〈スターゲイザー〉のメンテナンス作業がスケジュール通りに行われているのを確認するのも、業務の一貫ですか?」

「はい」

「それで、行われたのですか?」

「はい?」

「〈スターゲイザー〉は宇宙艦隊メンテナンスのスケジュールを厳守しましたか?」

「いいえ……」委員たちはこの返答に驚いたようだが、わたしは彼女が何というかわかっていた。

「〈スターゲイザー〉は船齢六十歳以上です。宇宙艦隊のメンテナンス・スケジュールでは追いつかず、艦長は機関主任にもっとひんぱんなスケジュールを作らせました」

「ありがとう、少佐。質問は以上です」委員と違い、フィリッパはチェバの答えに驚かなかった。予測したどころか、欲しかった答えとみえる。アンソニーが尋問する番だった。

「チェバ少佐。あなたの意見では、宇宙に出た経験がある士官として、ピカード大佐が〈スターゲイザー〉の損害に直接責任があると特定するような行為がありましたか?」

「まったくありません。事実、生き残ったクルーはピカード艦長のおかげで命拾いしたんです」

「ありがとう、少佐。質問を終わります」

次の二日間、フィリッパはほかのクルーを尋問していった。誰もがチェバの状況説明を裏づける証言をした。だがフィリッパは毎回、業務の一面を突いて、〈スターゲイザー〉のような老朽艦につとめる難しさを吐露《とろ》させた。彼女はよく調べあげていた。ブラックには、わたしの指揮で初めて〈スターゲイザー〉を出航させた日、スカリーが操舵コンソールの修理をしていた様子を詳しく述べさせた。ビゴは大失敗に終わったカーデシア艦との遭遇について証言した。ドクター・アイラットは、船がしょっちゅう故障の瀬戸際にいたために、クルーが絶えず深刻なストレスにさらされていたことを説明した。そのたびにアンソニーが、船の上げた業績に重点を置く反対尋問をした。二日目の終わりに、フィリッパが最後の証人を呼んだ。

「検察側は、ジャン＝リュック・ピカード大佐を証人に呼びます」

アンソニーが即座に反対する。

「異議あり、裁判長。宇宙艦隊法および惑星連邦法は、ピカード大佐が自身を被告人とする裁判の証人として証言する必要はないと、明確に定めています」

「検察側はそれを認めます。ピカード大佐には却下する自由があります」

「依頼人と相談する時間をください」アンソニーはわたしに顔を近づけ、声をひそめた。「証言の必要はありません。証人台に立たなければ裁判は棄却になるはずです。彼女は業務上過失および職務怠慢を立証するには至ってません」

「わたしに立証させようとしているのだな」アンソニーがうなずいた。フィリッパを見ると、テーブルの後ろから挑戦的な目線を返してきた。次に、審議委員たちの顔色をうかがう。男も女も無表情で、考えが読めない。もし証人に立たなければ、何か隠しているような印象を受ける大佐や提督もいるだろう。フィリッパはわたしが面子をいかに重んじるか知っていて、そのために自分をあやうい立場に追いやるだろうと踏んだ。そして、もちろん、彼女は正しい。わたしに選択の余地はなかった。立ちあがり、証人台まで歩く。フィリッパが微笑んだ。


「……そこで相手の懐《ふところ》まで飛びこんで、武器を一斉に撃ちこみました」フィリッパはわたしに戦闘の模様を説明させたが、ほかの証人と似たり寄ったりの内容に終わった。

「巧みな戦術でしたね。おたずねしますが、敵があなたの船に与えた損害に驚きましたか？」

「いいえ。シールドをおろしてあり、〈スターゲイザー〉の年季を考えれば……」

「そんなにたやすく損害を受けたのは、船齢が理由でしょうか？」

「確実なことは……」

「宇宙艦隊の艦船の平均寿命をご存じですか、大佐？」

「知りません」

フィリッパがすかさず、ＰＡＤＤを手にして歩いてきた。「宇宙艦隊側証拠品その二、宇宙艦船目録を提出します」わたしにPADDを手渡す。画面上に、現在就役中のあらゆる種類の艦隊艦船が、船齢とともに表示されていた。

「艦隊所有の全艦船の平均船齢をいってください、大佐」リストの末尾に平均船齢の計算結果が出ている。

「十六・二歳」

「そして先ほど証言したように、〈スターゲイザー〉は六十歳超。それは合っていますか？」

「はい、正確には六十三・七歳です」

「どうも。〈スターゲイザー〉は現役としては歳をとりすぎているとみなしたことは？」

「それはわたしの決めることではありません」だがフィリッパがどこに向かっているのか、見当がつきはじめた。

「〈スターゲイザー〉の退役を幕僚に進言しようと考えたことがありますか？」

「ありません」

「なぜですか？　もしあなたが証言したように船齢が障害となっていたのなら、通常のメンテナンス・スケジュールよりもひんぱんなものを要求したのなら、クルーに過度のストレスを強《し》いていたならば、そして攻撃を受けるたびに壊滅的な損害を被《こうむ》りやすくなったならば、この船は安全ではないと宇宙艦隊に知らせるのが、あなたの義務ではありませんか？」

わたしは審議委員を一瞥《いちべつ》した。不愉快そうな顔をしている。そのうちのひとり、ドハーティ提督が欲求不満から小さくかぶりを振った。フィリッパの攻撃は効き目がありそうだった。振り返ると、わたしの答えを待っている。彼女はわたしの弱点を知っていた。もし〈スターゲイザー〉が任務に適さないと艦隊に報告すれば、指揮官の座を失う可能性があり、代わりの船の保証もない。そしてたぶん、そのプライドと野心から、クルーに迫る危険に目が向かなかった。

「証人は質問に答えてください」フィリッパがうながす。

「わたしの義務だったかもしれません」

「質問を終わります」フィリッパが着席した。

審議委員の代表、ミラノ提督がアンソニーを向いた。だがアンソニーは注意を払っていなかった。自分のPADDに向かって一心不乱にタイプしている。

「弁護人」やや気色ばみ、ミラノがたずねた。「証人に質問はありますか?」

「ありません」作業中の画面から顔を上げずに、アンソニーが答えた。フィリッパが顔に驚きの色を浮かべる。

「被告人は下がってよろしい」わたしは下がり、アンソニーに合流した。「検察側はほかに呼びたい証人はいますか?」

「いいえ」フィリッパがいった。「これですべてです」

「弁護側に異議がなければ、法廷は明日までの休廷とする。次回は弁護側の証人を呼ぶように」

「待ってください、裁判長」アンソニーがPADDから顔を上げた。「弁護側は、すべての罪状と訴因の棄却を提案します。検察側は業務上過失および職務怠慢の立件に失敗しました」

「異議あり、裁判長。ピカード大佐が船の現状を無視し、クルーの命を不必要に危険にさらしたことを立証しました」

「実のところ、立証していません。ピカード大佐は船の状態を無視しませんでした。適切に動くよう入念に手入れをしています。そして残虐非道な攻撃を受けるまで、二十年間順調に任務を遂行していました。検察側はクルーの一員として一度も任務についたことがなく、艦船が宇宙に出られる状態にあるかどうか、理解しません。任務上、艦長がやりくりでしのぐしかない場面は、歴史上の先人たちも被告人と同様に遭遇しています」

「歴史上の先人たちとは？」フィリッパが食いさがる。

「たった今、記録を検索したところです」アンソニーがＰＡＤＤを掲げた。「宇宙艦隊史上、司令部に自身の船を任務から外すよう進言した艦長はひとりもいません。これを弁護側証拠品その一として提出します」アンソニーはミラノにＰＡＤＤを持っていった。そのあと、委員たちの前に立つ。

「ピカード大佐は過去一度も、船の状態を司令部から隠したことはありません。メンテナンスと修理の報告をする際は、〈スターゲイザー〉の欠点を細大漏らさず挙げています。大佐は自分に与えられた仕事をしました。船を任務から外すかどうかの判断は、司令部に委ねられていました。船の指揮官ではありません」

「委員会は弁護側の動議を検討する」ミラノ提督がいった。「当法廷は明日まで休廷」

　フィリッパはいきりたった様子で裁判所を出ていった。わたしはアンソニーを振り向いた。

「これがうまくいくかわからないぞ。中佐はかなり点を稼いでいた」

「彼らにとっては違います」アンソニーは部屋からぞろぞろと出ていく委員たちを指さした。「あの人たちの顔を見ましたか？」

「ああ。怒っていた」

「中佐にね、あなたにではありません。士官たちのほとんど全員が船の指揮をとったことがあり、全員が一度や二度は、標準以下の設備で我慢した経験があります。誰だって、ルボアがあなたに押しつけようとしているノルマを適用されたくはありませんよ」

アンソニーの指摘を考えてみた。フィリッパの主張が、わたしにひと泡吹かせたのは事実だ。だがこの男の熱心な弁護ぶりには敬服した。

「夕食はいかがですか」アンソニーが誘った。

「いいね、卵料理が食べたい気分だ」

わたしを見て、アンソニーが笑った。


「おめでとう、ジャン＝リュック」クイン提督がいった。三日後、わたしは提督のオフィスに舞い戻った。二日前に審議委員会はアンソニーの動議を承認し、起訴を棄却してわたしの無実を確定した。わたしはフィリッパに声をかけようとしたが、閉廷になるなりそそくさと出ていった。わたしの無罪放免は、結果として彼女にも影響を与えた。

「検事が辞任したと知って、うれしいだろうね」クインがいった。

「ええ？　なぜですか？」

「法務総監はルボア中佐の訴追をはじめから攻撃的すぎると考えたが、中佐は上司の忠告に逆らって、遮二無二《しゃにむに》押しとおした。審議委員会が中佐に反対した事実が上司の心証を決定づけ、そのため中佐は懲戒を受けた。彼女はその場で辞めたよ」

それは不運なてんまつだった。フィリッパが断固としてわたしを軍法会議にかけたがった動機は定かではない。浮ついたうぬぼれで、失恋を埋めあわせようとしたんだと思いたがったが、真相は、単に勝つのが好きだったのだろう。それが彼女のキャリアを終えることになったと聞いて、残念に思った。

「これで、晴れて君は自由の身だな。君のプランは？」

「そうですね、新しい艦長席につければと」

「率直にいおう、わが友よ。それは当分無理だ」

「なぜですか？」

「フィリッパのパンチが効いたんだ、主に司令部に対してね。〈スターゲイザー〉の現役期間を引きのばしすぎたとあてこすり、われわれを悪者にした。艦隊は徹底的な再評価に着手したよ。多くの船を退役させ、新造船を就航させる。君にはしばらくデスクワークをしてもらう」

これはわたしの聞きたい答えとはかけ離れており、また提督が一番肝心な事実を避けたのも承知していた。わたしは船を失った。宇宙艦隊はいまだに旧態依然としたところがままあり、状況のいかんを問わず、船の損失はほめられたものではない。それはまた、当分昇進がお預けになることも意味した。

「わかりました。あなたのお考えは?」

「もしわたしの下で働くなら、ブリッジに戻してやると約束する。それも、君にふさわしい船にだ、保証しよう」

「あなたと一緒に働ければ光栄です、提督」握手を交わすと、提督は秘書《ヨーマン》にオフィスへ案内させた。ハンソン提督の参謀時代の部屋とよく似ていたが、あのときの任務と違い、オフィスの椅子を温めるひまはなかった。

クイン提督はデスクワークといったが、彼と司令部は造船やアップグレード、人事問題の様々な問題を抱えており、宇宙基地や造船所にわたしを派遣して、それらに当たらせようとした。だが発《た》つ前に、二、三やり残した大事な用件を片づけなければならない。

クイン提督をせっついて、〈スターゲイザー〉の男女クルーが艦隊じゅうの主要な地位につけるように手を回してもらった。わたしに二十年間仕えたチェバは、自ら指揮をとるべき頃合いで、クインは彼女に〈U.S.S.ルーズベルト〉の艦長席を与えた。皮肉なことに、彼女に船をみつくろうほうが、自分にあてがうよりうんと簡単だった。ブラックもまた、自分の船を持つに値し、クインの肝いりで、科学船〈U.S.S.ボーンステル〉の指揮官となった。ドクター・アイラットは宇宙艦隊を休職したが、もしわたしが再び指揮をとることがあれば、復帰を約束させた。ほかのクルーにもそれぞれポストを見つけてやると、やっと肩の荷がおりた。わたしの苦しい立場にかかわらず、クルーは同じ憂《う》き目に遭わずにすんだ。

ほどなくして、クイン提督から特別任務の説明を受けた。われわれ業務部門は宇宙艦隊戦術部と協力し、指令があり次第ただちにセクター〇〇三付近で攻撃部隊を組めるように、船と人員を配置する。クインは理由を完全には教えてくれなかった。それは旅の最終目的地である第三宇宙基地に着くのを待たねばならない。わたしは何も聞かず、秘密主義を受け入れた。当該セクターの主要文明――テラー、ベガ・コロニー、デノビュラ・トライアクサ――については何の知識も持たず、そのうちのどれかが脅威になっているのだろうと推測した。

最初の航程はごく短く、火星の軌道上にあるユートピア・プラニシア造船所が目的地だった。シャトルを徴用して自ら駆る。旅は一時間に満たなかったが、再び船を操舵できるのは楽しかった。火星に入ると、赤い惑星の上に蜘蛛《くも》の巣状に配置されたドライドックを視察して回り、行楽気分を味わった。多種多様な船が様々な建造段階にいる。わたしには訪ねるべき特定の船があり、その座標を目指した。それは、宇宙艦隊が開発した新しいクラスの一隻目で、まだ建造中だった。艦長と機関主任の尻をたたき、来《きた》る任務に投入できるよう急がせるのが、わたしの役目だ。だが近づくにつれ、それは無理な相談だとわかった。円盤部はまだただの骨組みにすぎない。それでもクインが計画促進のためにわたしを送りこんだ以上、やるしかない。ドライドックのオペレーション・センターにシャトルをつける許可を受け、艇を降りる。

オペレーション・センターは活気があって騒々しく、船体で作業している各宇宙船のクルー全チームが、大型の窓から監視されていた。ふたりの人物が、声をかけてきた。白髪の大佐と、若い女性だ。

「わが艦へようこそ、ピカード大佐」大佐がいった。「わたしはトム・ハロウェイ、こちらは機関主任のサラ・マクドゥーガルです」ハロウェイは、建造中の船の指揮官だ。「中を見学されますか？」

「それはすばらしいな」

「彼は見学なんてしたくないのよ、トム」マクドゥーガルがいった。「どうしてこんなに遅れているのか見に来たんだわ」

かなり無礼な態度ではあったが、ずばりいってもらって助かった。

「その、クイン提督はスケジュールの最新版を知りたがっています」

「あのくそホロデッキのせいよ。一台でもまともに動かすのは至難の業《わざ》なのに、七台ですって」

「ホロデッキ？　ホロデッキって？」

「ああ、しまった。あなた、許可は受けているの？」

「なんてこったサラ、やってくれたな」ハロウェイがあわてたふりをする。明らかにサラをからかって楽しんでいた。

「わたしはレベル十の情報アクセス権を持っています。で、ホロデッキとは？」

「お見せしましょう」ハロウェイがマクドゥーガルを向いた。「見学ルートに入ってるよ」

オペレーション・センターから連れ出され、ドッキング・トンネルを抜けて、係留中のサポート船へ向かう。通路を通り、大きなハッチ脇のコントロールパネルの前に来た。

「このホロ専用船は、宇宙空間でホロデッキをテストするため特別にデザインされました」マクドゥーガルが説明する。

「まだわからない……」

「あなたはパリ出身ですね、ジャン＝リュック？」ハロウェイがたずねた。

「正確には、ラバールという小さな村だ」こんなときに聞くには妙な質問だった。

「メモリーバンクに入ってるかわからないが、やってみましょう」ハロウェイがコンピューター・パネルにかがみこむ。「コンピューター。場所、地球、フランス、ラバール、ピカード家。秋晴れの午後」何がはじまるのか、見当もつかない。

「プログラム完了」コンピューターがいい、ハロウェイがハッチに案内する。自動で開いた。

わたしは、あやうく失神しかけた。

子ども時代の家に立っていた。正面玄関の脇に、大きな木製のワイン樽《たる》がある。そよ風をかすかに感じ、発酵したブドウのにおいが漂ってくる。あり得ない。わたしは実家のワイン農園全体を見渡していた――船そのものより広い面積なのに。かがんで、足もとの砂利石をつかむ。立ちあがって手からこぼした。本物だ。自宅に戻っていた。ロベールが歩いてくるのを、なかば期待した。

そして、そうなった。

ワインじみだらけのエプロンを着けたロベールが、納屋から出てきた。汚れた布で手をぬぐっている。コンピューター・シミュレーションだとわかっていても、いまだに思わず身構えてしまう。彼がにっこり笑うまでは。

「やあ。わがあばら屋へようこそ」

手を伸ばして、そっと彼の肩に触れる。兄は、そこにいた。ホログラムではなかった。

「大丈夫かね？」彼がたずねた。

「コンピューター、プログラムをフリーズ」ハロウェイがいった。まのぬけた不自然な笑顔を浮かべたまま、ロベールが凍りつく。「上出来でしょう？」振り返ると、船の通路に向かう扉のそばにアーチ型の通用口があり、ハロウェイとマクドゥーガルが立っていたが、その姿は村へ続く道の風景でぼんやりかすんでいた。

「信じられない。どうやって……？」

「植物や建物のような比較的シンプルな形状は、転送機とレプリケーター・テクノロジーを組みあわせて造りだし、人間と動物はホログラムとフォース・フィールドで再現しています」ふいに、風景が消えた。消えるにつれ、壁が迫ってくるようだった。ワイン農園と地平線は、すべてまぼろしだった。今では全面を黄色い線でマス目に区切った、大きなブラックボックスに立っていた。

マクドゥーガルが、アーチ型の通用口に設置されたコントロールパネルに向かう。

「またショートした。これがわたしたちの遅れている理由よ。このホロデッキは、実際にはドライドック経由で〈エンタープライズ〉のパワー・グリッドにつながっているんだけど、負荷がかかりっぱなしになるの」

「解決するさ」ハロウェイがいった。「でもあなたから、時間がかかるとクイン提督に報告してください」

「わかりました」わたしはまだ今しがたの経験と、それが宇宙船の運航に与える影響を考えていた。このような発明品は、とてつもない利用価値がある。上陸休暇の必要性を軽減し、また、トレーニングと技術的なシミュレーションを何度でも提供できる。

「里帰りを満喫されました？」ハロウェイがたずねた。

「ええ、すばらしかった」ここで本音をいう必要はまったくないと、正しく判断した。二度と再びホロデッキを使って家には帰るまい。それでも、完成すれば、〈エンタープライズ〉はたいした宇宙船になるだろう。


わたしは〈U.S.S.サラトガ〉の乗客となって、ユートピア・プラニシアから離れた。ストーリルというバルカン人が艦長をつとめる小さな宇宙船で、〈リライアント〉をほうふつさせる。〈サラトガ〉で第二宇宙基地まで行き、そこからほかの移動手段で第三宇宙基地へ向かう。

船に子どもが乗っているのを見かけ、驚いた。二、三名の士官とクルーが、家族を連れて乗り組んでいる。ある晩、ストーリル艦長から船室での夕食に招待された。わたしたちはベジタリアンの食事をとり、おおむね無言だったが、その件について訊いてみることにした。

「家族を乗せるかどうかの判断は、宇宙艦隊のポリシーとして艦長に委ねられています。論理的な処置ですよ。宇宙艦隊の乗組員が家族を持とうと決めた場合、離れて暮らすより、もっと効率的に任務を遂行できるでしょう」

「でも、子どもたちは邪魔ではありませんか？」

「規則をきちんと守らせれば、子どもは従います」これについては議論を進められなかったが、そこまで苦行に耐える自分を想像もできなかった。

わたしは再び船で過ごす生活に戻るのを楽しみにしていたが、〈サラトガ〉で過ごした週は、くつろぐどころではなかった。最初の二日間は落ち着かなくて眠れなかった。起きあがって運動すれば気分がほぐれるかと思い、通路をさまよった。これは効き目がなく、三日目にはぐったりした。何が問題なのか、理解できなかった。成人後はずっと船の上で過ごし、睡眠障害にあったことはない。だがベッドに横たわるたび、変に落ち着かず、危険が迫っているという印象を受けた。ベッドから起き出して何時間も舷窓の外を眺め、船の安全を脅かす敵船か、未知の異常事態を見つけられないかと目をこらす。見えるのは、星だけだった。とうとうこの感情は、それが何であれ、根拠がなく、かといってふり払いもできないと結論づけた。

四日目の晩に限界が来て、入眠剤でももらえればと、医療室に行った。そこにはせいぜい二十歳そこそこの、若い女性士官候補生がひとりいるだけで、あとは無人だった。士官候補生の制服を着たこの女性が医者だとは信じ難かったが、何につけ決めつけるべきではないと学んでいた。

「どうしました、大佐？」

「うん、眠れなくてね。何かくれないかな」

「わたしは薬の処方を許されていません。〈サラトガ〉の医療スタッフは人手不足で、夜のシフトに駆り出されたんですが、もし必要ならば医者をひとり起こすことになっています」

「いや、それにはおよばない……」

「ずいぶん不安そうですね」このちょっとした洞察は、わたしを驚かせた。そのとき、彼女の漆黒の瞳に気がついた。

「君は、ベタゾイドか？」ベタゾイドは生まれついてのテレパスだ。この女性はわたしの心を読んでいるのかもしれない。

「半ベタゾイドです、母方がそうでして」手を差し出した。「ディアナ・トロイ」

「ジャン＝リュック・ピカードだ」彼女の手を握る。「〈サラトガ〉でアカデミーの単位を消化しているのかい？」

「はい。宇宙艦隊が新設した艦内カウンセラー・プログラムでトレーニング中です」

風の噂《うわさ》では聞いていた。大型の宇宙船では船医とは別に、訓練を積んだ精神分析医を乗艦させるほうが好ましいと、艦隊が決定を下した。

「そうか、がんばってくれ」突然、部屋を出たいという強い衝動を覚えた。頭の中を見透かされるなんてたまるか。扉へ向かう。

「寝つけないのは、不安と関係があると思います」

「士官候補生に精神分析してもらう必要はない」不必要に鋭い口調になり、すぐに後悔した。

「すみません、大佐。詮索するつもりでは」

「いや、いや。わたしが悪かった」わたしはその場に立っていた。出ていきたかったが、この若い女性の何かが気持ちを静め、引きとめられた。

「しばらく座りませんか?」トロイはバイオベッド脇の小さなテーブルに腰かけた。わたしは躊《ちゅう》躇《ちょ》して、理由はわからぬままに相席した。しばらく黙って座っていた。

「どうしてわたしが不安を抱えているとわかった? 心を読んだのか?」

「わたしは本当のテレパスではありません。父は地球人でした。でも強い感情は読めます。不安の原因に心あたりは?」

「いや」

「そうですか」トロイはしばらくわたしを見つめた。「宇宙船に乗ったのはこれが初めてですか?」

「いやまさか。〈スターゲイザー〉の艦長として二十年間つとめたばかりだ」

「なるほど。なぜ辞めようとお決めに?」

「辞めようと決めたわけではない。攻撃で船が使用不能になり、放棄しなければならなくなった」

「それは遺憾ですね」心から悲しそうだった。「クルーを失ったんですか?」

「ああ」わたしが遺棄したあの船で死んだ者たちの面影が、目の前に浮かぶ。眠りを妨げているものの正体に、突然合点がいった。この船に乗ったために、殉死した〈スターゲイザー〉の部下を思い起こしたのだ。わたしの心はそれを押しやろうとした。だがそれらは〝差し迫った危険〟として、片隅にひそんでいた。

「悲惨な出来事でしたね。あなたにとって、その人たちが大きな意味を持っていたのを感じます」この女性がわたしの感情を逆なでするのがいとわしかった。逃げ出したかったができない。どういうわけか、そもそも彼女と座ることによって、わたしは彼女が詮索することに同意していた。トロイの質問は心を乱したが、それを欲してもいた。

トロイは時間を置いた。たったの数秒だったに違いないが、もっと長く感じた。

「〈サラトガ〉にいることで、彼らの死を思い出すような気がしますか？」

答えなかった。できなかった。だが彼女は適切に、それを肯定だと読みとった。

「珍しくはありません。トラウマとなる出来事を、ほかの人々を差しおいて自分が生きのびたことで、何か悪いことをしたように感じる人もいます」

「わたしは艦長だった。彼らを守るのがつとめだった」

「あなたは艦長だった。そしてただの人間でもあります。あなたにはどうにもできない状況だってあります」わたしたちは再び、しばらく無言で座っていた。最初にとらわれていた感情から、わたしは解放された。もう立ちあがれるとわかっていた。だが今度はそうしたいのか定かでない。

「どうしたらいい？」

「あなたの内なる声が、記憶を避けろといっている。でも別の一部では思い出したい。とても大切な人々だった。そちらの声に、耳を傾けるべきだと思います」

わたしはうなずいて、立ちあがった。

「ありがとう、士官候補生」彼女は微笑み、わたしは医療室を出ていった。

自分の部屋に戻り、横になった。死んだ友人、スカリーを思う。〈スターゲイザー〉のブリッジで操舵コントロールに潜りこみ、船が宇宙ドックを出航できるように再接続しようとしていた。わたしは悲しい笑みを浮かべ、眠りに落ちた。

二、三週間後、旅の最後の航程を終え、第三宇宙基地へ到着した。宇宙艦隊の前哨基地では一番の古株で、バーナード星を公転しているふたつのMクラスの惑星のうち、小さいほうに建設された宇宙ステーションだ。宇宙艦隊が地球を拠点に発足した組織である事実を反映し、人間が懐かしさを覚えるような建築スタイルで建てられている。当時の宇宙旅行はもっと時間がかかり、初期の宇宙基地プログラムの設計士は、そこに配属された人員が故郷にいるような感覚を持てるように心を砕いた。それは効果があった。人事の本部棟に転送されたとき、地球のデンバーに着いたのかと思った。もっとも、空はオレンジ色だったが。

秘書《ヨーマン》が棟から出てきてあいさつし、人事部のオフィスに案内してくれた。机に座る男はわたしと同年代で、白髪まじりのひげを蓄えている。立ちあがってあいさつした。

「会えてうれしいよ、ジャン＝リュック」レイトン提督がいった。「ひさしぶりだな」

「惑星連邦法初級クラス、ですね？」レイトンが笑った。あのクラスのあと、アカデミーで彼を見かけたことがあるが、卒業後は会っていなかった。最近提督に昇進し、このポストを与えられた。彼にはふさわしい地位だが、古い知己と旧交を温めるとしばしば覚える、自分のキャリアが滞《とどこお》っているような感覚に襲われた。

秘書に席を外させ、このセクターへ船を動かす下準備について、レイトンに報告する。わたしのもたらした知らせは、彼の聞きたいものではなかった。

「現時点で十五隻の宇宙船が準備できている。それだけかね？」

「もう二十隻、あと三週間で配備できます」だが、これでも彼の気分は晴れなかった。「もし目的を教えてもらえれば……」

「ずっと伏せていて悪かった、ジャン＝リュック」レイトンが胸のコミュニケーターをたたく。「レイトンからデータ大尉、オフィスに来てくれ」

〝了解〟声がした。少しのち、今まで見たことのない種族の宇宙艦隊大尉が現れた。一見、地球人のようだが、白みがかった黄金色の肌と、黄色い目をしている。大尉の表情は快くもあり、超然ともしていた。

「データ大尉です」

「ジャン＝リュック・ピカード大佐だ」わたしは手を差しのべた。奇妙な間があき、大尉がしげしげと手を眺め、それから握った。彼の感触にはどこか非有機的で強制されたところがあり、人間の握手の巧みな物真似のようだった。そのとき、彼が何者か、ピンときた。

「君はアンドロイドだな」言葉がひとりでに口をついた。

「そうです」データ大尉がいった。著名なサイバネティックス工学者ヌニエン・スン博士によって作られたアンドロイドが、宇宙艦隊アカデミーを卒業したのは周知の事実だったが、それと対面する心の準備は露ほどもできておらず、無礼だったとすぐに悟る。

「〝アンドロイド〟なんて呼んで失礼した」

「ちっとも気にしていません。宇宙艦隊唯一のアンドロイドですから、わたしを〝アンドロイド〟と呼ぶのは適切な呼称です」

「大尉、ピカード艦長に任務にまつわる状況を説明してくれ」

「はい、提督」データは壁にかかる大型のコンピューター・インターフェイスに歩いていった。とある惑星の画像を表示する。「長距離センサーで撮影した惑星デノビュラの画像です」

「知ってのように」レイトンがいった。「デノビュラはロミュラン戦争のおり、敵の宇宙船に三百万人の住民を虐殺されたあと、銀河系の表舞台から姿を消した……」

「三七六万、三二七一人です」データが訂正した。

「いいから、君の発見を見せなさい」レイトンがいった。

アンドロイドの大尉は自分の無意味な訂正に、提督がいらだったのに気がつかない様子だった。画像を調整し、拡大すると、惑星の軌道上にもうひとつの球体が現れた。

「小型の衛星？」

「違います」データがいった。「人工的な建造物、おそらくは宇宙ステーションです」

「今まで見たどの宇宙ステーションより大規模ですね。目的を特定できたのですか？」

「そこが難しいところでね」レイトン提督がいった。「あの物体は亜空間干渉波をとほうもないほど大量に放出し、それがわれわれの長距離スキャンを阻んでいるんだ。宇宙艦隊戦術部はある種の兵器を心配している」

「デノビュラは同盟国ですよ」

「二百年間彼らの音沙汰を聞いていない」

「デノビュラの文化には、長い戦争の歴史があります」データがいった。

わたしはこの創造物に魅了された。彼の情報の伝え方は、なぜだかたちどころに人を信用させる。

「それに、メッセージもある」レイトンがいった。

「メッセージ?」

「アルファとベータ宇宙域全体に暗号化したメッセージが送られ、それを宇宙艦隊情報部が傍受しました」データが説明した。

「メッセージは、データだけがデコードに成功した」

「暗号はデノビュラの子守唄《こもりうた》に基づいています。デノビュラの文化に普遍的にみられますが、事実上ほかの地には知られていません。そのため、メッセージはおそらく今でもほかの星々に住んでいるデノビュラ人だけに向けられたという仮説を立てました」

「メッセージは何といっていた?」

「『帰ってこい』とひとこと、日付と一緒に」データはスクリーンの日付を指さした。

「今から約二週間後だな。それがデッドライン?」

「そのようだ」レイトンがいった。「宇宙艦隊戦術部は、あの球体が先制攻撃用の兵器で、そしてその日付が攻撃開始日ではないかと心配している。あれを破壊せねばならない」

「こちらから攻撃するのですか？　惑星連邦は一度も先制攻撃をしたことが……」

「ほかにいい代案がない。デノビュラはわれわれの対話呼びかけに応答しなかった」

「彼らに攻撃計画を伝えたのですか？」

「なぜそんなことができるかね、ジャン＝リュック？　もしあれが本当に兵器なら、相手をさらに有利にしてしまうじゃないか。われわれに選択肢はない。もっとたくさん船をみつくろってくれ。データ大尉を補佐につけよう」

わたしは命令を受けたが、気に入らなかった。頭の痛い状況だ。宇宙艦隊が先制攻撃をしかけたりすれば、ひどい前例を作り、惑星連邦が何世紀も培ってきた平和の理念を台無しにする。

だが、この使命のひとつ明るい材料は、データだった。次の二日間をこの人造人間と過ごすうち、好奇心が畏敬の念にとって変わった。データには、複数の情報源から仕入れた幅広い情報を処理できるすばらしい能力があり、頭脳の中にまぎれもない百科事典の知識を蓄えていた。自分では感情がないと主張するが、学んで受け入れようとする素直な欲望を持っている。すぐに、データは替えがたいリソースになった。

あるとき、セクターに集められた宇宙船の修理スケジュールを見直していると、ある考えがひらめいた。

「データ、デノビュラ人の外見は？」

「惑星連邦データベースには、二万三千百七件の画像があります」

「一枚選んでくれ」自分の小さなオフィスのビュースクリーンに、データが一枚の写真を引っ張ってきた。目にしている種族に、どことなく見覚えがある。突き出た額、頬骨まで伸びた隆起に輪郭が縁取られている。歴史の授業でデノビュラ人については学んでいたが、直接会ったことはないはずだ。

「この写真を顔認識ソフトウェアにかけて、宇宙艦隊か惑星連邦の施設に似た特徴をもつ住人がいるかどうか参照してくれ」もし惑星連邦にまだ住んでいるデノビュラ人がいるとすれば、匿名で暮らしているかもしれない。

「一名、見つけました」データが写真を持ってきた。たった今見ていた写真と似ているが、随分歳をとっている。「名前はシム。第一二宇宙基地の住人です。二三一四年から施設を経営しています」シムに何となく見覚えがあったが、しかとはわからない。

「施設って？　どんな施設だ？」

「バーです。〈フィーザル〉という名前の」

「まだそこにいるか確認してくれ」

「辞めました。昨日フライトプランを提出……デノビュラ行きです」データがわたしを見あげた。惑星連邦のデノビュラ人をつきとめたことに、感心したようだった。「興味深いですね。この人物は大事な情報源になるかもしれません」

「ほぼ確実に、故郷に帰る理由を知っている。彼の航路は第三宇宙基地のわりと近くを通る、そうだろう？」

「そうです。六・七日後に。ですが、彼が自発的にわれわれの求めている情報を提供するとは考えにくいです」

「その必要はないさ」心の中で作戦を組み立てる。宇宙艦隊を何代にもわたって汚すような軍事急襲は、避けなければならない。

「レイトン提督に会いに行くぞ」


一週間後、データとわたしはテラライトのやや年季の入った小型偵察艇に乗り、エンジン出力なしで宇宙を漂っていた。ワープ・リアクターは破壊工作を受けて機能しない。犯人は自分たちだ。

そして、ふたりともデノビュラ人に化けていた。われわれのつけている人工物は実物そっくりで、データ大尉が作った小さな装具はどんなスキャナーにもデノビュラ人として認識させた。変装が通用するよう願った。レイトン提督は、これがいい情報収集の機会になると認めはしたが、厳密なタイムリミットを設けた。もし四日以内に連絡を入れなければ、攻撃を開始する。

「輸送船を感知しました」データがいった。

「救難信号を送れ」ぎりぎりのタイミングまで待つ必要があった。偽の救難信号にほかの船が応答するのは避けたかったが、疑わしく見えない程度には一般的でなければならない。

「輸送船が応答しています」

「スクリーンに出せ」

小さなビュースクリーンに、高齢のデノビュラ人が現れた。シムだった。デノビュラ人はとりわけ長寿の種族で、だからいかにも高齢に見えるシムは、相当歳がいっているに違いない。

〝どちらさま?〟年寄りのデノビュラ人がたずねた。年齢にかかわらず、かくしゃくとしていた。

「わたしはフォロゲンです」データが答える。「こちらはメタス」データとわたしは、あらかじめ会話の大半を彼に任せることで合意していた。頭の中に誰よりもデノビュラ人に関する情報を蓄えたデータは、このスパイ作戦をレイトン提督に売りこむセールスポイントでもあった。

〝そりゃあ面白い偶然だな。息子のひとりにメタスって名前をつけたよ。わたしはシムだ。どうしました?〟

「エンジンが故障しました。わたしたちは修理用の道具も、専門知識も有していません」データに話をさせる欠点に気がついた。堅苦しすぎる。われらが友人がいぶからないことを願った。

〝手助けできるかわからないな、メカには弱いんだ。故郷に帰るのかい?〟

わたしはうなずいた。

〝もし船を捨てるつもりがあるなら、地球人たちがいうように、『乗ってくかい?』〟

「それはたいへんありがたいお申し出です」

シムがわれわれの船につけ、ふたりは彼の船に乗り移った。小さな乗り物は、様々な生き物や植物が入った檻で、満杯だった。

「動物園みたいで悪いね。あと、そこの檻には触らないほうがいいよ」コントロールパネルの背後に設けられたふたつの座席に案内される。シムが操舵し、乗り捨てた船から接続を外すと、デノビュラに向かった。

わたしの脇にある檻の中のコウモリが、ケタケタと騒々しく笑った。

「あのコウモリは何という種類ですか？」

「ピリシアン。気をつけて、指の味をしめちゃってるから」

「すごいコレクションですね」

「昔は医者をしていてね、宇宙医療では生き物や植物を使って治療したんだ。それで、行く先々の惑星で動植物を手当たり次第に集めたよ。医療テクノロジーが進み、そういうのは前世紀の遺物になってしまったから、医者は廃業したんだが収集癖は治らなかった」

「デノビュラからどれぐらい離れていたんですか？」

「んー、もう二百年以上も住んでないな。でもときどき里帰りはしてた。君たちは？　何で故郷から離れたんだ？」

わたしはデータに視線を送った。彼に答えて欲しかった。

「わたしたちはデノビュラの地震問題を解決する方法を求め、惑星を探索していたのです」

「みあげた努力だな」

ほっとしたが、驚くにはあたらない。データが頭の中の歴史データベースにアクセスし、故郷を離れたデノビュラ人を検索して得た情報から、もっともらしい答えをひねりだせると知るほどには、ともに時間を過ごしていた。作りものとしてのデータが興味深いのは、指示されれば嘘をつく能力を持っている点だ。それも、しごく信憑《しんぴょう》性のある嘘を。

　デノビュラまでは数時間の旅で、その間シムはしゃべりどおしだった。データは驚異的な性能を発揮してわれわれの正体を隠しおおせ、一方わたしはシムから情報を引き出す機会をうかがった。慎重に、その話題が自然に出てくるのを待たねばならない。やがて、目当ての話題になった。

「いっちゃ何だが、こんなに早くあのプロジェクトが完成して驚いたよ」

「ええ、偉業ですね」

「うーん」

「どっちつかずな反応ですね。間違った決断だと思いますか？」

「いや。でも惑星連邦にはたくさん友人ができた。恋しくなるよ」

データに視線を送る――不吉なサインだ。レイトン提督の読みが当たったのだろうか。だが、シムと過ごす間も、わたしは記憶に悩まされ続けた。やはり見覚えがある。理由をつきとめたい。シムが第一二宇宙基地のバーを話題にしていた。

「なぜあそこに落ち着こうと決めたんですか？」

「それについいちゃ、あまり話したことがないな。宇宙艦隊につとめてたんだよ。今でも士官たちとは仲よくやってる」

「いつ宇宙艦隊につとめたんですか？」欠けた記憶の断片が、表面に浮上しようともがきはじめ……。

「ああ、惑星連邦の設立前だ。種族間医療交換計画というやつの一環でね。宇宙船の船医をしていた」

思い出した。そして制止するより一瞬速く、データも。

「そのデノビュラ人の名前は、フロックスでした」

「そう、当時名前を変えたんだ。惑星連邦ではちょっとばかり悪名高かったから、もっと静かな生活を求めてね。わたしのことを知ってるのかい？」

知っているかだって！　彼が何者かわかったとき、驚きの声を押し殺したぐらいだ。フロックスは元祖〈エンタープライズ〉、〈NX-01〉の医師だ。だが自分がデノビュラ人のふりをしていたことを、一瞬忘れていた。デノビュラ人は人類初の深宇宙探査船の人事にはうといかもしれない。

「ええ。わたしたち科学者の間では語り草になっています。いろいろと逸話が残ってますよ」

「大げさだな。でも故郷で忘れられていないのはうれしいよ」

聞きたいことが山ほどあったが、ぐっとこらえる——データとわたしはもう少しで化けの皮がはがれるところだった。それでも旅の仲間の正体は、より現状を受け入れ難くしただけだ。フロックスに関するすべての知識、情熱と科学的な高潔さを思えば、彼の同胞が惑星連邦に武器を向けるのを受け入れたなど、とても信じられない。だがもしそうならば、自分たちの正体をさらすリスクは冒せなかった。計画の全貌を知る必要がある。

デノビュラ星系に入り、フロックスに拾われる計画が実を結ぶときがきた。フロックスは船のクリアランス・コードを所持し、何の支障もなく星系に入りこめた。惑星に近づき、軌道上を大きく占めている巨大な人工の球体を通りすぎる。怪物じみていた。黒っぽい金属の肌と内部エネルギーの振動が、邪悪な目的を保証しているようだった。

フロックスが惑星の着陸パッドに船を降ろす。デノビュラ人の全人口はひとつの大陸に集まり、着陸すると、宇宙港でさえ、とんでもない過密ぶりだった。デノビュラ人同士はくっつきあっていても快適そうだ。大勢が故郷に帰り着いたらしく、友人や家族から熱烈な出迎えを受けている。

「会えてよかった」フロックスがいった。「きっとまた会えるかな」

「そう願います」

「乗せてってくださり、たいへん感謝しています」データのものいいは堅苦しくて不自然だったが、フロックスは笑った――ちょっとしたユーモアと受けとったらしい。われわれは別れた。

データとわたしは宇宙港を離れ、中心都市へ行く一団に加わった。都市の上空には、日中でさえ巨大な人工球体が浮かんでいる。それは都市自体の光景とはそぐわなかった。民家やビルが密集し、長い祭りの真っ最中らしく、人々は歌ったり飲んだり、大いに盛りあがっている。

「好戦的な種族とはこのようなものでしょうか?」データが疑問を口にした。

「まったくだね、ミスター・データ。あの装置が何なのか、もっと情報を集めなくてはいけない。あとどれくらいある?」

「デノビュラ人がもともと指定した日付は、今からだと三・七三五日後です」

レイトンはわれわれに与えたタイムラインを守るはずだ――締め切りを過ぎても待つことはしないに違いない。惑星連邦に向けて使われる危険を冒すよりは、あの装置を破壊するほうが、彼にとっては喫緊《きっきん》だった。そのためデータとわたしは二日のうちにデノビュラ人として溶けこみ、願わくば有益な情報を見つけ出し、しかるのち惑星を脱出してレイトンと彼の艦隊を阻止せねばならない。

たちまち、この種族に共通するもてなしぶりと、太っ腹さに圧倒された。デノビュラ人の文化は、家族を中心に回っている。宿と食料を無償で施し、ほかのどんな世界でも見たことのない方法で家族関係を祝った。男と女は複数の伴侶を持ち、子だくさんだった。活気に満ちた、先進的な社会で、個人同士が強い絆で結ばれているという印象を受ける。連れも同意見だ。

「見たところ、デノビュラ人が過去の好戦的な時代に戻ったという惑星艦隊の心配は杞憂《きゆう》のようです」ちょうど、通りを歩くわれわれを招いたデノビュラ人家族と一緒に、大きな食卓を囲んだ直後だった。

「それならどうして巨大な兵器を建造したんだ？　それに、もし兵器じゃないならどうして亜空間干渉波で正体を隠すんだ……」

「われわれが考慮に入れていない可能性がひとつあります。おそらく亜空間干渉波はその機能を隠すためではなく、機能上の産物にすぎない」

「巨大な空間トランスミッターか？　用途は何だ？」

「あれが何か知らないの？」声に驚いて振り向くと、年若いデノビュラ人と向きあっていた。おそらく十歳ほどだ。今しがたもてなされた夕食の席にいて、あとをついてきたのだろう。どう対処したらいいかわからず、反応できなかった。データはその限りではない。

「いや、知らないんだ。教えてくれる？」

「あれは亜空間エンジンだよ。みんな知ってるよ」そういうと、子どもはぱっと駆けていった。

「亜空間エンジン？　そんなしろもの、聞いたことがあるか？」

「理論上、光速通信よりも速い通信手段として亜空間を利用して以来、しばしば物体の移動にも応用できるかもしれないとは仮定されてきました」

「もっと情報が要るな。リスクは増えるが、背に腹は替えられん」

歩き出し、住所録をあたってフロックスの住所を見つける。玄関に出た彼は、われわれを見て心からうれしそうだった。彼の家は子どもと大人でいっぱいで、フロックスはメタスという名前の息子も含め、全員を紹介しようとした。何とか機会を狙ってフロックスをおもてに連れ出す。

「急ぎの要件について、あなたと内密にお話ししたい」わたしの焦りを察して、シムはもっとプライバシーを守れる部屋に通した。

「何に困ってるんだい、メタス？」

わたしはデータを見た。計画をまったく察していない。もっとも察していたとしてもどう協力すべきかわからなかっただろう。

「わたしはデノビュラ人ではありません。地球人です。宇宙艦隊から来たジャン＝リュック・ピカード大佐という者です」

「本当かね？」フロックスはわたしの変装をしげしげと見た。「どうみてもデノビュラ人だが……」

「どうしてあなた方が亜空間エンジンを建設したのか、理由を探るために来ました。宇宙艦隊はひどく危惧しています」

「そんな必要は全然ないよ。デノビュラと太陽を運び出すために建造したんだ」

「運び出す？」

「そう。二日したら、亜空間フィールドを作り出して、銀河系からこの星系全体をとりのぞく。そして、亜空間へ引っ越すのさ」

壮大な話だ。データを見ると、うなずいた。

「理論上は可能です」

わたしはフロックスを振り向いた。「なぜそんなことを？」

「わたしの種族は大攻撃の大量死から、決して立ち直らなかった」彼がいっているのは、二百年前にこの惑星が受けた攻撃のことだ。「三百万人のデノビュラ人が殺された。この星のすべての家族から被害者が出ている。わたしらは、あんたがた宇宙艦隊が先頃カーデシアやツェンケチとやりあい、クリンゴンとはあわや戦争になりかけるのを目撃した。ロミュランはいまだに大きな脅威だ。この宇宙が再び戦争になるのは、時間の問題だよ」

シムは痛いところを突いていた。われわれが話している間にも、宇宙艦隊は攻撃準備を整えている。

「だから、銀河系から出ていくことにしたんだ。必要なものはレプリケーターがすべて与えてくれる。エンジンの効果がおよぶ範囲に、この星系の太陽と惑星がすっぽり収まる。発明品のテストはすませた。恒星系丸ごと、亜空間で生存できると科学者たちは保証している。向こうでわたしらは平和に生き長らえるよ。だが君たちはこの星を出ていかなきゃだめだ。それとも、残りの人生をこの星で過ごしたいというんなら別だがね」

「それはたいへん魅力的ですね」データがいった。

「だがやめとこう。手を貸してくれますか？」

「一体どうすれば、そんな話を信用できるというんだ、ジャン＝リュック」レイトン提督がいった。一日後、わたしはレイトンが招集した艦隊の先導船〈U.S.S.エクスカリバー〉のブリッジにいた。艦隊はデノビュラ星系から数光年はずれた位置で待機し、データとわたしはまだ変装したままだった。フロックスはわれわれを宇宙船に乗せてくれ、船は艦隊に制止された。

「信じてください、提督」

「兵器ではありません」データがいった。レイトンは彼を見た。データと議論するのは難しい。

「彼らに危害を加える意図はありません」

「提督」管制士官《オプス》がいった。「亜空間干渉波の急激な増加を計測しました」

「シールドを張れ、警戒警報。全艦スタンバイ――」

いい終える前に船が衝撃波に打たれ、全員が倒れた。レイトンと操舵士が船を立て直すために這って戻る。データがわたしを助け起こした。スクリーンを見ると、全艦隊に広がっている。

「全艦へメッセージ」レイトンがいった。「デノビュラに向けて発進」

「提督」操舵士官が告げた。「できません、彼らは消えました」

「何だと？」

「太陽、惑星、全部ありません」

わたしはデータを見てにやりとした。デノビュラ人は欲しいものを手に入れた。戦争のない宇宙を。そしてレイトンを見ていると、期待通りにものごとが進まなかった不満で爆発寸前だった。戦争のない宇宙など、われわれには望み薄だ――少なくともしばらくは。


次の二、三年間、わたしはクイン提督の調停役として充実した日々を送った。外回りの任務はやりがいがあり、船の指揮をとりたいという欲望は薄れはじめた。クインはわたしを指揮官に戻すという約束を忘れたらしく、どちらにしろ、おそらく宇宙船の艦長と同じぐらいやりがいのある別の道への転身を、うまく図《はか》れたように感じた。また、ひとつ船に押しこめられずにすむ解放感を満喫してもいた。あまりに長く〈スターゲイザー〉にいたため、アカデミーから新しい世代が現れて、宇宙艦隊や惑星連邦で次々に功績を上げていくのを、遅まきながら意識しはじめた。そして、自分の経験を彼らとわかちあい、いわば指導者的な役割を演じて満足した。

そんな人物のひとりと、第二三宇宙基地の暫定司令官をつとめたときに出会った。老齢の司令官がぽっくり亡くなり、新任の司令官が着任するまで、クインはこの宙域では最上級士官のわたしに施設の運営を任せた。第二三宇宙基地がある星系は、Mクラスの惑星こそ存在しないものの、小惑星が無数にあり、宇宙艦隊機関部が採鉱施設を建設していた。わたしの責務のひとつに、それら小惑星施設の定期視察があった。ある日、視察の見回りに向けて出航する際、デッキのシャトル格納庫士官が、わたしのパイロットに割り当てられた。

シャトル格納庫に出ていくと、若い士官があいさつをした。風変わりなデバイス、軽金属で作った黄金のバイザーで目を覆《おお》っている。

「ジョーディ・ラ＝フォージ中尉です」

スケジュールが押していたため、バイザーへの好奇心は控えて乗船する。ラ＝フォージが操縦し、シャトルの全システムのチェックリストを綿密に確認した（普段この手順は省略するが、若い士官がいいところを見せられるように、彼に任せた）。

小惑星への短い旅の間に、中尉について少しばかり学んだ。地球出身で、〈U.S.S.ビクトリー〉に乗艦したが、今は次の転属先への待機中のため、自発的にシャトル・パイロットの任務を引き受けたという。わたしは彼のアクセサリーについてたずねることにした。

「電磁シグナルを探知して、脳に伝達するんです」

「それは便利そうなデバイスだな」

「盲目ならなおさらです」

「何だって？」

「ああ、失礼。ご存じかと思ってました。わたしは生まれつき盲目なんです。バイザーはある意味、見せてくれるんです」

シャトルのパイロットが盲目。そういうことを心配せずにすむ時代を生きる感慨にふけるのは、こんなときだ。

最初の小惑星採鉱施設の視察から帰還し、その晩は別れた。翌朝、次の小惑星施設を見回りに、シャトル格納庫に戻る。ラ＝フォージがすでに来ており、シャトルで作業していた。かなり疲れた様子の中尉に、何をしているのかたずねた。

「核融合始動装置を改修したんです。今終わりました」

「徹夜仕事じゃないか」

「はい。そのう、大佐がエンジン効率性について指摘されたとき、どうにかすべきだと思って……」

それは変だ。エンジン効率性について何かいった覚えはない。

「君は思い違いをしてるんじゃ……」

「発進時のチェックリストを確認中、シャトルのエンジン効率が八十七パーセントと報告したとき、あなたはこういわれました。『本来はもっと出るべきだ』今は九十五パーセント以上に向上しているはずです」

わたしを感心させるためにやったのなら成功だが、彼の動機はそこにはないのがわかった。ただ単に、装備の性能を上げたかっただけだ。しばらくのちにラ＝フォージ中尉は〈フッド〉に配属されたが、彼のことは記憶にとどめておいた。


〃〈U．S．S．コンステレーション〉が第二ベイに到着〃アナウンサーが告げる。

宇宙基地内部のベイに臨《のぞ》むオフィスで、わたしは荷物をまとめていた。顔を上げ、船が入ってくるのを見ると、一瞬デジャブに襲われる。〈コンステレーション〉は〈スターゲイザー〉と同じクラスで、ほぼそっくりに見えた。あのくたびれたわたしの船を初めて見たのは、宇宙基地に入港するときだった。二十五年後、当時を追体験しているような気がする。わたしの暫定任務は終わり、〈コンステレーション〉でここを離れるときがきた。それも、船の指揮官として。最も、短い間ではあるが。

〈コンステレーション〉の艦長クリフ・ケネリーは中将に昇進し、第二三宇宙基地の司令に就任する。コマンドクルーの大半がケネリーについて宇宙基地に残り、そのほかのクルーの大半もよそへ転属となると、誰かが〈コンステレーション〉を太陽系に戻さねばならない。船はそこで解体され、パーツはリサイクルに出される。この任務には相反する感情を抱いたが、クインはわたしを地球で必要としており、一石二鳥の手段ではあった。

ケネリーが引き継ぎのためオフィスに出頭し、わたしは宇宙基地のコマンド・コードを彼に譲り渡した。船の現状は報告書を読んで頭に入っていたが、とり扱いについて短い説明を受ける。ケネリーは野心家で、わたしより十歳は若い。二、三年前ならば彼の出世を嫉妬しただろうが、指揮をとらなくなって少しは角がとれた。もしくは、そう思った。

引き継ぎがすむと、荷物をまとめて〈コンステレーション〉に乗艦した。〈スターゲイザー〉と同じぐらい古く、内部もうりふたつだ。少しばかりノスタルジーに浸りつつ通路を歩き、亡き友を悼《いた》みながらもその死を受け入れた。数年前のディアナ・トロイとのやりとりが、あの恐ろしい悲劇ときちんと向きあう助けになった。

ブリッジに着くと、珍しい光景に出くわした。

そこには士官がたったひとり、少尉しかいない。クリンゴン人だ。

「艦長がブリッジにお見えです」クリンゴン人が呼ばわった。空っぽの空間に向けて呼びかけた事実が、この場のちぐはぐさを高める。

「ウォーフ少尉だね」〈コンステレーション〉のクルーの記録には目を通したので、このユニークな士官について多少の知識はあった。

「お会いできて光栄です、ピカード艦長」彼の種族の多くと同様、大柄で威圧感があり、ひとことというたびに動物めいたうなり声がついてくる。過去クリンゴン人の二、三人と会ったが、いずれとも相容れなかった。だがこの人物には驚くべき逸話がある。キトマーがロミュランの攻撃を受けたとき、最後に生き残ったうちのひとりが彼だった。子ども時代の大半をゴールトの農業コロニーで過ごし、ロシア系の地球人の養父母に育てられ、宇宙艦隊アカデミーを卒業した最初のクリンゴン人となった。

「本艦に乗艦できてうれしく思うよ」

「アカデミーの士官候補生時代、艦長のマクシアでの戦闘を習いました。あの勝利は、クリンゴン戦士に値します」

あの戦いをそんなふうにとらえる人物は、かつていなかった。この若い士官を見やる。出自がどうあろうと、彼の教育に貢献するのがわたしのつとめだ。

「ウェリントン公爵を勉強したか?」ウォーフはきょとんとして、わたしを見つめた。

「ウェリントン……?」

「なぜわたしがあの戦いを勝利とみなさないのか教えて欲しい、ウェリントン公爵を引きあいにして」

「はい。今でしょうか?」

「シフトが終わり次第でいい。今は出航準備を進めてくれ」少尉はきびすを返し、ブリッジ・クルーの仕事に戻った。その間に、わたしは指揮官席についた。
二、三時間後、軌道を離れた。クルーの約半数は転属となって、第一三宇宙基地で船を降りた。船の最高巡航速度はワープ六だったが、ワープ四を維持する——ケネリーから、船は仕様に満たないと警告されていた。復路の間、ブリッジにはたった四名しか入らなかった。ウォーフ少尉が管制ステーションにつき、タニア・ロティア少尉が操舵士官、そして機関と通信の二役を担うのは、レキシ・ターナー大尉。

航海は、きわめて順調だった。太陽系まで二日あまり、ひどく退屈な旅になりそうだ。非番の間、わたしはひとり船室で過ごした。「マクシアの戦い」をアカデミーで勉強したとウォーフがいっていたが、実際にどう教えているのか調べることにした。『宇宙船による戦闘の戦略と戦術』というアカデミーの教科書をデータベースで見つけ、「ピカード・マニューバー」と呼ばれる項目に行きあい、目を疑う。未知の敵に対し、〈スターゲイザー〉でワープで突っこんだわたしの窮余の策が教科書に載っていた。

教科書にリンクされたコンピューター・シミュレーションによる戦闘の再現を見た。宇宙船が、振りつけられたかのごとく舞っている。それがわたしには恐ろしかった。教科書は、絶望とリスクのすべてを排除していた。あれはゲームではない――人が死んだのだ。わたしはスクリーンを消した。

アカデミーの学長宛てに、正式なクレームを書きはじめる。ひどく間違った教え方に思えた。書きかけて、手を止める。そう、確かにそれはわたしにとってはぎりぎりで、つらいものだったが、未来の艦長が似たような立場に立ったとき、わたしの経験から得るものがあるかもしれない。書きかけの文書を削除する。ドアベルが鳴り、夢想が中断された。

「入れ」

扉が開き、ウォーフが現れた。

「入ってもよろしいでしょうか？」

「もちろんだ、少尉」椅子を勧めたが、彼は断った。

「課題を終えました」ＰＡＤＤを手渡す。「初代ウェリントン公爵アーサー・ウェルズリーについて学びました。おそらく、地球人では指折りの戦士です」

「それが、わたしが君に学ぶよう指示した理由かね？」

長い間があいた。

「いいえ。有名な格言のためだと思います。昔の書簡という交信手段の中で、同胞の死を振り返った公爵は、こう書きました。『負け戦をのぞき、勝ち戦ほど哀しいものはない』。勝利に喜びはなく、敗北より悲哀の度がほんの少しましなだけ。マクシアの勝利をあなたが祝わないのは、このためです」

「そうだ」この若い士官は、やすやすとテストに合格した。「わたしとウェリントン公爵に同意するかね？」

「名誉とは、任務に従うことです。もし遂行中に、潔《いさぎよ》く死ぬのなら、嘆く理由は……ありません」

「それでもわたしが君に学びとって欲しいことを理解すると」

「いわせていただければ、わたしは全人生を地球人の世界で生きてきました。彼らの性癖は理解しています」こいつは面白い男だった。ふたつの世界を股にかけ、とてもうまくやっている。

わたしのささやかな戦争セミナーは、ブリッジからの呼び出しで中断された。

〝カーネリア四号星の連邦コロニーから、救難信号が出ています〟ターナーがいった。〝コロニーの住人数名が偶然、古い地雷を踏んだそうです。ひどい負傷者が出ました。〈U.S.S.ルーズベルト〉も応答しています〟

「コースセット、最大速。〈ルーズベルト〉にアシストにつくと伝えろ」ウォーフとわたしは急いでブリッジに向かった。フルの補充クルーも専門の医療スタッフもいないなかで、どこまで助けになるかわからなかったが、ウォーフがいうように、任務の遂行が名誉だ。

カーネリア四号星に着くと、すでに〈ルーズベルト〉が軌道上に来ていた。コロニーは建設されてまだ間がない。惑星が星図に記載されたあと、百名ほどが入植している。惑星に着いてすぐ、はるか昔に死に絶えた原種族の痕跡が発見された。ウォーフ、それに少しでも医療トレーニングを受けた乗組員とともに、転送で現地に降りる。

地雷原のそばに、野戦病院が設置されていた。負傷者には手足を失った者もおり、悪夢さながらだった。〈ルーズベルト〉の医師たちが、早くも犠牲者の手当に懸命にあたっている。手勢の衛生兵たちに手伝うように指示し、ウォーフとわたしは事故現場に向かう。

苦痛に叫ぶ男の声をたどって行くと、地雷原のふちに艦長がたたずんでいた。数個の地雷が爆発した跡が――血と体の一部が散らばっていた。恐ろしい光景だが、注目したのはそこではなかった。

大虐殺のど真ん中に、宇宙艦隊の少尉が地面から視線を外さずに、そろそろと、だが着実に歩みを進めていく。数フィート先に、心をかき乱す叫び声の源、中年の男がうずくまっていた。男の左足は、ひざから下が吹き飛んでいる。

艦長に近づいた。自分の部下から目を離さない。

「チェバ艦長」チェバが振り向いて、わたしを見つめた。

「ピカード艦長。もっとましな状況でお会いしたかった」彼女の意識は、二十五歳にも満たない若い女性士官に向けられていた。少尉がゆっくりと足を運び、そっと前に置くのを見守る。さらにもう一歩。

「けが人を転送すればよいのでは？」ウォーフが提案した。

「あの地雷についてはなにもわかっていないの」チェバが答える。「転送機が発するエネルギー、もしくはスキャナーでさえ、爆発の誘因になるかもしれない」

「君の少尉はとても勇敢だな」

チェバがうなずく。「ナターシャ・ヤー少尉です」

「どこを歩くべきかどうやって見分けている？」

「地雷を埋めた自身の経験に基づいて判断しています。確実でないのは確かね。ターシャ（ナターシャの愛称）はターカナ・コロニー出身なの」そこは、暴力に満ちた過酷な世界であり、あの女性がそこを生きのび、なおかつアカデミーを卒業したのであれば、確かに逸材だった。

われわれはターシャが慎重に、もう一歩を踏み出すのを見守った。負傷した男から数インチのところまで来た。彼の叫び声はわれわれ全員を落ち着かなくさせる。ターシャは注意深くひざまずき、けが人に皮下注射をした。男が意識を失くす。それからけが人を肩の上に抱えあげ、ゆっくり立ちあがる。傷口から流れる血で制服がぬれるのも構わず、着実に、一歩ずつ地雷原から後退した。

「戦士だ」ウォーフが静かにいった。わたしは全面的に同意していた。


カーネリアのコロニーが〈コンステレーション〉の助けを必要としないのは、誰の目にも明らかだった。〈ルーズベルト〉のチェバ艦長とクルーで負傷者の手当てはこと足り、地雷原を解除する方策も立てられる。そのため、チェバの了承を得てわれわれは立ち去った。かつての部下が、今では指揮をとっている。わたしは何かを成しとげたような、バトンを手渡したような感慨を覚えた。これからは、次の世代が引っ張っていく番だ。

〈コンステレーション〉に戻り、ユートピア・プラニシアに向けて航行中、戦争の残した爪痕《つめあと》について思いをはせた。デノビュラとの衝突危機、カーネリア四号星の虐殺。もうたくさんだ。ただ宇宙艦隊士官でいるだけではじゅうぶんではなく、平和を広めていかなければ。最後となるべき指揮官任務をまっとうしながら、次なる目的を定めていた。

ユートピア・プラニシアに到着すると、クルーは粛々《しゆくしゆく》と船を降りた。必要な書類をすべて造船所の司令に提出し、それがすむとシャトルを徴用して地球に向かう。だが火星からさほど遠ざからないうちにトム・ハロウェイから呼び出しを受け、ユートピア・プラニシアに戻るよう要請された。シャトルを反転させてドライドックに向かう。そこでは〈エンタープライズ〉がまだ建造中だったが、まもなく完成の見こみだ。

完成間近い宇宙船に近づきながら、とっくり眺めてみた。宇宙艦隊史上最大の船にふさわしい華麗な外観をしている。シャトルを係留し、オペレーション・センターでハロウェイと落ちあった。

「美しいでしょう?」われわれは再び、〈エンタープライズ〉を前にしていた。ただし今回は、オペレーション・センターの出窓からだった。「惑星連邦の旗艦に指名されましてね」それはたいへんな名誉だ。提督不在の状況では、旗艦の艦長はほかの艦長および艦隊に属する船に対し、絶対的な権限を持つ。

「見事な仕あがりだ。まもなく就航かね?」

「ええ、月曜日に三週間の試運転に出ます。その後地球に行き、そこで彼女はわたしの手を離れます」

「艦長の座を明け渡すのかい?」

「わたしは〝第一の艦長〟です」ハロウェイがいっているのは、アメリカ合衆国海軍の古いしきたりで、そこでは第一の艦長は造船だけに責任を持ち、第二の艦長が船を就航させる。

「そうか、ではその人物はとても幸運だな」

「それについて、実をいえば相談がある」誰かがいった。振り向くと、クイン提督がちょうどやってくるところだった。

「提督、ここで何をなさってるんですか?」

「新しい船の艦長には誰がなるべきか、君の意見を聞きたくてね。ハロウェイ、オフィスを借りられるか？」

クイン提督とわたしはオペレーション・センターを離れ、小さなオフィスに向かった。

「それで、君の推す人物は？」

「そうですね、アンドレア・ブランドは……」

「彼女は二年もすれば提督に昇進する。しばらくは同じ地位にとどまる人物が望ましい」

「ジェリコ、デソト、ビル・ロス……」クインは全員、手を振って却下した。このちょっとしたゲームが何であれ、ひどくいらついた。

「ほかに、われわれの考えている人物がいる」

「誰ですか？」

「君だよ。今の職務を続けたいというなら別だが」

これには数々の理由で驚いた。その瞬間、今までどれだけ自分をごまかして、失意から目を背けてきたかを悟った。わたしは再び艦長の座につきたかったが、その時期は終わったと自分にいい聞かせてきた。可能だとは思えなかったからだ。

「過去三年間、君はすばらしい仕事をした。デノビュラの任務ひとつとっても、司令部の目から見れば現役復帰にはじゅうぶんだった。もっと前に君を宇宙船に乗せてやれたが、〈エンタープライズ〉こそふさわしい船だと感じてね。それで先送りしてきたわけだ。構わなかったかな」クインはわたしを、惑星連邦旗艦の艦長に指名した。艦長の地位で望める最高の名誉だ。

「ありがとうございます、提督」
「わたしが約束を守らない男とは、誰にもいわせないぞ」

編注13　法務局（ＪＡＧ）は、宇宙艦隊法および司法関係の管轄部局。法務局ビルの名前は、二十三世紀の惑星連邦大統領就任前に、宇宙艦隊法務総監の初期メンバーをつとめたアンドリア人ボーメナスにちなむ。

CHAPTER NINE

第九章

抵抗は無意味だ
——一万一千人の抹殺

「航星日誌、宇宙暦四一一五三・七。今回の目的地、デネブ四号星の彼方には、いまだ探検されていない未知の大銀河が広がっている。任務は、デネブ四号星の住民によって築かれた宇宙基地ファーポイントの調査だ。一方、この新しいギャラクシー級宇宙船〈U.S.S.エンタープライズ〉の指揮にもようやく慣れてきた。それにしても、何と巨大で複雑な船だろう……」

わたしは新しい自分の船室にいた。広々としてゆったりくつろげる部屋から、ワープ速度でゆがむ星々を眺める。考え考え、第一回目となる日誌に、言葉を吹きこんでいく。のちの世に残る瞬間の記録であり、今にもわたしを押しつぶそうとする混沌とした思いを注意深くぼかしながら、言葉を紡《つむ》いだ。わたしは新しい船、新しいクルー、新しい生活を手に入れた。見知らぬ人々に囲まれ、船内じゅうを子どもがうろつき、そして、わたしが真に愛した女性との再会が待っていた。

数週間前、まだハロウェイが〈エンタープライズ〉を「試運転」させている間、わたしは宇宙艦隊本部のオフィスにこもり、人選に頭を悩ませていた。宇宙に浮かぶ都市同然のこの船を動かすには千人以上のクルーが必要だが、さすがに全員は選べない。各部門のトップをわたしが決め、彼らに自分たちのセクションを埋めるスタッフを選ばせる。だがもし気に入った下級士官がいれば、わたしから強く推すのにやぶさかではない。〈エンタープライズ〉は惑星連邦の旗艦につき、士官はよりどりみどりだとクイン提督が太鼓判を押した。これはわたしにとってはありがたいが、難点もあり、有能な部下を顔見知りの、多くは友人である艦長たちから奪うことになる。

数時間をかけ、副長にと考えている候補者全員の服務記録にじっくり目を通した。そのうち区別がつかなくなってくる。どれも似たり寄ったりだった。様々な種族の、選り抜きの若い男女。全員が美辞麗句に満ちた推薦状と、傷ひとつない記録の持ち主だ。その中でわたしの目を引いたのは、〝傷〟がある経歴の持ち主だった。

ウィリアム・トーマス・ライカー、友人ロバート・デソトが指揮する〈フッド〉の副長。彼は艦長の直接命令に逆らい、デソトのアルタイル三号星上陸を拒否した。安全が確保できないと判断したからだ。高等軍法会議にかけられる危険を冒してまで――彼のいいぶんによれば――艦長と船を守った。この男をあたってみることにした。

〝ボンジュール、モナミ〟船室のモニターから、デソトが声をかけた。亜空間通信で連絡をとったところだ。〝わたしの副長をかっさらうつもりかい？〟

「そうなるかもしれない。君の推薦状は率直なものだろうね？」

〝すっかりではないよ。あいつはユーモアセンスがある。艦長によっては好ましく思わないのでそこははずした〟

「それを聞いて安心した。アルタイル三号星に君を転送しようとしなかったときもジョークだったのか？」

デソトがニヤリとする。わたしの質問の意図を察した。

〝ジャン＝リュック、この地位についた者なら誰でも、ひとりきりで千の決断を下し、たったひとつの判断ミスが命とりになるのを知っている。誤った判断をしたとき、君に歯向かえる人間をそばに置く大切さについて、いい聞かせなきゃいかんかね？〟

「いいや、結構だ」これが聞きたかった。この若い士官が味わった葛藤を、わたしは知っていた。かつて、わたし自身がその立場に立った。船を捨てろというマザーラの命令に逆らい、軍法会議の危険を冒した。艦長が間違っていると思ったからだ。孤独な、恐ろしい瞬間であり、決定的な瞬間でもあった。

〝ほかに何かあるか？〟デソトがたずねた。

「ある。もしわたしが君なら、新しい副長を探しはじめるね」

副長が決まったあと、ほかの主要ポストでこれはと思う人物を押さえにかかる。チェバにコンタクトをとって、保安主任に欲しい人材、ナターシャ・ヤーを手放してもらえるかどうかたずねた。自分に指揮権を与えた男からの頼みを断るという考えに、チェバはクスクス笑った。〈エンタープライズ〉はまた、初めてカウンセラーを乗艦させる船の一隻でもあり、その役職には、数年前〈サラトガ〉に乗る直前に出会った若い女性ディアナ・トロイ以外、眼中になかった。

そして、レイトンからはデータを引き抜きたかった。データには少佐への昇進をオファーしたが、彼を部下に持てる幸運をよくわきまえていたレイトンが、彼を手放したがらない。クイン提督の口利きで、やっと話がついた。盲目のパイロット、ジョーディ・ラ＝フォージを操舵士官にスカウトし、ウォーフ少尉を中尉に昇進させたのち、保安士官としてヤーの下につかせた。

医療主任を選ぶ段になると、話は早いと思った。ドクター・アイラットは〈スターゲイザー〉以降ずっと、地球の宇宙艦隊医療本部に勤めている。数年前、もしわたしが新たな指揮官席を得られたら、打診すると伝えてあった。この行動指針は揺るがない、そう思っていた。予期しない人物の履歴書に行きあうまでは。

ビバリー・クラッシャー。ギャラクシー級宇宙船の任務に彼女が申し込んだ理由は、家族を連れて乗り組めるためだ。ビバリーは再婚せずに、ウェスリーを女手ひとつで育てている。エンタープライズでは家族連れを許可するとの通達がクイン提督からあったとき、ぞっとした――わたしの船に、子どもが乗る。文句をいえる立場にはなく、ポストを手放すつもりもなかったが、心が沈んだ。それはつまり、ビバリーに再び会えるかもしれないと気がつくまでの、短い間ではあったが。

ビバリーは艦長がわたしとは知らず、もしこちらからオファーすれば、断るかもしれないという考えが浮かんだ。さらに、アイラットがこのポストを期待しているかもしれないという問題があった。そのような個人的な理由で決心を変えるのは無責任に思えた。ビバリーは有能で腕は確かだが、アイラットほどの経験には欠ける。アイラットに声をかけようと決めた。彼女はオファーされると期待していないかもしれない。宇宙艦隊医療部のオフィスでアイラットを捕まえ、コンピューター・モニター越しに会話をした。

「わたしが〈エンタープライズ〉の艦長になったことは耳に入っているだろうね」

〝はい、おめでとうございます。医療主任が必要ですね〟

「そうだ。君が引き受けてくれればうれしい」私情は捨てて、そのポストを彼女にオファーしなければいけないと自分を納得させた。アイラットは最も資格があり、長い間気のおけない仕事関係を結んできた。だがあきらめねばならない対価を思うと心が痛む。

〝光栄に思います。ですが、ビバリー・クラッシャーという選択肢もあるとお気づきでしたか?〟

「え、何だって?」思わずうろたえて、口ごもる。「いや……つまり、ああ、彼女の服務記録は届いている……しかし……」なぜアイラットはビバリーの名前を持ち出したんだ? エドス人はテレパスなのか?

〝艦長、長年あなたのもとで働いてきたんですよ〟彼女の口調は、いつも通りフラットだった。エドス人特有の、オレンジ色をした特大サイズの骸骨《がいこつ》に隔てられた目で、わたしを見つめる。エドス人は人間のようには笑わず、確かに温かくも親しみやすくも見えない。だがアイラットはわたしを気にかけてくれていた。

「君に借りができたな、アイラット」通信を終え次第、ビバリー・クラッシャーに〈エンタープライズ〉の医療主任ポストを打診した。返答を待って、コンピューター・コンソールを見つめる。まだ目を通すべき服務記録が、埋めるべきポストがたくさんあったが、集中できなかった。

とうとうメッセージが届いた。混じりけのない、喜びの一瞬。

「ポスト、医療主任。志願者氏名、ビバリー・クラッシャー。志願者は承諾」

「これが君への辞令だ、大佐」クイン提督はわたしにPADDを手渡した。わたしはクイン、ノラ・サティー両提督と司令部会議室にいた。サティーは宇宙艦隊最高位の提督だった。提督の存在が、わたしに与えられた指揮権の重みを物語る。この日の午後、自分が指揮をとる船へ向けて発つ。ハロウェイは〈エンタープライズ〉の試運転を終え、最終調整のためにマッキンリー基地に入港していた。

「何か留意すべき点はありますか？」サティー提督はつかのま、無言で座っていた。突き刺すような視線に、わたしは落ち着きを失った。

「ファーポイント基地の謎を解いたあと、あなたの任務は探査航行が主になります。情報のほとんどない宙域を航海するのよ。それからむろん、安全保障上の懸念があります。そして、ピカード大佐、惑星連邦旗艦の指揮官ともなれば、責任重大です。内と外、両方の敵からわれわれを守ってくれる人物と頼んで、あなたを任命したのです」

「〝内〟？　申し訳ありません、提督。おっしゃる意味がわかりません」

「その意味はね、艦長。警戒を怠《おこた》るなということよ」言外の意味がこめられているに違いないが、それ以上は口にしなかった。退出し、サンフランシスコのメイン宇宙港へ向かう。シャトルのそばでわたしを待つナターシャ・ヤーの姿を見て、驚いた。

「保安主任ナターシャ・ヤー、着任します。お会いできて光栄です」彼女の礼儀正しさは度がすぎている。自己紹介の必要があると思ったらしい。

「ああ、大尉。わたしたちはカーネリア四号星で会っているよ」

「艦長が覚えていらっしゃるか定かでありませんでしたので」疑わしいいい訳だ。

「地雷原を歩く君を、この目で見た。それが理由で、保安主任に選んだんだ」

「申し訳ありません、艦長」一種独特な力強さの下に、ターシャは多少の不安定さを隠しているようだった。少なくとも、わたしのそばでは落ち着かない素ぶりをみせる。

「謝る必要はない。行こうか?」

シャトルに乗りこみ、これまで何度もやったように、サンフランシスコ上空を飛んだ。だがターシャは眺めに目を瞠《みは》っている。

「とても美しいですね」

「君はアカデミーに行ったのだから、当然見ているはずだが」

「はい。見飽きることはありません。そうなりたくもありません」そのとき、ターシャがターカナ四号星出身であることを思い出した。暴力の支配する、文明が崩壊した世界。

「そうか。わたしは楽園を当たり前だと受けとめていたようだ」

「それだけの働きをされています。艦長が今までに示してこられた規範は、われわれ後進のハードルを引きあげました」

わたしは英雄扱いに慣れておらず、反射的に止めたくなった。だがターシャは本心でそういっているように思えた。むげにすれば後悔しそうだ。

ターシャの操縦で〈エンタープライズ〉に向かう。マッキンリー基地は上から船をがっちりつかんだ巨大な金属製のカニさながらで、小さめの格納庫に入ると、ターシャがシャトルからわたしを降ろした。

格納庫には比較的小さなクルーの集団が待っていた。出航できるにはまだたくさんの作業が残っており、ハロウェイ艦長とわたしとの間で、ものものしい艦長交代の儀式はなしですまそうと話がついていた。

「〈エンタープライズ〉の指揮官が着任されました」ターシャが声を張りあげる。一同が気をつけをした。わたしは小さな格納庫に用意された演台まで行き、大声で辞令を読みあげた。

「ジャン＝リュック・ピカード大佐、宇宙暦四一一四八・〇。本日付けで、艦長に任命する。艦隊司令部ノラ・サティー少将」ターシャにうなずいてみせる。

「クルーは解散」

わたしはディアナ・トロイとウォーフ中尉のほうへ歩いて行った。「ようこそ、艦長」ディアナが声をかけた。

「再びお仕えできて光栄です」ウォーフがいった。

「ありがとう」ウォーフだけでなく、クルーの全員が、いままで経験したことのない一種の敬意をこめてわたしを見ているのに気がついた。「持ち場に戻り、出航に備えてくれ」シャトル格納庫を離れ、船室に向かう。

通路を歩いていると、この艦の美しさに胸を打たれた。稼働中でも、本質的な落ち着きがある。文明の枠を集めたように感じた。一瞬、何はなくとも……。

「あう！」

角を曲がったとき、何かがすねに当たった。威厳を保つのに、意志の力を総動員しなくてはならなかった。ぶつかったものを確かめようと見おろす。男の子だ。

子ども。わたしの船に。

ちくしょう《メルド》。

「ハリー！」科学士官の制服を着た男が走って来て、男の子を助け起こした。そして息子のぶつかった相手を見たとたん、真っ青になった。「とんだ失礼をいたしました、艦長……」

「いいんだ」嘘だった。

「わたしはバーナード博士です。この子はハリー。ハリー、艦長に謝りなさい」

「やだ」

「いいんだ」また嘘だった。わたしは急いでふたりから離れ、ターボリフトへ向かった。リフトの中で、〈スターゲイザー〉の初日、マザーラの子どもたちの相手をせねばならなかった欲求不満を思い返した。そして今、この艦には七十五人ほどの子どもがいる。わたしは胸のコミュニケーターをたたいた。

「ピカードからヤー大尉へ」

〝ヤーです、艦長〟

「今より即時、第二デッキから上に子どもが立ち入るのを禁止しろ」これで、少なくとも目にするのを最小限にできる。

〝了解しました〟声に多少のとまどいが混じっていたが、構わない。

たった今、看板を掲げたところだ。『子どもはブリッジへの立ち入り禁止』

「艦長がブリッジにお見えです」ターボリフトから出るなり、データが呼ばわった。

初めて目にするブリッジの眺めに息を飲む。広々として快適そうだ。最初、これほど大きな空間へ、気軽に足を踏み入れるのをためらった。わたしの思い描くブリッジは、こぢんまりして効率的だ。ここはまるで、リビングルームのような印象だった。

データは管制《オプス》ステーションに座り、トレス大尉が一時的に操舵《コン》ステーションについている。ターシャは一段上の保安および通信ステーションを陣どっていた。ウォーフがその後ろに立ち、防衛システムに目を配る。わたしは管制席のデータのところで立ちどまった。

「会えてうれしいよ、ミスター・データ」

「それは……お会いできてうれしいです、艦長」自分で何をいっているのか、よくわからないようだった。

「今後は、ブリッジにわたしの入室を知らせる必要はないぞ」

「了解、艦長」形式張るのはこの場にそぐわない。この場所が、われわれの家となる。そのあと、カウンセラー・トロイのとなりに座る。彼女がわたしを見て笑った。何か含みのある笑い方だった。

「何か問題でも、カウンセラー？」

「何もありません」こちらへ身を乗り出す。「あなたの熱意は伝染します」

わたしは笑ったが、やや引きつった。こちらの気分をやすやすと見透かす士官をそばに置くのは、慣れるまで時間がかかりそうだ。

「マッキンリー基地から、発進許可が出ました」ヤー大尉が告げた。

「発進してくれ」

マッキンリー基地のカニに似た爪がもち上がって離れ、船は軌道を出た。デネブ四号星にコースをとるよう命令を与えながら、ブリッジを見渡す。最新のテクノロジーと、腕利きのクルーがそろっていた。前途に待ち受けるものを思い、胸が高鳴る。備えはできている自信があった。だがその前に、なくして久しい若さを痛感させられるような遭遇を、デネブ四号星で迎えた。

軌道に乗って間もなく、格納庫のデッキで待っていると、小さなシャトルがフォース・フィールドを抜けて入ってきた。高名な乗客にあいさつしようと進み出る。本艦の医療設備を視察に訪れた、宇宙艦隊最高位の医師だ。以前顔を合わせたときからずいぶん歳月が経っており、再会が楽しみだった。

「マッコイ提督、再びお目にかかれて光栄です」

「どこかで会ったかね？」提督は相当なお年で、百三十歳を超え、髪は真っ白で背中は曲がっていたが、短気なところはちっとも変わっていなかった。

「はい。スポック大使の結婚式で、儀仗《ぎじょう》兵をつとめました」

マッコイがうなる。わたしは自分がばかに思えた。もちろん提督がわたしを覚えているわけがない。

「当時はほんの駆け出しでした」

「髪はあったか？」

「ありました」われわれは意識しあいながら、つかのま、黙って立っていた。提督は社交話にこれっぽっちも興味がないのがわかった。

「案内をよこしてくれんかね。わしは若返ったりしないんでな」

「もちろんです」その役目はデータ少佐に振ることに決め、わたしは持ち場に戻った。二、三年前ならば、これほどの要人は自ら案内すべきだと考え、そして義務感から気まずいやりとりにも耐え忍んでいただろう。だが、今では屈辱のもとを、敬して遠ざけられた。

振り返ると、あの最初の任務でもとりわけ強く印象に残るのは、どれも新任クルーの人となりがわかるような出来事ばかりだ。

ライカー中佐は乗艦するなり、即座にかつ精力的に副長としての役柄に収まった。彼は行動の男であり、わたしの若い頃をほうふつさせ、すぐに互いを効率よく補完しあう息の合いぶりを見せた。また、わたしを子どもたちに寛容な人間に見せるという厄介な使命を負わせもした。

ジョーディ・ラ＝フォージが操舵席に座ると、わたしのブリッジ・クルーが全員そろった。

ただ、ビバリーとの初顔合わせは上出来とはいかなかった。艦長席に座って数日が経つ頃、ブリッジにいると、ターボリフトの扉が開いた。十代の少年が、そこに立っている。

「何だこれは。ブリッジは子どもの立ち入り禁止だぞ」

するとターボリフトからビバリーが出てきた。息が止まった。以前に何度も味わった感情だ。まるで、彼女の美しさに毎回驚いているように、彼女の真の美しさを記憶にとどめておけないとでもいうように。

「艦長、着任許可を願います」ビバリーは緊張していた——彼女にとっても、やりにくい局面だ。

「ドクター・クラッシャー」突然、ひどい間違いを犯したような気がした。艦長として、部下との恋愛など問題外だ。自ら進んで新たな煉獄《れんごく》を作り出してしまった。

「艦長、息子はブリッジには入っていません。ターボリフトでついてきただけです」

「息子？」自分をばかみたいに感じた。ウェスリーは成長しているに決まっているのに、幼児のイメージしか持っていなかった。

「名前はウェスリー」もちろん知っている。忘れたなんてどうして思うんだ？　それから、最後に会って以来わたしがずっと思い続けてきたことを、本人は知るよしもないと気がついた。初っぱなの冷たい仕打ちを償《つぐな》いたい気持ちに駆られ、自分で定めた新ルールを自分で破り、ウェスリーをブリッジに招き入れた。

ターボリフトを出るウェスリーに、一瞬、強いデジャブを覚えた。〈スターゲイザー〉の転送室から出てくる彼の父親を思い出す。少年は、同じぎこちなさをもっていた。彼を見るにつけ、わが友の面影が重なった。

ジャックが死からよみがえる。この先滅多に彼を目にしなくてすむように望んだ。

「速やかに戻れ」Qがいった。「己《おのれ》の太陽系に」

クリストファー・コロンブスの扮装をしたQが、ブリッジをのし歩いている。原始的な衣装が、彼の持つ事実上無限のパワーを覆《おお》い隠していた。Qは宇宙空間を水平に伸びるエネルギー・フォース・フィールドで、わが艦の行く手を阻んだ。彼は瞬時に身なりを変え、突然昔のアメリカ海兵隊員姿になると、〝少数の精鋭《ア・ヒュー・グッドメン》〟の必要性について説明した。次に第三次世界大戦当時の戦闘服に身を包んだ兵士に早変わりし、戦闘前の景気づけとばかりにアンフェタミンを吸ってみせた。大芝居のすべては、われわれを怖《お》じ気《け》づかせるためだ。Qはわれわれを相手に何でもやりたいことをするパワーを持っていた。だがわれわれを滅ぼしたかったわけではない。むしろ、判事席につきたがった。

宇宙艦隊史を学んだ学生ならば、銀河系にはとんでもなく進化した存在がいるのを知っている。オルガニア人、エクセルビア人、メトロン人——どれもQと大同小異で、「劣等な」生命体を裁きたがる。ときにはより大きな善と自分たちがみなすもののため、ときには自分たちの楽しみのために。

初めての任務、ファーポイント基地の真相をつきとめるのにわれわれが失敗すれば、故郷の星に全員送り返し、永遠にそこに閉じこめるとQは豪語した。もし謎[編注14]を解くのに失敗していたら、やつが実行できるといい、そして実行したであろう脅しについて、わたしは訊きたいことがたくさんあった。今にして思えば、もしそうなっていたら、Qは後悔したはずだ。わたしとクルーをもてあそぶのが楽しくてしかたなかったのだから。

「艦長」ライカーがいった。「ウェスリー・クラッシャーのことで話があります」われわれは艦長作戦室で通例の朝の打ち合わせ中だった。これほど巨大な船を運営するには多種多様な問題を検討せねばならないが、ウェスリーが議題にのぼるとは、想定外だった。

「彼がどうしたというのだ?」

「トレーニングらしいトレーニングを積んでいないのに、驚異的な適応力で船のシステムを理解しました。フライト・シミュレーターでテストしてみたのですが、わたしに匹敵する優秀なパイロットです」

「誇張はよしてくれ」ライカーのパイロットとしての記録は申し分なく――文字通り、全クルー中で一位だった。

「していません。フライト・シミュレーターのスコアは、わたしより上でした」ライカーが本気なのがわかった。「彼をわれわれの管理下に置くべきです。強力なリソースになるでしょう」

「なぜそんな必要がある？　人手ならじゅうぶん足りてるぞ」わたしはその考えに抵抗していたが、そのときはなぜかわからなかった。

「いいですか。家族を乗艦させる意義のひとつに、艦の司令が士官候補生の青田刈りをしやすくすることがあります。これはそうした機会のひとつですよ」誰とでもたやすく親しくなり、なおかつ権威を失わないライカーの能力を、わたしはうらやんだ。そして彼がウェスリーの信頼を得たのを知っていた。その点は喜ばしかった。ウェスリーに父親がいないのは、多かれ少なかれわたしの責任と感じていたからだ。

「考えておこう」

「航星日誌、宇宙暦四一二六三・四。宇宙艦隊における優れた行為により、ウェスリー・クラッシャーをその義務と特権を含め、代理少尉に任命する」

わずか数週間後のことだった。少年は数々の任務で重要な役割を果たし、その間ライカーの提案が頭の中に引っかかっていた。アカデミーへの出願を念頭に、ライカーにいって厳格な受験コースを受けさせた。そして代理少尉である以上、ブリッジへの入室を許可した。ライカーはたっぷり時間をかけて様々な任務ステーションにウェスリーをつかせ、補助作業の範囲に限って任せた。ときには管制席につかせることさえあった。少年にトレーニングをつけることに覚えた当初の抵抗は、すぐに忘れた。といっても、第七四宇宙基地に向かう途中のある朝、ラ＝フォージが操舵ポストから一時的にはずれるまでの話だった。交代要員の待機中、ライカーがわたしのほうへ身を乗り出した。

「ウェスリーに短時間船を操舵させるいい機会なのでは」

ウェスリーが操舵席に座るというライカーの提案に、いい知れぬ恐怖を覚えた。何を恐れたのか？　思い当たるのに一瞬しかかからなかった……わたしは自分を抑えねばならなかった。ディアナの目が、わたしに注がれているのを感じた。

「そうしてくれ《メイク・イット・ソー》」反対する理由はない。

ウェスリーが操舵席についた。

長年にわたり、エンタープライズ艦長としてのわたしの経歴を精査されるうち、わたしの判断を疑問視する声も上がった。とりわけ、アカデミーを出てもいないティーンエイジャーに連邦旗艦の操舵を任せるとは言語道断だと。わたしの答えは、若者にトレーニングをつけた自分の副長を信用した、そしてその正しさを結果が証明したというものだ。ウェスリーは優秀なナビゲーター兼操舵士だった。だがそれが真の動機ではない。同意した理由は、もっと個人的なものだった。

彼の父親の部署につくウェスリーを見て、わたしは感無量だった。

地球を発《た》ったとき、わたしには確信があった。宇宙艦隊の報告に基づけば、フェレンギはわれわれに立ちはだかる最大の難関になるだろう、との確信が。それは杞憂《きゆう》に終わった。彼らは予想したような危険な敵ではなかった。脅威というよりは目に障る存在で、貪欲で、楽観的な思想を持ち、動機のすべてが損得ずくらしかった。しかし、フェレンギとの最も意義深い遭遇によって、わたしを長年苦しめてきた謎が解明された。

デイモン・ボーク[編注15]はフェレンギ船を駆って、わたしたちを探し出した。彼は友好的な申し出をし、わたしに贈り物をしたがった。〈スターゲイザー〉だ。ボークが見つけ、修理したという。

それが策略なのはすぐに見抜いた。フェレンギは贈り物をしない。彼らの宗教と文化的な信念に逆らうからだ。ボークの真の動機は、復讐《ふくしゅう》だった。船を返してよこしたとき、〈スターゲイザー〉を襲った〝未知の船〟についてボークが触れ、襲撃者の正体を明かした。

「その誇り高い船は、フェレンギのものだ！」〈スターゲイザー〉を襲った船は、ボークの息子が指揮をとっていた。息子がわたしを襲った理由は語らぬまま、彼の復讐は失敗に終わる[編注16]。

結果として、わたしはかつての指揮艦をとり戻した。〈スターゲイザー〉を太陽系にある艦隊博物館に持ち帰るため、連邦曳航《えいこう》船とランデブーの手はずを整えた。クルーが〈スターゲイザー〉にひどく興味を示したのは、意外だった。曳航船とのランデブーに向かう二日間の航行中、数名が見学を求めてきた。

「クルーは一体、あの船の何に興味があるんだ？」朝の打ち合わせで、わたしはライカーにたずねた。

「冗談ですよね？」

「冗談ではない」

「艦長、コロンブスの〈サンタ・マリア〉、クックの〈エンデバー〉、アームストロングの〈イーグル〉、アーチャーの〈エンタープライズ〉……。あなたの服務記録はアカデミーの指定図書でした。もしあなたを困らせたらすみません、でも……」

「でも何だ？」

「わたしたちは皆、あなたになりたかったんです」

皮肉だった。無名のまま忘れ去られたように感じていた歳月が、今ではクルーの尊敬を受ける根拠になるとは。そのことは、指揮のとり方において、わたしに違う道をとらせた。〈スターゲイザー〉の艦長に就任したときの選択を、今でも覚えている。艦長としての役割を、主人よりは奉仕者とみなし、乗務員のニーズを優先させた。〈エンタープライズ〉では、神のような超然さを身につけた。一部はクルーの敬意が自然と増えたため、一部は自己防衛のためだった。多くの友人を〈スターゲイザー〉で失い、無意識のうちに、せめて誰ともあまり親密にならないようにしていた。

それでも、ともに任務に向かう若者たちを知りたいと思った。わたしはクルーをひとりずつ、観察ラウンジの夕食に招待しはじめた。ターシャの番のときは、フランスの田舎風料理でもてなした。ローストチキンの春タマネギ添え、トマトタルト、若鶏のマスタード焼き、カボチャのグラタン。ターシャはいちいち驚いてみせた。

「わたしの子ども時代に食べていた料理だ」わたしは説明した。

「おいしそうな香りですね」たっぷりよそってやると、ターシャが食べはじめた。次に、ワインを一杯注いでやる。

「すみません、艦長。酒はご遠慮します」

「失礼した。好まないのか、それとも医療上の問題かね」

「わたしの出身地では、アルコールやドラッグが濫用されています。それらの影響下にある人間は、簡単につけこまれました。避けたほうが無難だったんです」

「生きるのに難儀しそうな場所だ。よく抜け出したな」

「決して完全に抜け出せはしません。幼い頃から自分は無価値だとおとしめられ……そういった考えは、心に根を張ってしまうんです」わたしは彼女の勇敢さがどこから来るのか、理解しはじめた。心のどこかで無価値という考えに抗《あらが》えばこそ、命を賭けることができる。

「君はわたしにとって、大いに価値がある。そして船にとってもだ」ターシャが感動したのがわかった。だが、大海の中の一粒にすぎない。この会話を交わしたあと、ターシャが自分の命には価値があると心の底から実感できるように、何でもしようと決意した。

　その機会はやってこなかった。

「友人にして、同胞だったナターシャ・ヤー大尉をともに弔《とむら》おう」

緑の野原、そして墓地を再現したホロデッキに、わたしはコマンド・クルーとたたずんだ。ターシャは任務中、悪意に満ちた生命体によって無惨にも殺された。[編注17] クルーにとってははかりしれない損失、わたしにとっては大失態だった。これは彼女の追悼式であり、われわれは、ターシャが生前に撮ったホログラフ映像を投影した。自分の任務には命の危険が伴うと知っていたターシャは、クルーとの強い絆を感じればこそ、もしもに備えてメッセージを遺していた。ターシャが親しい友人ひとりひとりに語りかける。彼らと結んだ親交は驚くにあたらない。だが、わたしに宛てたメッセージには不意を突かれた。

「ジャン＝リュック・ピカード艦長、あなたは父のようでしたと申しあげたいのですが、父を持たなかったので、それがどのようなものかわかりません。ですが、この宇宙でわたしのことを誇りに思ってもらいたい人をもし選べるのなら、それはあなたです」

わたしは深く感じいった。ある意味、父親の不在という点で共感もした。この輝かしい若者の死の悲劇から決して立ち直りはしなかったが、彼女が生きている間、何がしか価値のあるものを与えてやれたことに、いくばくかの満足を覚えた。

だがターシャの死は、〈エンタープライズ〉艦長としての一年目の終わりを締めくくる不毛な期間のはじまりだった。過去の断片たちが突然、一挙に決着をつけに来たかのようだった。わたしの人生とキャリアの絶頂期が、重苦しい幕間にとって変わった。それは、わたしが長い間避けてきた再会にはじまる。

「一日中待っていたわ」ジャニースがいった。ふたりは船の観測ラウンジにいた。長い時を経ても、彼女はいまだに美しい。ジャニースは夫の有名な物理学者、ポール・マンハイムと一緒に乗艦していた。乗艦以来、逃げ隠れこそしなかったものの、彼女とふたりきりになるのを避けてきた。彼女に借りっぱなしだったつらい会話を、とうとう交わしはじめる。

「あなたを探しに宇宙艦隊本部まで行ったのよ。だけどあなたはすでに、出航したあとだった」

彼女は気丈にしていたが、いまだに傷つき怒っているのが伝わった。次のセリフをいうときは、からかい気味に響く命令口調に抑えていた。「さあ、覚悟はできたわ、ジャン＝リュック。本当の理由を教えてよ」

「恐れたんだ。君を見れば決心が鈍る。パリにとどまるのが恐かった」

ジャニースは笑った。

「あれからずっとひとりで悩んできたのよ。あなたの一番恐れたことをいわなかったわね。来なかった本当の理由を」

「それは何だい？」

「わたしと暮らしたら、月並みな人生を送ることになる」わたしは小さく笑ったが、暴力的なまでに鋭い真実だった。

「すべてお見通しか？」

「わたしにはね」まもなく、ふたりはなごやかに別れたが、彼女の言葉が尾を引いた。じゅうぶん時が過ぎ、ジャニースは痛手を癒やして愛する者と結ばれた。だがわたしは、愛する人と幸せな生活を送る機会を手放した——わたしを理解してくれる人を。何のために？　偉業を成し、世に認められるため？　薄っぺらもいいところではないか。

「実をいえば、ずっとバーを開きたかったんです」ライカーがいった。

数日後、ライカー、ディアナとともに、わたしは〈ブルー・パロット・カフェ〉のテラス席に座って飲んでいた。船はサロナ八号星で上陸休暇をとり、われわれ三人はケルの首都に向かった。ケルは惑星最大の大陸北端に位置し、広大な砂漠のふちにある。まるで地球にいるような気分だった。低い建物と狭い通りは、昔のフランス領モロッコに似ている。手のこんだカクテルをすすりながら、宇宙域じゅうから集まったあらゆる種族が織りなす活発なストリート・ライフを眺めていた。

「本艦にないとは残念だな」

「作るなら、どこにします？」ディアナが訊いた。

「第一フォワード・ステーションは空っぽのラウンジだ」ライカーがいった。「おあつらえ向きだぞ」

「そうしてくれ！　だがいいバーテンダーがいるな」

「募集しましょう」

そのとき、ビバリーとウェスリーが姿を見せた。ふたりをこちらへ招き寄せる。

「すごくない？　いろんな種族がいるよ」ウェスリーがライカー中佐に話しかけた。まだわたしに対しては気後《きおく》れを見せる。「ママとぼくは、地元の警察がクリンゴン人とノーシカ人のけんかを止めるのを見たんだ」

「そりゃあ、よそじゃちょっとお目にかかれないな。なあウェス、アミューズメント・センターはもう見たか？」

「まだだよ。ママ、行かない？」

「今飲み物が来たところなのよ」

「ディアナとわたしで連れていきます」ライカー中佐が許可を求めてわたしをちらっと見た。わたしはうなずいた。周囲の雰囲気とカクテルのおかげで、とてもくつろいでいた。三人が行ってしまい、ビバリーとふたりきりになった。飲みながら、気軽に当たり障りのない雑談をする。話題は先日のジャニースとその夫との邂逅《かいこう》に移った。

「すてきな女性だったわね。どこで知りあったの？」

「母の世話をしてくれたんだ。ごく短期間つきあっていた」昔の想い人について、もうひとりと話すのは具合が悪いが、ビバリーにそんなことはいえなかった。

「過去を振り返るのは、ときにはつらいわね」

「ああ、そうだな」何か別にもっと、いいたいことがあるのがわかった。アルコールで少しばかり大胆になっていたかもしれない。「何かわたしにいいたいのでは?」

「ええ……宇宙艦隊の医療部に、上級職員のポストがあるの。申し込もうかと」

「艦を離れるのか?」予想を裏切る返事に、わざとらしいほど平板な口調になった。

「まだよ、もし受かったらの話」

「不満があるのか?」

「ちっとも。船、クルー……艦長……申し分ないわ。ただ……」

「ジャックか……」

ビバリーがうなずく。

「思い出がありすぎて。まだ心の整理がつかないの」

「君を失うのは痛いな。船にとって、という意味だが」〈ブルー・パロット〉の出す酒は本物のアルコールで、わたしはつい口を滑らせた。

「ありがとう」

「もちろんサポートするよ」艦長の立場では、本気だった。個人的にはうちひしがれ、グラスを空けてライカーたちが戻るのを待つ間、わたしはむっつり押し黙った。船を降りて欲しくなかった。

〝やあ、ジャン＝リュック〟ウォーカー・キールがいった。〝ひさしぶりだね〟

「ずいぶんになるな」船室で寝ていると、非常時通信が入った。スクリーンのウォーカーが話をしている。白髪まじりだったが、表面的な加齢以上に、何かひどく違和感があった。彼らしい、はつらつとした活気やユーモアがない。ひどく固い表情をしている。

〝直接会って話したい〟その声にはただならぬものがあった。〝ダイタリックスBで落ちあおう〟

それではコースをはずれることになり、任務に反する。ウォーカーは百も承知だった。頑として譲らず、有無をいわせなかった。

〝危険が迫っている。誰も信用するな〟

ダイタリックスBの廃鉱になった施設の中で、わたしは宇宙艦隊の艦長三名と対面した。ボリア人のリックス、艦隊史上最年少で艦長に昇進したと評判の若き女性士官トライラ・スコット、そしてウォーカー。リックスとスコットはわたしにフェイザー銃をつきつけ、ウォーカーが奇妙な質問を矢継ぎ早に浴びせる。

「君がジャック・クラッシャーをビバリーに紹介した夜を覚えているか?」わたしはしばし、考えこんだ。質問には大きな嘘がまぎれていた。わたしを偽物だと思っているのか?

「よく知ってるだろう、あの頃わたしはビバリーに会ってさえいない。君が紹介したんだ」

「いや、兄が紹介した」こんなのは馬鹿げている。

「君に兄弟はいない。妹がふたり、アンとメリッサ。一体どういうことだ?」忍耐を切らしたが、向こうは納得がいったらしい。ウォーカーが仲間にうなずき、ふたりは武器をおろした。

「ピカード艦長、こうして秘密裏に集まったのは」リックスが説明する。「脅威と闘うためなのです」

「脅威というと?」

「最近、司令部に異変が起きているのに気づかれませんでしたか?」スコットがたずねた。否定したが、司令部とは緊密に連絡をとっておらず、そのあたりの事情には疎《うと》かった。

「おかしな傾向がみられる」と、ウォーカー。「理屈に合わない指令が相次いでいるんだ」

三人は、奇妙な偶発事件や事故死、情報の制限などを並べたてた。偏執的な陰謀論としか思えない。トライラ・スコットが、わたしの顔に浮かんだ不信の念を読みとった。

「彼は信じていません」

「信じようにも根拠がない」

「わたしの船にまで広がっている」ウォーカーがうち明けた。「地球に寄港して以来、副長が別人になってしまった。ドクターはどこも変わりないというが、彼も信用できん……」

「ウォーカー！」どうかしている。とても同じ男とは思えない。連絡をとりあう約束をして、その場をあとにしたが、ひとことも信じてはいなかった。

疑ったことを、わたしは後悔している。直後、ウォーカーの船が謎の原因で大破した。彼らは真実をいっていたのだ。何か不吉なことが、進行している。

友人の死を無駄にするわけにはいかなかった。

「お手柄でしたね、艦長」サティー提督がいった。宇宙艦隊本部の通信室に立つわれわれの足もとには、レミックという名の宇宙艦隊少佐の死体が横たわっていた。ライカーとわたしはたった今、彼と彼の身体に棲《す》みついた未知の生命体を殺したばかりだった。

ウォーカー・キールの死を巡る疑惑を追ってわれわれは地球に戻り、そこでカニに似た寄生生物が、宇宙艦隊士官の体に入りこみ、脳の認知機能を乗っとっていたことをつきとめた。彼らは実に、惑星連邦征服まであと二、三歩のところまで迫っていた。

「あれは一種の〝母体生物〟だったんです」ライカーが説明した。

われわれがその生物を仕留めて間もなく、サティー提督が数名の士官を伴って到着した。艦隊司令部に巣くう陰謀に最初に疑念を抱いたのは彼女であり、それはわたしに〈エンタープライズ〉の指揮権を与えたときにまでさかのぼる。サティーはまた、身を隠す前にウォーカーをわたしに送りこみもした。わたし自身が例の生物の手に落ちていた場合に備え、彼女が指示したことは教えるなとウォーカーに口止めしてあった。

わたしはレミックを見おろした。宇宙に存在する命を慈《いつく》しむように教えられてきた。それを奪っても、喜びはない。

「母体が死ぬと」サティー提督がいった。「残りは乗っとっていた体から逃げ出し、死に絶えました」

「わたしはウォーカーを信用しませんでした。もし、もっと早く動いていたら……」

「わたしたちすべてに責任があります、艦長。わたしたちは警戒を怠《おこた》ってはならないのです」

数日後、地球でウォーカーの追悼式が開かれた。わたしはビバリーとともに参列した。式は、シカゴの街の、〈ロックフェラー・チャペル〉と呼ばれるいにしえの宗教的建築物で行われた。ウォーカーの思い出を語る登壇者たちに耳を傾けながら、わたしは旧友をなくした事実をかみしめていた。彼はとても大切な人生の一部、忠告や同胞意識が欲しいとき、ずっとあてにしてきた男だ。いつもそこにいるのが当たり前だと思っていた。

式がはけ、ウォーカーの妹たちと懇意にしていたビバリーはあとに残り、わたしはチャペルをひとりで立ち去った。通りを歩いていると、誰かがわたしの背後から近づいたが、声をかけられるまで気がつかなかった。

「お悔やみをいわせて、ジャン＝リュック」ガイナンだった。いつものつば広の帽子と長いローブを身につけているが、黒で統一している。わたしは彼女を抱きしめした。ガイナンの存在に心から励まされた。

「会えてすごくうれしいよ。どこにいたんだい?」彼女は〈602クラブ〉を去って久しく、ずっと行方がわからなかった。宇宙じゅうを気の向くまま、渡り歩いていたらしい。

「あちこちとね。あなたの船に、バーを開くあてがついた?」

「それなんだが、たった今ついたよ……」友人を失ったあと、ささやかな幸福の理由が見つかった。


「〈U.S.S.レパルス〉のドクター・ポラスキーが、ベストな選択でしょう」ライカーがいった。

われわれはビバリーの交代要員を求めて履歴書をあたっていた。ビバリーは宇宙艦隊医療部のポストにありつき、本艦が第五七宇宙基地に到着次第、午後にはここを出ていく。穴埋めとしてわたしの心にあったのはドクター・アイラット一択だったが、彼女は退役して故郷の星に帰ってしまい、ほかをあたるのを今の今まで引きのばしてきた。密かにビバリーが気を変えてくれるよう願ったが、彼女の意志は固かった。わたしはポラスキーの服務記録を見た。

「申し分ないな」

「決まりですか?」ライカーがそっとわたしをつつく。彼はわたしが無意味に引きのばしているのに気づいていたが、理由を知っていたかどうかはわからない。

「進めてくれ《メイク・イット・ソー》」

「了解です。さて、機関部の例の問題で、いい解決策があるんですが」その部門については、指揮系統に不満を抱いていた。本艦は入りくんだテクノロジーの産物で、設計者たちは専門分野ごとに技術主任を置いていた。だが問題が起きるたび、別の担当者におうかがいをたてねばならない。マクドゥーガル、アーガイル、リンチ、ローガン。わたしはスカリーのときのように、もっと伝統的な艦長―機関士の力関係を望んだ。全員をとりまとめる役がひとり、必要だった。

「聞かせてくれ」

「ジョーディです。エンジニアリングの経験が豊富で、独創的な解決策を思いつき、艦長とはすでに強い信頼関係を築いています」

「確かに頼りにはなるが、先輩格の者たちが黙っていないだろう」

「それは彼の問題です」ライカーが笑った。「実際、うまくやりますよ。それより、ジョーディが抜けた操舵席のスポットを、誰が埋めるかですね」

「ウェスリーといいたいところだが。母親と一緒に行ってしまうのは残念だよ」

「変われば変わるものですね」そうだ。わたしはあの若者、わたしの古い友人の息子で、操舵士の交代要員をつとめる彼を、評価するまでになっていた。ウェスリーはあと数週間で学期を終え、新しいポストにつくため船を降りる母親のあとを追う。

〝ブリッジからピカード艦長へ〟ジョーディがインターコム越しに呼びかけた。〝第五七宇宙基地に到着〟

「よろしい、標準軌道に入れ。それと、ドクター・クラッシャーに伝えろ」そういったときの声のかすれに、ライカーが気がつかないよう願った。もしついたとしても、おもてには出さなかった。

ビバリーが艦を発つ予定の数分前、すぐに戻るといい捨ててブリッジをはずし、医療室に向かった。ビバリーに何か特別なことをいうつもりはない。だが最後のひととき、ふたりきりになりたかった。

医療室に着いたとき、オフィスは空っぽだった。

「何か御用ですか、艦長？」新米スタッフの若い少尉、ナースのオガワが声をかけた。

「ドクター・クラッシャーを探している」

「ああ、ドクターは出ていかれたと思います」わたしはパニックを起こしかけたが、自分を抑えてオガワにうなずくと、あわてて見えないようにできるだけ早く立ち去った。第一転送室へ向かう。通路が無人になるとほとんど走らんばかりにペースを上げ、人影が見えれば歩調を緩めた。

転送室に着いた。オブライエン主任ひとりだった。

「ドクター・クラッシャーはもう転送したかね？」

「いえ艦長、まだです」わたしはうなずいて部屋を出た。息が切れ、汗をかきはじめた。これはまずい。それから一番単純な問題解決策を避けていたことに気がついた。

「コンピューター、ドクター・クラッシャーはどこだ」

〝ドクター・クラッシャーは作戦室にいます〟

わたしは何て馬鹿だ。もちろん退任許可を受けに来るに決まっている。深呼吸をして、ブリッジにゆっくり戻っていった。作戦室に向かうと、ビバリーが出てきた。

「あら、お待ちしていたんですが」

「ああ、失礼した。ちょっと呼ばれたものでね」マヌケな嘘だ。ブリッジ・クルーの全員がわれわれに注目し、わたしがどこにも呼ばれていないのを知っていた。そそくさと部屋に連れ戻る。

「それで、出発準備はできたのか」

「はい。ウェスリーを数週間余計に置いていただいて、改めてお礼をいいます」

「どういたしまして。彼はクルーの重要なメンバーだ」

われわれは互いに見つめあい、中途半端に笑った。

「お礼をいわなくては。君がいてくれて、どれだけ助かったかしれない」

「残れなくてごめんなさい」

「もし戻りたくなったときは……」

「新しい医療主任がすでにいるとなれば、それは難しいでしょう」

「何とかする」ビバリーはわたしに近づくと手をとって、それから顔を寄せて頬にキスをした。

「下艦許可を願います」

「許可する」彼女はきびすを返して退出した。ビバリーに本当の気持ちを伝える機会をまたもや逃した。去って欲しくなかったのに、引きとめる危険を冒す意気地がなかった。

二週間後、今度はウェスリーが降りる番になり、相談があるといって作戦室にやって来た。

「ピカード艦長、いろいろ考えて、結論を出しました。船に残らせてください」ウェスリーは宇宙艦隊士官への前途があり、とはいえまだまだ年若く、保護者を必要とし、そんな責任を負うのをわたしは恐れた。そこで、煮え切らない返事をした。

「艦長、ここがぼくの居場所です。ぼくは〈エンタープライズ〉の人間なんです」わたしは黙って彼のいい分を聞いた。それから答えを与えずに下がらせた。ウェスリーのせいで、自分の若い頃の、家族と家から切り隔てられた感覚がよみがえる。この船が、彼に居場所を与えた。あの子からもぎ離された父親を思う。埋めあわせるものは何もない。だが、エンタープライズはそれに近いものになれるだろう。わたしはウェスリーを手もとに置いておくことに決めた。

それはまた、ビバリーとのつながりが完全に切れてしまう心配が、なくなる方便でもあった。


「Qがしかけたせいで」ガイナンがいった。「ボーグとのファースト・コンタクトが、本来よりもうんと早まってしまったわ」われわれは、ライカーが第一フォワード・ステーションを改装して作ったバー、〈テン・フォワード〉で三次元チェスをしていた。バーは大成功だった。またたくまに、集い、くつろぎ、おしゃべりし、仕事を持ちこみさえするクルー憩《いこ》いの場となった。Qとのトラウマ的な遭遇後、わたしはガイナンと過ごしていた。Qは惑星連邦にとって最強の敵となるものを、われわれに引きあわせた。ボーグだ。

「あなた方はボーグにとって、ただの素材でしかないの」ボーグは異文化を同化していくサイバネティックス種族だ。文字通り、星々から都市をえぐりとり、住民をとりこむ。そうしておいて、サイバネティックスの移植技術で仲間へ変えてしまう。同化がすんだ種族の精神は、ボーグ集合意識に組みこまれる。この単一の精神により、恐ろしいほど効率的な共同作業が可能になった。ガイナンは自分の体験から話していた。彼女の種族、エル・オーリア人はそうやって同化された種族だった。「あなた方の存在に気づいた以上……」

彼女はセンテンスを終えず、尻切れとんぼのままにした。意味は明白だ。

「追ってくるか」

「必ず」

「Qは間違った理由で、正しいことをしたかもしれん」Qは彼の膨大なパワーを使い、わたしの船を七千光年離れた宇宙域へ瞬時に移動させ、そこでボーグの巨大船、キューブと鉢合わせた。われわれはまったく歯が立たず、Qにすがりついてなんとか逃げ出せた。

「どうしてそう思うの？」

「そうだな、今のわれわれには、宇宙に対する慢心に活を入れてもらう必要が何よりあったのかもしれん。行く手を待つものに備えるために」チェスボードで最後の一手を打つと、ガイナンが自分の負けを認めた。笑顔を作ったが、誰かがバーへ入った拍子に消える。振り向くと、ミスター・ウォーフがＰＡＤＤを手に立っていた。

「行方不明者の名簿です」ボーグが攻撃したとき、彼らは船の一部をくり抜いた。そのセクションにいた十八名すべてが行方不明となり、死んだと推定されている。名簿に目を通す。知った名前が並ぶ。ローガン、トレス、ウォーレン、ソリス、ツー……キャリアをスタートさせたばかりの若者たち。皆、逝《い》ってしまった。

　この遭遇の代償は、おそろしく高くついた。自分たちの慢心に「活を入れる」と形容したのは、無神経がすぎた。

「失礼するよ、ガイナン。遺族に手紙を書かねば」


「ドクター・ポラスキー。どうもこれは、うまくいかないようだ」キャサリン・ポラスキーが医療主任になって一年、わたしはもうこれまでと見切りをつけた。医師としての腕は確かだった[編注18]が、しばしば真っ向からわたしに刃向かい、あまつさえ侮辱までした。この知らせを聞いても、ドクターはあまり驚きを見せなかった。

「転属を願い出るつもりでした。失礼ながら、乗艦したときからわたしは歓迎されていないのがはっきりしていました」

「それは公正な意見とはいえんだろう」とはいったものの、ある意味彼女は正しかった。「裏付けとなる行為を挙げてみせてくれるか？」

「具体的な出来事の指摘はできません。ただ、艦長に歓迎されていないと感じるんです」

「そんな印象を与えてしまい、残念だ」彼女の個人的な印象に異論は挟めない。ポラスキーとは距離を置いてきた。そして最近は自分の不満を正当化するため、密かにささいな違反行為のリストを心の中で増やしていった。一週間前、ブリッジで起きたある出来事でわたしの腹が決まり、彼女の解任に踏み切った。

データが歌を歌ったためだ。

わたしはディアナとライカーに挟まれ、ブリッジに座っていた。ウェスリーが操舵席につき、データが管制席に。ウォーフはわたしの後ろにいた。

「ビバリーと話をしました」ディアナが切り出した。わたしは椅子の腕に埋めこまれたキーパッドに集中しており、ライカーから承認を求められた当番表を確認中だった。

「様子はどうだった?」ライカーがたずねた。

「元気よ。でもわたしたちを恋しがってるみたい」

「絶対そうですよ」ウェスリーが請けあった。「ぼくにはわかります」

「あのポストに移ったのは」データが口を挟む。「正しい決定ではなかったようです」

「ときにはね、データ」と、ディアナ。「失ってみるまで、大切さがわからないの」

「彼らはパラダイスに道路を敷き、駐車場を建てた」

「どういう意味だ?」ウォーフがとまどう。

「古い地球の歌です。カウンセラー・トロイがおっしゃったのはそのことだと推測しました。

『失ってみるまで大切さがわからない』はその前の節の歌詞です」全員が笑った。

「違うわ、データ。それはただの偶然」

「歌ってくれよ」ライカーがせがんだ。データがわたしを見、わたしはやっと状況に気がついたふりをしてうなずいた。データが風変わりだが心にしみる歌を歌い出し、わたしは未来を夢想した。それで、ビバリーに直接探りを入れる気になった。二、三時間後には、亜空間通信で彼女に話しかけていた。

〝うれしい驚きだわ〟しばらくビバリーの仕事や船の近況を伝えあう。そのあとドクター・ポラスキーとの確執について話し、もうじき出ていくことになるだろうといい添えた。

「それで、医療主任の椅子に空きが出る。ふさわしい経歴の人物が誰かいないかと……」ビバリーが笑った。わたしをまっすぐ見すえる。

〝ディアナ相手に秘密は守れないわね〟

「何をいってるのかわからないな。カウンセラー・トロイはテレパスじゃないぞ。とにかく、誰かいいあてはないか？」

〝正直いうとね、ジャン＝リュック。〈エンタープライズ〉にいるのはつらすぎると思ったけれど、離れているのはもっとつらいわ。みんなが恋しすぎて〟

「じゃあ戻ってこい。こちらも同じだ」少しのち、ポラスキーが去り、ビバリーが戻った。

「次の目的地は、バルカンに決まった。サレク大使をレガラ人に引きあわせ、協定交渉の席を設ける」命令を受けとったばかりのわたしは、ブリッジにいた。全員が期待通りの反応を示した。サレクは伝説的なバルカン人で、進化した謎の種族、レガラ人と長年にわたり協定を結ぼうと骨を折ってきた。レガラ人は何年も前、一隻の宇宙船によって発見された[編注19]。彼らは液体の中で生きる種族だ。大型の青いロブスターに似た姿で、非常に進化したテクノロジーと文化を有している。また、これまで惑星連邦に加わる意志をまったく見せてこなかった。サレク大使は彼らを個人的なプロジェクトとして受けとめ、過去九十三年間を費やして交渉の席につかせようと試みてきた。もしこの協定交渉が成功すれば、彼の経歴でもひときわ輝かしい成果として歴史に刻まれるだろう。そして、われわれはその一部になる。

　エンタープライズ号の指揮をとって三年目、ある意味艦長としての役割に、やっと手応えを感じてきた。肩の力が抜け、望みのクルーに囲まれ、銀河級の事件で前人未到の役割を担いはじめた。そしてわたしにとり、個人的な勝利――ずっと以前は緊張のあまり話しかけられなかった人物と話をする機会、彼が築いてきた歴史のすべてを洞察できる機会が巡ってきた。それは実現を果たすが、期待した形とは違った。

「わたしにそんな口をきくことは許さん！」サレク大使が乗艦して数日後、彼はわたしに向かって叫んでいた。バルカン人が、わたしに叫んでいた。

「声を張りあげたのは、怒っておられるからですか？」わざと、彼をたきつけた。事実を認めさせるためだ。サレクがベンダイ症候群と呼ばれる退行性の病気を患《わずら》っている事実を、彼の側近が隠そうとするふしには気づいていた。病気によって感情の抑制がきかなくなったサレクは、自身のテレパシー能力を通じ、爆発的な感情を艦内の者たちの心にまき散らしていた。

「バルカン人が怒りを表すなど、非論理的である！　非論理的だ！　非論理的だ！　非論理的だ！」完璧にたがが外れていた。大使をそんなふうに追いこまなくてはならないのは痛ましいが、選択の余地はなかった。

わたしは頭を冷やしてもらうために彼を客室に残し、艦長作戦室に向かった。もはや残された道は、レガラ人に連絡をとって会議をキャンセルするしかない。サレクがこのような状態のところへレガラ人が乗艦したら、交渉は目も当てられなくなるだろう。過去九十年間にわたる大使の努力がすべて水の泡になってしまう。この解決不能なジレンマにぶち当たったとき、彼の奥方が面会にきた。

「あなたにお話があります、艦長」サレクの妻ペリンは地球人、しかも、大使が結婚した二番目の地球人だった。すべてにおいて感情の抑制を旨とするバルカン人が、感情表現を奨励する社会で育った女性を伴侶に選ぶとは興味深い。ペリンは会議を続行して、夫の評判と功績を救うように訴えた。

「会議は成功します」

「それは無理かと」

「もしあなたが夫と精神融合すれば、サレクは抑制心をとり戻します」

「うまくいくとは思えません。あの方の感情を制御できるほど、わたしは精神の鍛錬《たんれん》ができていません」バルカン人の感情は、地球人よりも生々しく、害になるものとして知られる。それを手なづけるのに成功した彼らの開明のほどを物語る、ひとつの証《あかし》でもあった。

「制御の必要はありません。あなたは夫の感情の受け皿になってくだされぱいいの。物理的に離れていれば、夫が交渉の音頭をとるのに支障は出ません」わたしはペリンを見つめた。頼みを聞き入れると決めてかかっている。なぜわかるんだ？　二、三日前に初めて会ったというのに、なぜかこの女性にはお見通しだった。この提案が危険であると同時に、わたしには抵抗できないということを。彼女はしたり顔で笑った。

わたしの答えはこうだった。「いやとは申せませんね」

「歴史上最も偉大な男と精神を共有できるのに？　それはないわね」


サレクはわたしの私室で、わたしと向きあっていた。手をわたしの顔に置き、そのとたん、心の中に大使を感じ……彼の精神が、わたしの精神となった。大使の体が部屋を出ていったのをぼんやりと意識したが、われわれはまだ、心の中でつながっていた。ビバリーが近くに座り、感情が、記憶が、なだれこんでくる。

「混乱だ！」自分が叫ぶのが聞こえたが、人ごとのように感じる。「わたしは年老いた！　もう何も残っていない。骨と皮だ。友は皆死んでいき……」記憶がわたしを乗っとり……。

『わたしはアマンダ・グレイソンです』アマンダがわたしにいった。人間の子どもたちを連れて、地球のバルカン大使館に見学にきた教師だ。玄関ホールまで出ていくと、彼女の温かい笑顔と輝く瞳が目に入り、その魅力が論理を脇に追いやって、わたしを彼女の前に押し出した。自己紹介をするために……。

生まれたばかりの小さなわが子が、泣いている……幼子の抑えのきかない感情にうわべでは不快を示したが、内心では喜びを感じた。無邪気な、壊れやすい生き物を、過酷で容赦ない世界から守ってやらねばという感情に圧倒された……。

爆発直後のビジョン。一面の火の手と瓦礫《がれき》に囲まれ、パニック状態のアマンダが何としてでもわたしを助けてと訴え……。

『宇宙艦隊アカデミーに入る……』スポックがわたしにいった。彼は十代、わたしがとったのとは違う道を選んだ。何という侮辱！　わたしが歩んだ生き方では不足だというのか？　それがどれだけわたしを傷つけたか、息子には見せられなかった。息子には見せられない。たとえわが子であっても、どれだけあの子に認めてもらいたかったとしても……。

『サレク……』ベッドに伏せるアマンダは衰え、弱っていた。人間の寿命は、わたしよりもはるかに短かい。彼女の手をとり、そして初めて妻に感情を見せた。わたしはその言葉を口にした……。

『愛している』だが妻は目を閉じた。逝ってしまった。わたしの声を聞いただろうか？　妻は知っていただろうか？

『お会いできて光栄です、大使』ペリンはとても若く、好奇心に輝く表情を向けると、アマンダと同じ魅力でわたしを引きつけた。だが、同時に罪悪感も覚えた。恐ろしい罪悪感。アマンダは何十年も前に死んだが、それでも彼女はわたしが愛しているといった唯一の女性だ。ペリンに抱いた感情はその愛を裏切る行為だったが、やはりその思いを追い求め……。

サレクの記憶、それがわたしを飲みこんだ。わたしはビバリーの腕《かいな》の中に崩れ落ち、とめどなくむせび泣いた。

やがて、それは終わった。サレクは成功した。惑星連邦はレガラ人と条約を結んだ。サレクは去ったが、精神融合により、歴史上の偉大な人物の弱点をわたしは理解した。野心、愛、孤独。サレクに共感した。実際、わたしはサレクになろうとしていた。自分が生きるこの世界をよりよくし、文化と規律を広げ、永遠に歴史に名を残そうと望んだ。この体験は感情的にひどくこたえたが、わたしは耐えきった。自信がついた。わたしは開明のための生きる道具だ。

自分の膨らみすぎた野心を書き記すたびに、しばしば思い知らされる。わたしはまた、とんだ愚か者だった。

「抵抗は無意味だ」ボーグ・キューブにいるわたしは、惑星連邦の宇宙船四十隻と交信していた。艦隊は〝われわれ《ボーグ》〟の地球侵攻を阻止せんがため、ウルフ三五九星系に集結している。ボーグの狙いは惑星連邦全体の同化にあり、人類の故郷を手はじめに、次々に広げていくつもりだった。

「抵抗は無意味」といったとき、わたしはロキュータスとピカード両方として話した。ロキュータスにとっては事実を述べたにすぎない。ボーグの集合意識は、どのような形の抵抗も許しはしなかった。

ピカードの「抵抗は無意味」は、絶望の叫びだった。うち破ろう、コントロールをとり戻そうと必死に努力したが、わたしは脇に押しのけられた。わたしは四十隻の船を見守っていた。かたわらで、同胞が口を開く。

「彼らは抵抗するわね」クイーンがいった。

「はい」声に出したのはクイーンだったにせよ、集合意識を通してもいた。何十億もの声が頭の中に響く。クイーンの声はほかを圧した。

ボーグ・クイーンの存在を、連邦は知らなかった。クイーンは集合意識を操って、無数の種族の同化を指揮した。クイーンは事実、創造主だった。何千年も生き、前世ではサイバネティックス学者をしていた。ナノプローブを開発し、細胞に注入して病気を治療するのに役立てた。ナノプローブはサイバネティックス移植装置と連動もでき、彼らの世界のコンピューターを使い、思考同士を直接つなげることをも可能にした。やがて、ナノプローブは進化し、一種のウィルスとなって、最初に彼女の種族に感染し、その後、接触した異種族に感染していった。集合意識が育つにつれ、すぐにほかの種族を欲するようになり、そうして彼らはボーグになった。

はじめから、クイーンはわたしに興味を抱いたようだった。ある種のおもちゃ扱いをされた。捕らえられてすぐ、われわれは〈エンタープライズ〉を戦闘で無力化した。だがしばらくの間、破壊の手を止めた。生かしておいて、わたしをもてあそんだ。集合意識はクイーンのコントロールに反応し、〈エンタープライズ〉は脅威ではないと確信していた。だが、何かほかにもあった。クイーンは完璧にわたしを支配し、なおも欲しがった。わたし自身を捧げさせたがった。わたしはボーグとなって自我を失ったと思ったが、クイーンが特別にわたしを欲したという事実は、ピカードが自分の一部を守りおおせたことを意味した。だが、当時わたしは自我を失ったと感じた。とりわけ、クイーンがわたしをさらに引き離し、戦いを強要して同胞を打倒させようとしたときには。

わたしはキューブをとり囲む宇宙艦隊を、いくつか異なる角度から見た。宇宙艦隊のトレーニングと、最近の作戦会議の両方でなじみのある戦略だ。正面攻撃を一斉にかけ、弱点を探し出す。先導船が攻撃を指揮し、弱点を見極めたのち、艦隊を動かしてその部分に集中砲火を浴びせる。「この戦略を突き崩す」集合意識がいった。わたしは彼らから何ひとつ秘密にしておけなかった。彼らはわたしの心を読み、かつ彼らがわたしの心だった。

わたしはビュースクリーンを向いた。接近してくる全宇宙船がわたしを見ていた。そして、わたしはそれらすべての船のブリッジを見つめ返した。かつてジャン＝リュック・ピカードとして知っていた存在を、信じられない面持ちで見守る艦長とクルーたちを、わたしは見返した。

〈U．S．S．フィアレス〉のブリッジにいるハンソン提督……彼は決然として見え、わたしを抹《まっ》殺《さつ》せんとしている悲哀を押し殺していた。〈サラトガ〉ブリッジのバルカン人艦長ストーリルは、沈着に任務を果たそうとしている。わたしのかつての通信士官クリストファー・ブラックが、〈ボーンステル〉の指揮をとっていた。彼は混乱して見え、正しいことをしているという確信をまったく持てないでいた。

〈フッド〉のロバート・デソトからは、愛想のよさがかき消えていた。

〈キュウシュウ〉の指揮をとるマルタ・ベタニディーズは、顔をゆがめていた。

〈メルボルン〉のコーリー・ズエラー。ずいぶんひさしぶりだ。わたしが知っていた若者ではもはやない。歳をとり、精悍《せいかん》になり、やつれていた。

〈ルーズベルト〉のチェバは、一斉砲火を命じながら、目に涙をたたえていた。

「破壊せよ」クイーンがいった。

わたしはそうした。一万一千人、全員を抹殺した。

編注14　ファーポイント基地は実は建造物ではなく、パワーを物質に変換できるまれなエネルギー生物だった。デネブ四号星の住民に捕獲されて囚われの身となり、地上施設の形をとるよう強要されていた。住民は、宇宙艦隊に施設を利用させ、見返りに報酬を得ようと画策した。ピカードが真実を暴くと、生物は自由の身となり、二度と姿を現さなかった。
編注15　「デイモン」とはフェレンギにおける宇宙船艦長にあたるが、彼らの文化に照らせばより正確には、古い地球にあった会社組織の最高経営責任者に相当する。
編注16　ボークは違法なマインド・コントロール装置を入手し、それを使ってピカードにかつての自分の船で、現在の船を襲わせようと画策した。ボークは失敗し、復讐は利益を生まないため、部下によって指揮官の座を追われた。
編注17　ナターシャ・ヤーは、ベグラ二号星の住人が創り出した奇妙な存在、アルマスに殺された。住人は自分たちに潜む「邪悪」さをすべて除去する手段を開発した。「邪悪」はアルマスの形をとり、無情で孤独なこの生き物にとって、ヤーの死は気晴らしであった。
編注18　まさしく、ドクター・ポラスキーはピカード艦長の人工心臓を緊急手術で交換し、彼の命を救っている。
編注19　宇宙船〈エンタープライズ〉が二度目に乗り出した五年間の調査飛行で、ジェームズ・カーク船長がレガラ人とファースト・コンタクトをした事実を、ピカード艦長は失念したようだ。詳しくは、『自叙伝　ジェームズ・T・カーク』を参照のこと。

CHAPTER TEN

第十章

航海の終わり
——新しい家族

「すべて覚えていますか?」ライカーが訊いた。

「何もかも。とりわけわたしのもと副長がしでかした無謀な作戦はな」

ライカーが笑った。データのラボにいるわたしの裸身には、ボーグのサイバネティックス移植装置が埋めこまれていた。データが集合意識へのアクセスに成功し、地球攻撃前にキューブを破壊せしめた。だが、わたしは自分が引き起こした破壊のすべてをまだ覚えている。そして、わたしの殺した友人のすべてを。

ライカーと軽口を交わしたのは、苦痛を避けるためだ。とても耐えられるような痛みではない。わたしは医療室に連れていかれ、数時間をかけて体からボーグのテクノロジーをひとつ残らず摘出された。療養中、ガイナンが見舞いに現れた。

「気分はどう?」

「ほぼもと通りだ。君にはすごく助けられたとライカーがいってたぞ」

「彼があなたを救い出すってわかっていたからよ。あなたとはデートの予定があるもの」

「そうなのかい?　いつ?」

「それはまだわからない」ガイナンが謎めいた笑みを浮かべる。「ゆっくり休んで」そういうと出ていった。何のことやらさっぱりだ――ガイナンは自分語りをしないたちで、その傾向に磨きをかけるのを楽しんでいた。

翌日、任務に復帰した。疲れてはいたが、再び人間に戻っていた。〈エンタープライズ〉はマッキンリー基地に引き返し、六週間の予定で修理に入った。

クルーは任意に地球で上陸休暇をとれた。わたしは船に残ったが、最初の数週間はカウンセラー・トロイと毎日会って話をした。

「昨日も悪夢を見ましたか?」

「見た」

「内容を覚えていますか?」

「断片的に」悪夢は、先だっての出来事にそっくりだが、夢にありがちな混乱が多少みられた。

「〈U.S.S.ルーズベルト〉が大破し、キューブのほうに漂ってきた。集合意識がドローンを送りこみ、生き残りを同化した」

「〈ルーズベルト〉にお知りあいがいたんですか?」

「艦長を知っていた。チェバ……」

「〈スターゲイザー〉であなたの部下だった人」

「そうだ。夢の中で、ドローンがチェバをブリッジから引きはがし、ナノプローブを注射するのを見ていた」

「それは本当にあったと思いますか?」

「そう思う。だが夢の中で、わたしは物理的に彼女のとなりにいた。チェバはわたしを見て、助けを求めた。わたしは彼女の肩に手を置いて何かをいった」

「何といったのですか？」

「抵抗は無意味だと。優しくささやいた。逆らうなといいふくめるように。それから死者の手がふたつ、わたしからチェバをもぎとっていった」

「それは誰の手だったのでしょうか」

「わたしのだった。わたしは、ボーグになった自分を眺めていた」

悪夢はどれもそんな調子で、いくつかはトラウマ的な体験に、はっきりと結びついた妄想だった。毎日夢について、じっくり話しあった。やがて、悪夢は見なくなった。気持ちがほぐれてきた。ディアナが地球に上陸休暇をとってはどうかと勧めた。行きたいところなどどこにもないと思った。

すると、義理の姉のマリーから便りがあった。ロベールはおよそ十年前に結婚し、奥さんが定期的に便りをくれた。わたしはおざなりな返事しかしなかったのに、それでも書き送ってきた。ロベールと、一粒だねの息子の近況をしたためてくる。〈エンタープライズ〉が修理のために軌道上に停泊すると聞いて、最新の便りをよこす気になったらしい。家を訪ねるように誘っている。受けることにした。
二、三日後、わたしは村からワイン畑へ向かって歩いていた。うららかな春の陽気だった。道中、兄が七歳の頃のまぼろしに出会った。甥《おい》のレネだ。だが過去のどんなロベールより、ずっと気持ちのよい子だった。

「あのね」しばらくおしゃべりしながら一緒に歩いたあと、レネがいった。「おじさんはあまり見えないね、ごう……ごう……その…」

「傲慢？」

「そう、ごうまん。そんなふうに見えないな。どんな意味かも知らないけど、ごうまんのくそ野郎って——」

「その話はまたあとにしようか」

レネは母親のマリーにわたしを引きあわせた。美しくエレガントな女性で、温かく出迎えてくれた。マリーの立つわが家の庭先は、ちっとも変わっていない。

「ロベールが待ちかねてるわ」

「レネがそういってました。どこにいます？」

畑でロベールを見つけると、ブドウの世話をしている。息子が兄に生き写しだったように、ロベールは父親……われわれの父親の生き写しだった。日よけの帽子でさえ。兄はわたしが近づくのを気配で察した。

「今戻ったのか。お帰り、艦長」兄は冷たく、よそよそしかった。予想通り、だがそれでもやはり、期待した態度ではなかった。

二日ほど、ワイン農園にとどまった。ロベールの風当たりはきついが、去りたくないと思う自分がいた。マリーとレネは母の死以来、失って久しい家族の温かさを思い出させてくれた。〈エンタープライズ〉に戻る必然性は、どこにもないような気がしてきた。マリーは家に戻るよう何度か誘い、いつもチャンスを逃がしてきた平穏な暮らしに、今度こそわたしも落ち着けそうに思えた。あとから振り返れば、自分の気持ちから逃げていたのは明々白々だった。あるレベルではわかっていた。

そしてまた始末の悪いことに、わが家のワインについ手を出してしまった。宇宙艦隊に所属してからというもの、口にするカクテルの大部分は合成アルコールで、それらにアルコールの有害な効果はなく――常に自制を保てた。だがうちのワインではそうはいかない。ある昼下がりに一本開けていると、ロベールがやってきた。グラスにワインを注ぐ。

「やつらに何をされた？」自分の経験を兄に話す気にはなれない。立ちあがり、家の外に出た。

「なぜ逃げる？　お前らしくないじゃないか」兄がついてくる。けんかを売っているのか。あとで、真相に気がついた。兄はけんかを売った、だがそれは、わたしを助けるためだった。わたしは酔いが回り、ろくに自制が効かなくなっていた。

正確に何が起きたかはうろ覚えだ。兄はわたしをののしり、地に墜ちた偉大な英雄と呼んだ。ねたみと、弟の面倒を見させられた愚痴を聞かされた。だがわたしは鼻で笑った。わたしにすれば兄にはいじめられ通しで、そして今、長年鬱屈《うっくつ》してきた怒りがアルコールと合わさって、わたしを支配した。

わたしは兄を殴った。

ふたりはブドウ畑の上に倒れこみ、泥だらけの灌漑用の溝でとっ組みあった。けんかは長続きしなかった。勝負がつかないからではなく、いい大人が泥の中を転げ回るばからしさに、ふたりともすぐに気づいたからだ。自分たちの未熟さに笑いがこみあげた。兄と一緒に笑ったことがあるのかさえ思い出せない。笑いはすぐに途切れた。

「そんなに自分を責めるな」その瞬間、ロベールがわたしを理解しているのを悟った。どこの誰よりも。悲しみと罪悪感があふれ出す。ボーグは自分のいたらなさを、眼前につきつけた。

「じゃあ、俺の弟も結局は人間だったわけだ。その傷はずっと消えんぞ、ジャン＝リュック。ずっとだ」それを聞いて、ロベールへの恋しさがこみあげた。わたしはロベールが恋しかった。

泥から立ちあがると、兄がわたしに腕をまわした。

「見せたいものがある」家の中に入り、廊下の戸棚の前へ連れていかれた。兄は地下室の扉を開けるばかでかい金属製のキーリングをとると、わが家の博物館へ降りていった。

高名な先祖たちの廊下を歩き、つきあたりに達する。そこにはロベールの肖像がかかっていた。そのとなりには、ユニフォーム姿のわたしの肖像画が。笑顔で、腕を組んでいる。

「どこでこれを手に入れたんだ？」

「作らせた。太陽系から外に出た初のピカード。親父は認めてくれるはずだ」

まもなく、修理のすんだ〈エンタープライズ〉に戻ったわたしは、完璧に自分を修復していた。ロベールは、わたしの望んだ兄になった。たぶん父親にさえも。わたしにはロベールが必要だった。〝ジャン＝リュック・ピカード艦長〟になる前のわたしを知る人間は、もはや世界に彼ひとり、真の弱さを見せられる唯一の人間だった。

　数年後、ロベールが死ぬ。とてつもない悲劇だった。ロベールは屋敷を原始的な状態におき、それがあだとなって兄とレネは納屋の火事で死亡した。兄との関係を修復するのに時間がかかりすぎたのは、一生の不覚だった。わたしはいつまでも大人になれず、ロベールの態度に怒るあまりに兄という人間を知る機会と、いつもわたしを見守ってくれていたことに心から感謝する機会を逸した。兄は子ども時代と家族とわたしをつなぐ最後の糸であったが、その彼は逝ってしまった。


　数週間後、ウェスリーがとうとうアカデミーに入るために離艦した。様々な事情で入学が先のばしになり、その間わたしは彼を少尉に昇進させた。だが、ついにそのときが来た。船で過ごす最終日、〈テン・フォワード〉で送別会を開いた。

　ひとり離れて立ち、会を眺めているビバリーに気づいてそばに近づく。

「ウェスリーが行ってしまうのが悲しいかい？」

「つらいわね。もう立派な若者だけど、わたしには五つのウェスリーが離れてくみたいなものなの」

「戻ってくるさ」本当にそうかどうかはわからなかった。ライカー、ラ＝フォージ、ウォーフに囲まれたウェスリーを見つめた。ラ＝フォージが話芸を披露し、みんなが受けている。

「お礼をいうわ、ジャン＝リュック」

「お礼？　何に？」

「あの子には父親がいなかった。でもあなたのおかげで彼には家族がいたわ、愛に満ちた家族がね。あなたはあの子を育てる支えになってくれた」ウェスリーたちが大きな笑い声を上げる。ビバリーは彼らを身振りで示す。「そして、最高のロールモデルたちが」

「ベストワンのロールモデルは母親だ」ビバリーはわたしを見て微笑《ほほえ》み、涙ぐんだ。人の目があろうとも、彼女を抱きしめずにはいられなかった。

その一瞬には、ふたりの関係を変える何かがあった。一緒に過ごす時間が増えた。習慣的に朝食を一緒にとりはじめるようになった。ロマンティックな要素は何もなかったが、過去は後ろに抜け落ち、今をともに楽しめるようになった。


「そうとも、わたしはここだ。ピカード艦長」

データとわたしは、洞窟の中に立ちつくしていた。ふたりは極秘任務によりロミュラン人に変装し、ロミュラス星に潜入した。目の前にいる人物に会うのは実に四十年ぶりで、彼の結婚式に居合わせたものの、会話を交わしたことはない。

スポック。

「ロミュラスで何をしている?」

「こちらがそれをお聞きしたい、大使」今や惑星連邦大使をつとめるスポックは、四週間前に行方をくらました。宇宙艦隊情報部がロミュラスにかけている長距離スキャンに大使の姿が引っかかったため、司令部は亡命を疑い、データとわたしをスポック捜索の任務に送った。ずいぶん昔のデノビュラへの小旅行を、司令部は忘れていなかった。

首尾良く見つけたはいいが、スポックははじめ、ロミュラスに来た理由を頑としていわなかった。それでも、彼に重大な知らせを伝えねばならない。話す前から予期していたらしい知らせを。

「サレクが、父が死んだのだな」

サレクはわれわれがロミュラスに来る少し前に死んだ。父の死を知ると、スポックはようやく口を開いた。彼はロミュランと、ロミュランの遠い祖国であるバルカンとの再統一を画策していた。それは、惑星連邦にはかりしれない影響を与える任務だ——文字通り、宇宙域を書き換えるだろう。

スポックはデータとわたしに立ち去るよう求めたが、わたしはつっぱねた。それほど微妙な任務、惑星連邦が認めるはずのない任務のさなかに離れられるわけがない。第一、スポック大使は惑星連邦の重鎮だ。全力で身の安全を守る必要がある。そのためわれわれは大使のアシストに残った。

大使と行動をともにするにつれ、いくつもの共通点を見いだした。論理を旨とするにもかかわらず、スポックはまた、野心家でもあり——惑星連邦において最も著名なバルカン人となった今、その名声は、彼の父親をしのぎさえした。だが、皮肉にも、彼が求めた承認を父親は与えようとせず、もしくは与えてやれなかった。

スポックの任務はわれわれがロミュラスにいる間は成功しなかったが、大使はその地へ残り、続行を希望した。別れぎわ、われわれは彼の父親について話し、スポックはすでにわたしが知っていることをうち明けた。彼とサレクは、一度も精神融合をしていない。わたしは彼と融合し、サレクから分け与えられた記憶と知識を伝える機会を申し出た。

スポックが、わたしの顔に手を添える。ふたりの精神が引きあうのを感じ……。

共通の出来事が見えた。奇妙な体験だった。二台のカメラが同じシーンを撮影しているような具合だ。幼いバルカン人の少年がいじめを受けて泣き、父親は無表情に立っている。だが平静を保とうとする一方、息子を心配し、同情し、恐れ、内心で葛藤《かっとう》していた。

息子は惑星連邦大統領の暗殺を防ぎ、父親は誇らしく思う。

息子は自分の結婚式のさなか、列席者のなかに父親の姿を探す。同じ瞬間、父親は息子の幸せを密かに喜ぶ。

そして、わたしは洞窟にいるスポックが、わたしと融合し、目を閉じて感傷に浸るのを見た。この息子に、自分では持ち得なかった大きな贈り物を与えた。

「パパ、〝ドル〟って何？」メリボーが訊いた。メリボーはわたしの娘で、十歳になる。

「お金の単位だよ」

「あと〝ビッグ・イエロー・タクシー〟って何？」バターイ、四歳の息子が訊いた。

「ほかの町へ行くのに使う乗り物みたいなものだ」ふたりは、わたしが子どもたちのために書いた歌詞を見ていた。前世で覚えていた歌詞だ。データが一度、ブリッジで歌った。わたしはひどく感銘を受け、船のデータベースをあたって歌詞を覚えた。新しい人生では、フルートでその曲の演奏を独習し、今その歌を子どもたちに教えていた。

わたしの子どもたち。

何年も前、住人がカターンと呼ぶ星にいる自分に気がついた。どうやってここに来たのか見当もつかず、〈エンタープライズ〉は影も形も見えない。事態を一層複雑にしていることに、この世界では全員わたしをケーミンという名前の別人とみなした。何らかの形でわたしは転送されたのだと推測し、戻る手段を探した。五年間この惑星の位置を知る手がかりを探し、夜空を研究した。わたしはエリーンという名前の女性と暮らしていた。わたしの妻だという。どこか別の場所から来たと主張するわたしを、エリーンは構わずに愛した。わたしはピカードにしがみつこうと最大限努力をした。だがこの世界に生き、わたしに愛と尊敬を示す人懐っこい人々と平和な毎日を送るうち、宇宙艦隊は心から押し出された。わたしはエリーンの愛に降伏し、かつての生活を忘れた。

歌をのぞいて。最後にひとつだけ残った、以前の人生との結びつき。カターンの歌を覚えはしたが、遠い地球の歌もまた演奏した。

「お母さん、用意できたよ！」メリボーが叫ぶ。エリーンが別の部屋から来た。

「何の用意？」

「コンサートの」

「また『スカイ・ボート・ソング』なの？」エリーンはそれが自分には理解のおよばない何かのよすがだと知っていたが、気にしないようだった。たいしたことではない。彼女からわたしを奪い去りはしなかった。

「ううん、新しいお歌を習ったの」メリボーがいった。

「ぼくが好きなやつ」バターイがいった。わたしが曲を奏で、子どもたちが歌い、エリーンとわたしは目を見交わした。子どもを持つ喜びは、もうひとつの人生では無縁の——〈エンタープライズ〉では距離を置き続けたものだ。だが今はそれがわたしの生きがい、子どもたちの熱心さと無条件の愛が、喜びをもたらす。小さくか弱い生き物から、あっという間に独自の個性を持つまでに成長するのを見守り……それぞれ両親に似通い、そのくせほとんど生まれたときから一個の人間だった。

苦労の多い生活なのは確かだ。わたしのいる世界は死につつあり、何か手を打つよう誰ひとりとして説得できずにいた。この愛すべき星が衰退しはじめるのを黙って見ているだけなのは腹立たしい。だがそれは、究極的には贈り物だった。誰かがわたしに与えようと決めた人生、別人として生きる、異なった社会での暮らし。ピカードが逃した平穏な人生が、ケーミンになったわたしの人生だった。真の幸福。子どもたち、孫たち。

そして、目が覚めた。

〈エンタープライズ〉が探査機と遭遇し、それがわたしの精神にリンクしたのだ。探査機は滅びの淵《ふち》にあると悟った世界、カターンから来た。彼らはわたしにこの贈り物を与え、銀河系に彼らの記憶を伝えてもらおうとした。

もとのわたしに戻るのは難しかった。〈エンタープライズ〉が探査機につながっていたのはたったの二十五分間。だがわたしは人生をまっとうした、幸せな一生を。

そしてそれは、今はもうない。

わたしは自分の私室に引っこんだ。孤独で、落ちこんでいた。ライカーが会いに来た。探査機を調べた彼は、小さな箱を渡した。

「こんなものを見つけました」ライカーはわたしをひとりにした。箱を開けた。それは、わたしのフルートだった。もしくは本物のケーミンのフルートか。わからなかった。胸に握りしめたとき、吹き方を知っているのに気がついた。これまでフルートを吹いたことはない。『スカイ・ボート・ソング』を吹きはじめる。次に『ビッグ・イエロー・タクシー』を演奏し、メリボーとバターイが歌うのを聞いた。

「いつだってそうでしょう
失ってみるまで大切さがわからない……」

十九世紀のサンフランシスコに着いたとき、全員がにおいに辟易《へきえき》した。

「何でしょう、ひどいにおい」ディアナが漏らす。

「下水かしら？」ビバリーが推測した。

「そうだ、それに馬の肥やし」わたしがいった。

「たぶん、燃やした石炭も混じってる」ライカーが指摘した。

「吐きそうだ」ジョーディが眉をしかめる。

だがわたしには、ほかに気がかりがあった。われわれは石畳の通りのど真ん中に、宇宙艦隊の制服姿で立っていた。通行人がわれわれの奇抜さに目を瞠《みは》っている。ライカーも気がついた。

「現地の服を手に入れる必要がありますね」

「通貨が要るな」わたしがいった。ジョーディが通信用バッジを上着から外す。

「これには黄金が含まれています。いくらかにはなるはずです」

通信用バッジ数個（回路はとり外した）を、十ドルほどに交換できた。この時代では、ほとんど大金だ。われわれはそれで服を購入した。どれぐらい長くここに滞在することになるかわからなかったため、食料と宿も必要だった。

「見てください」ジョーディが〈貸し部屋あり〉の看板を指さしている。わたしは扉をノックした。高齢の女性が出た。

「はい？」

「部屋を貸してもらえませんか」

「あんたたち全員に？」

「そうです。持ちあわせがあまりないもので、相部屋にしようと」

「うさんくさい人たちね。誰なの？」われわれを気味悪がっているらしい。

「その、わたしはジャン＝リュック・ピカード、そしてこちらは……わたしの一座です」見かけがバラバラのグループが一緒に行動してもおかしくない説明として、唯一考えついた方便だ。

その女性、ミセス・カーマイケルは、しぶしぶわれわれを部屋に通した。ここを拠点に、われわれより先にこの時代に来ているデータ捜索にとりかかる。データはデビディア人を追っていた。二十四世紀からきた奇妙な種族で、昔の地球にさかのぼるため、独自にあみ出した時間の通り道《ポータル》を使っている。彼らはコレラ患者から生命力を盗み、養分にしていた。

当初はわたし自らこの任務におもむくつもりはなかったが、特別会員のクルーから「尻を押された」。ガイナンが、行くようにせっついたのだ。われわれは数日間を費やしてデビディア人を追跡し、同時にデータを探した。見つけたときにはすでに、データはこの時代に生きた人々の助けを借りて、デビディア人の手がかりをある程度つかんでおり、協力者のなかには著名な作家のサミュエル・クレメンズもいた。ペンネームのマーク・トウェインのほうが、通りがいいかもしれない。だが、彼を助けた人物がもうひとり別にいた。わたしが予測した人物だ。その女性はデータが合流してまもなく、彼の借りている部屋を訪ねてきた。

「わたしをご存じなの？」ガイナンが訊いた。この時代の服装をしていたが、どこかしらわれわれの世紀で彼女がまとう服装を想い起こさせる。

「まだです。でもいずれそうなります」

これでわたしとガイナンの関係に、すっかり納得がいった。初めて会ったとき、なぜ彼女がわたしを知っている素振りを見せたのか。彼女が示したわたしへの興味。わたしはまた、今に至るまで誰も適切に説明できたためしのないユニークなタイムトラベルの局面、時間因果律のループの一部となった。わたしはガイナンと五百年前に会った。彼女にとっては初めての出会いであり、わたしにとっては彼女を知ってもう何十年にもなる。この初めての出会いのために、五百年未来で、ガイナンはわたしが誰かわかった。ふたりの間には絆が生まれ、その結果彼女はわたしを過去に送りこみ、そこで初めてわたしと会うことになる。われわれの関係に、本当のはじまりは存在しない。

デビディア人を倒して二十四世紀に戻ったあと、ガイナンに会いに〈テン・フォワード〉へ行った。

「それで、昔のサンフランシスコはどうだった？」

「ひどい悪臭がしたよ。今までずっとあの一件を黙っていたとは、君はずいぶん忍耐強いな」

「台無しにしたくなかったの」

「それで、わたしはひとつの疑問を抱いた」

「というと?」

「わたしがボーグに拉致されたとき、ライカーがいうには君が彼に救出を吹きこんだと……」

「わたしはあなたを救えとはひとこともいってないわ。あなたを手放せといったのよ」

「だがライカーがわたしを助け出すと知っていた?」

「そう望んだわ。さもなければふたりは決して友だちにはならなかったはずだから。認めなさい、ジャン=リュック。わたしたちは永遠なの」わたしは笑った。そんな気がした。

◬

「〈エンタープライズ〉艦長の任を解きます」アリーナ・ナチェフがいった。ナチェフはわたしの新しい担当将官だ。一度も面識がなかったが、艦長作戦室へ現れ、わたしの船をとりあげた。

「どういうことです」

「任務を与えます。カーデシア人が、DNAウィルス兵器を開発しているとの情報をつかんだの」それは、恐ろしい予測だった。DNAウィルス兵器はエコシステム全体を破壊し得る。惑星の大気中に散布すれば毒素が変異し、あらゆるDNAを探して出会い頭に片っ端から破壊する。数日のうちに、すべてが死に絶える。

「運搬方法の問題を解決したのですか？」

「シータバンド亜空間搬送波を使う実験をしているらしい」わたしは〈スターゲイザー〉の艦長時代、その実験をした経験がある。「セルトリス三号星で実験しているという証拠を押さえた。チームを率いて奇襲をかけ、研究所を破壊して欲しいの」

「なぜわたしを解任するのです？　兼任できると保証しますが」

「〈エンタープライズ〉を別の場所へ移動する必要があるのよ。カーデシアは惑星連邦宙域への侵攻を計画しているらしい。〈エンタープライズ〉を送って交渉の場につかせる」

「まだわかりません。わたしが指揮をとるべきでは……」

「あなたはシータバンド搬送波に詳しい。この任務を任せるわ」

「なるほど」ナチェフの狙いが、わたしに任務を与えるだけではないのが読めてきた。「〈エンタープライズ〉の指揮は誰が？」

「エドワード・ジェリコ。以前カーデシアを交渉の席につかせた実績があります。今一度やってもらうわ」これでわかった。この任務をわたしでなくとも遂行できる士官は確実におり、わたしが〈エンタープライズ〉の指揮権を手放す必要はまったくなかった。だがナチェフはわたしを行かせたい。なぜなら、ジェリコをわたしに替わり、惑星連邦旗艦の椅子に座らせたいからだ。彼はカーデシア戦争終結に多大な貢献を果たし、それが正当な理由になるかもしれないし、ならないかもしれない。だがナチェフは、彼の実績を買った。そのためわたしは奇襲チームを率い、船を失う。提督はわたしの命を進んで危険にさらした。〈エンタープライズ〉の艦長に別の人材を望んだがために。


「連邦は、ミノスコーバ防衛にどんな手を打ってくる？」ガル・マドレッドが詰問した。

わたしは寒い室内で裸にむかれ、手首からつり下げられていた。

ナチェフがわたしにつかせた任務はすべて、カーデシアの策略だった。彼らはＤＮＡウィルス兵器使用の準備などしておらず、わたしを餌でセルトリス三号星におびき寄せた。

カーデシアに捕まったわたしは捕虜として拘束され、拷問を受けた。ナチェフは正しかった。カーデシアは連邦宙域へ侵攻し、二百万人以上の連邦入植者が住まう惑星ミノスコーバを攻略する計画を立てていた。カーデシア軍は、〈エンタープライズ〉の前艦長だったわたしが防衛作戦の概略を知らされていると誤解した。大間違いだ。

わたしの拷問者、ガル・マドレッドは本当のところ、気にしなかった。わたしをもてあそんだ。マドレッドは予測がつかず、あるときは厳しく、次には優しかった。空約束をし、そのあと食べ物と水をとりあげた。拘束から解くと、わたしの体内に装置を埋めこんだ。

「ミノスコーバ防衛作戦の内容は？」マドレッドが繰り返す。前にもやった。数日にわたり、何度も。彼はキーパッドを掲げ、体内に移植した装置を起動しようとする。激痛を思い出した。出どころがなく、防ぎようのない、皮膚をまるごと白熱のナイフでひっぺがされたような痛み。耐えきれなかった。だから懇願した。

「もうやめてくれ、お願いだ……」

「吐け」何かいわねばならなかったが、質問の答えを持っていない。知らなかった。それで嘘をついた。

「連邦は……四隻の宇宙船を駆り……〈エンタープライズ〉が先導して……」さもありそうに聞こえる話をでっちあげようとした。

「本当か？　七隻だと聞いたぞ」

敵に漏れている？　カマをかけているのか？　七隻というのもあり得そうだ。

わからなかった。

「七隻だ。そっちが正しい……」

「お前は嘘をついている。三隻だと聞いた」

「嘘はついてない。七隻だ」

「そうかね？」マドレッドは操作パッドを掲げ、スイッチを押した。わたしは叫んだ。

何日もそれが続いた。

ある朝、食べ物のにおいで目が覚めた。わたしは机につっぷしていた。頭を起こすと、ガル・マドレッドが大きなゆで卵を割っている。料理が二皿あった。ひとつはわたしにか？　訊く勇気はない。決定権はわたしにはないと学んでいた。すべての決定は彼が下す。

「起きたかね。何か食べるといい。遠慮するな」マドレッドは食べ物を差し出したが、最初は脈打つ爬虫《はちゅう》類のような中身の生卵だけで、硫黄に似たにおいがした。調理ずみの食べ物も皿の上に載っていたが、それはよこさなかった。調理された食べ物が欲しくても、要求できない。わたしに与えられた食べ物は生卵だけだ。だから食べた。拷問で無力さを学んだ。これはボーグのときとは違う経験だった。マドレッドが与えた苦痛は、個人的なものだ。予測がつかないがゆえに音を上げた。それは意志の戦いであり、わたしは太刀《たち》打ちできなかった。相手はわたしの生存環境を操り、わたしの知覚さえも操ろうとした。

「照明はいくつある？」

彼の頭上には四つの照明があったが、マドレッドは五つだという。来る日も来る日も彼はこの〝ゲーム〟に戻った。わたしが虚偽を受け入れなければ激痛を与えた。抵抗したが、マドレッドには共犯者がいた。わたしの無意識だ。そいつはわたしを苦痛から守りたがった。やがて、五番目の照明が見えるように思えた。マドレッドがわたしの現実を変えた。

情報を得る手段として拷問は無益だ。拷問を終わらすためなら何でもいったはずで、それだけでなく、わたしの精神はそれが真実だと思いこませようとした。

わたしは囚《とら》われ続けたが、結局のところ無意味に終わった。ジェリコがカーデシアの侵攻計画を食いとめ、わたしの解放を要求した。だが、わたしにとっては、それで終わりとはいかなかった。

〝軌道を離れる準備ができました、艦長〟ライカーがインターコム越しに報告した。われわれは第三一〇宇宙基地に立ち寄り、クルーと貨物の受けとりをすませた。わたしは作戦室にいた。捕虜の身から解放されて以来、ブリッジで過ごす時間を減らすようにした。

「ご苦労」わたしはただ座っていた。

〝明日、〈ディープ・スペース・ナイン〉に到着予定です〟〈ディープ・スペース・ナイン〉の前身は、カーデシアが牛耳るテロック・ノール宇宙ステーションで、その時代に〈スターゲイザー〉で立ち寄ったことがある。カーデシアが撤退すると、ベイジョー政府は惑星連邦を招いてステーションの管理を任せた。〈エンタープライズ〉は第三一〇宇宙基地で乗せたクルーおよび三隻の小型船をステーションに搬入する予定だった。

だが、わたしは行きたくなかった。カーデシア人と出くわしたくなかった。

〝艦長？〟

ライカーはわたしの決断を必要とした。軌道を離れろとのごく単純で決まりきった命令だ。小さな決定で、実にとるに足らない。だが拘束された間に決断力を奪われた。それはガル・マドレッドのものだとたたきこまれた。努力して、言葉をしぼり出す。

「進めてくれ《メイク・イット・ソー》」

〈ディープ・スペース・ナイン〉に着いたとき、わたしはブリッジにいた。

物騒な外観のかぎ爪がついた、未完成のジャイロスコープが迫ってくる。前にステーションを訪れたとき、スキャンをかけると重武装していた。カーデシア軍が撤退する際にすべてをはぎとっていったため、今は無防備だった。それでも、神経に障《さわ》る造りの金属製の腕とドッキングするよう操舵士官《コン》に命令するには、全力で自分を叱咤《しった》せねばならなかった。

「ほらね」ディアナがいった。「心配することは何もありません」わたしのとなりに座るディアナは、生還以来わたしの回復具合を見守っていた。わたしは微笑んだ。恐怖と同時に自制心をとり戻しているとも感じた。

「荷物の搬入をはじめますか?」ライカーがたずねる。わたしはうなずいた。

「基地の司令官は、もう着いたのか?」彼に積み荷を引き渡したのち、ステーションを離れることになっていた。

「いいえ、艦長」データがいった。「シスコ司令官は二日後の到着予定です」

二日。永遠に聞こえる。

「作戦室にいる」そう伝え、ブリッジを離れた。

二日が過ぎ、やがて、シスコ司令官が到着した。シスコは威圧的な男で、観察ラウンジに入ってすぐ、彼から獰猛《どうもう》なトゲを感じた。

「おひさしぶりです、艦長」そのものいいに温かさはなく、わたしは彼に見覚えはなかった。

「以前に会ったかね?」

「はい、戦闘中に。わたしはウルフ三五九の〈サラトガ〉にいました」

突然、吐き気を覚えた。彼の発言はまったく不適切だったが、こちらの準備不足だった――自身の回復に専念するあまり、どうやら彼の記録を見落としたらしい。ブリーフィングを続け、とりつくしまを見つけようとしたが、この男はそれを許さなかった。ボーグが……わたしが……彼の船を破壊したとき、大切な人々を失ったに違いない。ブリーフィングを終え次第、直ちにシスコと、彼のステーションを後にした。

いまだに露骨なほど戦時の悲劇にこだわるシスコについて考えるうち、突然視界が開けた。先日のカーデシアによる監禁を、ボーグによる拉致に結びつけた。どちらの場合も、わたしは自己決定権という最も基本的な人権を剝奪された。ふたつをリンクさせたとき、恐怖から脱け出せた。恐怖心を克服した。カーデシア人への恐れに支配されはしなかった。

精神を修復できた幸運に、わたしは驚きを覚えた。船のカウンセラー、ディアナ・トロイの忍耐力、優しさ、そしてプロフェッショナリズムのおかげで状況と正しく向きあえたのは、間違いない。

だがそれに加え、ふたりのバルカン人と行った精神融合にも助けられた。彼らから一部わたしに刷りこまれた精神修養が、感情的な反応を克服するのに役だった。もうひとつ、わたしが持っていた強みとして、年月が経つうち、徐々に感情的に他人と距離を置くようになった点がある。ずいぶん長い間、誰にも踏みこんでいかなかった。そのため、バルカンとの融合から学んだ修養をより受け入れやすくなった。それは精神的な回復の助けにはなったが、個人的な幸福の追求の足しにはならない。

「ジャン＝リュック」ガレン教授がいった。「わしは、頑《かたく》なすぎた」教授は、医療室のベッドに横たわっていた。胸部がディスラプターの傷で焼けている。まだ息があるのは驚異といえた。教授は百歳を超えていたが、これだけの傷を負えば、はるかに若い男性でももたなかっただろう。これが教授の最後の言葉となった。

三週間前、ガレン教授が本艦を訪れた。最後に会ってから三十年以上経ち、近ごろ教授の消息を気にかけていた。ここ数年間、考古学分野で研究発表をしていない。だが再会したときは明敏さも自信に満ちた態度も、いささかも衰えていなかった。また、わたしが選んだ道を、いまだに見下していた。乗艦した日の晩、〈テン・フォワード〉に誘って沈黙していた理由をたずねた。

「宇宙を揺るがす発見をしてね。沈黙を守るのが最善だと考えたのだ」何を発見したのか教えて欲しいと頼んだが、教授は首を横に振った。

「その情報には見返りが要る。遠征の最後の航程に、君も加わってくれ」

「どれくらいですか？」

「三ヶ月、おそらくは一年」そんなに長期間〈エンタープライズ〉を離れるなど問題外だ。断るよりほかなく、意を決して告げると、教授は激高した。何年も前に下した決断への怒りを露わにした。

「君の世代で最も秀でた考古学者になる機会を与えたのだぞ。わしをも越える業績を上げたかもしれんのに、意義ある発見の人生を棒に振る道を選びおって。君は恩を仇《あだ》で返した」

ガレン教授は自分の船に乗って去っていった。わたしは再度、教授を傷つけてしまった。父も同然の人だった。たぶん自分が父から拒否されたため、ガレンを拒否したのかもしれないが、別の道を選んだ結果と思うことにした。

そのすぐあと、教授から救難信号を受けとった。彼の小型艇に乗ったイリディア人が、教授を殺害した。教授が何を発見したのかは不明だが、わたしの知る教授からすれば、彼のいう通り〝宇宙を揺るがす〟内容だったに違いない。[編注20]もし随行していたら、教授を救えたかもしれないと、この先も悔やみ続けるだろう。

それはわたしにとって、もうひとつの大きすぎる損失、〈エンタープライズ〉の艦長となってのちに直面した数千の死のひとつであった。それだけの損失にあいながら、なぜ心が折れずにいられたのかと、大勢の者が疑問に思うだろう。だが、彼らの死が、わたしを前に進ませた。宇宙艦隊と惑星連邦の仕事に専心することによってのみ、他者の犠牲を心の中で正当化することができた。わたしは間違いを犯し、死傷者を出しもしたが、後悔で燃えつきることはなく、しないように努めた。わたしは死者と取引をした。わたしが進み続ける限り、彼らは沈黙を守る。わたしは彼らに借りがあった。

「とても……楽しかった……」ジェームズ・カークがいった。彼の表情が変わる。心の目に、何か恐ろしいものが映ったかのようだった。「ああ、何て……」そういって、こときれた。

　わたしは、彼と知りあったばかりだった。八十年間歴史の上では死んだと信じられてきた男が、われわれを救うため、アーサー王のごとく舞い戻ってきた。ともに闘ってソラン博士を倒した[編注21]が、残念ながら、カーク大佐は第二の死に見舞われた。

　わたしはネクサスの蜃気楼《しんきろう》の中にいた。満ちたりた人生の幻影を見せる、奇妙な並行世界に。わたしの場合、それは一度も持ち得なかったクリスマスだった。家庭、妻、子ども、プレゼント、ツリー……温かく、すばらしかった。そして、間違っているとわかっていた。ここに居続けたかったが、死者たちの声が許さなかった。

「これは現実じゃない」

「あなたが望むなら、現実よ」ガイナン、またはかつてネクサスにいたガイナンのエコーがいった。彼女をとり巻く謎《なぞ》がやむことはなく、過去いくどもあったように、わたしを導いてくれた。神秘的な守護天使のように。ガイナンは、同じくネクサスにいたカークのもとへ、わたしを導いた。彼の説得は容易ではなかったが、ともにここを去ることを承知し、任務の遂行を助けてくれた。彼がいなければ成功しなかっただろう。

われわれはベリディアン三号星の頑丈な岩場にいた。墓を掘れず、代わりに岩石を集めて大佐の周りと上に置いた。カークとわたしは力を合わせ、共通の敵を倒した。自分が子どもの頃に読んだ冒険の一部になった気がした。だが、それはつかのまのことで、彼をもっと知りたいとの思いが募るばかりだった。ともに過ごした短期間、ある種少年っぽいエネルギー以上にカークの知性や性格に非凡な点は見あたらなかった。ふたりのソラン打倒計画は賢明でも複雑でもない。何よりも、この経験はわたしが宇宙船の艦長に見合う器《うつわ》に成長した証《あかし》となった。カークを英雄として祭りあげてきた自分が、彼と肩を並べる働きをした。ふたりは同等だった。

ベリディアン三号星に転送されたとき、〈エンタープライズ〉は軌道上にあり、付近にはクリンゴンの戦艦がいた。ソランを倒しカークを埋葬後、〈エンタープライズ〉に信号を送ると、シャトルを迎えによこした。

驚いたことに、ライカーがシャトルを操縦している。

「君に指揮を託さなかったかね？」

「ええ。悪い知らせがあります。わたしに責任がある以上、自分で伝えるべきだと思いまして」

「〈エンタープライズ〉か？」

「破壊されました。クリンゴンがシールドを破ったんです。ワープ・コアが爆発しました。円盤部を分離できましたが、この星に墜落しました」

「死傷者は？」

「負傷者多数、死者はありません」

「それは幸いだった」再び船を失い、以前と同じ不安に少なからず襲われた。わたしは間違いを犯したのか？　何かほかに手を打てたのでは？　今回はすぐに答えが出た。否だ。ライカーに目を向けた。気に病《や》んでいる――わたしには経験があるが、副長は違う。正確に何が起こったのか、聞きたいことは山ほどあったが、待とうと決めた。

「のちほど完全な報告書をくれ。君はできる限りのことをしたはずだ」

「どうでしょう」声の調子には自責の念がにじんでいた。

「ライカー。司令部はわれわれに船を任せ、平和の使者となるために最良の訓練を施し、最大限紛争を避ける努力をさせる……だが紛争と暴力を解決策に選ぶ者は、いつだって現れる。私利私欲に動かされる者たちがな。ときに彼らが成功しても、自分を責める必要はない。歴史の流れはわれわれの側にあると確信しさえすれば」

「自分の副長にたった今船を壊された人間にしては、やけに哲学的ですね」

「心配するな。午後いっぱい、ジェームズ・T・カークと一緒に銀河を救ってたんだ。それで帳消しだよ」

ライカーの顔を、写真に撮ればよかったのに。


「あそこです、艦長」シェルビー中佐とわたしは、ユートピア・プラニシアのドライドックにいた。ドックのオペレーション・センターから、ほぼ完成した新造宇宙船を眺める。船はもともと、〈U.S.S.センチネル〉――新しいソベリン級の一隻――として設計されていたが、わたしの船が破壊されると、司令部は〈エンタープライズ〉に改名した。

そして、わたしにそれを与えた。今回は、船を失ったことで軍法会議にかけられはしなかった。ソランを阻止し、何百万人もの死者を防いだため、法務局はそれで満足したらしい。

「すばらしい」本心からいっているのかは、わからなかった。船はわたしの〈エンタープライズ〉よりも大型で洗練されていたが、個人的な印象では、どこか魅力に欠けていた。それが失ったものへの郷愁にすぎないのはわかっていたので、胸の内にしまっておいた。シェルビーを侮辱したくはない。数年前、シェルビーは〈エンタープライズ〉に乗り組み、その後宇宙艦隊司令部に戻ると、ボーグと交戦した経験を活かして宇宙船の設計と建造を監督してきた。ソベリン級の宇宙船は、彼女のプロジェクトのたまものだ。

クルーには、わたしに同行するかどうか選択肢を与えた。上級士官の中には自分で指揮をとる資格がある者もいたからだ。ひとりをのぞき、全員が〈エンタープライズE〉の完成を待つと決めた。ミスター・ウォーフが、昇進を約束しても、保安主任の座を断ったのには驚いた。わたしはキエフへおもむき、彼の両親の家を訪ねることにした。

「息子に申し出を受けろといったんだがね」セルゲイ・ロジェンコ氏がいった。「なぜ宇宙艦隊を離れるんだ?」われわれはビーツのスープとローストポテトの食事を終えたばかりで、ガラス製のカップでお茶を飲んでいた。

「父さん、やめてくれ」ウォーフが抗議した。「宇宙艦隊を離れるとはいっていない」

「じゃあなぜ艦長と一緒に新しい船に乗らないんだ?」

「セルゲイ」ヘレナが間に入った。「ふたりきりで話しあってもらいましょうよ」立ちあがって、セルゲイを部屋から追い出しにかかる。

「質問をしただけだ。答えるのがそんなに大変か?」ふたりが部屋を出ると、わたしはウォーフに微笑みかけた。

「ご両親にたいそう愛されてるな」

「わたしはとても幸運です」

「わたしはそうでもないぞ。お父上の質問への答えを聞きたい」

「ごもっともです」ウォーフは立ちあがって窓辺に行った。「わたしはずっと、家を探していたのです。出生地のキトマーと生みの親は、奪われました。地球人の世界でもクリンゴンの世界でも、心からくつろげたことはありません。宇宙で自分の居場所を見つけようとしました。ついにそれを見つけ……そして、再び奪われた」

わたしは、船の損失がウォーフのような者にどれほど重い意味を持つのか理解していなかった。

ウォーフは惜しんでいた。

「新しい船で、その場所を築き直せるかもしれないぞ」

「お言葉ですが、艦長。クリンゴンの格言に、こうあります。「Pagh yijach Soch jatqua」

わたしは笑った。その意味を翻訳できる程度には、クリンゴン語のたしなみがある。

「クリンゴン人は地球の作家トマス・ウルフの『汝《なんじ》再び故郷に帰れず』を剽窃《ひょうせつ》したようだな」

「あり得ません。フェックラーと戦ったカーレスがクインラットに戻ったときに、そういったのです……」

「よくわかった、ミスター・ウォーフ。だが君が戻ってきたいと思えば、いつでも帰る家は用意しておくよ」すぐにいとまを告げると、歩いて街なかの転送ステーションまで戻った。ウォーフの抱いた感情について考えた。〈エンタープライズD〉はわたしの家でもあり、わたしの発言が果たして真実なのか、新しい船に以前と同じ古巣のぬくもりを再現できるかどうか、疑問に思った。〈スターゲイザー〉で二度目の遠征に出たとき、一度目の感覚をとり戻せなかったことを思い出す。今回は違うはずだ、そう思った。

家の本質について思いを巡らせていると、声が聞こえたような気がした。女性の声で、あるかなきか、ごくひそやかに。

「お前の家はひとつだけ」声の出どころを探して見回したが、見あたらない。再び声がして、それが頭の中から聞こえることに気がついた。

「探すのはやめなさい。そこにはいないわ、ロキュータス……」

無意識に、声の主を認めたが、払いのけた。思い出したくなかった。それは、ボーグ・クイーンの声だった。クイーンに利用されたトラウマは正視に耐えず、記憶を押し殺した。ボーグがやってくる。

一年後、やつらは戻ってきた。新しい船に乗り組んだわたしのクルーには、未曾有《みぞう》の試練が待っていた。だがわれわれはボーグを破り、わたしが気に入っている航星日誌の一ページが刻まれた。

航星日誌、二〇六三年四月五日。〈フェニックス〉の飛行は成功した……再び。

それは、あらゆる子どもが知っているファースト・コンタクトの日、ゼフラム・コクレーンが自分の宇宙船〈フェニックス〉で光速を超えて飛行し、通りすがりのバルカン宇宙船の注意を引いた日だ。人類はバルカンと初めて出会い、やがて星々へ連れ出され、惑星連邦の設立に彼らの協力をあおぐ。

わたしはそれを、目の当たりにした。

そしてまた、あわや起こらずに終わるところだった。

ボーグは過去に行って地球を攻撃した。〈エンタープライズ〉はあとを追い、よりもろい時期に地球を同化してファースト・コンタクトを妨げんとする彼らの策略を阻止しようとした。ボーグは歴史から惑星連邦を抹消《まっしょう》するつもりだった。われわれ人類を、ボーグは執拗《しつよう》に狙う。それまでは成功続きだった同化を、唯一遅らせた種族だからだ。

「破壊せよ」ボーグ・クイーンがいった。今回はわたしに命じたのではなかった。わたしは機関室の台に縛りつけられ、クイーンはドローンに改造するつもりでいた。クイーンが命令を出したのは、データだった。人間の皮膚を体に移植して、たらしこんだのだ。われわれは〈フェニックス〉がワープに入る瞬間を見守った。データが量子魚雷を連射する。魚雷が原始的な宇宙船めがけて進む。

「見るがいい、お前たちの未来が終わる」

魚雷は接近し……外れた。データはクイーンをだました。抵抗は無意味ではなかった。データはプラズマ冷却材のコンジットを壊し、緑色の超高温ガスを機関室に充満させ、クイーンとすべてのドローンを抹殺した。われわれは再び勝利した。

データとわたしは機関室を出て、地表のクルーに合流するため、転送室に向かった。

「艦長」データがたずねた。「以前に同化された際のボーグに関する報告書には、ボーグ・クイーンの記述はありませんでしたが」

「確かに。クイーンの記憶を抑圧していたらしい。だが彼女はあのとき、キューブにいた」

「キューブは破壊されました」データがいわんとすることはわかっていた。

「そうだ。クイーンは生き残った。今度も生き残るかもしれない」

「今回は、報告書に記録するのをお忘れにならないでください」その後、われわれはモンタナのミサイル格納庫で、クルーと本日のヒーロー、ゼフラム・コクレーンとともに待機した。コクレーンは彼のワープ船で地球に帰還したばかりだった。補佐役として、ライカーとラフォージが同乗していた。コクレーンは、予想した人物とは少しばかり違った。

「で、あんたはこれが歴史の本に載るというんだな」コクレーンがいう。「名前はどう綴《つづ》るんだ？」

「R-I-K……」わたしのとがめる目線をとらえ、ライカーがニヤリとする。「冗談ですよ。もし誰かがわれわれの名前を聞いたら、覚えていないと答えてください」

「飛行実験が完了した今、次の計画は？」わたしがたずねた。

「あんたはエイリアンが来るといったろ。俺の船にたんまり金をくれるかな？」

「そうは思いません。バルカン人は金には興味ありませんから」

「そうか。そうなると計画がちょっとばかり狂うな。歴史の本には次に俺が何をするって書いてある？」

「その辺は曖昧《あいまい》です」と、ライカー。「ぶっつけが一番ですよ」

「エイリアンは現れそうにないな。寝るとするか」

「待ってください」ライカーが空を指さすと、バルカン偵察艇の見慣れたデザインが雲間に現れた。

「おったまげた」――これはコクレーンのセリフだ。


「じゃあ、ロミュラン帝国の政務長官シンゾンは」ジェインウェイ提督が確認する。「あなたのクローンだったというの？」作戦室に座る提督は、われわれがロミュラスから地球に戻ったあと、わたしの報告を聞くため、〈エンタープライズ〉に乗艦した。彼女に報告するのは興味深い経験だった。数十年前、わたしは提督のお父上に報告した。彼女ははるかに与《くみ》しやすい。

「そうです。帝国の何者かがわたしのＤＮＡを手に入れ、すげ替え計画を画策したらしい」ジェインウェイが不審がるのも無理はない。

わたし自身、若い頃の自分のコピーと対面したが、いまだに受け入れられなかった。

「あなたになりすますには、五十年以上クローンを成長させないといけないんじゃない？」

「クローンの年齢を加速できたのです。だが政権が変わり、プロジェクトは破棄されました。彼らはシンゾンをロミュラスのダイリチウム鉱山に追放したんです」

「そこで勢力を蓄えたシンゾンが、ロミュラン政権を転覆させた」

わたしはうなずいた。

「遺伝子が優秀な分、利があったってわけね」わたしは微笑んだが、あの対決には嫌気がさした。シンゾンの野心は自分の中にもあるが、育った環境のせいで、サディスティックかつ謀略家に成長した。ロミュラン評議会議員を皆殺しにし、連邦との開戦にもつれこんだ。戦闘では親しい友人一名を含め、相当数のクルーを失った。ジェインウェイはわたしの顔色を読み、発言を後悔した。

「ごめんなさい、ジャン＝リュック。あなたは彼の行動に責任はありません」

「ありがとうございます」

「多大な損失を被《こうむ》ったわね。データ中佐の死は、とりわけ響いたことでしょう」響いたどころではなかった。トラウマ並みだった。データはシンゾンからわたしを救い、自分の命を犠牲にした。わたしは常々、データがわれわれの誰よりも長生きし、皆が共有した歴史の生き証人になってくれると思い、心がなぐさめられてきた。長きにわたり、データはわたしの相棒《コンパニオン》だった。とても簡単には忘れられない。

「彼は形見を残していきました」コミュニケーターをたたく。「ピカードからブリッジへ、B-4をよこしてくれ」

すぐにB-4がやって来た。B-4は、任務中に発見したデータのプロトタイプだ。データは死ぬ前、全記憶をこのアバターにダウンロードしていた。

「こんにちは」B-4がいった。

ジェインウェイが立ちあがり、B-4と握手した。「会えてうれしいわ」

「なぜですか?」B-4がたずねた。

「彼のポジトロニック脳《ブレイン》はデータほど進歩していません。データのレベルには決して達しないかも……」

「なんてこった、そいつはあわれだ」

わたしは振り返った。それはジェインウェイではなかった。彼女の立っていた位置にQがいた。

「Q、何をしてる? ジェインウェイ提督はどこだ?」

「デルタ宇宙域のケイゾン刑務所に送った。冗談だ、無事だよ」

「ここで何をしてるんだ?」

「哀悼の意を表しにさ」B-4が手を差し伸べる。

「こんにちは」B-4がいった。Qはうんざりした顔で彼を見、それからわたしを向いた。

「お前は本気でこいつで我慢する気か?」

「Q……」前に出て、手を上げた。「やめろ」

「何をだ?」わたしを見つめ、〝Qスマイル〟を浮かべる。わたしはやつの意図を察したが、おそらくそれは間違った行為だ。やめさせなければならない。

「わたしは、データの犠牲を尊重する」だがそれは真意ではなかった。Qにはその力があり、わたしはそそられた。大いにそそられた。

「なあ、いつもなら、無理やり君にわたしの力を使わせようとするよな。だが、これは君のためじゃない……わたしのためだ。彼が恋しいのさ」

「なぜ?」

「シーッ……」指を鳴らす。一瞬でQが消え、ジェインウェイが戻った。

「ジャン=リュック。何が起きたの?」だがわたしは、彼女を見ていなかった。B-4に焦点を合わせていた。アンドロイドから子どものような顔つきが消え、もっと見慣れた、自信に満ちた表情がとってかわる。

「データ、お前か?」

「そうだと思います」

データが戻った、すっかりもと通りに。この一件には、これまでの人生をまるごと俯瞰《ふかん》させる何かがあった。Qはこれがわたしの望みだと知っていた。そしてわたしは、全力で彼を止めようとはしなかった。通常、この手の問題に関するわたしの倫理基準ははっきりしていたが、それがいささか曖昧になった。何が悪いのかわからなくなった。これまで、愛する者たちを散々亡くしてきたため、データを失うことを受け入れたくなかったのだ。

〈エンタープライズ〉は任務を続けたが、そっくり同じではなかった。ウォーフは正しかった、二度と古巣には戻れないという教訓が、改めて身にしみた。ライカーは艦長の地位を与えられてすぐにディアナと結婚し、ふたりは本艦を降りた。ジョーディとデータはおそらくわたしへの忠誠心から残ったが、ふたりの枷《かせ》になっているように思われた。ふたりとも、自分の船を持てたはずだ。

わたしは宇宙に長くいすぎた。潮時だった。変化のときだ。

ある日、毎朝の会食で、わたしの部屋のソファに並んで座り、ビバリーにすべてをうち明けた。

「どうするつもり?」

「わからない」

「でも、これでいわなきゃいけないことを少し楽に話せるわ。わたしも〈エンタープライズ〉を去るの。医療船〈パスツール〉の指揮をオファーされたのよ」驚く話ではなかった。ビバリーはここ数年、船の指揮に関心と能力を示してきた。にもかかわらず、わたしは驚き、いささかパニックになった。

「それはすばらしい。おめでとう」

「あんまりおめでたく聞こえないわ」

「すまない。どういうわけか、〈エンタープライズ〉から離れようと決心したとき、君と別れることは頭になかった。さみしくなるよ」

「わたしもよ」

次に起こったことは、われわれふたりを驚かせた。わたしは彼女にキスをして、情熱的な抱擁を交わした。体を離し、ビバリーを見つめる。長い間運命をともにしながら、常に距離を置いてきた。船から解放されようと決めた瞬間、もう自ら彼女を遠ざける必要がないことに気がついた。

「ビバリー、結婚してくれるか?」

編注20　ピカード艦長は、実のところガレンの発見を知っていると読者に教えているように編者には思われる。なぜ伏せておくのかは不明だ。宇宙艦隊か惑星連邦がいまだに機密扱いにしているのでない限り。
編注21　二二九三年、〈U.S.S.エンタープライズB〉の処女航海に出たカークはネクサスという蜃気楼、いわば銀河を旅する未知のエネルギーである〝リボン〟に捕まった。ネクサスに入ったことのある者は、そこは、夢が実現する場所だと証言した。トリアン・ソラン博士と名乗る男が、ネクサスに入りたいと願うが、それにはネクサスが通過する惑星にいなければならない。リボンのコースを変える必要があり、ベリディアン星系の星を破壊することが唯一の方法だと信じた。ピカードとカークがソランの計画を打ち砕いた。

CHAPTER ELEVEN

第十一章

地球へ——

「バルカンへようこそ、ピカード大使」トゥプリングがいった。彼女は最高評議会の一員で、はっとするほど端整だが、齢《よわい》にして百五十四を数える。出迎えを受けたのは、シカー市のトゥプラナ・ハス宇宙港だ。議員はバルカン外交官の小さな集まりを従え、皆で彼らの星に歓迎してくれた。シカーは砂漠と、バルカン星に特有の、赤い岩肌の山々に囲まれた美しい古代都市だ。この地に、連邦大使館はある。

待機していたホバークラフトへ案内され、運転手がわたしとほかの外交官たちを大使館まで送り届けた。移動中は終始黙って座っていた――バルカンには世間話の習慣はない。ほとんどの人間はそれを気まずいと思うだろうが、この職務につくための下調べで、「おしゃべり」の衝動に屈するのは得策ではないと結論づけていた。交渉相手となるバルカン人の尊敬を得ることが肝心であり、地球人の不安定さを見せても、足しにはならない。新しい任務への備えはできていると感じた。

艦長を辞したいと宇宙艦隊司令部に申し出たとき、知りあいの提督は全員、色めきたった。彼らの多くが引きとめにかかり、昇進を保証したが、わたしは固辞した。ビバリーと結婚する――それがわたしの優先事項だった。

〈エンタープライズ〉を降りたビバリーとわたしは、艦隊本部が用意した一時的な宿泊施設に移り、結婚式の段どりを急いだ。数週間後には、ビバリーが艦長に就任する。ふたりで招待客リストを作成した。わたしが載せた名前のひとつにビバリーは難色を示したが、最後には同意した。ビバリーの出航数日前に、式を挙げる予定を組む。

結婚式は、わたしの実家で行った。マリーはもうそこには住んでいない。夫と息子を同時になくす悲劇に見舞われたあと、引き払った。結婚式に出るために戻ってくるとは思えなかったが、心のこもった祝辞を送ってくれた。式の数日前、実家に着いた。

「すてきなところね」ビバリーがいった。「ここにいると悲しくなる？」

「つくろいようがないものを考えても、しかたありません。やったことはもう過ぎてしまったこと」

「それはシェイクスピアの言葉でしょ。あなただったら何ていうの？」

「盛大な式を挙げよう」

式はたいそうな大所帯になり、参加するために都合をつけて地球に戻ってきてくれた大勢のクルーと友人たちに、胸が熱くなった。司会はガイナンがつとめた。長い過去のとある時点では聖職者だったこともあるというが、どこで何の宗教だったのかは聞いていない。ウェスリーがわたしの付添人《ベストマン》役だ。父親をほうふつさせ、わたしとビバリーの両方とも妙にそわそわしたが、それには目をつぶり、ただすばらしい時間を過ごし、踊って飲んだ。真実、魔法の一日だった。この日ほど、完全で制約のない喜びを感じたことがあっただろうか。ビバリーを見ると、とても幸せそうで、美しかった。とうとう一緒になれるなど、にわかには信じ難い。七十九歳にして、たった今人生がはじまったように感じた。

レセプションの終わりに、見覚えのない高齢の男が近づいてきた。

「美しい式だったぞ、ジャン＝リュック」

「失礼、どこかでお会いしましたか？」男が微笑む。一閃《いっせん》、顔が変わり、わたしはQを見つめていた。もう一閃走り、老人に戻る。

「ご招待いたみいる」

「君に招待状を送る方法がわからなかった。だがいつもわたしの動向をつかんでいるようだから、リストに載せておけばどうにかなると思ってね。なぜ変装してるんだ？」

「ガイナンに嫌われてる。ほかにも君のご友人二、三人にね。騒ぎを起こしちゃ悪いからな」

「来てくれてありがとう。それからデータにしてくれたことも」

Qは微笑《ほほえ》むと、パッと消えた。さんざん引っかき回されてきた彼のような存在を、なぜ招いたのか不審に思われるかもしれない。古い格言で返そう。「友は選ぶことができるが、身内は選べない」そして、Qは残念ながら、身内だった。ある意味わたしは彼に借りがある。Qはわたしを試し、誘惑した。出会うたびにギリギリまで追いこまれ、最良の自分にならなければならなかった。その都度倫理と道徳感を新たにしたが、同時に自分の根深い欠点も突きつけられた。

招待客には何名か高官も混じり、名誉なことに、惑星連邦の大統領にご出席いただいた。数年前に宇宙艦隊から引退したアンドレア・ブランドは、連邦評議会に選出された。大統領に就任して一年になる。

「ご結婚おめでとう、ジャン＝リュック。帰る前に、内密に話せない？」

「わたしの結婚式ですよ、大統領」

「長くはかからないわ」わたしたちは催しから離れ、少し歩いた。

「今後の予定は？」

「まだ何もありません」これは事実だった。ビバリーとの家庭作りに専念しようと決め、人生で初めて、まったく何の予定も立てていない。

「あなたを、バルカン駐在の連邦大使に任命したいと思います。バルカンとロミュランの間で再統一の密談を進めているふしがあるの。バルカン通のあなたが、是非とも必要なのです」政界に身を置くつもりは露《つゆ》ほどもなかったが、ブランド大統領の説得にはほだされた。わたしは考えさせて欲しいと答えた。

翌日、朝食の席でビバリーにもちかけた。

「あなたは優れた外交官よ。あなた以上の適任者を思いつかないわ」

「問題は……わたしたちは結婚したばかりだ」

「ちょくちょくバルカン近辺に行けるように調整できると思うわ。だって、わたしは艦長ですからね」

「もう職権濫用するつもりかい」

「誰もがジャン＝リュック・ピカード艦長みたいに高潔じゃないの」

「すまんな」

ブランド大統領に連絡し、申し出を受けると伝えた。ブリーフィングと証明書を受けとり、ビバリーが〈U.S.S.パスツール〉でわたしをバルカンまで送り届けるように大統領直々にとりはからってくれた。

出発当日、自分でシャトルを操縦したいと主張した。もう数分よけいに、ビバリーとふたりきりでいられるように。

わたしたちは〈パスツール〉のシャトル格納庫に着艦した。シャトルの後部扉を開けると、大勢のクルーが待ちうけていた。

「〈パスツール〉の指揮官が着任された」わたしの号令に、クルーが気をつけをする。ビバリーがわたしを見て、微笑んだ。身を乗り出してキスをし、演台に立つと、辞令を読みあげる。

「ビバリー・ピカード大佐。宇宙暦六〇七六八・一、本日付けで、〈U.S.S.パスツール〉指揮官への就任を命ずる。宇宙艦隊司令官キャスリン・ジェインウェイ提督」

わたしは感銘を受け、誇らしさに微笑んだ。

バルカンまでの数日の旅は、興味深い経験だった。クルーはわたしのあらゆる要求に応えたがり、それはわたしが大使のためなのか、それとも艦長の良人だからなのか判断しかねた。

バルカンに着くと、ビバリーはわたしをシャトル格納庫へ連れていった。自分の船の指揮をとる姿が目にまぶしい。医療室での彼女はいつも堂々としていたが、そのまますりとブリッジに収まってしまう才覚には舌を巻いた。ひとかどの女性で、わたしは彼女にぞっこんだった。

「さようなら、あなた。すぐに戻るわ」
「その約束、守ってもらうよ」

トゥプリングと外交官たちは、わたしを連邦大使館に案内した。職員が総出で出迎える。このレベルの晴れがましさや状況には慣れていなかったが、顔合わせでは、精一杯大使らしくふるまった。必要なものがあれば遠慮なく要求して欲しい、全バルカンがわたしを歓迎すると告げたのち、トゥプリング評議員は側近を引き連れて立ち去った。わたしは内心安堵《あんど》の吐息を漏らした。自分がそでにしたいいなずけ、スポックとわたしが精神融合したのをトゥプリングが知っているとは思わない。

すぐに、大使としての日常業務に追われはじめた。こみいったお役所仕事だ。わたしはこの星における連邦大統領の代理であり、バルカン人の連邦におけるユニークな位置づけは、思ったよりも微妙だった。幸い、大使が通常出席するような儀式やパーティーからはまぬかれた——バルカン人はそれらを「非論理的」だと見なしていた。だが相当賢く立ちまわらねばならない状況が、いくつもあった。特定の研究分野やテクノロジーでバルカン人の協力をあおぎたい連邦議員と、宇宙一協力的な種族とはいい難いバルカン人との板挟みに、しょっちゅうあった。加えて、ロミュラン—バルカン問題もあり、最高評議会から情報を得るのはたやすくはなかった。

バルカンを訪れたがっている連邦所属の様々な星の者たちが、バルカンの厳しい入管規約と移民法を切り抜けられるよう便宜を図るのに一番時間をとられた。この星に来て数ヶ月経ち、こういった法律の理由を理解するようになった。ここはわたしが知る限り、最も平和な社会だ。恐怖も怒りも悲しみも見あたらない。ただ平穏があるばかり。問題を起こすのは、たいていよそ者だ。「朝の散歩をしていたら」夜ごとの亜空間通信で、ビバリーと話をした。「ばったり、テラライト人がバルカンの女性を口説《くど》いている場面に遭遇したんだ」

〝ああ、あのブタ並みの連中〟

「このチャンネルは安全性が低いんだよ、艦長。発言は慎重に」

〝了解、大使どの〟

「それで、テラライト人が叫んだ。『なあ、飲み物をおごりたいだけだ』バルカン女性は、のどは渇いていないと返事をする。するとテラライト人は、『気どるなよ、どういう意味かわかってるだろ』という。バルカン人は、『飲み物を口実に、交配の儀式をしたいとほのめかしているなら、バルカン人がつがいになるのは七年に一回だけです』」

〝相手はそれを信じたの？〟

「いいや。嘘をついてると責めると、女性はお決まりの『バルカン人は決して嘘をつかない』を返した」

〝それ自体が真っ赤な嘘ね。バルカン女性はきれいだった？〟

「君ほどじゃないさ」

〝ちょっとした好奇心よ〟わたしは笑って、すぐに会おうと約束して会話を終えた。それは実現しなかった。ビバリーを責めてはいない。彼女は宇宙船の艦長であり、任務はいかなる個人的な優先事項にも優先される。次の三年間で、ビバリーとわたしがともに過ごしたのは四週間にも満たなかった。〈エンタープライズ〉では何年も一緒に過ごしてきたのに、結婚したとたん、ろくに顔を会わせられないとは、皮肉な話だ。結婚生活のためにビバリーのキャリアを犠牲にして欲しくはないが、それでもこたえはする。

大使としての仕事にもすっかり慣れ、これまで親しんできた社会から感情的な距離を感じた。わたしはかなりいいバルカン人になりそうだ。だが何やら浮き足だちもした。この歳になっても、もう少し人生にスパイスが欲しかった。

まもなく、渡りに船の出来事が起きる。

わたしは事務所につめて、連邦評議会関係者のアンドリア人から頼まれた、子どもたち用のパスポート申請にとりくんでいた。そのとき、古い友人から亜空間通信が入った。

「データ艦長。どうした風の吹き回しだね?」データは〈エンタープライズE〉の、かつてはわたしが使用した作戦室にいた。

〝お邪魔をして申し訳ありません、大使。この通信の関連情報をお送りします。そちらをご覧ください〟

スクリーンに、とある星系の長距離スキャンと、高レベルの亜空間干渉波を放出する見覚えのある外見のデバイスが現れた。

「どこの星系だ？」

〝ホーバス星系です。ロミュラン宙域にあります〟

「デノビュラ人が建設した亜空間エンジンと同類に見えるな」

〝わたしもそれを疑いました〟

「ロミュランは関係してるのか？」

〝ありません。彼らは実際、ホーバス星系に攻撃部隊を送りました〟

「ホーバス星系の住人は、定期的にロミュランに征圧されてきた」

〝たぶんデノビュラ人の話を聞き、脱出手段を探していたのでしょう〟

「だがおそらくロミュランはそれを武器だと考え……」

〝宇宙艦隊は警告しようとしました。ですがロミュランは頑として返答しません。彼らの攻撃部隊が、あと数時間で到着予定です〟

「ひとり、あてがある。君はバルカンに来てくれ。助けが要るかもしれん」

〝はい、大使。わたしもそう考えました。すでにそちらへ向かっています〟

わたしは連邦大使館を飛び出した。数年にわたり、やむを得ずバルカンに小規模の情報網を張り、再統一交渉に関するどんな些細な情報でも集めてきた。加えて、ロミュラスとの話しあいを牽引《けんいん》している外交官の動向を逐一追い続け、情報が正しければ、彼はたった今、バルカン最高評議会の本部にいる。

わたしは本部ビルに行き、まっすぐ受付に向かった。

「スポック大使にお会いしたい」受付係はただわたしを見つめた。

「スポック大使がいらっしゃるとはうかがっておりません……」

「バルカン人は嘘をつかないのだろう。大使は上階でロミュラン―バルカン再統一の交渉中だ」

受付係は長い間わたしを見つめてから、応援を呼びに行った。数分後、わたしは会議室に通された。

「ピカード大使」スポックがトゥプリングともども立ちあがる。彼らのどちらも、わたしを見ても喜んだ素振りは見せなかったが、バルカン人の常で、その表情は読みづらい。

押しかけた非礼を詫び、状況を説明する。

「ロミュラン政府は依然として、極めて疑り深い」スポック大使はいった。「攻撃中止の要請に、耳を貸すとはとても思えん。だがやってみよう」

同行して共同戦線を張りたいと思ったが、声はかからなかった。おそらくそれが正しい判断だとは思うものの、不満が募る。オフィスに戻ると、パスポートの申請書がまだ机の上に載っていた。

〈エンタープライズ〉が軌道に乗ったとき、再び出番が回った。データに乗艦させてもらい、星図作成室へ案内される。先客のスポックが、副長のジョーディと同席していた。

「ロミュランの説得に失敗した。状況が悪化したため、別の選択肢を探らねばならない」

彼らはロミュラン領域の星図を指した。ホーバス星系から光が発し、拡大している。

「超新星か？　あり得ん。ホーバス星はそこまで古くはないはずだ」

「その通りです」データがいった。「ロミュランは亜空間エンジンを破壊しようとして、傷つけて終わっただけらしい。偶発的に作動したのです」

「破損した亜空間エンジンが、ホーバス星を超新星にしました」ジョーディが捕捉する。「通常空間と、亜空間の両方で」

「亜空間にも存在するとなれば、超新星はホーバス星系からさらに拡散し続けるはずだ」スポックが指摘した。「数日のうちにロミュラスを飲みこむだろう」

「そのあとは、バルカンと、アルファ宇宙域じゅうへ拡がる」と、ジョーディ。

「何としても、食いとめなければ」わたしはスポックを向き、「精神融合したとき『赤色物質』と呼ばれる物質が開発されたのを知りました。それを使って……」

「大使」データが割って入る。「われわれはすでに、その線で計画を進めています」

「連邦の船ではロミュラン領域に進入できません。ジョーディならたぶん……」

「すでに機関士官たちにやらせています」

　データとジョーディは、適切にことを運んでいた。ふたりはただ礼儀上、わたしも引き入れたにすぎない。データはスポックに手を貸して、赤色物質デバイスを構築した。そのデバイスを使い、超新星を吸収させる。ジョーディの手配した船籍のない船は、星間問題を起こさずに、スポックをロミュラン領域へ連れていけるだろう。

　スポックが発《た》つ日、わたしは見送りに行った。

「幸運を、大使」

「知っているはずだ、ピカード。わたしは運を信じない」

「あなたもご存じでしょう。それが真実ではないと、わたしが知っているのを」

その後、二度と再び彼を見ることはなかった。


〝申し訳ないけど〟ブランド大統領がいった。〝バルカンから引きあげていただくわ、ジャン＝リュック〟

スポックは亜空間の超新星を食いとめたが、ロミュラス到達前には間にあわなかった。ロミュランの母星が破壊され、スポックは行方不明、死亡したと推定されている。バルカン最高評議会は、わたしが外交儀礼を無視したと非難した。

「了承しました」

〝ロミュラスが無事だったら、外交儀礼を無視しても特例にできたかもしれない。でも現状では、すぐにバルカンを離れるべきね〟

まだ標準軌道にいたデータが、地球に連れ帰ってくれた。途中で、ビバリーに連絡を入れた。

〝とても残念だったわね。スポック大使に何が起きたと思う？〟

「わからない。だがどこかで生きていると思う」

〝どうしてそう思うの?〟

「精神融合した相手の一部はずっと残ったままで、死ねば感じる。サレクが死んだとき、それを感じた。だがスポックの一部は、まだわたしの心の中で生きている」

〝あなたは大使に向いてなかったみたいね〟

「そのようだ」

〝できるだけ早く、地球に戻ります〟

「急がなくていい。君には船があり、任務がある」

〝でも、わたしたちは?〟

「時間はあるよ」確信はなかったが、わたしはビバリーの帰りを待とうと思う。


タンクの上の渡し板に立って、発酵したブドウの果帽をたたいた。自分でこの作業をやるのはどんどんつらくなってきたが、ほかにどうしようもない。地球上でワイン造りに興味のある人物はたいしていなかった。一年前、クリンゴンの女性がわたしの求人広告に応じたが、採用は見送った。クリンゴン人とうまくやっていける自信がない。

だが、わたしは興奮していた。ブドウ農園に戻ってから三番目のビンテージになる。最初のビンテージは二年前に収穫した。もうじき瓶に詰める予定だ。二三九三年物のピカードのビンテージには、大きな期待を寄せている。手間をかけるほど楽しみが増えることを、遅まきながら学んだ。

タンクのかくはん作業が終わり、下へ降りる。太陽が沈みかけ、家へ入って夕食の用意をすることにした。今夜、亜空間通信でビバリーを呼び出してみるかもしれないが、ときどき連絡がつきにくくなる。わたしの誕生日には家に戻ると約束してくれ、楽しみだった。九十回目の誕生日だ。ビバリーはほかの友人も招くかもしれない。昔のクルーと再びまみえ、彼らの新たな冒険話を聞けたらさぞや楽しいだろう。そのあと友らは辞去するだろうが、それもまたよしだ。

夕食後、アールグレイ・ティーのカップを持って腰を落ち着け、書きあげたばかりの原稿に最後の目を通す。よくも悪くも、これまでひとりで生きてきたことを、改めて実感させられた。だが、それがわたしであり、自分は幸運な人生を送ったと思っている。ひとりの男に割り当てられた分よりも多くの星々を見てきたし、身にあまるほど、この時代の偉大な男女と出会った。われわれの文明において自分が果たした小さな役割を、誇りに思う。だが今や、歴史作りはほかの人間の手に委ねられた。

わたしは父のワインを造っていれば幸せだ。

謝辞

タイタンブックスのみなさんに、感謝を述べたい。とりわけ、ローラ・プライスと、私の編者であるアンディ・ジョーンズとサイモン・ウォード両氏の忍耐と仕事ぶり、もうひとつおまけの忍耐に。原稿を読める形に仕あげてくれたダナ・ユーリン。すばらしいアーティストのラッセル・ウォークには、コラボレーション作業と、みごとな写真を作成してくれた腕前にお礼を。デイブ・ロッシは私を今一度、作家にしてくれた。ジョン・バン・シッターズは初めてデイブ・ロッシに耳を貸し、継続してわたしに執筆を任せてくれた。

アンドレ・ボーマニス。あなたは迅速、完全、そしてユーモアまじりに質問のすべてに答えてくれた。マイクとデニス・オクダ、あなた方の仕事があればこそ、本書は実現できた。マイク・サスマンは、ピカードがウェスリーに操縦を任せた理由を示唆してくれた。回顧録〝Destroyer Captain: Lessons of a First Command〟の著者、ジェームス・スタフリディス提督。私に〝Destroyer Captain〟を勧めたスティーブ・ケイン。優秀な弁護士のブライアン・ウルフとブライアン・ラザラス。私を『スタートレック　エンタープライズ』のライターにしてくれたブラノン・ブラーガとリック・バーマン。

いうまでもなく、パトリック・スチュワートに。スチュワートとの仕事を含め、すばらしい企画のどれひとつとして、セス・マクファーレン抜きではできなかっただろう。『自叙伝 ジェームズ・T・カーク』を読んでくれた私の友人たち、マーク・アルトマン、アダム＝トロイ・カストロ、ハウィー・カプラン、アン・ラウンズベリー、スコット・マンツ、グレン・マザラ、ダン・ミラノとオースティン・ティチェナー。私の家族、フレッド、フィリス、ビル、ジェイソン、ラファエル、クリスタル、アンソニー、スティーブン、ジュリア、エマとスティーブ。わたしと一緒に母の遺産を受け継ぐ姉妹、アンとナオミ。そして、タリアとヤコブ、とりわけウェンディ。私のはた迷惑な仕事ぶりにもかかわらず、お前たちが示してくれた愛、思いやり、ユーモアと献身に。

デイヴィッド・A・グッドマン

解　説——あなたが知らないピカードの武勇伝

岸川　靖

本書は〈U.S.S.エンタープライズD、E〉の艦長を務めた（在任期間２３６３〜２３７１年）ジャン＝リュック・ピカード大佐（当時）の自叙伝です。自叙伝とは本人が記した自分自身の伝記です。著者本人の主観で書かれている場合が多く、世に出回っている自叙伝の大半は、苦労話と成功譚で構成され、自分自身に都合の悪いことは省略する傾向にあります。

そのため、〈エンタープライズ〉の艦長就任以降のピカードしか知らないという方は、本書前半部で記されている彼の行動は、意外に思われ、にわかに受け入れ難いかもしれません。しかし、彼はそうした過去を乗り越えて、クルー（乗組員）の信頼と尊敬を集める名指揮官となり得たのです。

テレビドラマ。それも何年にも渡って放映され続けているシリーズは、登場キャラクターが旧知の人物のように感じられるようになります。

ジャン＝リュック・ピカードはテレビシリーズ『新スタートレック』（87〜94全米放映、以下TNGと略）と4本の劇場版に登場するキャラクターです。TNGは全176話が放映され、「スタートレック」（以下STと略）シリーズとしては、『スタートレック　ディープ・スペース・ナイン』（93〜99）と並んで最長記録を誇っています。もっとも、TNGはさらに劇場版4本もあるため、STユニバースでは最多エピソードのシリーズと言えるでしょう。

TNG放映以前のSTシリーズの顔といえば、『宇宙大作戦　スタートレック』（66〜69全米放映、以下TOSと略）のカーク船長、もしくは副長のスポックでした。特にスポックは個性的な容姿とユニークな性格で、男女を問わず人気キャラクターとなりました。

そのスポックに比べると、ピカードのキャラクターの印象は、薄く感じられます。それはピカードが艦長で、個性豊かなクルーをとりまとめる家長的な存在であり、規律と道徳を重んじ、思慮深く、的確な判断を下す、理想の指揮官として描かれていたからです。決してカークのような独断先行型ではありません。艦隊勤務するならば、無謀な作戦で命を落とす確率が高いカークよりも、深謀遠慮なピカードの配下になるほうが安心です。

しかし、そんなピカードも生まれながらの聖人君子ではありませんでした。

本書をお読みになった方は、若きピカードの無軌道ぶりに眉をひそめたことでしょう。まだ、本書をお読みになっていない方は、あなたが知らないピカードの武勇伝（というかやんちゃな）に驚いていただきたいと思います。

本書はジャン＝リュック・ピカードが自叙伝という形式の回顧録で、自分自身についてピカードが書き記したもの、という体で書かれています。

執筆したのはテレビプロデューサーでライターのデイヴィッド・A・グッドマンです。グッドマンは全てのSTのテレビシリーズ、劇場版シリーズ（J・J・エイブラムスのリブート版も含む）を細かに視聴するのみならず、テレビ、劇場版で描かれている事柄、「ST正史」として扱われていない小説版、コミックスなども熟読して本書の執筆にあたっています。それでもまだ足りない部分をものすごい妄想力で補ったのは、ご覧の通りです。その作業量を考えると頭が下がります。

こうなると、本書の編者であるデイヴィッド・A・グッドマンとはどういう人物なのか興味が湧いてきたことと思います。そこでここからは、彼についてご紹介しましょう。

デイヴィッド・A・グッドマンは1962年12月13日、ニューヨークのブロンクスで生まれました。1984年にシカゴ大学を卒業し、映像制作の世界へ進みます。最初にクレジットされたのはテレビシリーズ『Flying Blind』（92〜93 FOXネットワーク）というシットコム（シチュエーション・コメディ）で、役職は副プロデューサーでした。その後、いくつかのシットコムに参加後、80年代の人気テレビシリーズ『ナイトライダー』（82〜86 NBC）の続編『チーム ナイトライダー』（97〜98 NBC）でエグゼクティブ・プロデューサーを務め、03年には31世紀の地球を舞台にしたSFコメディ・アニメ『フューチュラマ』（99〜03 FOXネットワーク。日本では長編エピソードのみリリース）をスマッシュヒットさせます。

その後『スタートレック　エンタープライズ』（01〜05以下、ENTと略）第3シーズンからコンサルティング・プロデューサーとして参加、43エピソードの製作に関与しています。ちなみに、グッドマンは根っからのトレッキー（STファン）を公言しており、ENTへの抜擢も、視聴率不振の同シリーズのテコ入れのため、STに詳しく、ヒット番組製作に関わっていたためだと言われています。たしかにグッドマンが参加した第3シーズンからは、過去のSTシリーズ（特にTOS）と関連づけているエピソードが増え、また、内容もそれまで暗かったイメージが、明るめになったことを考えるとうなずけます。

ENT終了後、グッドマンは再びシットコムやコメディ・アニメの製作に関わり、なかでもコメディ・アニメ『ファミリー・ガイ』（99〜放映中）は大ヒット作となります。このアニメで主人公のほか、レギュラー、サブレギュラー合計8人の声をあてたのがセス・マクファーレンでした。マクファーレンはのちに、映画『テッド』（12）の、原案・脚本・監督を手がけていま す。実はマクファーレンも年季の入ったトレッキーで、『テッド』では、ナレーターにパトリック・スチュワートを起用しています。そして、それがきっかけでマクファーレンはTNGの多くのキャストとの交友が始まり、それが『宇宙探査艦オーヴィル』（17〜放映中　FOXネットワーク）の誕生へと繋がったのです。

『宇宙探査艦オーヴィル』は当初、映画『ギャラシー・クエスト』（99）のような作品と言われ、評論家筋の前評判は芳しくありませんでした。

しかし、セス・マクファーレンの誘いで、『宇宙探査艦オーヴィル』のエグゼクティブ・プロデューサーにグッドマンが参加した結果、ＴＮＧへのオマージュに満ちたＳＦドラマとなり、多くのＳＴファンに歓迎されたのです。機を同じくスタートしたＳＴの新作シリーズ『スタートレック　ディスカバリー』（17～放映中　米ではＣＢＳが所有するネット動画配信会社／日本ではネットフリックスにて配信中）が、映画的な画面設計で暗く、ドラマもハードなので、ＴＮＧなどが好きなＳＴファンの受け皿になったとも言われています。この両番組は現在も製作中で、『宇宙探査艦オーヴィル』第2シーズンは２０１８年12月、『スタートレック　ディスカバリー』第2シーズンは２０１９年1月からのスタートが予定されており、両者の今後が楽しみです。

ところで、グッドマンが本書を書くきっかけになったのは、彼が２０１３年に出版した〝Star Trek Federation: The First 150 Years（スタートレック　惑星連邦　最初の１５０年）〟（タイタンブックス刊）がきっかけでした。もともと、トレッキーの上、惑星連邦が結成された様子を描いたＥＮＴに参加していた彼は、惑星連邦の歴史をまとめる本を思いつき、友人でＳＴ関連の著書が多いラリー・ネメセックに相談、忙しい本業の傍ら、数年かけて同書を出版したのです。出版後の反響は悪くなく、グッドマンがつぎに手をつけたのが、惑星連邦宇宙艦隊で一番の知名度を誇る、ジェームズ・Ｔ・カークの自叙伝だったのです。〝The Autobiography of James T.Kirk THE STORY OF STARFLEET'S GREATEST CAPTAIN（ジェームズ・Ｔ・カーク自叙伝　宇宙艦隊の偉大なる船長の物語）〟と名付けられた同書は、２０１５年にタイタンブックスから刊行され、これまた好評。そして第3冊目の著書の題材として選ばれたのが本書『自叙伝ジャン・リュック・ピカード（The Autobiography of Jean-Luc Picard THE STORY OF ONE OF STARFLLET'S MOST INSPIRATIONAL CAPTAINS）』だったのです。

本書『ジャン＝リュック・ピカード自叙伝』は、米国では２０１７年10月に刊行されました。その内容については、本書をお読みいただくとして、著者のグッドマンは４冊目を現在、執筆中です。

〝The Autobiography of Mr. Spock THE LIFE OF A FEDERATION LEGEND（ミスター・スポック自叙伝　惑星連邦伝説的人物の生涯）〟。米国での刊行は２０１８年11月予定です。本書のセールスが良ければ、カークやスポックの自叙伝も翻訳刊行されるのは論理的必然です。

本書の翻訳を担当された有澤真庭さんは、過去に『アナと雪の女王』、『X-ファイル２０１６』、『キングコング　髑髏島の巨神』（以上、竹書房文庫）といった映像作品のノヴェライズから、グラフィックノベル『スピン』（河出書房刊）、２００３年のピューリッツァー賞受賞のノンフィクション『スポットライト 世紀のスクープ カトリック教会の大罪』（竹書房刊）と幅広くご活躍されている方です。

本書をお読みの方は、おそらく登場キャラクターがしゃべる言葉が、日本語吹き替え版でおなじみの声優さんの声で脳内再生されたと思います（私はそうでした）。翻訳にあたり、テレビ、映画のSTシリーズを参考のため、真摯に細かくチェックしたようで、監修者としてのわたしの役割はごく微々たるものでした（楽でした）。有澤さん、おつかれさまでした。

今後、ＳＴ関連の出版物の翻訳を検討されている各出版社の担当の方は、ぜひ、その名前を憶えておいていただきたいと思います。

最後になりましたが、本書監修中にわたしの長年の友人であり、生粋のＳＴファン。ＳＴ好きが高じて、原語でＳＴを楽しむため英語を勉強し、ＳＴ関連（ノヴェライズ版『スタートレックヴォイジャー』角川文庫刊）の翻訳で知られ、ＳＴ関係者の来日時にはパラマウント社からの依頼で、通訳も務めていた山口智子さんが52歳の若さで急逝されました。彼女が元気だったら、一番のお気に入りだったミスター・スポックの自叙伝は、すぐに原書で読み、翻訳に名乗りをあげたと思います。

彼女の死はとても残念ですが、遺された我々ＳＴファンは、その意思を継ぎＳＴの普及活動に取り組みましょう。

それでは、いつかまた。

長寿と繁栄を！

２０１８年盛夏

ＰＳ　２０１９年は『宇宙大作戦』日本放映50周年です！

訳者あとがき

〝Jean-Luc Picard is back!〟──ピカード艦長が帰ってくる！

二〇一八年八月四日、ラスベガスで開かれた「スタートレック」コンベンションにて、ピカードを主役に据えた新シリーズの製作が、パトリック・スチュワートその人から発表になりました。一体どんなピカードを、新たに見せてくれるのでしょうか。わくわくして、いてもたってもいられませんが、そんなときに、絶好のタイミングでピカードの『自叙伝』が出版に！ 映像よりひと足お先に活字にて、ピカード艦長と再び未踏の宇宙へBoldly Goしちゃいましょう。本人の人柄そのままに、ストイックかつファクチュアルな語り口で、艦長時代の宇宙を股にかけた活躍はもちろん、艦長になる以前の初々しいピカード、そして一線を退いたあとの熟年ピカードの姿までもが綴られ、新シリーズへのいいヒントが見つかるかもしれませんよ。

ピカード艦長ことジャン＝リュック・ピカードは二三〇五年、フランスの小村ラバールで、先祖代々ワイナリーを営むピカード家の次男に生まれます。二十四世紀においてもコンピューターや機械の手を借りない昔ながらの製法を守り、テクノロジーを拒否した生活を強要する父親と、父親に盲従して弟いじめに精を出す兄に反発し、広い宇宙へ出ることを夢見るピカード少年。ピカードの実家がワイン農園だったり、六つ違いの兄ロベールとは小さいときから仲が悪くて、何十年も経ってやっと和解したことは、『新スタートレック』（ＴＮＧ）のエピソード『戦士の休息』でじっくり描かれていましたね。父親のモーリスも別のエピソードでちらっとだけ出て来ますが、相当なくせ者である父との確執が、ピカードの人格形成や行動原理に深く影響していたとわかります（本書が彼の父親に捧げられているのに注目！）。

さて、晴れて宇宙艦隊アカデミーに入学したピカード青年は、持ち前の負けん気を発揮して、マラソン大会で上級生をごぼう抜きして優勝し、ハンソン艦長の目にとまり、考古学の重鎮ガレン教授の薫陶を受け、コーリーとマルタ、ふたりの親友ができ、女性を口説いて回るかと思えば、庭師のブースビーにお灸を据えられ、またとある人物に飛行術の手ほどきを受けたりと、充実した学生生活を送ります。この時期のピカードは、部下の信望厚い頼れる艦長時代とはずいぶん違って、本人が冷や汗をかくほど傲慢で血の気の多い、女たらしの若者だったようです。

卒業後、ノーシカ人との乱闘であわや死にかけたあと、新米科学士官として最初に乗り組んだ〈リライアント〉で功績を挙げて昇進、次の〈スターゲイザー〉では二十年を過ごし、さまざまな経験を重ねながら徐々に、わたしたちのよく知る名艦長へと成長していきます。宇宙に名高い「マクシマの戦い」のあと、一時艦長職を離れて艦隊の別部門でスパイ活動などの任務にいそしんだのち、いよいよ〈エンタープライズＤ〉の指揮官に！

本書の醍醐味は何といっても、意外な場面、意外な形で、シリーズでおなじみのキャラクターたちに再会できる点にあります。ビバリーやデータ、ライカー、ウォーフ、トロイ、ジョーディ、ガイナン、Ｑら主要メンバーにはじまり、ナカムラ大尉やクイン提督などのちょい役、さらにはＴＮＧに限らず、ウフーラ、デモラ・スールー、サレクにスポック、マッコイ、ジェインウェイ、フロックス、シスコ等々、『宇宙大作戦』（もれなくまんが版も！）から『エンタープライズ』までの他シリーズ作品や映画に登場するキャラクター、宇宙船、異種族、ギミックやテクノロジーｅｔｃ.が、ぎゅうぎゅうに詰めこまれています。しかも、単に本編から持ってくるだけでなく、著者、もとい編集者であるデイヴィッド・Ａ・グッドマンのオリジナルキャラクターやエピソードと絶妙にブレンドされてあり、本書を読まれたあとで、シリーズを観かえしてみたら、「ああ、こんなところに登場してる！」と何度もビックリするはずです（これがまた楽しい）。ピカードの若い時分は実は欠点だらけだったのも、要所要所で匂わせていたりとかね。なかにはほんのひとこと誰かが口にしただけだったりするので、目も耳もロックオンしっぱなしですよ。

最後になりましたが、広大なＳＴ《スタートレック》宇宙で迷子になり、デルタ宙域をさまよう私を、正しい航路へ導いてくださった監修の岸川靖様、チェックにご協力いただきました高島正人様、川崎久美子様、竹書房の富田利一様、井上研二様、校正の横井里香様に、星の海より深く感謝いたします。

２０１８年９月

有澤真庭

用語解説

〈あ行〉

アーケイナス
惑星連邦とクリンゴン帝国の間にある領域。もともとクリンゴンの領域であったが、23世紀半ばに連邦に割譲された。

アイコニア
およそ20万年前に、広大な帝国を築いていたとされるアイコニア人の母星。彼らの文化に関しては不明瞭な部分も多いが、高度な科学技術を有していた種族であり、どこからともなく姿を現すことができたといわれている。

アジロン
惑星連邦領域に存在しクリンゴン帝国領域にも近い場所に位置するMクラス惑星。連邦に加盟しており、少なくとも3つの連邦のコロニーが存在する。

アルタイル三号星
セクター9にあるアルタイル星系の第3惑星。

アルデバラン・ウイスキー
緑色をした強い酒。初代〈エンタープライズ〉のスコット機関主任はガニメデで入手していた。

〈U．S．S．アル・バターニ〉
惑星連邦宇宙艦隊が保有するエクセルシオール級の宇宙船。

アンドリア人
アンドリア星系のガス惑星の衛星アンドリアを起源とするヒューマノイド種族であり、惑星連邦創設種族のひとつ。青い皮膚と、白か銀の髪の毛が特徴で、頭部に2本の触角を持つ。

アンバサダー級
惑星連邦宇宙艦隊が保有する宇宙船の船級。クリンゴン内戦などの戦闘に投入された。全長約526メートル。

〈U．S．S．アンバサダー〉
アンバサダー級の一番艦（ネームシップ）。2332年に完成した本艦〈U．S．S．アンバサダー NX-10521〉から運用が開始された。

イオン放射
宇宙船がワープ航法を行った際に残されるイオン化した残留物。痕跡をセンサーでたどり、追跡することができる。

イザール
うしかい座イプシロン星とも呼ばれる、橙色の恒星と青白色の恒星から成る二連星。この恒星系には地球のコロニーが建設されたMクラス環境の惑星が存在し、23世紀前半までには惑星連邦に加盟している。

イリディアン
宇宙商人。商品ではなく、個人的なものから、国家・宇宙規模まで様々な〝情報〟を売って、金にしている種族。

イルモディック症候群
シナプス経路が低下する神経系の病気で記憶の混濁などの症状が現れる。不治の病。

インパルス・エンジン
光速以下の速度域において使用される宇宙船の推進システム。重水素核融合炉から高エネルギープラズマを後方に噴出し、その爆発力による作用反作用エネルギーを元に艦を推進させる。

ヴィジャー
2271年にベータ宇宙域方向の銀河系外からやってきたと考えられる人工生命体。まっすぐ地球を目指していると予測されたので、カーク船長ら〈エンタープライズ〉のクルーによって調査が試みられた。

宇宙艦隊アカデミー
宇宙艦隊の士官を養成する機関。サンフランシスコの宇宙艦隊本部と併設されている。

宇宙翻訳機
異星人の言語を解読し使用者の言語に翻訳する翻訳機。未知の言語を話す相手に対しては、言葉を話させることでデータを集め、翻訳マトリックスを形成すると翻訳が可能になる。

宇宙暦
惑星連邦における共通の時間の表記法。世界と種族との間の時間の測定方法を標準化したもの。分・秒といった単位は無く、小数点以下1桁までの有理数のみで時間を表すことが出来る。

ウルフ三五九星系
太陽系から約7・8光年の距離にあるベータ宇宙域の、赤色矮星ウルフ359を含む恒星系。

エアトラム
惑星の大気圏内で使用される遠隔地間用の小型人員輸送機。

エアハート宇宙基地
女性パイロットとして初めての大西洋単独横断飛行をした草分け的存在のアメリア・エアハートが基地名の由来。

エアラフト
4人がけのオープン浮揚車。

〈U.S.S.エイジャックス〉
惑星連邦宇宙艦隊が保有するアポロ級宇宙船。2327年の時点ではナース艦長の指揮下にあった。

〈U.S.S.エクスカリバー〉
惑星連邦宇宙艦隊が保有するコンスティテューション級の宇宙船。コンスティテューション級は、同クラスの〈U.S.S.エンタープライズ〉に代表されるように、23世紀後半の宇宙艦隊における主力艦であった。全長はおよそ289メートル。

A.G.ロビンソン
テスト飛行中に事故を起こし喪失した〈NX-アルファ〉のパイロット。

エクセルビア人
惑星エクセルビアを母星とし、知性を持ったケイ素生命体。善と悪の概念に興味を持ち、銀河系の歴史的人物のイメージをつくり出して戦わせた。

エクセルシオール級
惑星連邦宇宙艦隊が保有する宇宙船の船級。一番艦(ネームシップ)である〈U.S.S.エクセルシオール〉はトランスワープ・ドライブの実験艦として建造されたが、汎用性の高い設計から、のちにエクセルシオール級として量産された。全長約467メートル。

エドス人
3本の脚、3本の手、3本指の種族。オレンジ色の肌を持つ。

F級シャトル
23世紀半ばに宇宙艦隊で標準的に運用されていたシャトルクラフト。

Mクラス惑星
惑星を大きさ、成分、地表環境、大気などで区別した惑星クラス分類ひとつ。地球タイプとも呼ばれ、人類などのヒューマノイド種族やその他炭素ベース生命体の生存に適した惑星を指す。

エル・オーリアン人
エル・オーリアン星系起源のヒューマノイド種族。外見的には人類とほぼ変わらないが非常に長命で、時間の流れや空間の予期せぬ変異を察知できるといわれている。

L―三七四星系
2267年に〈惑星の殺し屋〉によってほぼ破壊された星系。その後、カーク船長の働きにより活動を停止した〈殺し屋〉は、約八十年間同星系にとどまった。

〈エンタープライズNX-01〉
2151年に就役したNX級の最初の宇宙船。ワープ5に到達する最新鋭のワープ・エンジンを搭載し、大きな政治的革命の起点ともなった。

〈U.S.S.エンタープライズNCC-1701-B〉
惑星連邦宇宙艦隊が保有するエクセルシオール級の宇宙船。2293年、地球軌道上のドライドックで、ジョン・ハリマン大佐指揮のもと就役した。処女航海式典には、ジェイムズ・T・カーク大佐をはじめとする前世代の〈エンタープライズ〉の元乗員たちが招かれた。

〈U.S.S.エンタープライズNCC-1701-C〉
惑星連邦宇宙艦隊が保有するアンバサダー級の宇宙船。惑星連邦宇宙艦隊の旗艦として、〈U.S.S.エンタープライズ〉初の女性艦長であるレイチェル・ギャレット大佐の指揮下で就役した。

〈U.S.S.エンタープライズNCC-1701-D〉
惑星連邦宇宙艦隊所属のギャラクシー級宇宙艦の三番艦であり、宇宙艦隊旗艦である〈U.S.S.エンタープライズ〉の名を受け継ぐ5代目の艦。ジャン＝リュック・ピカード大佐が艦長をつとめる。

オルガニア人
オルガニア星を母星とする、平和的かつ良心的な種族。一方で、他の種族を実験動物のように扱う非情な面も持つ。

〈か行〉

ガース
著名な宇宙艦隊の大佐。イザール星出身から〝イザールのガース〟と呼ばれる。

カーデシア人
アルファ宇宙域の惑星カーデシア・プライムを母星とするカーデシア連合の支配民族。爬虫類から進化したヒューマノイドで、薄い灰色の皮膚をしており、頭や首に鱗状の突起がある。

カーネリア四号星
入植地の地雷原から負傷者を救助する任務中、ピカード艦長がナターシャ・ヤー少尉の働きに目をとめた惑星。

カール人
1万年以上前に絶滅した種族。

カーレス
クリンゴン帝国に名を残す古代の英雄。9世紀頃、クロノスを支配していた暴君を倒し、クリンゴン帝国をうち立てたといわれる。

〈U.S.S.カイロ〉
惑星連邦宇宙艦隊が保有するエクセルシオール級宇宙船。

火星コロニー
2013年までに人類が火星に建設した惑星連邦コロニーのひとつ。火星に最初のコロニーを建設した開拓者の中にはピカード家の祖先も含まれていた。

カターン
かつてシラリア星域に位置していたとされる星系。ヒューマノイド型知的生命体が存在していたが、恒星の異常活動により滅亡の危機に瀕したおり、種の存在した証を残すため当時の科学技術のすべてを注ぎ込み1機の人工衛星を建造。これに自分達の生活の記録を乗せて外宇宙へ飛ばした。

カトラの聖櫃

バルカン人の生きた魂であるカトラを保存するために使用されたといわれる、多結晶質の器。カトラは死の際に聖櫃や他の者に転写することができる。

観察ラウンジ

メインブリッジのすぐ裏側にある。会議室とも。眺望が良い。

艦隊の誓い

宇宙艦隊規約第1条。進化や文明への不干渉を定めた規約。

キトマー

ベータ宇宙域キトマー星系の惑星。クリンゴンのコロニーが存在する。

ギャラクシー級

惑星連邦宇宙艦隊が保有する宇宙船の船級。円盤部と推進部を分離することが可能で、分離した両方の船体はそれぞれ1個の独立した船として機能することができる。全長約６４１メートル。

Q

高次元生命体。Q連続体（Q族）と呼ばれる集団の一員。寿命は無く、性別も自由自在であるため、あらゆる種族と生命体に変身できる。更に瞬間及び時間移動が出来る。いまだ謎多き存在。

〈U.S.S.キュウシュウ〉

惑星連邦宇宙艦隊が保有するコンスティテューション級宇宙船。

銀河系法

宇宙艦隊アカデミーの必修課程のひとつ。講義では宇宙艦隊法、惑星連邦法などを学ぶ。より本格的な法律学校もある。

クインラット

クリンゴンの母星クロノスに存在した古代都市。

クリンゴン

ベータ宇宙域の惑星クロノスを母星とするヒューマノイド。銀河系の主要国家のひとつとされるクリンゴン帝国を成立させている。隆起した額を持ち、戦うことを誇りとする攻撃的な種族。

〈U.S.S.クレイジーホース〉

惑星連邦宇宙艦隊所属のエクセルシオール級の宇宙船。

〈U.S.S.ケイン〉

惑星連邦宇宙艦隊所属の医療宇宙船。

光子魚雷

様々な勢力や組織の宇宙艦もしくは宇宙基地などで配備されている反物質兵器のひとつ。宇宙艦隊においても、少なくとも２２６７年までには採用されている。アイソトンという単位で威力が表され、25アイソトンの光子魚雷であれば一発で大都市を壊滅させることが可能とされる。

ゴーラ人

ゴーラ人が祈とうに使った棒は、考古学的に高い価値があるとされる。

ゴールト

惑星連邦のコロニーが存在する惑星。人口2万人以下の農業惑星で、連邦に加盟している。

コブリアド系

絶滅に瀕するコブリアド人の故郷と目されている連星系。

コミュニケーター

多くの種族で用いられている通信端末。個人間での連絡に使用されるほか、宇宙船への連絡にも使用される。宇宙艦隊の制服にとめる記章タイプのコムバッチは２３４０年代に登場。

コンステレーション級
惑星連邦宇宙艦隊が保有する宇宙船の船級。大きな特徴として、宇宙船をワープ・フィールドで包み込んで、船体を超光速滑走させる装置であるナセルを四基搭載していることが挙げられる。全長約315メートル。

〈さ行〉

〈U.S.S.サラトガ〉
惑星連邦宇宙艦隊が保有するエクセルシオール級の宇宙船。

サロナ八号星
〈ブルー・パロット・カフェ〉〈ダンス・パレス〉など娯楽施設の充実した惑星。

三次元チェス
駒は通常のチェスと同じものを使用するが、チェス盤が立体的に配置されている。盤は4×4のメインボード3枚、2×2のアタックボード4枚からなる。メインボードは2列ずつずれて重なっている。アタックボードは下にある短い棒でメインボードの四隅に取り付けるようになっており、ゲーム中に駒を載せたまま移動させることもできる。

シータバンド亜空間搬送波
カーデシアがDNAウィルス兵器を運ぶ手段に用いた亜空間搬送波。のちに虚偽の情報だと判明。

ジェームズ・T・カーク
2233年3月22日、地球のアイオワ州リバーサイド生まれ。宇宙艦隊入隊、アカデミーで学ぶ。〝コバヤシマル〟テストをクリアした唯一の候補生。学生ながら〈U.S.S.リパブリック〉で実地訓練を受け、宇宙艦隊アカデミーを卒業後は、大尉として〈U.S.S.ファラガット〉に配属。2263年、大佐に昇進、〈U.S.S.エンタープライズ〉の船長として、5年間の深宇宙探査に出発。帰還後も数々の宇宙の危機に同船にて対処。2293年、キトマー和平会議を反対勢力の妨害から守る。この一件を最後に、老朽化による〈エンタープライズA〉の退役を期に自身も宇宙船の船長職をしりぞく。最新鋭の新型〈エンタープライズNCC-1701-B〉の処女航海に同乗。ネクサスによる同船襲撃事件に巻き込まれて行方不明に。

ジェフリーズ・チューブ
連邦宇宙船を縦横に走る狭い通路で、はしごを伝ったり四つんばいで移動する。メンテナンスや非常時に使用。

シカー市
バルカン星の都市。砂漠とこの星特有の赤い岩肌の山々に囲まれた古代都市。

シグマ・イオシアニ号星
2168年、地球の宇宙船〈U.S.S.ホライズン〉がこの惑星を訪れ、『1920年代のシカゴ・ギャング』という本を置き忘れた影響で、文明がシカゴのギャング社会そっくりになっていた。

シャトルクラフト
宇宙船または宇宙基地に備えられている短距離用の補助艦艇。

遮蔽装置
電磁波やセンサーから身を隠し、かつ視界からも消し去るステルス技術。

ジュレ四号星
ジュレ星系に存在する第4惑星で、惑星連邦に加盟している。この惑星には連邦のコロニーが存在していたが、2366年、ボーグの攻撃によって消滅した。

ジョナサン・アーチャー

22世紀の地球連合宇宙艦隊士官。エンタープライズ（NX－01）の船長を務めた。惑星連邦設立の最大の貢献者ともされ、初代連邦大統領も務めた。

〈U．S．S．スターゲイザー〉
惑星連邦宇宙艦隊が保有するコンステレーション級の宇宙船。

スラク
近代バルカン文明の父とされる、バルカン人の哲学者・科学者・論理学者。カトラの聖櫃に保存されていたスラクのカトラは、ジョナサン・アーチャー大佐に転写されていたことがある。

生命維持ベルト
身につけた者の周囲にフォース・フィールドを発生させ、空気や気温等、標準的なMクラス惑星の環境を維持するベルト。

赤色物質
特殊な重力的特性を持った不安定な物質で、人工的にブラックホールをつくりだすことができるとされる。

セクター〇〇三
テラー、ベガ・コロニー、デノビュラ・トライアクサといった主要文明がある宇宙域。

セトリック三号星
カーデシア連合の境界付近に位置するセトリック星系の第3惑星。惑星連邦の前哨基地が存在した。

ゼフラム・コクレーン
21世紀の地球人男性。変わり者の天才で、地球で初めてワープ・ドライブの開発に成功し、人類で最初に光速を突破した人物。

セルトリス三号星
セルトリス星系の第3惑星。カーデシア領内の惑星連邦との境界付近に位置する。

ソベリン級
惑星連邦宇宙艦隊が保有する宇宙船の船級。ギャラクシー級の実質的な後継だが、ボーグとの戦闘を前提に開発された純粋な戦闘艦種。全長約685メートル。

素粒子分散フィールド
惑星の電離層に張りめぐらすと、電磁波と亜空間搬送波を妨害して交信や転送に支障をきたす。

〈た行〉

ターカナ・コロニー
惑星連邦が入植したものの無政府状態となったターカナ4号星のコロニー。ナターシャ・ヤーの出身地。

ターキン・ヒルの巨匠
カール星から出土したネスコス像の作者に、宇宙考古学者が与えた称号。

ターサス三号星
惑星連邦に加盟する、ターサス恒星系のMクラス惑星。軌道上に惑星連邦の第74宇宙基地が存在する。

ターボリフト
多くの宇宙船や宇宙ステーションに備えられている人員輸送手段。垂直及び水平に張り巡らされたシャフトを通して各セクション同士を結ぶ。

第一船体
宇宙船の船体における主要な部分のひとつ。円盤部とも呼ばれる。通常、船の前方部分に設置され、メイン・ブリッジ等の重要設備が設置されている。

ダイキロニウム
元素記号Dkで原子量300、原子番号は112の元素。バルカン星で最初に発見された。

第三宇宙基地
宇宙艦隊の前哨基地では最も古いもののひとつ。バーナード星を公転しているふたつのMクラスの惑星の小さい方に建設された宇宙ステーション。宇宙艦隊が地球を拠点に発足した組織である事実を反映し、人間が懐かしさを覚えるような建築スタイルが用いられている。

第一二宇宙基地
ガンマ400恒星系内にある惑星連邦の宇宙基地。

第二三宇宙基地
Mクラスの惑星こそ存在しないものの、小惑星が無数にある星系にある。宇宙艦隊機関部が採鉱施設を建設。

第二四宇宙基地
惑星連邦とクリンゴン帝国の境界線近くに位置するキトマー星系付近にある宇宙艦隊の基地。

第三二宇宙基地
タガン3号星に建設された基地。

第五七宇宙基地
本部づとめのため、〈エンタープライズ〉を退艦するビバリーを降ろした連邦の基地。

第七四宇宙基地
ターサス星系内、ターサス3号星の軌道上にある惑星連邦の巨大な宇宙基地。宇宙ドックも併設されている。

第二一一宇宙基地
惑星連邦の最新前哨基地で、カーデシア帝国の領域からわずか2、3光年しか離れていない宙域に建設された惑星連邦の前哨基地。

第三一〇宇宙基地
カーデシア領との境界付近に位置する惑星連邦の宇宙基地。

第三四三宇宙基地
クリンゴン宙域に一番近い位置にある惑星連邦の前哨基地。

ダイタリックスB
別名ポンプ座ミラ5号星。ミラ星系の第5惑星で、かつてダイタリックスという採掘会社が所有していた。

ダイリチウム
結晶質の鉱物であり、ラダンという別名でも知られる貴重な物質。多くの宇宙船でワープ・ドライブを稼働させるために使用されている。

タウ・セティ三号星
惑星連邦領域に存在するタウ・セティ星系の第3惑星。

タガン三号星
第32宇宙基地のある星。

ダクタフ
クリンゴン戦士が使う3刃の短剣で、儀式にも使用。

ダニユラ二号星
ダニユラ星系の第2惑星。

ツェンケチ
惑星ツェンケスを母星とする種族。

チャルナ人
ワープ能力を持つほどの高度な文明を持っていたが、現在は無政府状態が続き退行している。外見はノーシカ人に似ている。

ディスラプター
クリンゴンやロミュランなど、惑星連邦以外の好戦的な種族が好んで使うエネルギービーム兵器。

ディスラプター・キャノン
クリンゴンなど、多くの種族の宇宙船に装備される指向性エネルギー兵器。

ディニアス星

アイコニアの伝説を思わせる装飾の施された陶器が出土した惑星。また、ディニアス語はアイコニア語を起源に持つ。

デネブ四号星
バンティ星人がファーポイント基地を築いた星。

デノビュラ・トライアクサ
デノビュラ人の母星であるMクラス惑星デノビュラを含む恒星系。

デビディア人
24世紀からきた奇妙な種族。過去の地球にさかのぼるため、独自にあみ出した時間のポータルを使っている。コレラ患者から生命力を盗み、養分にする。

テラー・プライム
アルファ宇宙域に位置するテラー星系のMクラスの惑星。テラライト人の母星であり、惑星連邦の加盟惑星。

テロック・ノールステーション
ベイジョー星の軌道上に位置していたカーデシア軍の採掘・鉱石加工ステーション。〈ディープ・スペース・ナイン〉の前身。

テラライト人
テラー星系のMクラス惑星テラー・プライムを起源とするヒューマノイド種族であり、惑星連邦創設種族の一つ。鼻の穴が前を向き豚鼻のようになっており、顎鬚を蓄えている者が多い。

転送機
物質・エネルギー転換装置。

同化
ボーグが新たな構成員や新たな技術をボーグ集合体に加えるための過程。

トゥプラナ・ハス
バルカン星シカー市にある宇宙港。

ドナテュー五号星
シャーマン惑星付近にある星で、2245年にあった戦闘のひとつである〝ドナテュー5号星の戦い〟が行われた。

トラビス・メイウェザー
〈エンタープライズ(NX-01)〉の航行において主操舵手をつとめた地球人の地球連合宇宙艦隊士官。

トラクター・ビーム
外部の物体をコントロールするために、宇宙船や宇宙ステーションから照射して用いられる重力子ビーム。物体を照射源へと引き寄せたり、牽引するのに使われるが、逆に物体を押し返すことも可能。

トリコーダー
惑星連邦宇宙艦隊の宇宙艦隊士官に支給され、主に上陸任務時に用いる多目的の携帯デバイス。地形・気候・生物などあらゆる分野の探知、分析、記録ができる。

トレクシア人
20万年以上前に栄えた種族。

〈な行〉

ナノプローブ
かつてサイバネティックス学者だったボーグ・クイーンが開発した医療器具。サイバネティックス移植装置と連動するうち一種のウィルスとなり種族全体に感染し、ひとつの集合意識に成長したのち他種族をも同化していくようになる。

ナレンドラ三号星
ロミュラン帝国にほど近い場所に位置するクリンゴン帝国の植民星。

ニュートリノ拡散

ニュートリノは素粒子のひとつ。大量のニュートリノの存在は遮蔽装置を使用している艦の存在を示している事がある。

ニュートロニウム

希少な高密度の合金のひとつで、電子が核子に異常に接近し電子と陽子と接触して中性子の様な性質を示している。宇宙艦隊はニュートロニウムの生成には成功していない。

ニューパリ植民地

惑星ニューパリにある惑星連邦のコロニー。2267年、深刻な伝染病に見舞われたが、〈U．S．S．エンタープライズ〉が薬を運び難を逃れた。

ニュープロビデンス・コロニー

惑星連邦領域の端にあるジュレ星系第4惑星にあったコロニーで、900人が入植していた。2366年、ボーグによる攻撃で跡形もなく消滅した。

ヌニエン・スン博士

地球人のサイバネティックス／ロボット工学者。ポジトロニック・ブレインを持つアンドロイド、データ、ローア、B－4の生みの親。いずれも博士の若い頃そっくり。

ノーシカ人

惑星ノーシカの原住民。海賊をなりわいとする粗暴な種族。

ノーススター・コロニー

スカゴラ人が築いたコロニーのひとつ。労働力として19世紀の地球から幌馬車隊を誘拐して開拓させた。

〈は行〉

バーナード星

第三宇宙基地のある惑星を有する恒星。

ハクトン七号星

惑星連邦のコロニーがある惑星。

〈U．S．S．パスツール〉

24世紀の惑星連邦宇宙艦隊が保有するホープ級の医療船。宇宙艦隊の標準的な艦と異なり、第1船体は円盤状ではなく球状となっている。

PADD

22世紀から24世紀まで使用された携帯用のコンピュータ・インターフェイス。宇宙艦隊以外にも様々な種族で同様の技術が用いられており、日誌や個人データの管理、オペレーティングシステムへのアクセスなど、様々な用途で使用される。

パリシス・スクエア

4人でひとつのチームを組み、ふたつのチームで競われる運動競技。

バルカン人

論理的でストイックな性質で知られる、バルカン星を母星とする種族。惑星連邦創設時の種族のひとつであり、加盟種族の中で最も進んだ文明をもつともいわれる。

〈U．S．S．ビクトリー〉

惑星連邦宇宙艦隊が保有するコンステレーション級の宇宙船。

ピリシアン・コウモリ

白い体毛の生えた飛行可能な哺乳類。蛾の幼虫などを主食としている。

ファーポイント

惑星連邦加入を求めるバンティ星人がデネブ4号星に築いた基地。

〈U．S．S．フィアレス〉

惑星連邦宇宙艦隊が保有するエクセルシオール級の宇宙船。2364年に実験的なワープ・ドライブのアップグレードを受け、エンジンの性能と効率が増加したと報告されている。

フェイザー・バンク

連邦宇宙艦に搭載されたフェイザー兵器。エネルギーと照準システムを共用したフェイザー・エミッターによって構成。

フェイザー銃

位相変換型エネルギー兵器（ナディオン素粒子によるビーム兵器）の総称。

フェックラー

クリンゴン人の死後の世界についての神話に登場する人物。死者の魂は「死者の船」に乗せられ激流を越え、勇者として死んだ者は「スト・ヴォ・コー」へ、そうでない者はフェックラーが支配する「グレトール」へ送られる。グレトールにはフェックラーの支配下で50の悪魔が存在し、クリンゴン人はハネムーンの儀式において彼らと対面するとされている。

〈フェニックス〉

ワープ・ドライブを用いて光速に到達した地球初の有人宇宙船。人類に新時代をもたらした宇宙船として、後世の人々にも親しまれている。

フェレンギ人

アルファ宇宙域フェレンギ星系のMクラス惑星フェレンギナーを母星とするヒューマノイド種族。利益至上主義の極端な資本主義経済を特徴とし、外見的には大きな頭蓋、しわのある団子鼻、鋭い歯、大きな耳などが特徴。

〈U.S.S.フッド〉

惑星連邦宇宙艦隊が保有するエクセルシオール級の宇宙船。

ブリーン

アルファ宇宙域のブリーン星を起源とするヒューマノイド種族。非常に高い軍事力を持ち、好戦的な種族として知られているが、それ以外の多くの点で謎に包まれている。

ベイジョー

ベイジョランあるいはベイジョー人と呼ばれる種族が住む、ベイジョー星系のMクラス惑星。2319年、カーデシアの侵略を受け、以降強制的に統治されている。

ベガ・コロニー

アルファ宇宙域のベガ星系に存在するコロニー。人類が恒星間の探査を始めたばかりの22世紀初頭の地球にとっては重要な貿易相手のひとつだった。

ベグラニ号星

悪の固まりともいえる生命体アルマスが住む星。アルマスは、彼の種族が自分達の悪の部分を集めて作り、そのまま捨てたもの。

ベタゾイド

ベータゼットを母星とし惑星連邦に加盟するヒューマノイド種族。瞳の虹彩が完全に黒いこと以外は人間に酷似した外見を持つが、テレパス能力を有する。

ベダラ人

古代から宇宙に進出した種族とされている。

ベリディアン三号星

ベリディアン星系の第3惑星。3つの月を持ち、岩の多い山岳地帯と植物に覆われたMクラスの無人惑星。

防衛シールド

宇宙船や宇宙ステーション、惑星等を敵の攻撃や天災から守るために張り巡らされる一種のフォース・フィールドであり、単に「シールド」と呼称される事もある。

ボーグ

高度なサイバネティックスを施したハイブリッド生命体。個々がすべてボーグ集合体に属しており、個人という概念がない。彼らの目的は完全性であり、様々な種族、技術そして知識のすべてを力ずくで同化していった結果、銀河系の中で最も恐れられる種族となっていった。
ボーグ・キューブ
ボーグ集合体が保有する主力宇宙船である。1辺約3000メートル、約28立方キロメートルの大きさの立方形をしている。様々な種族から同化した科学技術を結集した、極めて高度な宇宙船であり、武装や防御力において他を凌駕する能力を持っている。
〈U．S．S．ボーンステル〉
惑星連邦宇宙艦隊が保有するオーベルト級の宇宙船。オーベルト級は主に宇宙艦隊や民間の科学者によって科学調査船として使用され、科学調査以外に偵察任務や輸送任務に従事する場合もある。
ホーバス
ロミュラン宙域にある星系。
ホセ・メンデス
ドナテュー5号星の戦いで、戦力に勝るクリンゴンを相手に膠着状態まで持ちこんだふたりの若い艦長のひとり。
ボリア人
ボラルス星系の惑星ボラルス9号星を母星とするヒューマノイド種族。
〈U．S．S．ホレイシオ〉
惑星連邦宇宙艦隊保有するアンバサダー級宇宙艦。
〈ま行〉
マクシア・ゼータ星系
「マクシアの戦い」があった恒星系。
マッキンリー基地
地球の軌道上にある、宇宙艦建造、改装及びメインテナンスを行うための施設。
マット・デッカー
〈U．S．S．コンステレーション〉の指揮官をつとめた宇宙艦隊准将。ドナテュー5号星の戦いで、戦力に勝るクリンゴンを相手に膠着状態まで持ちこんだふたりの若い艦長のひとり。
ミノスコーバ
連邦の基地。カーデシアの国境付近の惑星にある。
ミリカ三号星
不毛な惑星だが、進んだヒューマノイド型種族が住む。
メトロン人
高度に進化した存在。
〈U．S．S．メルボルン〉
惑星連邦宇宙艦隊が保有するエクセルシオール級の宇宙船。のちにウルフ359星系におけるボーグとの戦闘で破壊された。
モリキン七号星
僻地の惑星。アカデミーが、エリート向けの飛行訓練を実施する場所として知られる。
〈や行〉
〈U．S．S．ヤマグチ〉
惑星連邦宇宙艦隊が保有するアンバサダー級の宇宙船。メルボルンと同様、のちにボーグとの戦闘で破壊された。
ユートピア・プラニシア艦隊造船所
太陽系第4惑星火星にある惑星連邦宇宙艦隊の造船所。24世紀における宇宙艦隊の主要な造船所であり開発施設でもある。
〈ら行〉
ラチナム

多くの種族の貨幣取引に使用される、希少な液状金属。レプリケーターで複製することはできない。通貨として取引しやすいように、粉末の金と混ぜ合わせて固形物としたものが流通している。

量子魚雷
宇宙艦隊において2371年に導入された、光子魚雷を上回る強大な破壊力の攻撃兵器。ディファイアント級やソヴェリン級などのごく一部の艦にのみ実装されている。光子魚雷がオレンジ色の光を放つのに対して、量子魚雷は青白い光を放つ。

〈U.S.S.リライアント〉
惑星連邦宇宙艦隊が保有するミランダ級の巡洋船。

〈U.S.S.ルーズベルト〉
惑星連邦宇宙艦隊が保有するエクセルシオール級宇宙船。のちにウルフ359星系におけるボーグとの戦闘で破壊された。

レイチェル・ギャレット
〈U.S.S.エンタープライズNCC-1701-C〉の艦長をつとめる宇宙艦隊の大佐。ナレンドラ3号星の前哨基地から発せられたクリンゴンの救難信号を受信し、救援に駆けつけ応戦するが轟沈、ギャレット自身も殉職した。

レガラ人
大型の青いロブスターに似た姿で、液体の中で生きる種族。非常に進化したテクノロジーと文化を有する。

〈U.S.S.レパルス〉
惑星連邦宇宙艦隊が保有するエクセルシオール級の宇宙船。

レプリケーター
24世紀半ばに導入された、転送移動の際の「物質→エネルギー化→再物質化」する技術を応用し、「高分子化合物→エネルギー化→再物質化」という変換によって、様々な物品を作り出す装置。

〈U.S.S.ロードアイランド〉
惑星連邦宇宙艦隊が保有するノヴァ級の宇宙船。

ロミュラン
惑星ロミュラスを母星とするロミュラン帝国の支配民族。生物学的にはバルカン人と近縁の関係だが、平和主義のバルカン人と異なり、狡猾で暴力的な者が多い。スラクの教えによる「目覚めの時代」に反抗した一部のバルカン人が祖先。ロミュラン帝国は銀河系の中でも有力な勢力として知られる。

〈ロミュラン・バード・オブ・プレイ〉
ロミュラン星間帝国が22世紀から23世紀頃保有していた宇宙船。船体下部に描かれた鳥の絵から、猛禽類に例えられ「バード・オブ・プレイ（猛禽類）」と呼ばれている。

〈わ行〉

ワープ・コア
ワープ宇宙船のワープ推進システムや船内配電の原動力を担うエネルギー反応炉。重水素と反重水素を反応させ、恒星に匹敵するエネルギーを生み出す。重要な機関であるとともに、非常に危険。

ワープ係数
ワープ速度の大きさを表す単位。23世紀以前と24世紀で計算方法が異なる。

〈惑星の殺し屋〉
2267年に連邦宇宙艦〈U.S.S.コンステレーション〉と〈U.S.S.エンタープライズ〉が遭遇した、惑星を破壊できるほどの威力を持った自動兵器。起源は不明だが、銀河系の外から飛来したものだと考えられている。

【訳】有澤真庭　Maniwa Arisawa
千葉県出身。アニメーター、編集者等を経て、現在は翻訳業。主な訳書に『アナと雪の女王』『ハッチ＆リトルＢ　小さな男の子と大きなワンコの奇跡のような本当のお話』『キング・コング　髑髏島の巨神』（竹書房刊）、『エンタイトル・チルドレン：アメリカン・タイガー・マザーの子育て術』（Merit Educational Consultants）、『ディズニー・セラピー　自閉症のわが子が教えてくれたこと』（ビジネス社）、『スピン』（河出書房新社）、字幕に『ぼくのプレミア・ライフ』（日本コロムビア）がある。

自叙伝 ジャン=リュック・ピカード

2018年10月18日　初版第一刷発行
2021年10月25日　初版第二刷発行

著　ジャン=リュック・ピカード

編　デイヴィッド・A・グッドマン
訳　有澤真庭
監修　岸川 靖
カバーデザイン　石橋成哲
本文組版　IDR

発行人
後藤明信
発行所
株式会社 竹書房
〒102-0075
東京都千代田区三番町8-1　三番町東急ビル6F
email: info@takeshobo.co.jp
http://www.takeshobo.co.jp
印刷所
中央精版印刷株式会社

ISBN978-4-8019-1619-7　C0097
Printed in Japan